軍記文学研究叢書2

軍記文学の始発——初期軍記

編者　梶原正昭・長谷川端・山下宏明・栃木孝惟（本巻主幹）

軍記文学の始発——初期軍記

軍記文学研究叢書全十二巻の刊行に際して

明治二十年代初頭をもって近代軍記文学研究の始発期と考えるならば、近代軍記文学の研究もようやく百年の歳月を経過した。折しも、文字通り激動の世紀と呼び得るであろう二十世紀も転換期の混沌のままにまもなく新しい世紀を迎えようとしている。そうした歴史の一つの節目に際して、私達は近代軍記文学研究百年の総点検を行い、一世紀に及ぶ軍記文学研究の軌跡を省みつつ、来るべき新しい世紀における新たな研究の地平の構築をめざそうと考える。先学の営々たる努力によって遺された様々な学問的見解のうちに、今日埋もれてしまった有用な提言はないか、研究の《進展》が言われ得るならば、その《進展》の具体相はどのような点にみさだめられるか、方法の上から、資料の発掘の上から、あるいは、解釈上、認識上の問題として、その様相の解明が期待される。そして研究史の現在においては、軍記文学諸作品の上で、どのような課題が研究者の解明を待っているか、そして、研究史の未来において、いかなる視座が新たな問題展開の拠点たり得るか、そうした諸点を考慮しながら、軍記文学の体系的、総合的考察をめざして、本叢書は刊行される。過去の研究史の達成を確認しつつ、なお残る過去の研究史の可能性をたずねながら、同時に新たな軍記研究の展開をめざし、新しい世紀の到来が軍記文学の研究にとって実りある、より豊かな発展の季節の訪れとなることを祈り、本叢書の刊行に関するおおかたのご支援をお願いしたい。

一九九六年四月一日

梶原正昭　栃木孝惟
長谷川端　山下宏明

軍記文学の始発――初期軍記　目次

純友追討記・奥州後三年記

将門記

『将門記』研究史の考察
――太平洋戦争終結以前――

加美宏

一

文化七年（一八一〇）に滝沢馬琴が書いた『昔語質屋庫』は、南都の質屋に質草として納められている古道具類が、互いに身の上話を語り合うという趣向をもって、「故事俗説の錯誤を弁じて童蒙読史の階梯と」しようとしたものであるが、その第七「平将門衮龍の装束」は、当時流布していた将門に関する俗説（将門伝説）の数々につき、主に『将門記』によって、その虚妄なることを明らかにしており、いわば『将門記』研究の萌芽を示すものとして、これまでの研究史においても注目されてきたものである。

この書が、『将門記』の研究史を考える上で注目されるのは、馬琴が、将門の七人陰武者説（七人分身説）や純友との共謀謀反説など、六つの俗説をとりあげ、いずれも「実事」にあらずとして批判を加える拠りどころを『将門記』に求めているが、この書について、「近属《ちかごろ》、将門記といふ古書、世に出でしかば、人その概略をしれるなるべし」と述べていることである。つまりここには、江戸時代後期に至るまで、将門や将門の乱に関する俗説・伝説の類は盛んに行われていたが、『将門記』という作品そのものは、ほとんど世に流布していなかったという事実が示されているのである。

ある作品の「研究」がなされるためには、その作品の基本的な形が形成され、それがある程度は世に流布し、受容されることが前提となるであろうから、ここで『将門記』の成立や流布・受容のことにふれておきたいと思う。

『将門記』の伝本としては、名古屋の真福寺所蔵本・楊守敬旧蔵本および数種の抄略本が現存するが、このうちで、巻頭部分が欠失しているほかは、ほぼ『将門記』の本来の形を伝えていると思われるのは真福寺本である。この写本は、巻末奥書に、「承徳三年正月廿九日於大智房酉時許書了　同年二月十日未時読了」とあるように、将門の乱終結から約一六〇年後の承徳三年（一〇九九）に書写され、名古屋大須の真福寺宝生院に伝わっていたが、天明二年（一七八二）、尾張の国学者稲葉通邦が松岡牡鹿輔に模写させ、これを本居宣長の門人植松有信が、寛政十一年（一七九九）に模刻・刊行してから、世に知られるようになったものである。前記『昔語質屋庫』で馬琴が拠ったのも、この植松本と考えられる。ほぼ同じ頃に、植松模刻本を底本とした群書類従本も刊行されたが、『将門記』の全貌が世人に広く知られるようになったのは、この十九世紀初頭あたりから以後であったことは、『将門記』の研究史を考える上で、注意すべき事実であろうと思われる。

『将門記』の成立時期については、真福寺本の末尾近くに、「天慶三年六月中記文」とあることによって、乱終結から四か月ほど後の天慶三年（九四〇）六月の成立とみる説のほかに、右の一文を一種の虚構とみて数年〜十年ほど引き下げる説や、やはり末尾近くの将門の地獄からの消息の中に、死後九十二年において、生前の功徳によって救済されるであろうとあることなどから、乱後九十年ほど後の成立とみる説まで、諸説がある。

真福寺本の五分の一程度の量しか現存しないが、別系統の異本とされる楊守敬本の筆写は、真福寺本が書写された承徳三年（一〇九九）に「先立つこと、十数年若しくは数十年」といわれているし(1)、十二世紀前半には成立したとみなされている『今昔物語集』の原拠となっていることなどを勘案すれば、『将門記』は、おそくとも十一世紀中頃までに成立したことはたしかであろうし、十二世紀あたりからかなり流布して、諸書に引かれたり、転載されたりするようになるのである。

『将門記』を抄録・転載することは、平安時代後期から鎌倉時代あたりにかけて、『今昔物語集』をはじめとして、『扶桑略記』『歴代皇紀』『古事談』『宝物集』『言泉集（金沢文庫本）』『延慶本平家物語』など、史書・説話集・唱導書・軍記物語といったさまざまなジャンルに及んで見られるが、それらに共通して特徴的な事実は、『将門記』前半部の、将門と叔父良兼ら平氏一族との私闘について叙述した部分には、ほとんどふれることがなく、後半部における将門の中央国家への反逆・謀反と敗死に関わる叙述のみがとりあげられているということである。

こうした『将門記』の引かれ方・とらえ方と、『大鏡』に端を発する将門・純友共謀説や『平治物語』流布本・『太平記』に載せられている「将門は米かみよりぞ斬られける俵藤太が謀にて」という狂歌にまつわる話などのような将門伝説の多くもまた、将門の謀反・反逆にまつわるものであったことも相まって、中・近世においては、「奢れる人」「たけき者」であったが故に、「久しからずして亡じにし者ども」の例として、将門がまっさきに挙げられたり（『平家物語』「祇園精舎」）、「彼義朝子（頼朝）大略企二謀叛一歟、宛如二将門一」（『玉葉』治承四年九月三日条）といわれたりしているような、驕慢非道な叛臣としての将門のイメージが定着していたといえる。

近世において大きな影響力をもった、水戸の『大日本史』などをみても、将門の乱についての記述を、『将門記』ばかりでなく、『扶桑略記』『今昔物語』『古事談』などに拠っており、そのために確実な根拠に乏しい将門の反乱に純友が呼応したとの説を採っていたり、「叛臣」列伝に将門・純友を並べて掲げるなど、中世以来の謀叛人将門像をさらに強化しているのである。

こうした状況の中で、十九世紀のはじめに、馬琴が、『今昔物語集』や『大鏡』などに拠る将門の乱のとらえ方に疑問をなげかけ、当時ようやく流布しはじめた『将門記』を拠りどころとして、世にはびこっている将門に関する俗説、或いは偏見を批判しているばかりでなく、「とまれかくまれ、将門は始めより、叛逆の心ありしにはあらず」といい、また「見つべし。はじめは将門一族の確執にして謀叛と名づくるものなし」といっているように、これまでの謀反記述部分中心の読みとりとちがって、『将門記』前半の平氏一族間の私闘の記述や、武蔵における国司・郡司の紛争にまきこまれて、将門が余儀なく国家への反逆に傾斜してゆく過程の記述などを正当に読みとり、紹介していることは、読本作者の透徹した史眼のたまものであろうと思われ、近代に開始される『将門記』の実証的・学問的研究の先触れをなすものであったということができようか。

二

『将門記』の学問的研究の始発を、明治二十三年（一八九〇）に発表された星野恒博士の「将門記考」においてみることは、多くの研究史の説くところであるが、この論考は史書・歴史記録として、『将門記』を評価し、解題を加えたもので、『将門記』を一個の文芸的作物とみなして、その価値に言及したのは、田口卯吉（鼎軒）博士の『日本開化小史』をもって嚆矢とすべきであろう。この書は田口氏が大蔵省翻訳局に勤めながら、経済・歴史の研究に専心していた明治十年（一八七七）に第一巻を刊行し、同十五年（一八八二）十月に第六巻を出して完成した一種の日本通史であるが、これまでの歴史書にみられた歴史事項の年表的羅列を排し、日本人の歴史的営為を総体的に、かつ発展・開化の道程としてとらえようという意図のもとに、文学を中心とした文化的事項の記述に多くの紙幅をさいているところに、大きな特色が認められるものである。

この書巻四の古代文学について論じた章（第七章「日本文学の起原より千八百年代まで」）において、田口博士は、文字を持たなかった古代のわが国に、中国から漢字が伝来して後は、専ら漢文をもって「史を紀し事を論ずる」状況が、平安時代初期頃まで続いていたことを述べた後に、

然れども文学進歩の勢は、永く文体の渋滞を以て得て抑制すべきにあらず。千六百年代の末より、彼のかたぐるしき漢文の体は漸く日本の語法と親和し、稍々人々の自由に記載し得るの体を得るに至れり。彼の将門記、純友追討記の如き、其文体今日より之を見れば極めて奇異にして驚くべく笑ふべきものありと雖も、之を彼の法則に拘束せられたる国史、論文に比すれば、自ら其意を述ぶるに滑かなる姿あり。且つ此等の書は決して巧と称すべきにあらずと雖も、稍々人の動作より世の事情を述べんと欲するに適するあるが如し。

といわれている。

中国から学んだ固苦しい正規漢文体よりも、『将門記』にみられるような、日本化の著しい変体漢文が、武士の行動や戦乱の状況などをいきいきとダイナミックに叙述するのにふさわしいことや、こうした変体漢文による軍記的作品叙述の動きが、中世軍記物語などの基本文体である和漢混淆文を生み出していく母胎の一つであったことなどは、今日では常識化しているけれども、明治の初期に、いちはやくそのことに注目した田口博士の指摘は、まさに先見の識というべきであろう。

田口博士の『将門記』の文体についての、このような先見的な評価は、単なる思いつきといったようなものではなく、『将門記』に対する深い読みと内容把握に支えられたものであることは、『将門記』の叙述態度に関する、次のような言及によって知られよう。

余の之を愛読する所以は、特に其文躰の奇異なるが為めのみならず、其著者が敢て後世史家の如く厳然として

孔子を扮し、乱臣賊子をして懼れしめんとて、殊更に将門を誹謗せず、又将門の残党の如く殊更に将門を弁護せず、公平に記載したるの趣あるを以てなり。（「平将門」史海26、明26・8）

『将門記』の作者が将門をどのように描いているかという叙述姿勢については、近世以降、将門を「乱臣賊子」として批判的に把えているとするか、逆に将門に同情的な立場から、彼を「弁護」しているとみるか、判然と二方向に分かれて論じられる傾向が強い中で、そのどちらにもくみせず、平氏一族の中で孤立的な戦いを続けている間に余儀なく叛乱に及んだ将門に同情しつつも、叛逆の事実にはきびしい眼をむけている『将門記』作者の姿勢を「公平に記載したるの趣ある」と喝破した田口博士の指摘は、先入見なく『将門記』をよく読みこんだ者にして、はじめて可能な卓見といえるのではあるまいか。

本研究史においては、『将門記』の文学的性格を重視し、軍記文学としてどのように評価され、研究されてきたかという問題を中心課題としたいと考えているので、右にみたような田口博士の『将門記』についての言及を『将門記』研究の始発として位置づけたいと思う。

『将門記』のいわば文学的側面・文学史的役割に注目した田口博士とは対照的に、歴史記録としての『将門記』に、はじめて研究の鍬を入れたのが、さきにもふれた星野恒博士の「将門記考附将門記略」（「史学会雑誌」一の二、明23・1）である。この論考は、史書としての『将門記』についての簡潔な解題というべきものであるが、『将門記』の成立・作者・内容・史料的性格などの諸問題について、はじめて実証的な記述が行われている。

本論考において述べられている「東国ノ在住ニテ文筆ニ熟達スル者」が、「将門滅亡後、未数月ヲ出サル内ニ、其見聞スル所ヲ筆セシ者ニ似タリ」という成立・作者説や、『将門記』がもと「合戦章」と呼ばれていたらしいという書名説、或いは真福寺本の巻頭欠失部分は、『将門記略』に摘抄されているような内容で、二三葉にすぎまいという指摘などは、その後の研究がみな参照する『将門記』の基礎的研究の出発点となったものである。また将門の乱に関する諸資料の史料批判を行い、『大鏡』『神皇正統記』『前太平記』『日本外史』などに引く諸説は、「謬伝」であり「増飾附会」であって信ずるに足りず、将門とその乱に関する史料としては『将門記』の価値が高いことを明らかにして、その後の歴史的研究に大きな影響を与えた。

この論考は、後に博士の著書『史学叢説』第一集（明42・3、富山房）の「解題」の項に収められていることでも明らかなように、史書としての『将門記』に解題を加えたものであり、『将門記』の文学性などについては、とくにふれるところがない。ただその冒頭の「此書漢文ニテ平将門一代ノ事跡ヲ録シ、記述詳細、頗曲折ヲ尽クス」という一文は、簡潔ながら、なかなかに示唆深いものがあるように思われる。つまりこの一文は、『将門記』は歴史記録であると同時に将門の一代記であり、その記述は細部にわたって詳しく、委曲をつくしているといっており、単なる無味な記録とは異なるものであることを認めているといえなくもないからである。

三

右にみたように、明治初・中期における田口・星野両博士の先駆的な指摘・研究から出発した『将門記』研究は、その後、大別して次のような三つの分野・方向において展開されてゆくことになる。すなわち一つめは、『将門記』を主たる史料として、将門の乱の実態や本質を追求したり、将門の人物論を展開したりする方向である。二つめは、星野博士が解題・規定した『将門記』の成立・作者・本文などの書誌的・基礎的な諸問題を深め、発展させる方向であり、三つめは、田口博士の問題提起をうけて、『将門記』の文学的な性格や特質をさぐり、文学史に位置づけようとする方向である。

このうちの第一の方向では、田口博士が、前記の「平将門」(明26)という論考において、『将門記』を精読・検討した結果として、同書に載る将門の旧主藤原忠平あての書状などをみれば、将門がはじめから皇位をうかがうような野心をもって叛乱を起こしたとは考えられないという将門弁護論を開陳して以来、内山正居氏(「平将門」史学界2の2・3・4、明33・2・3・5)や織田完之氏(『国宝将門記伝』明38・7、会通社、『平将門故蹟考』明40・6、碑文協会)らによって、将門は逆臣にあらずとする雪冤の活動が行なわれ、またそれに対する批判論(例えば黒板勝美氏『国史の研究』大7・4など)も展開されてゆくのであるが、それらはいずれも将門の乱や将門という人物に関わるもので、『将門記』そのものの研究とはいえないものであるから、歴史や人物の研究にも目をくばった研究史(梶原正昭氏「『将門記』研究史」―『将門記研究と資料』所収、昭38・11、新読書社、林陸朗氏「解説―平将門研究の回顧と展望」―『論集平将門研究』付載、昭50・11、現代思潮社、佐伯有清氏他『研究史将門の乱』、昭51・9、吉川弘文館、など)[2]にゆずりたいと思う。

そこで次に、星野博士が先鞭をつけた第二の方向、『将門記』の成立・作者・本文の検討といった書誌的・基礎的研究と、田口博士の発言に源を発する第三の方向、すなわち『将門記』を軍記文学の一種とみて、その文学的性格や文学史的意義をさぐろうとする研究の、その後の展開をみてみたい。

『将門記』を軍記文学としてとらえる方向を継承し、発展させているのは、大正期の津田左右吉博士である。津田博士は、その著書『文学に現はれたる我が国民思想の研究』第一巻「貴族文学の時代」(大5・8、洛陽堂)において、「戦記物の淵源は、将門記や陸奥話記にあるらしく」とした上で、「これらは漢文ではあるが、所謂記録文に見えるやうな日本化した書き方も混つてゐると共に、対句などの修辞的技巧を用ゐ、又興味ある挿話などを加えて、おもしろく読ませるやうにしてあるところが、既に後の国文の戦記ものの特質を具へてゐる」と述べられており、軍記文学としての特質を具体的に指摘している点で、田口博士の論及を一歩進めているといえよう。

また津田博士は、「将門記の作者は、其の内容の上から僧徒であったらうと察せられるが、かういふやうな地方の戦争の様子を書くことは、京の文士には出来なかったであらうし、実際戦争に従事してゐる武人にはそんな文才は無かつたらうから、地方にも往復し又た多少文筆の力のある僧侶が其の作者であらうとは、文体の上からも観察せられる」とも述べられて、『将門記』の作者を、東国在住の文筆熟達者にして僧徒でもあるかとされた星野博士説に対して、京と東国とを往来した僧侶であろうという新しい条件を加える見解を示されている。

『将門記』を軍記文学の淵源として位置づけた、この津田博士の見解は、氏の著書が広く読まれたこともあって、これ以後の『将門記』の文学的研究に少なからぬ影響を及ぼし、昭和期における五十嵐力氏らの研究を先導するものであったと考えられる。

同じ大正期に、津田博士とほぼ同様の主張をされ、かつ『将門記』本文の基礎的研究に功績があったのが、歴史学者の大森金五郎氏である。大森氏は、まず群書類従本を底本とする『将門記』の校定本を作成され（『房総叢書』第一輯、大1・10、房総叢書刊行会）、次いで類従本と真福寺本を校合した本文を書き下し文に改め、史実や字句につき解釈・考証を加えられた（『武家時代の研究』第一巻所収の「将門記考証」、大12・1、富山房、昭2・1訂正増補版）。この「将門記考証」の前文にあたる部分において、大森氏は次のように述べておられる。


将門記は軍記物の先駆ともいふべく、陸奥話記や保元平治物語なども此後に出たのである。全篇漢文で書き、記述は甚だ詳細で中々面白い読物であるが、行文が往々難渋で通読し難い所があるから、今は全文を仮名交り文に書き改めた。

大森氏は、『将門記』が「記述は甚だ詳細で中々面白い読物である」ところに文学性を認め、「軍記物の先駆」としているのであるが、こうした見方は、前記の津田博士説と重なるものであり、大正期に通説化したものとみることができよう。

大森氏はまた右の文中で、『将門記』は面白い作品であるが、漢文体で、「行文が往々難渋で通読し難い所があるから」「仮名交り文に書き改めた」と述べていられるが、氏によって書き下し文が提供されたことは、一個の文学的作物として『将門記』を読む上で、大きな便益がもたらされたといえそうである。試みに大森氏が読み下した『将門記』の冒頭部の一節（真福寺本等に欠失する部分を抄録本で補った箇所）と、『平家物語』の序章「祇園精舎」の一節とを並べてかかげてみよう。

夫レ聞ク、彼ノ将門ハ天国押撥御宇《アメクニオシヒラキアメノシタシロシメス》柏原天皇五代ノ苗裔、三世高望王ノ孫ナリ。其父ハ陸奥鎮守府将軍平朝臣良持ナリ。舎弟下総介平良兼朝臣、将軍ノ伯父ナリ。而ルニ良兼ハ去ル延長九年ヲ以テ聊カ女論ニ依リ舅甥ノ中既ニ相違ス。

（『将門記』冒頭部）

其先祖を尋ぬれば、桓武天皇第五の皇子、一品式部卿葛原親王、九代の後胤讃岐守正盛が孫、刑部卿忠盛朝臣の嫡男なり。彼親王の御子高視の王、無官無位にして失せ給ひぬ。其御子高望の王の時、始て平の姓を給ッて、上総介になり給しより、忽に王氏を出て人臣につらなる。

（『平家物語』「祇園精舎」の一節[3]）

『将門記』は、正規の漢文体ではなく、変体漢文とか和臭漢文とか呼ばれる特異な漢文体で書かれており、「行文が往々難渋で通読し難い」と評されるゆえんであるが、右のように書き下してみれば、中世の軍記物語と、さして異和感なく読むことができ、通読が容易になり、これ以後、軍記文学としての研究が進展する一つの契機となったように思われるのである。

もう一つこの時期に、山田孝雄氏の手によって、真福寺本『将門記』の複製本が公刊されたこと（大13・8、古典保存会）も特筆すべきで、これによって最も拠るべき本文の閲読が容易になり、大森氏の「将門記考証」と並ぶ、研究のための基礎資料が提供されたといえよう。

四

『将門記』研究の基礎作りの進んだ大正期の状況をうけて、昭和期に入ると、書誌学的研究や国語学的研究など、いくつかの面で研究が本格的に展開されるようになるが、軍記文学としての研究も、この時期に大きな進展をみせている。

この期に『将門記』の文学的研究を推進されたのは五十嵐力博士で、まず『軍記物語研究』（昭6・3、早稲田大学出版部）において、記紀等の戦争記事を検討された上で、それらの「附属物扱ひされた戦争記事」が、はじめて「独立待遇された」のが『将門記』であり、さらに「啻《ただ》に独立戦記の嚆矢をなしたのみならず、我が軍記に特有なる一種の気分を含蓄して居るやうに見える」とされ、文体においても、前に引いた冒頭部分を例にとれば、「舎弟」「而ルニ」「聊カ」「既ニ相違ス」といった「鎌倉式の時代用語」を用いて、中世軍記の文体の先駆をなしていることなどをあげられて、従来のやや印象批評的な文学性論議を一歩進められた。

続いて公刊された岩波講座日本文学『軍記物語研究』（昭7・3、岩波書店）においても、五十嵐博士は、『将門記』の文学的側面について、前著の主張を補強・展開されている。ここで博士は、『将門記』における内容と文体との関係について、「新時代の戦争気分」は、『日本書紀』のような正規の漢文体でも、『伊勢物語』などのように優美な和文体でもあらわせないものであるとされた上で、

『将門記』の作者は、無意識の中にも壮烈なる戦争といふ特別な内容の示唆を受けつつ、聞き噛った漢文の中からは、耳近くして響きの強い美しい文句を選み取り、時の日記や公文書に見倣っては、不思議な姿をした和様漢文式の文句を作為し、折々は彼等の間に行はれた日常の俗語をも交へ用ゐて、あの覚束なき一篇の作を成したのであらう。『将門記』が和文とも漢文ともつかぬ一種異様な文体を成したのはその為めで、まづ此の粗雑ながら一種の殺伐な気分を現はした畸形の戦争記が現はれたればこそ、それを基礎として『今昔物語』が出来、つづいて『保元』『平治』『平家』等の立派な芸術的軍記が出来たのであらう。

と位置づけられている。

さらに『将門記』冒頭部分の読み下し文「爰に将門罷めんと欲するに能はず、進まんと擬するに由なし。然り而して身を励まし、勧み拠り、刀を交へて合戦す。…」といった一文を例示して、「読み下しにして見ると『古事記』や『吾妻鏡』と同じやうに、一種の風変はりな国文であることを知ることが出来る」とされ、そこに「一種の生気の宿って居るのは、生れたての整はない姿の中に、新興文学の意気がほのめいてゐるためであらう」と評価されている。

このほかに五十嵐博士は、軍記における「趣向の変遷」という点にも注目され、「初めの記紀の戦争記は、唯だ有った事を、有つた通りに書いて、有つた場所に据え置くといふだけのものであった。つづいて『将門記』は独立した顚末記の最後に一種の批評を加へて、勧善懲悪、宗旨宣伝の意を匂はすものとなつた」とも述べられている。

五十嵐博士の『将門記』文学論は、文体や表現を具体的にとり上げながら、その特質と文学性とを結びつけて論じているところに大きな特色があるが、この期のもう一つの著作『平安朝文学史　上巻』（日本文学全史巻三、昭12・6、東京堂）においても、将門が関東に王城を建て百官を設けたことを聞いて、京都の震駭する様を叙した一節「偏《ニ》聞《キ》二此言《ヲ》一、諸国長官《ノ》、如レ魚《クニノ》驚《キ》、如レ鳥《クニノ》飛《ビ》、早《ク》上《ノボル》二京洛《ニ》一……仍《ツテ》京官大《キニ》驚《キ》、宮中騒動《ス》。于レ時本天皇請三十日之命《ヲ》於二仏天一、厥内《ソノウチニ》屈《シ》三名僧《ヲ》於二七大寺《ニ》一、祭《リ》二礼奠《ヲ》於二八大明神《ニ》一、詔《シテ》曰《ク》、……」を引かれて、「司馬遷、班固の筆致に倣ったのでは、とても此の活躍ぶりは見せられまいと思はれるやうな旺盛なる気力の張り溢れて人に迫るのは、恐らく此の京洛を震撼した驚天動地の大騒擾を目のあたりに見、耳近く聞いた者が、その生々《なまなま》しい印象を、漢文式に精練する余裕がなく、そのまま日本式、現代式に表現したからであらう」と評されている。

ここで五十嵐博士は、『将門記』の破格の文章の持つ迫真力を評価され、それは京洛の大騒擾を実地に見聞した作者の手になる故であろうと推測し、京洛にあった「仏門の筆達者」であろうという作者考にも及んでいるのである。

主として文章美学的立場と文芸ジャンルの展開史に関心を持つ立場から『将門記』の文学的特性を把握され、未熟さを持ちながらも、すでに一個の軍記文学的作品としての形態と性格を備えており、中世軍記物語の始発となるものであるとする五十嵐博士の主張は、その後の『戦記文学』（日本文学大系第九巻、昭14・8、河出書房）などをふくめて、昭和初期に精力的に展開され、以後の『将門記』の文学的研究に、大きな影響を及ぼしたのである。

この五十嵐博士とほぼ時を同じくして、『将門記』の国語学的研究を推進された岡田希雄氏も、その論考「将門記攷—将門記の訓点　上—」（「立命館文学」二の三、昭10・1）において

事件其のものが興味ある事であり、文も興味本位で書かれて居るのだから総体に面白く、本書を仮名交りに書き下せば、一種の戦記物である。此の意味に於いて本書は、漢文ではあるが、また分量は少いが、正に、戦記物のいできはじめのおやである。

と述べられている。

またほぼ同時期に、真福寺本（承徳本）『将門記』に付せられている訓点について、詳細な国語学的研究を発表された平井秀文氏（「承徳本将門記の訓点」国語・国文五の十、昭10・9）も、その論文のはしがきにおいて、

天慶に於ける将門の乱を記録した最古の根本史料としてだけではなく、その後世に行はれた戦記物語の様式を備えた最初の作品としてでも、将門記一巻は大いに認められるべきものである。即ち文学作品としてはさう高く評価せられずとも、文学史上で価値はかなり重要なもので、史料としても、その伝本の原本たる、乱後僅かに四箇月で出来上り、確かに信憑せられてよい。

といわれている。

右の両氏に共通するのは、『将門記』が、将門の乱に関する根本史料であると同時に、すでに一個の軍記文学的作品であり、中世軍記物語の祖であるという認識を前提として論を進められていることであり、前述のような五十嵐博士の旺盛な執筆活動もあり、こうした『将門記』観が、この時期には学界の共通認識となりつつあったことがうかがえるのである。昭和七年一月刊行の『日本文学大辞典』（藤村作博士編、新潮社）が、「独立した戦記物の嚆矢で後代に続出した戦記文学の先駆」として、『将門記』を採録していること（高木武博士執筆）も、そうした気運を定着させる役割を果たしたものといえよう。

五

『将門記』の文学（史）的研究は、右にみてきたように、昭和初年における五十嵐博士の諸論あたりから本格的に開始されたといえるが、次の昭和十年代には、それをさらに発展させる動きがいくつかみられる。その一つは冨倉徳次郎博士の『日本戦記文学』（教養文庫、昭16・2、弘文堂）である。この書において冨倉博士は、戦記文学を「戦を中心とした史実を素材とした叙事文学」と定義した上で、その〝萌芽期〟に『将門記』『陸奥話記』を位置づけられている。ここで博士は、『将門記』の作者が、将門の「謀叛」の行為を、「本朝神代以来此事アラズ」と責め、「天位ヲ九重ニ競ヒ」「過分ノ辜《ツミ》」によって、「生前ノ名ヲ失ヒ放逸ノ報、即チ死後ノ媿ヲ示ス」と道義的に批判しながら、その一方で将門の「武人としての武勇と弱者への優しい思ひやりとを書き記し」、その謀叛も、将門の「無思慮の侠気」や「興世王の教唆」に基づくものであるとしているように、将門への同情の念を随所に示していることに注目されている。また『将門記』の末尾に、死後の将門が「業報」によって「悪趣」に堕ちて苦を受けているが、生前に『金光明経』を誓願した功によって一時の休息が与えられていることなどを記して、仏教的な因果観や勧善懲悪の精神を示しているのも、やはり将門に対する作者の同情の念から発したものではないかとされている。

こうした『将門記』の内容や執筆態度の把握の上に立って、冨倉博士は次のように結論されている。

全篇筆者の趣味にまかせた和文臭の濃い漢文口調で書かれ、所々に支那の故事熟語を交え、之に自ら註を加ふる等あつて、その文体の上からもこの筆者が史的記録の埓外に出てゐる事は窺へるのであるが、この仏教的勧懲主義の基調と将門への同情とはこの将門記に当年の他の文学に全く見出せない武人の姿を文界に登場せしめることとなり、この作を単なる史的記録と云はしめず、とにかく戦記文学の先駆と云はしめることになつたと思われるのである。

『将門記』の作者が、将門を謀叛人として一方的に断罪しさることなく、彼に同情的な立場から本書を執筆したので、同時代の文学には全く見られない新しい人間像＝武士像を形象し得たとされ、その意味で戦記文学の萌芽を示すものとして位置づけられた冨倉博士の所説は、五十嵐博士の開拓された『将門記』の文学(史)的研究を一歩進めたものと評価できよう。

昭和十年代における『将門記』の文学(史)的研究の二つめは、佐々木八郎博士の『古典鑑賞　中世戦記文学』(昭18・

9、鶴書房）である。この書は、文学性と倫理性に着目しながら、戦記文学の発生から転成までをたどられたものであるが、その中で戦記文学の先駆として『将門記』をとりあげられている。佐々木博士は、『将門記』の軍記文学的特性として、「千年ノ貯一時ノ炎ニ伴ナフ。又筑波真壁新治三箇郡ノ伴類ノ舎宅五百余家、員《カズ》ノ如ク焼キ掃フ。哀シイ哉、男女火ノ為ニ薪トナリ、珍財他ノ為ニ分カタル」といった具体例を引かれて、漢文の特性を生かした簡潔で力強い叙述で合戦・争乱をとらえていることや、「譬ヘバ若シクハ遼東ノ女夫ニ随ヒテ父ノ国ヲ討タシムルガ如シ」「忝クモ燕丹ノ遑ヲ辞シ、終ニ島子ノ墟《サカヒ》ニ帰ル」というような故事説話をふまえた文飾をしばしば行って、軍記物語に多くみられる傍系的挿話の萌芽をみせていることなどを挙げられている。

また佐々木博士は、『将門記』の倫理思想にも目をむけられ、将門の叛逆を「悪逆無道」とし、その敗死を「天罰」と評した倫理観の背後にあるものは儒教的道徳思想であるとされ、将門が死後、その罪業の報いによって悪趣に生まれ、責め苦に悩まされており、在世中に誓願した金光明経の助けにより月に一度だけ苛責を許されるという巻末の因縁譚に見られる仏教的罪悪観とともに、『将門記』の中心思想をなすものとみておられる。さらに佐々木博士は、文学性に関わるものとして、結びにおかれた因縁譚が、『将門記』に一種の「仏教説話的」な性格を賦与している点にも注意を喚起されている。

このように太平洋戦争の真最中に書かれた佐々木博士の所説も、『将門記』の文学性の解明に、いくつかの新視点を加えられて、戦前・戦中の文学(史)的研究は、ほぼ幕を閉じることになるのである。

なお佐々木博士が『将門記』の倫理性・思想性にふれられたことに関連して補説すれば、佐々木博士著書の少し前に発表された尾形鶴吉氏の「将門記とその思想」(「歴史と国文学」二二の五、昭15・5）は、この書にみられる思想をはじめて本格的に解明した、なかなかの力作である。その冒頭において尾形氏は、『将門記』が史書として高い価値を有するばかりでなく、文芸的価値も高いことを評価されて、次のように述べておられる。

> この物語は漢文の成語や故事・仏語等を自由に駆使して、或は流暢に描き、或は由縁深き興味を示唆し、その文芸的表白美によつて読者を恍惚たらしめてゐる。漢文の成語で戦乱の展開を次々に叙述するテンポの如きは快き動的な旋律さへ覚えしめ、仏語・仏意をもつて修飾するところは、うたゝ哀傷の涙に咽ばしめる。しかも対照法・比喩法等を用ひて文を進め、これに高潮・低調を促すあたりは、まことに戦記物語としての鼻祖たる文芸的価値を十分に負荷するものといひうるであらう。

本論の『将門記』の思想については、まず将門が叛乱を起こして「失名滅身」したと批判されているような兵名観や、将門が徳なくして武力に頼った「敗徳」によって滅亡したとする鑑戒主義など、儒教的倫理観をあげられている。次いで将門にまつわる「輪廻の悪趣」や救済観にみられる仏教的な道徳思想とか、将門が捕えた敵方貞盛の妻と和歌を贈答するところなどにみられる「日本固有の主情的モラル」とかを抽出するなど、『将門記』の思想に総体的な検討を加えた初めての論考として、注目さるべきものであろう。

つとに梶原正昭氏が評価されたところである[4]が、この期における『将門記』の文学(史)的意義についての発言として、もう一つふれておかなければならないのは、石母田正氏の『中世的世界の形成』（昭21・3、伊藤書店）である。黒田庄という荘園の古代から中世への歴史をとらえながら日本の中世的世界の形成過程を明らかにしたこの名著は、刊行は戦後になったが、昭和十九年十月に序文が書かれているように、太平洋戦争の真っ只中において執筆されたものであった。

すでに昭和十八年の十一月〜十二月に、「『宇津保物語』についての覚書―貴族社会の叙事詩としての―」（「歴史学研究」一一五号〜一一六号）を発表して、当時あまり注目されていなかった『宇津保物語』が、平安貴族社会の典型的人間像を活写することで、当時の政争をよくとらえており、そのことが上流貴族への批判となっていることを明らかにされていた石母田氏は、この『中世的世界の形成』の中で、「貴族階級の内部」にあって、「地方の武士社会に関心を持ち、都市貴族社会の外にも別箇の世界が存在することを発見した」ところの『将門記』『陸奥話記』に注目され、これらの作者と『宇津保物語』の作者に、貴族社会における「反省的個人の二つの在り方」をみておられる。

そして『将門記』の文学史的な存在意義について、

平安後期の文学において将門記、陸奥話記、今昔物語等は主流から離れたとるに足りない存在であり、芸術的な気魄と彫琢の点でも欠けるところ多かったが、しかし文学が貴族社会の自己批判として、貴族的世界自体を超越することが唯一の発展の血路であったとすれば、今後の文学精神の進路は、『将門記』『今昔物語』の発見した世界になければならない。『平家物語』が平安後期の文学史の正統の嫡子として見らるべき所以《ゆえん》はここにあるが、しかし『平家』が従来の断片的実録的説話的文学をよく揚棄し得たのは、平安後期の物語精神を正しく継承し得たからに外ならない。

と明確に指し示されているのである。

こうした『将門記』の位置づけと『平家物語』に至る文学史的な見通しは、戦後の研究方向を明示し、先導するものであり、これがあの戦争のさ中に書かれたという事実は、記憶されてよいことであろう。

この昭和十年代にはなお、『将門記』の綿密なる本文研究を通して、その成立事情・作者・依拠資料などを解明した山中武雄氏の「将門記の成立に就いて」（「史学雑誌」46の10、昭12・11）のようなすぐれた労作も発表されている。『将門記』と『扶桑略記』の関係部分とを厳密に対比・検証して、現存『将門記』以前に原『将門記』というべきものが存在したことを想定され、中央に集められた確実な資料をもとに在京の作者が『将門記』を書いたと結論された山中氏の論証方法と成果は、戦後の『将門記』研究にも大きな影響を及ぼしたものである。

本稿では、太平洋戦争終結時までの期間における『将門記』の文学(史)的研究、軍記物語としての研究に焦点をしぼって研究史を展望してみたために、ふれることが出来なかった研究論考も少なくないが、その一端を紹介したように、必ずしも研究の条件に恵まれていたとはいいがたい明治期から戦前・戦中の間に、多方面からの豊かなアプローチが行なわれ、戦後盛んになってくる『将門記』研究の基盤となり、出発点となるようなすぐれた研究業績が出揃っている事実は、現代においても顧みられてよいことであろう。

注

(1) 山田忠雄氏「楊守敬旧蔵本将門記解説」(貴重古典籍刊行会影印本所載、昭30・3)

(2) ここにあげた三点のほか、本稿を成すにあたって、参照し教示をいただいた『将門記』研究史の類(太平洋戦争終結以前の研究にふれたもの)を次にあげておきたい。飯田瑞穂氏「『将門記』解題」(『茨城県史料古代編』所載、昭43・11、茨城県)、梶原正昭氏「前期軍記物語」(「文学・語学」69号、昭48・8)、林陸朗氏「将門記解説」(新撰日本古典文庫『将門記』所載、昭50・4、現代思潮社)、栃木孝惟氏「将門記」(研究資料日本古典文学『歴史・歴史物語・軍記』所載、昭58・6、明治書院)

(3) 『平家物語』の引用は、新日本古典文学大系本に拠る。

(4) 梶原正昭氏「『将門記』研究史」(『将門記研究と資料』所載、昭38・11、新読書社)

戦後『将門記』研究の考察と課題

佐倉由泰

一　はじめに

『将門記』は現在でも研究上の多くの難問をかかえる作品であり続けている。これは現在までの『将門記』研究に問題があったと言うよりも、『将門記』自体の性格に由来すると考えるべきであろう。実際、戦後の『将門記』の研究は、山中武雄「将門記の成立に就いて」（『史学雑誌』第四六編第一〇号、一九三七年一一月。『論集　平将門研究』〈現代思潮社　一九七五年一一月〉に再録）等の以前の研究の成果に多くを学びつつ、特に一九八〇年代はじめまでめざましく進展した。その活況には、『将門記』が平将門の乱という歴史の動向を画する大事件を集中的に捉えた史料でもあることから、歴史学の立場からの考究が相次いだことも大きく関与し、また、『将門記』が平安時代の訓点資料としての貴重な価値も具えていることから、国語史研究の分野で注目されたことも深くかかわっている。

この『将門記』研究が活況を示した時期、総合的研究書である、古典遺産の会編『将門記・研究と資料』（新読書社　一九六三年一一月）【以後、紙数の都合上、単行本、雑誌の刊行年月は、「63・11」のように略記する】が刊行され、梶原正昭訳注、東洋文庫『将門記　1・2』（平凡社　75・11、76・7）、林陸朗校注、古典文庫『新訂　将門記』（現代思潮社　82・6。初版本は、新撰日本古典文庫『将門記』〈現代思潮社　75・4〉）をはじめとする、注釈等を備えた校訂本が揃い、将門伝説を幅広く収める、梶原正昭・矢代和夫『将門伝説』（新読書社　66・7）や、地誌的な知見を豊富に盛り込んだ、赤城宗徳『将門地誌』（毎日新聞社　72・5）も世に現れ、論文についても、『将門記』特集を組んだ、『軍記と語り物』第五号（67・12）、『文学』第四七巻第一号（79・1）【以後、紙数の都合上、雑誌の巻号等は、「5」、「47-1」のように略記する】をはじめ多くの雑誌に重要な論考が示された。将門の乱の経緯を解説的に記述した、赤城宗徳『平将門』（サンケイ新聞出版局　60・12。後に、角川選書の一冊として改訂版刊行〈70・4〉）、大岡昇平「将門記」（『展望』73、65・1。『将門記』〈中央公論社　66・7〉等に再録）、北山茂夫『平将門』（朝日新聞社　75・9。後に、朝日選書の一冊として再刊〈93・1〉）、林陸朗『史実　平将門』（新人物往来社　75・12）等も発表された。浜田泰三・林陸朗・森秀人・矢代和夫『平将門の乱』（75・11　現代思潮社）は、解説に討論を交えた構成となっており、将門の乱と『将門記』の全体像と問題点が理解しやすい。また、研究の活況を反映して、十八編の論稿を再録、集成した論文集、林陸朗編『論集　平将門研究』（現代思潮社　75・11）も刊行され、研究展望としては、林陸朗「平将門研究史」（『西郊文化』11、55・6）、佐伯有清・坂口勉・関口明・追塩千尋『研究史　将門の乱』（吉川弘文館　76・9）や、梶原正昭「『将門記』研究史」（『将門記・研究と資料』〈前掲〉所収）、矢代和夫「将門記をめぐる研究と問題点――研究小史的に――」（『軍記と語り物』5〈前掲〉）、林陸朗「解説――平将門研究の回顧と展望――」（『論集　平将門研究』〈前掲〉所収）、林陸朗「将門記解説」（古典文庫『新訂　将門記』〈前掲〉所収）、高田信敬「将門記――戦記文学の始発」（秋山虔編『王朝文学史』〈東京大学出版会　84・6〉所収）等が、その都度、諸説を整理するとともに研究上の課題の指摘を行ってきた。なお、吉川英治『平の将門』（『小説公園』50・1〜52・2。後に、講談社の吉川英治文庫等で単行本化）、海音寺潮五郎『平将門』（『産業経済新聞』54・8〜55・8、『産経時事』56・4〜57・10。後に、新潮文庫等で単行本化）等の歴史小説の発表や、一九七六年のＮＨＫ大河ドラマ「風と雲と虹と」の放映もこのような研究の活況と決して無縁ではないだろう。

しかし、このような活況の中で多くの先学の考究が積み重ねられながら、『将門記』は、表現の基調やそこに込められた表現者の情念の本質を明かさぬ、難解な作品であり続けている。『将門記』は将門の乱の多くを語りつつも、その一方で語らざることも少なくない上に、何よりも、乱全体を捉える基本的な立場、視点を明示していない。このことが特異な和製漢文から成る難解な文体とも相まって多くの語られざる空白や謎を残している。『将門記』の本文から表現者の喜怒哀楽の表情を読み取ることは難しい。多くの論者がその謎めいた表情と向き合い、しかるべき意味を充塡すべくさまざまな解読の方向を示してきたが、その方向は論者によってまちまちで揺れも大きく、定まるところがない。そして、一九八〇年代はじめまでの活況の後、一九八〇年代中頃から現在までの約十五年間、『将門記』研究の論考が減り、停滞とも言える状況が現れている。

以上、きわめて大づかみに戦後の『将門記』研究のあり方と問題点を概観したが、その中で、具体的に何が明らかにされ、どのような問題が提起され、いかなる課題が残されたのか。本稿はそれを検討しようとするものである。

二　現存伝本について

まず、『将門記』の現存伝本については、戦後の研究の中で、これを真福寺本系統、楊守敬旧蔵本、抄略本系統の三類に分けるのが一般的で、異説はない。真福寺本は、名古屋市大須の真福寺宝生院に伝えられている、承徳三年（一〇九九）書写の奥書きを持つ巻子本（一軸）で、大須本、承徳本とも呼ばれる。寛政十一年（一八〇〇）に刊行され流布した植松有信版行本、それにもとづく『群書類従』所収本文もこの系統に属する。真福寺本は巻頭を欠くが、最も多くの記述量をとどめる古写本で、伝本中の最善本とされている。戦後発表された、東洋文庫『将門記　1・2』（前掲）、古典文庫『新訂　将門記』（前掲）等の校訂本文はいずれもこの真福寺本を底本とする。戦後刊行された、その複製を収載する書としては、中田祝夫解説、勉誠社文庫『将門記』（勉誠社　85・6）、岩井市史編さん委員会編・福田豊彦責任編集『平将門資料集　付・藤原純友資料』（新人物往来社　96・6）がある。

楊守敬旧蔵本とは、来日時にこの本を入手した中国の高名な学者の姓名を冠する呼称で、後の所蔵者の姓から片倉本とも呼ばれる、巻子本（二軸）である。巻首と巻末の多くを欠き、記述内容は真福寺本の約三分の二を存するが、古態をとどめる重要な古写本と考えられている。楊守敬旧蔵本の複製、翻刻はともに戦後に現れ、複製は、山田忠雄解説『楊守敬旧蔵本将門記』（貴重古典籍刊行会　55・3）、『平将門資料集　付・藤原純友資料』（前掲）に見ることができ、翻刻は、和田英道・猿田知之「楊守敬旧蔵本『将門記』翻刻」（『立教大学日本文学』30、73・6）等でなされている。

抄略本（抄録本）は、「将門略記」、「将門記略」の題を具えるものもある抄出本で、江戸時代以降の写本が多く現存する。抄略が大規模であるため本文の評価は必ずしも高くないが、真福寺本も欠く巻頭部を抄録していることから、その内容を推定する上で重視されている。名古屋市蓬左文庫所蔵の「将門略記」（蓬左文庫本）の複製が『平将門資料集　付・藤原純友資料』（前掲）に収められている。

この三系統の異本の関係については、山田忠雄氏が、「『将門記』解説」（『楊守敬旧蔵本将門記』〈前掲〉所収）で、楊守敬旧蔵本を真福寺本よりも十数年もしくは数十年先立つ写本と捉え、「楊守敬旧蔵本将門記の研究(1)」（『語文〈日本大学国文学会〉』4、56・11）では、きわめて綿密な本文異同の検討から、抄略本が楊守敬旧蔵本に近い本文を伝えていると指摘するとともに、楊守敬旧蔵本が『将門記』原本ではないもののそれにきわめて近いという推定を行っている。このような山田氏の推定はおおむね通説となっているが、楊守敬旧蔵本の真福寺本に対する先行性に関して、笠栄治氏が「将門記本文の再検討」（『佐々木八郎博士古稀記念論文集　軍記物とその周辺』〈早稲田大学出版会　69・3〉所収）で否定的な見方を示している。

『将門記』の現存伝本は抄略本を除けば真福寺本と楊守敬旧蔵本のみに限られ、いずれも冒頭部を欠失しているなど、その状況は『将門記』に基本的な空白や謎の多いことにかかわっている。また、現存真福寺本の第百九行から第百五十七行までに認められる、太字を斜めに並べて菱形を行列させるような形のいわゆる襷《たすき》書きも、川口久雄『平安朝日本漢文学史の研究　上』（明治書院　59・3）が、「いわゆる僧体の戯書の形式」と指摘しているが、この指摘どおりであるとしても何やら謎めいている。このようにいまだ説き明かされぬ謎もあるが、戦後の『将門記』の伝本研究は校訂本、複製本の刊行と連動して、制約の多い状況の中でも着実に進展してきた。

三　成立について

古代から中世までの散文作品では、テキストが自らの成立事情を語ることの方が稀であるから、そうした自己言及のないことが『将門記』に特異な状況とは言えない。が、『将門記』の成立事情を語る外部資料がなく、それを謎や空白の多い本文自体に探らざるを得ぬ状況の中で、帰するところを知らぬ多様な成立説が現れている。

まず、『将門記』の成立時期についても定説を見るには至っていない。楊守敬旧蔵本は先述のように巻末を欠いているので見るべくもないが、真福寺本の巻末近くには「天慶三年六月中記文」との記述がある。天慶三年（九四〇）六月とは乱後わずか約四ヵ月という時期であるが、それが『将門記』の成立時期に当たると久しく考えられてきた。が、坂本太郎『日本の修史と史学』（至文堂　58・10。『坂本太郎著作集第五巻　修史と史学』〈吉川弘文館　89・2〉に再録）が、『将門記』に物語的性格を認める立場から天慶三年よりもかなり後に成立したと見、また、川口久雄『平安朝日本漢文

学史の研究　上』（前掲）が、「天慶三年六月中記文」との記述は、その直前のいわゆる「亡魂消息」にのみ付属するもので、作品の成立期とは捉え得ぬとする見解を示して以降、『将門記』の天慶三年六月成立を疑わしいとする見方が強まっている。確かに、乱後わずか四ヵ月の成立とはあまりにも早いように思われる。しかし、一方で、春田隆義「『将門記』について」（『遠藤元男博士還暦記念　日本古代史論叢』〈70・4〉所収。『論集　平将門研究』〈前掲〉に再録）のように、天慶三年十一月の除目で藤原秀郷が下野守に任ぜられたこと、藤原純友の乱のこと等が記述されていない点に注目し、天慶三年六月成立説を妥当とする見方もある。また、真福寺本巻末部の「或本云」以下の本文を問題にして、『将門記』が天慶三年六月に成立し、それから「九十二年」目の長元四年（一〇三一）に終息した平忠常の乱後まもなく加筆があったと推定する、樋口州男「『将門記』にみえる〝或本云〟について」（竹内理三編『古代天皇制と社会構造』〈校倉書房　80・3〉所収。『中世の史実と伝承』〈東京堂出版　91・9〉に再録）の説も注目される。このように『将門記』の成立時期に関する諸説は、乱後四ヵ月に成立したとする説から十一世紀の成立と見る説まで、その幅は数十年以上にも及び、帰するところがない。

この成立時期をめぐる推定の揺れは、成立の担い手をめぐる推測の揺れともかかわる。作者像の推定も内部徴証に拠らざるを得ぬ中、作者説は大きく東国在住作者説と京都在住作者説の二つに分かれ、そこに作者は僧籍にある人物か否かという問題がからむ形で展開した。東国在住作者説では、天慶三年六月か、それに近い時期での成立が想定されがちであり、京都在住作者説では、天慶三年をかなり降った時期での成立が推測される傾向があるが、その両様の推定の分かれ目は、『将門記』が記載する将門の乱に関する情報がいかなる形で東国から京都に伝えられたかにあると言ってよい。すでに情報を整序し、一書として成立した形で京にも至ったとするのが東国在住作者説であり、東国の文書や情報だけが京に集められたと見るのが在京作者説である。加えて、渥美かをる「将門記・将門略記についての一考察――とくにその成立をめぐって――」（『愛知県立女子大学・愛知県立女子短期大学紀要』15、64・12。『論集　平将門研究』〈前掲〉に再録）のように、一旦関東で成立し、それが京都にもたらされて加筆、増補を見たとする説もある。が、この三説のいずれについても、他を否定するに足る十全な論拠を具えているとは言えない。ただ、いずれにしても事件の起こった東国での情報と京側の情報との双方を入手し得る作者が『将門記』を記したことは間違いない。とすれば、東国在住作者説の根拠が揺らぐようにも思われるが、京側の情報も詳しく知り得る人物を作者と想定するならばその論拠自体には問題はなくなる。また、作者が僧籍にある人物か否かも定かではない。作者が仏教的知識を持つことは確かであるが、『将門記』が仏道への思いと理解の深い在俗の人では書けぬとは言えない。

このように作者説がその基本的な点において一致を見ないのは、そもそも『将門記』がどのような情念に支えられて何のために書かれたのかという動機と目的を見定めにくいことに問題がある。将門を反逆者と捉えながらも、将門への同情や共感をうかがわせる表現姿勢、東国の地理や事情にも明るい一方で、京でしか得られないような情報も盛り込んだ表現内容、さらには、記録体を基本にしつつ純漢文的な四六駢驪体を指向するという晦渋な文体等が、記述の動機と目的の想定を錯綜させている。このように複雑な要素を含むほどに力のこもった一書が記されるにはそれ相応の切実な契機があったと認めざるを得ない。その点で、川口久雄『平安朝日本漢文学史の研究　上』（前掲）が提起した、『将門記』に唱導的な語り物としての性格を認める説は注目される。川口は、「華麗な甘美な哀調のリズム」、類型的表現、「愛別離苦を強調するような表現」、「僧尼の表現が百姓のことに」先行する記述、対句中の「仏教的なことば」、「格言・諺」の出現、「説話」の引用、結びにおいて「将門の後生譚たる亡魂の消息を出して、人々に放生や仏僧供養の法会を勧請する」ことを挙げて、「何れも将門記が唱導的文学作品たることを考えるのに妨げとならない徴標」と捉えている。示唆に富む、今後も重ねて考慮されるべき指摘であると思う。ただし、この指摘自体は「唱導的文学作品たることを考えるのに妨げとならない徴標」の提示なのであって、それ以上の確証性を具えていない。確かに、結尾部の「亡魂の消息」は唱導文学性を示しているようではあるが、それを認めたとしても作品全編が果たして唱導文学的であると言えるかどうかも今後の考証と検討を要する課題である。

また、唱導ということにも近接する問題として、将門の鎮魂を成立契機と捉える見方も現れている。たとえば、安部元雄「構成意識からみた『将門記』の作者像」(『茨城キリスト教短期大学研究紀要』3、62・3。『軍記物の原像とその展開』〈桜楓社 76・11〉に「構成手法からみた『将門記』の作者像」と題して再録)にその論及が認められるが、平貞盛を介して東国での体験談や情報が都に伝えられ、貞盛の将門への鎮魂の意志が京都在住の僧侶と考え得る作者を衝き動かしたという論旨の中で問題になっている。安部氏は、「『将門記』の文芸性をめぐって──構成論から構想論への転換のために──」(『日本文学ノート』16、81・1)でも、『将門記』に「愁訴」的発想を認める論旨の中で、「為政者が受け止め切れなかった「愁訴」を、文章表現による鎮魂として受け止め得たのが『将門記』の作者だったのである」と述べている。安部氏の論の他にも『将門記』の成立の契機として鎮魂に言及する論稿は認められるが、近年発表された論として、佐伯真一「「朝敵」以前──軍記物語における〈征夷〉と〈謀叛〉──」(『国語と国文学』74-11、98・11)は、〈征夷〉と〈謀叛〉を区分する視点から、軍記物語、および、日本の戦争記述のあり方を幅広く捉えようとする論旨において、鎮魂を主要な問題と認める中、『将門記』が鎮魂の意識を原動力として生み出されたという推定を行っている。幅広く、明確な視点をもって鎮魂を問題にした論稿で、『将門記』と将門伝説との接点をも見出す可能性も具えている。『将門記』の表現が鎮魂という問題の設定によっていかに解読され得るのかは今後の注目すべき課題である。ただし、鎮魂とは、幅広く、多様な問題要素を収斂させ得る包摂性の強い概念であるだけに慎重な検討も望まれる。

『将門記』の作者説はこの作品を世にあらしめている契機が見定められぬまま多様な想定が提起されている。高田信敬「将門記――戦記文学の始発」（前掲）は、このような研究状況について、「『将門記』それ自体を除いては作者推測の手がかりのない現在」、「文体のゆがみ、価値観の動揺、記事の矛盾等を作者に還元してゆく発想では、提出された問題点の数だけ異なった作者説も唱えられるのは必然で」、「内部徴証よりする作者推定は、作者自らが具体的にその歴史的実在としての痕跡を手がかりとして残しておいてくれるというよほどの僥幸に恵まれぬ限り、かつ十分な方法的自覚のない限り、それは偽装された作品論にしかならないのであ」り、その中にあっては、「多種多様ないわゆる作者論を」「謙虚に」「作品論として読みかえる主体的努力が尽くされねばならぬ」、という見解と提言を示している。的確で妥当な指摘と言ってよい。重要なのは、作者説を唱えることではなく、表現上の問題点を提起し、考察することにある。

もちろん、作者像に言及すること自体を否定する必要はない。『将門記』の性格を考える場合、表現上の謎や空白が多いだけに論証の際にいきおい記述する主体の立場、視点に言及せざるを得ず、結果的に作者像が意識される。論者はおのずと自らの作品論をまさに作品論たらしめるためにも作者像に言及することになる。そこで留意すべきことは、作品理解を通しての作者像への論及がそれ自体作者論として自立していると考えるような誤認を避けることである。作品理解の投射として結ばれた作者像の相違だけをことさら問題にするのではなく、その投射の光源としての作品本文の理解をめぐる多様な問題を丁寧に整理し、検証すべきなのだ。そして、もしも『将門記』研究において自立性の高い作者論を志向するならば、作品の具体的な表現から表現者の学問的知識、文章力、情報量などのあり方を詳密に割り出し、その持ち主を十世紀、ないしは十一世紀の社会、文化の広がりの中で検証的に特定して行くしかない。そこでは、きわめて細密な典拠研究、文体研究などに歴史学的知見を接合させるような多元的、多層的な状況証拠の積み重ねが求められるはずである。そうしなければしかるべき成立の契機の説明に到り着けないほど『将門記』は難解な作品である。

既に、梶原正昭氏は「『将門記』の成立――その作者像と筆録意図をめぐって――」(『文学』45-6、77・6。『軍記文学の位相』〈汲古書院　98・3〉に再録)の冒頭で次のように述べている。

『将門記』の文章は、和臭の強い変体漢文という独特な文体で書き綴られているが、そのような変則的な漢文を駆使し、苦心を重ねてまでこの叛乱の実録を後世に書きのこそうとしたのは、いったいどのような人物であり、またどんな目的があってのことであろうか。『将門記』というこの難解な作品を読みながら、いつも念頭に思い浮ぶのは、そういう疑問である。

『将門記』研究においては、少なくとも梶原氏の提起するこの疑問に自覚的であることが求められる。

四　『将門記』の評価と将門の乱の歴史的位置づけ

戦後、『将門記』の文学的評価は飛躍的に高まるが、その動向を代表するのが永積安明氏の見解である。永積氏は、「「軍記もの」の構造とその展開」(『国語と国文学』37-4、60・4)で次のように述べている。

(前略)九四〇年、東国におこつて、都を震撼させた天慶の叛乱は、『将門記』において、合戦の連続という点で、事件に密着しつつ年代記的に展開せられるが、そのあらゆる合戦・事件が、将門によつて動き、また将門にはねかえるように構成せられている。したがつて、将門の登場する部分は、特別に強烈な表現によつて、その行動を造型せられるような構想となつている。つまり将門の巨大で動的な像は、他者との対立をとおして、その行動を外部からとらえるという方法において、同時代の王朝物語とは、全く異質の、むしろ後の『平家物語』や『太平記』等と共通な叙事詩的方法の条件の一つを、早くも創出しているといえる。

永積氏は、『将門記』の将門を「英雄的人物像」と捉え、『将門記』を中世の「叙事詩的」な軍記ものの画期的先駆と位置づけようとしている。将門の英雄的造型と作品の叙事詩性に中世的な新しさを見出している。永積氏は、著書『軍記物語の世界』（朝日新聞社　78・7）でこの見方をさらに進めており、本論部を三章に分かち、『平家物語』、『太平記』とともに『将門記』に一章を割いて、軍記物語の三つの柱のひとつと捉える中、「貴族社会の危機の中枢部に、あたかも鋭い匕首を突きつけるかのような叛逆児を描いた『将門記』こそ、文学史的にも稀有の表現ではなかったか」と述べるとともに、『源氏物語』が『竹取物語』を「物語の出できはじめの親」と呼んだのになぞらえ、『将門記』を軍記物語の「出できはじめの親」と呼ぶにふさわしい作品と評している。

『将門記』を軍記物語の先駆と認めるのは必ずしも永積氏によって始まった見方ではないが、軍記物語に叙事詩性と英雄的人物を見出すことでその文学性を測ろうとする幅広い展望と相まって、永積氏の評価は戦後の『将門記』研究の一基軸となった。永積氏の提起した評価軸は、新たな歴史の動向を捉える表現に先進的で確かなリアリティーを認めるとともに、その表現を英雄的人物を軸に力強く展開する叙事詩的作品としてまとめ上げる構想力、構成力を重視することにある。この評価の基盤、前提には将門の乱の歴史的評価がある。「貴族社会の危機の中枢部に、あたかも鋭い匕首を突きつけるかのような叛逆児を描いた『将門記』」という見方にも現れているように、将門の乱を、古代から中世へ、あるいは貴族社会から武家社会へという歴史の動向を鋭く先取りする事件と捉えており、その事件を新たな文体、表現をもってリアルに統一的に描き出していることを高く評価しているのである。すなわち、永積氏にとって、『将門記』の先駆性とは、歴史の動向を先取りする、将門の乱の言わば先駆性を前提にしている。

したがって、永積氏の『将門記』の評価は、戦後の歴史学における将門の乱の評価と決して無縁ではない。また、永積氏の見解に限らず、戦後の『将門記』の文学的評価は、戦後の将門の乱の歴史的評価と不可分の関係にある。が、一方で互いに没交渉な面も具えていた。そこで、将門の乱についての歴史学の立場からのアプローチに関して概観しておきたい。

歴史学の論稿の中で、松本新八郎「将門記の印象」（『文学』19-10、51・10。『論集　平将門研究』〈前掲〉に再録）【以後、『論集　平将門研究』は『論集』と略記する】は、『将門記』に、将門の英雄性、表現のリアルさ、動乱を描く構想力を認める点で、永積氏の評価に先行する論である。この論の中で、松本氏が将門の乱について注目するのは、関東平野での「共同体的農村の解体」の動向と対抗勢力間のその拠点の相違である。松本氏は、良兼、貞盛等の勢力拠点を奈良時代以来開拓されてきて隷属関係が多層化した「関東平野の山根地帯」と見、将門の勢力拠点をつねに新しい村落を打ち立て得る「利根の乱流域にぞくする平野地帯」と捉えて、良兼、貞盛等が自らの族長的支配の強化のために古い共同体的秩序の再編を目指したのに対し、将門はそれに抗する比較的自由な農民と結合して独自の道を進んだと考えた。そして、将門は、比較的自由な農民の抱く、村落共同体の崩壊への不安にこたえる形で乱を拡大させたが、その後のプランを用意していなかったために滅びたと捉えている。松本氏は、村落共同体の崩壊の中で不安を抱える農民の支持を得たことをもって乱に一定の評価を与え、将門が「人民の英雄」として「腐敗した王朝に驚天動地の衝撃を与えた」と評している。また、『将門記』については、その著者が農村の葛藤の中に身を置き、時には叛逆者の側に立って、農村に繰り広げられた政治的な闘争をリアルに描こうと努めたことを高く評価している。

この松本氏の論稿に先行する著作に、石母田正『古代末期の政治過程及び政治形態（上）』（日本評論社　50・3）がある。石母田氏は、その第一章第三節「古代末期の叛乱」（『古代末期政治史序説　上巻』〈未来社　56・11〉、および『論集』に再録）において、将門らの関東の土豪を私営田領主と規定し、彼らの私営田における生産関係を、奴隷制から農奴制への過渡的形態であるコロナート制と捉え、この封建的関係には達していない過渡的な支配基盤を根拠としていたために、将門の乱は古代国家を克服すべき新しい性格を持っていなかった、とその限界を指摘した。が、一方で、石母田氏は、将門の国家樹立を「それだけで古代国家の滅亡を早めることであり、進歩である」と評している。このような石母田氏の見解に対し、松本氏の見解は着眼点を異にするが、同質の認識を少なからず含んでいる。

この石母田氏、松本氏による将門の乱の評価への反措定という意味も担って発表されたのが、上横手雅敬「承平天慶の乱の歴史的意義」（『日本史研究』23、54・6）である。上横手氏は、将門と貞盛をいずれも受領層に属すると捉えることにはじまり、「乱における将門・貞盛両陣営の構成は質的に全く同一であった」と指摘し、また、古代国家の政治的組織力の強大さに論及するとともに、その権力を利用した貞盛らの動静に後世の武士の政権樹立に結びつく歴史的意義を認めている。上横手氏は、この論旨を補強する論述を著書『日本中世政治史研究』（塙書房　70・5）の第一章の第三節「平将門の乱」（『論集』に再録）でも示しているが、上横手氏は、将門の側の動静に後世につながる歴史的意義をほとんど認めていない点で、石母田氏、松本氏の認識とは相反する見方に立つ（この点に関しては、石母田氏による反論もある〈前掲の『古代末期政治史序説　上巻』参照〉）。また、それ以上に、永積氏の見方とは相容れないほど隔たっており、実際、永積氏に限らず、『将門記』の作品研究の場では、この上横手氏の見方はほとんど顧慮されなかったが、上横手氏の論は、『将門記』の積極的評価には結びつきにくいものの、十分に顧慮されてしかるべき論であったと思う。『将門記』研究は将門の乱を多角的、立体的にイメージしつつ進められる必要があると考えるからである。

そして、歴史学の立場からの将門の乱の研究はこれを多面的に立体化する方向で進められてきた。ここに言及した、石母田氏らの論稿とほぼ同時期に発表された、三宅長兵衛「将門の乱の史的前提――特に「僦馬の党」を中心として――」（『立命館文学』112、54・9。『論集』に再録）は、郡司と農民の反国衙的結合を指摘しつつ、運送にも携わった「坂東諸国の富豪の輩」の組織的結合としての「僦馬の党」に特に注目して、その動静を反律令的闘争と捉え、将門の乱をこのような「反律令的エネルギー」の頂点に立つものと位置づけた。また、吉田晶「将門の乱に関する二・三の問題」（『日本史研究』50、60・9。『論集』に再録）は、将門の乱に見られる軍事構成が「私的隷属武力」、「族的結合による武力」、「私的隷属の関係も、族的結合ももたない武力」から成ると捉えるとともに、将門の軍隊は封建的軍隊への傾斜を示しつつも、浮動性を含み、恒常的組織としての発展が未熟であったことを指摘している。吉田氏はさらに「平安中期の武力について」（『ヒストリア』47、67・3。『論集』に再録）の中で、『将門記』に現れる武力としての「従類」、「伴類」についてその性格を詳細に論じている。「伴類」については、春田隆義「将門の乱における武力組織――とくに「伴類」について――」（『史元』2-3・4合併号、67・5）においても詳細に検討されている。将門の乱に見られる軍事的組織が注目されるのは、封建制の成立や武士団の形成にかかわる問題だからでもあるが、それはまた律令的軍制が崩れる中、公的な軍事機構がいかに更新されたかという問題にも関連して関心が持たれた。井上満郎「押領使の研究」（『日本史研究』101、68・11。『論集』に再録）も、在地勢力と公権力との関係にからめて、承平・天慶の乱を大きな契機として軍事的職掌としての押領使の性格が大きく転換することを論じている。井上氏には、他に、承平・天慶の乱ともかかわらせて軍事・警察機構の転換を考察した論稿として、「検非違使の成立と摂関政治」（『日本史研究』93、67・9）、「平安時代の追捕使」（『古文書研究』2、69・2）がある。さらに、軍制と坂東平氏の「土着」との関係も注目され、坂東平氏の「辺境（地方）軍事貴族」としての性格や国衙軍制のあり方が論じられた。そのような論稿としては、戸田芳実「中世成立期の国家と農民」（『日本史研究』97、68・4）、石井進「中世成立期軍制研究の一視点――国衙を中心とする軍事力組織について――」（『史学雑誌』78-12、69・12）、高田実「一〇世紀の社会変革」（『講座日本史第二巻　封建社会の成立』〈東京大学出版会　70・5〉所収）、戸田芳実「国衙軍制の形成過程」（『中世の権力と民衆』〈創元社　70・6〉所収）、高橋昌明「将門の乱の評価をめぐって」(『文化史学』26、71・3。『論集』に再録)等がある。

以上述べたような一九五〇年代から一九七〇年前後に次々と発表された将門の乱をめぐる歴史学の研究の成果を、『将門記』を文学作品として論ずる側が十分に受け止めてきたとは言えない。たとえば、高橋昌明「将門の乱の評価をめぐって」が提起する、将門の乱に反中央政府的、反国衙的性格よりも「中央権門より私的な庇護をうけた国家の傭兵の自己運動の延長」としてのあり方を認めるような視点は顧みられなかった。古代から中世へ、貴族社会から武家社会へという歴史的動向の巨視的把握はそれ自体を否定されることはないとしても、そのような視点のみでは『将門記』作者の目から見た世界像、その先の見えぬ過渡期特有の世界像は捉え得ない。一九八〇年代以降、将門の乱の研究は必ずしも活況を呈しているとは言えないが、その中で、将門の勢力基盤として新たに馬と鉄に注目し、「官牧使平将門」という歴史像を新たに提起した福田豊彦氏の著書『平将門の乱』(岩波新書　81・9)も刊行された。将門の乱の陸奥国への波及を論じた川尻秋生「将門の乱と陸奥国」(『日本歴史』527、92・4)のように、新たな視点を提示する論稿もある。一九九〇年前後には、藤原純友の乱の性格づけをめぐる論争も行われた(福田豊彦「藤原純友とその乱」〈『日本歴史』471、87・8〉、小林昌二「藤原純友の乱再論――福田・松原氏の批判に答えて――」〈『日本歴史』499、89・12〉、下向井龍彦「天慶藤原純友の乱についての政治史的考察」〈『日本史研究』348、91・8〉等参照)が、その中で、純友の乱について示された、「瀬戸内海の運輸業者=海賊たちが、公卿にも近しい純友を担いで一つの政治勢力となり、新しい社会的位置づけを得ようとした事件」(福田豊彦氏)、「承平南海賊」の反乱を抑えた「武勇輩」による、その「勲功価値の不当な評価に対する軍事的抗議」(下向井龍彦氏)等の、見解を異にする新たな提言は、将門の乱の性格づけにも直接関与する重要な問題を含んでいる。

このような将門の乱をめぐる歴史学の研究の積み重ねの中から浮かび上がるのは、十世紀という歴史的転換期に何が起こっていたのかという問題である。領主制、軍制、王朝国家体制、摂関政治等の呼称で注目される、大きな転換を内包したさまざまな制度上の問題が、地方と中央、東国と西国との関係性や、武という職能、主従関係、国司苛政上訴闘争等の問題に絡んで、「百姓」、郡司、在庁官人、国守、「僦馬の党」、「辺境（地方）軍事貴族」といった人々の生活や意識とどのようにかかわっていたのか。そのような具体的歴史像の整合的な立体化は容易なことではなく、研究の進展につれて十世紀の歴史像の輪郭はかえって不鮮明になったようにさえも感じられる。が、将門の乱をめぐる困難な研究状況は、十世紀という歴史的転換期がいかに重要な問題を含んでいるのかを如実にもの語っている。この問題の重要性と難解さへの認識がなければ、将門や貞盛らが直面してしまったなまなましい現実や、『将門記』作者が見聞してしまった厳しい現実から遠ざかることになろう。『将門記』の表現世界を理解するに際しては、歴史学の知見を生かして、転換期を生きた多様な人々の生活に対するイマジネーションを働かせようとする姿勢が不可欠であると考える。そのような姿勢が『将門記』を研究する側に十分であったとは言えない。

五　『将門記』の文学性、構想、構成、表現

ただし、戦後の『将門記』研究が、歴史学の研究成果を取り入れるのに不十分であったからと言って、その自立的成果が不十分であったと断ずるのは早計に過ぎよう。そもそも『将門記』を作品と捉える視界に見えてくる問題と史料と捉える視界に現れる問題とはおのずから異なるということも無視できない。その差異の端的な現れとして『将門記』研究において重要な争点となったのが、作中に見られる、将門による藤原忠平宛の書状の問題である。これは成立説、作者説にかかわる問題として争点となったが、『将門記』の文学性を捉える上でも注目される。

作中、将門による藤原忠平宛書状と他の『将門記』本文との間には、文体、および、事件記述の内容に大きな差異があることが指摘される中、この書状は実在したものとされ、『将門記』本文が記述上依拠した重要な資料と目する見解も示されている（坂口勉「『将門記』における将門像」〈『歴史評論』317、76・9〉等）。さらに、作者はこの書状を利用できたと捉えることから、藤原忠平家に密接な関係のあった人物と見る推定（青木和夫『日本の歴史5　古代豪族』〈小学館74・5〉）や、具体的に、忠平の三男、師保を作者と見る推定（林陸朗「『将門記』解説」〈前掲の『新訂　将門記』所収〉）も現れている。しかし、一方で、『将門記』作者が構想上の必要からこの書状を創作したと捉える見方がある。北山茂夫『平将門』（前掲）は、当該書状と他の作中の本文との間に用語、表現の一致点を見出しつつ、将門が忠平宛に書状を出したという事実を伝聞した『将門記』作者が作中に将門の心事を述べる書状を創作したと推定している。また、永積安明氏は、『軍記物語の世界』（前掲）や、「『将門記』成立論」（『文学』47－11、79・1）において、この書状がきわめて周到な構想にもとづいて『将門記』作者によって創作されたということを論じている。永積氏の論は、『竹取物語』、『伊勢物語』、『土佐日記』等の先行する作品において蓄積されていた物語的構想力を意識し、『将門記』の物語としての構想力を問題にしている点で注目される。当該書状の記載が実録か創作かはにわかに決しがたい。両説とも他の一方を否定するに足る論拠を具えぬ中、前者が京都在住作者説に、後者が東国在住作者説に結びついて相容れることなく併存している。ただし、『将門記』の表現世界を捉える立場においては、当該書状が実録か創作かは本質的な問題ではない。たとえ当該書状が実録であったとしても、それを作中に取り込んだことも一つの主体的選択に外ならない。また、この書簡体本文が『将門記』本文のまさに一部として何らかの表現機能を担っていることは否定できない。その点で永積氏が『将門記』の物語としての構想にかかわらせて当該書状を問題にしていることが重要なのである。

文学的研究の成果は、『将門記』を作品、物語と捉え、その構想、構成、表現等を論ずる方面に期待できるが、先述のように、永積安明氏の『将門記』評価はこの方面の研究において一つの基軸となった。鈴木則郎「『将門記』の世界」（『文芸研究』38、61・6）もその基軸を大きく外れるものではない。鈴木氏は、この論で、作中の良兼逝去の記事を前半と後半とを分かつ結節点と捉える中、前半の世界に、対立者側からの働きかけに受動的に対応する将門の姿を集中的に描き出す「消極的な統一方式」を認め、後半の世界に、反逆者として能動的に敵対者に働きかける将門の姿を集中的に描き出す「積極的な統一方式」を認めて、『将門記』が終始一貫して内乱の推移を将門に焦点を合わせ、将門の側から把握していることを指摘した。鈴木氏は、「公賊の意識」の介入による表現方式の変化を指摘する一方、作者の一貫した将門への同情の念、主観の傾斜に支えられて、『将門記』が将門中心の世界を保持していると捉えているが、将門が前半部で「英雄化」され、後半でも「闘争的、意欲的な武将として描き出されている」という論及には、永積氏と同質の見方が認められる。永積氏が『将門記』に先駆性、叙事詩性を見出すのに対し、鈴木氏は登場人物の関係性から作品の構成を捉え、そこに文芸的意識や物語性を認めるように立場は異なるが、『将門記』を将門を中心に展開する作品と捉え、その「英雄」的な人物造型に注目するという点では共通する。なお、鈴木氏は、この論を発展させる形で、「『将門記』と『陸奥話記』」（『日本文芸論稿』1、67・8）、「「軍記物」における公賊の観念と私の立場――初期軍記を例として――」（『菊田茂男教授退官記念　日本文芸の潮流』〈おうふう　94・1〉所収）では、「公賊の意識」に注目しつつ、『将門記』と『陸奥話記』の性格を対比的に論じている。

将門の人物造型のあり方を作品世界の主要な問題として考察する論稿としては、他に、小松茂人「『将門記』『陸奥話記』の世界」（『東北大学教養部文科紀要』10、62・10。『中世軍記物の研究　続』〈桜楓社　71・1〉に再録）もある。小松氏は、『陸奥話記』との対比において『将門記』の性格を捉える中で、貞盛の人物像との対照性への指摘を交えて将門の人物造型に着目し、「『将門記』の表現し描写するものは、一言にして言えば、直線的な行動美であり、直観的な野性美の表現である」という論及を行っている。小松氏は、また、軍記物の表現の様式として、『将門記』、『保元物語』、『平家物語』の系列と、『陸奥話記』、『平治物語』、『太平記』の系列という二系列があることも論じている。

このような将門に主眼を置く作品理解に対して、貞盛の造型を重視する見方もある。安部元雄「構成意識からみた『将門記』の作者像」（前掲）は、貞盛が、前半部で非戦闘的な武将として、後半部で「勇猛な英雄」として描かれていることを作品構成の問題として論じ、そこに貞盛の理想化に向けての周到な配慮を認めている（安部氏はこの見方に立って『将門記』が貞盛の勢力圏内で最終的に成立したと捉えている）。安部氏は、この論の延長として、後述する、篠原昭二氏の論にも触発される形で、「『将門記』の文芸性をめぐって――構成論から構想論への転換のために――」（前掲）において、『将門記』の表現の中に、つねに合戦によって苦しむ者の姿を捉え、その弱者の側に寄り添って、作品の内面的世界を広げて行く、表現者の公平なまなざしと「愁訴」的発想を見出しており、注目される。

また、「叛逆児」将門を「英雄」として描く先駆的な「叙事詩的作品」と捉える永積氏の『将門記』評価に対しては、大津雄一「『将門記』の〈先駆性〉」（『日本文学』42-5、93・5）が、その価値基準自体に疑義を呈する見解を示している。大津氏の見解を要言すれば、〈王権への反逆者の物語〉とは反体制の物語ではなく、共同体においてその体制を維持する〈王権の絶対性の物語〉として機能するものであり、「叙事詩的作品」である『将門記』も共同体の体制維持に奉仕するイデオロギー装置に外ならない、というものである。『将門記』をポジティブに捉える根拠としての永積氏の評価軸を一気に逆転させ、共同体に奉仕するテクストでありつつも、その機能不全を誘発する表現内容を含むことで『将門記』を評価するという、批評性を具えた論稿である。『将門記』のみならず他の軍記作品にも適用される、このような大津氏の展望は、「軍記物語と王権の〈物語〉――イデオロギー批評のために――」（山下宏明編『平家物語　研究と批評』〈有精堂　96・6〉所収）等に示されている（『将門記』と王権とのかかわりに論及する考察としては、他に、柳田洋一郎「将門記の本文叙述の構造」〈『同志社国文学』17、81・3〉がある)。

ただし、『将門記』の作品論ということにあえて視点を限定すれば、大津氏の見解と永積氏の見方とは必ずしも対極に位置するとは言えない。評価軸を逆転させているとは言え、大津氏は『将門記』を「叙事詩的作品」と捉えている点で永積氏と同様の基盤に立つ。永積氏の見解に対しては、そもそも『将門記』は叙事詩的か、『将門記』の将門は「英雄」なのか、という問い掛けの方がより根源的な反措定となる。そのような問い掛けを提起しているのが、篠原昭二氏である。篠原氏は、「将門記の作者」(『国語と国文学』37−4、60・4)において、『将門記』は将門だけを支持しているのではなく、良兼・貞盛らにも将門に対する場合とほぼ同等、同質の描き方をしており、作者は「彼等の立場を超えた、一段高い所からこの争乱を見」、また、「勝敗の行方よりも、合戦・争乱の悲惨な裏面を見ていた」と捉えた。篠原氏は、この論と同様の見方を、「初期軍記・王朝説話文学と中世軍記」(『解釈と鑑賞別冊　講座日本文学　平家物語上』〈至文堂　78・3〉所収)、「将門記とその位相」(『日本文学史2　中古』〈学燈社　78・5〉所収)においても示している。特に、「初期軍記・王朝説話文学と中世軍記」では、表現のあり方の詳細な検討とそれにもとづく『将門記』の性格への踏み込んだ論及を行っており、『将門記』の戦闘記述の特徴として「戦士像をその具体的行動よりは戦わんとする心情において捕えようとすること」、「勝敗の行方を、名分の有無や戦闘力の優劣ではなく、時運に帰すること」、「戦闘の結果として第三者をも巻き込んで現れる悲惨な状況に筆を費やすこと」の三点を指摘し、それらを『将門記』が将門の正当化や英雄視を意図していないことを示す証左と捉えるとともに、この第三点目を重視して、作者が戦の当事者よりも第三者として被害を受ける者の立場に身を置いていたと考え、その立場のあり方が、将門と貞盛を対蹠的に描き、坂東の情勢と京権力側の動静を対置するような相対的な把握をもたらし、全体として乱のありようを的確に叙述することを可能にしたと述べている。「乱を起し、自分達の生活を脅かす者は、それが誰であれ、困った存在なのである」という乱の被害者の見方を捉えた言及も重要である。この指摘こそ、『将門記』研究で問題になる「在地性」の本質をまさに言い当てているのではないか。篠原氏の論は、『将門記』に中世軍記物語との同質性と戦記文学としての先駆性を認める立場とは対照的に、『将門記』の独自性に注目する中、中世軍記物語との異質さを重視している点に特徴があり、研究史において画期的な意味を持つ。篠原氏の論は、在京の文人を作者と想定している点で問題にされるが、『将門記』の重要な作品論としてもっと注目されてよいと思う。

ところで、『将門記』の戦記文学としての先駆性を重視するか否かという問題意識とは別な認識にもとづく作品研究の立場もある。その中には、日本の漢文学の系列に位置づける、先述の『平安朝日本漢文学史の研究　上』（前掲）における川口久雄氏のような立場もあるが、『将門記』の謎の多い表現を丹念に読み解こうとする注釈や出典研究も同様の立場にある。『将門記』の注釈は、大森金五郎氏による注釈が大正期に示された（『武家時代の研究　第一巻』〈富山房23・1〉）後、しばらく進展しなかったが、戦後、渡辺藤吉・岡村務『現代語訳将門記』（つくばね会　55・11）が真福寺本にもとづく平易な現代語訳を示し、また、真福寺本全文に書き下し、口語訳、註、そして、地誌的知見等を豊富に盛り込む評釈を施した、赤城宗徳『将門記――真福寺本評釈――』（サンケイ新聞出版局　64・12）も刊行された。そして、『将門記』の注釈にとって画期的な意味を持ったのが、古典遺産の会（梶原正昭・矢代和夫・佐藤陸・加美宏・村上春樹・小林保治）『将門記・研究と資料』（前掲）である。この書は、『将門記』についての総合的研究書で、一九五九年一一月に謄写版で出版され、四年後にその改版が新読書社から刊行された。書中の「『将門記』――本文と註釈――」は、真福寺本本文についての書き下し文はもとより、楊守敬旧蔵本、抄録本との対校、出典等を示す訳註を行っている点できわめて重要である。さらに、その後示された、日本思想大系『古代政治社会思想』（岩波書店　79・3）における、竹内理三氏の校注も貴重な示唆を含むが、『将門記』注釈の今日までの業績の頂点とも言うべきは、梶原正昭訳注、東洋文庫

『将門記　1・2』（前掲）と、林陸朗校注、古典文庫『新訂　将門記』（前掲）である。

梶原氏は、この東洋文庫『将門記　2』が刊行された一九七六年七月以後も、「『将門記』の成立――その作者像と筆録意図をめぐって――」（前掲）で『将門記』と「尾張国郡司百姓解文」との間の用語や表現の酷似を指摘したり、「『将門記』の構造――発端部の問題をめぐって一・二――」（『学術研究』36・37、一九八七年一二月・一九八八年一二月。『軍記文学の位相』〈前掲〉に再録）で作品冒頭の欠失部の記述内容を詳細に推定するなど、『将門記』の校注者としての緻密な視点に立つ考証を行った。『将門記』の冒頭の欠失部とそれに続く表現については、栃木孝惟氏が、「『将門記』の冒頭欠失部をめぐって」（『文学』47-1、79・1）、「『将門記』論――貞盛の帰郷前後と同族抗争への展開――」（『文学』48-8・49-1・3・4、一九八〇年八月・一九八一年一月・三月・四月）において、注釈的とも言うべき、きわめて綿密な考証を行っており、注目される。栃木氏は、早急に結論を急ぐことを慎むように、表現を詳密に検討し、貞盛の人物像や平良正の平良兼宛の書状の創作性等についての重要な指摘を行っている。

また、『将門記』の表現の典拠については、坂本太郎「帝範と日本」（『日本歴史』94、56・4）が、中国唐代初めに成立した『帝範』の日本での受容のあり方を捉える中、『将門記』が『帝範』の影響を色濃く受けていることを具体例を挙げて指摘した。さらに、柳瀬喜代志氏は、「『将門記』の表現――特に初学書・流行の漢籍所出典故をめぐって――」（『学術研究』37、88・12。『日中古典文学論考』〈汲古書院　99・3〉に再録）において、梶原正昭氏、林陸朗氏、竹内理三氏による『将門記』本文の校注の成果と坂本太郎氏の指摘を踏まえながら、『将門記』の中に、『帝範』を出典とする語を新たに指摘するとともに、『臣軌』、李暹注『千字文』、李善注『文選』を典拠とする表現があることを緻密な考証の中で明らかにしている。

『将門記』は謎の多い、難解な作品であるだけに、以上述べたような注釈や出典研究自体を綿密に読み直し、『将門記』本文の問題点を発見的に見出して行く必要がある。加えて、作品の全体像の提示を急がず、緻密に表現を考証するということでは、『将門記』の比喩表現や類型的表現を詳細に検討した、小林保治「将門記の表現」（『将門記・研究と史料』〈前掲〉所収）や、『将門記』の叙述のあり方を『将門記』以前の「合戦記」、「一代記」との比較において論じた、加美宏「将門記の形態と方法――その前史的考察――」（『将門記・研究と史料』〈前掲〉所収）もある。さらに、村上春樹氏による『将門記』の文体の研究もきわめて重要である。村上氏は、「将門記の文体」（『将門記・研究と史料』〈前掲〉所収）、および、「『将門記』の文章」（和漢比較文学叢書第十五巻『軍記と漢文学』〈汲古書院　93・4〉所収）において、『将門記』の表現の、変体漢文（記録体）としての性格と、対句を駆使した純漢文（四六駢儷体）としてのあり方を明らかにする考察を行っている。記録体を基盤としながら四六駢儷体的な表現を志向する、『将門記』の特異な文体の具体相も、村上氏の考証によって明確に認識されるに至ったと言ってよい。

また、文体ということに関連しては、現存古本の真福寺本、楊守敬旧蔵本に見られる用字、訓点、声点等の表記を考証する国語学の立場からの研究がある。坂詰力治「楊守敬旧蔵本『将門記』和訓の性格について」（『文学論藻』36、67・5）、小林芳規「将門記承徳点本の仮名遣をめぐって」（『国文学攷』49、69・3）、猿田知之「楊守敬旧蔵本将門記に附されたる声点について」（『立教大学日本文学』30、73・6）、小林芳規「将門記における漢字の用法――和化漢文とその訓読との相関の問題――」（山岸徳平編『日本漢文学史論考』〈岩波書店、74・11〉所収）、小林芳規「和化漢文における口頭語資料の認定」（『鎌倉時代語研究』12、89・7）、鈴木恵「真福寺本将門記に於ける助字の訓法と読添の方法」（『鎌倉時代語研究』12、89・7）、船城俊太郎「変体漢文はよめるか――『将門記』による検討――」（『小松英雄博士退官記念　日本語学論集』〈三省堂　93・7〉所収）等、真福寺本、楊守敬旧蔵本ともに、平安時代の重要な資料と考えられることからその表記をめぐる論稿は多い。『将門記』の伝本研究において画期的な意味を持った、先述の、山田忠雄氏の研究も、『将門記』

の国語史資料としての性格を明確にする基礎的考証という意味も具えていた。国語学の論考は『将門記』の特質を捉えるよりも『将門記』を通して平安時代の用字、訓点等のあり方を捉えることに目的が置かれているために、『将門記』を作品という統一体と捉える認識から出発する作品研究の立場とのずれも少なくないが、その動向に注目し、その成果を十分に受け止めることは、注釈や文体論に限らず、『将門記』研究を進める上でも不可欠であると思う。表記や文体を通して、『将門記』の表現に込められた情念の形を見定めて行く必要もあると考えるからである。加えて、『将門記』研究においても、記録体とは何かというような根源的な問い掛けを意識すべきだと考えるからである。

さらに、『将門記』の享受の問題については、『今昔物語集』巻第二十五第一話への論及が多く認められるが、これ以外の書への影響に関しても、山中武雄「将門記の成立に就いて」（前掲）の『将門記』成立にかかわる指摘を批判的、発展的に捉え直し、『扶桑略記』が『将門記』本文を引抄していることを論じた、平田俊春「将門記の成立と扶桑略記」（『芸林』5―5、54・10。『日本古典の成立の研究』〈日本書院　59・10〉、および『論集』に再録）、『平家物語』諸本の『将門記』依拠の状況を捉え、検討した、武久堅「『将門記』依拠の段階――平家物語の貞盛伝と将門伝――」（『広島女学院大学国語国文学誌』10、55・12）等で重要な指摘がなされている。

六　おわりに

以上、戦後の『将門記』研究のあり方を捉えるとともに、いくつかの問題にかかわらせて、残された課題について言及してきた。その言及をあえて繰り返すことはしないが、ここで『将門記』研究の今後の課題を概括しておきたい。まず、『将門記』の難解さを認識し、改めて従来の考究に学ぶことが必要であろう。注釈をはじめとする多くの考察が含む指摘や問題提起はまだまだ十分生かされているとは言えない。その成果に学びつつ、表現上の謎や空白を見据えて『将門記』本文を緻密に読み直す中で、新たな指摘や問題提起を行うことが求められる。ただし、このように従来の研究に学びつつ『将門記』本文に向き合って行く中で、従来の研究の枠組みとしてあった概念枠や評価軸を一旦相対化し、捉え直す必要がある。『将門記』は「軍記」か?、「軍記物語」とは何か?、叙事詩性とは——?、記録体(変体漢文)とは——?、日本の十世紀とはいかなる時代であったのか?、さらには、武士とは——?、といった、『将門記』、あるいは、将門の乱を捉える概念枠を見つめ直す根源的な問い掛けを改めて行うことが求められる。

ここで述べたいのは、従来の研究に学びつつ本文を考証する微視的で緻密な研究と、従来の研究の概念枠を問い直し、新たな視点からそれを設定し直すような巨視的、根源的な考究とを行う必要があるという提案である。ひとりひとりの論者がこの両様の考察を同時に進めて行くことは容易ではないが、いかなる形であれ、この双方向的な考究を総合することが『将門記』研究においては求められる。

その結果として何よりも望まれるのは、表現上の謎や空白が幾分なりとも明らかになることで、『将門記』がいかなる状況において、どのような情念をもって、何を目的にして書かれたのかが分かることである。そして、政治史・社会史上の事件としての平将門の乱を捉えた『将門記』の成立が文化史上の〈事件〉としてより幅広い視点からより深く理解されることが望まれるのである。

『将門記』作者の追跡
――作者像についての覚え書――

鈴木則郎

一　作者像を考える前提

周知のように、『将門記』研究は史学と文学との二分野で推進され今日に至っている。研究史の源流が明治二三年発表の星野恒氏「将門記考」（『史学雑誌』一―二一　史学会）であるのからも知られる通り、『将門記』研究は史学が文学に先行する形で展開したのは確かである。およそ、史学側の関心が史料としての価値や信憑性の問題に向けられたのに対し、文学側の関心は、作品としての文芸的意義や文芸史上の位置づけに向けられたといってよいだろう。しかし、いずれの立場に立つにせよ、作者を離れて問題の解決はあり得ないから、作者論や作者像の究明が『将門記』研究の最優先課題となったのは当然である。両分野において作者の追跡が行われたが、現在まで作者を特定する段階には至っていない。研究史をたどってみると[1]、作者を特定するのはほとんど不可能に近いので、作者像の解明が主流となっているのが知られる。すなわち、『将門記』の作者となり得るにはどのような立場なり条件なりが必要かが中心的な論点となるが、このような作者像についてもこれまでのところ統一的な合意が成立しているわけではない。

『将門記』の研究史に造詣の深い梶原正昭氏[2]は、作者像をめぐるこれまでの諸説を、①「東国在住の仏徒で、将門の側近にあってその消息に通じた人物」②「都にいて政府の公文書などを通してこの叛乱の情報を入手し得る立場にあった者」③「京都と坂東との間を往復し、双方の情報に触れることが出来た遊行的僧侶」と大きく三分類し、このような相違する見解の生じる理由を、「本書の中に、将門側の内部事情に精通していなければ到底書けないと思われるような部分が多く見られる半面、国解・太政官符・将門書状など中央にかかわりある文書や史料が少なからず含まれている」からとする。氏は、さらに作者論の近年の動向として、たとえば、「現存の『将門記』の前に原初『将門記』ともいうべきものを推定し、坂東の常陸・下総地方で作られた原初本が京都へもたらされて加筆・増補されたとする説」のような、『将門記』を一種の「編纂物」と捉え、複数の作者を想定する見解を指摘する。どうやら研究の深化とともに『将門記』の作者像はますます焦点を失い、輪郭を曖昧にしつつあるかのようにも見受けられる。しかし、これは作者像を解明するためいかに多様な視点が模索され、多彩な試みがなされたかを証するものでもあろう。事実、研究史をたどってみると、作者像に関しては注目に値する多くの成果の蓄積が認められ、もはや筆者の付け入る隙などないかのように思われる。そこで、本稿では文芸の側から『将門記』を作品としていかに読み解くかという視点をとり、作者像をめぐって筆者なりの見解を示してみたい。たとえば、「物語状況」の「語り手」の問題として『将門記』の作者像を捉え直す試みと言い換えてもよいだろう。(3) 方法論上、論述が覚え書の形式となる点は御寛恕を願いたいと思う。

さて、右のような視点をとるときぜひ触れておくべき論文がある。それは、栃木孝惟氏の『将門記』に関する一連の論文であるが、さしあたり、ここでは「『将門記』論（下の一）――貞盛の帰郷前後と同族抗争への展開――」(4) をとりあげる。本論文は、承平五年（九三五）十月二十一日の川曲村における将門との合戦に手痛い敗北を喫した伯父良正が、兄良兼に助勢を懇請した書状について考察されたものである。『将門記』所載の良正の書状が書状実物の要約か、それとも作者の創作かという重要な問題にかかわる論文なので、長文にわたるが関係部分を次に引用する。

すでに激烈な同族の抗争に踏み入った坂東平氏の血縁の争闘は、まもなく良正、良兼、貞盛の連合軍とこれを独力で迎え撃つ将門の合戦を生み、争乱の新たな局面を展開させる。そして、『将門記』の作者は、いうまでもなく歴史事実としてのこの良正、良兼、貞盛の連合、提携の成立と、これを下野国境に独力で迎え撃った将門の合戦の事績を十分に承知していたにちがいない。そしてさらに、あるいは、良正、良兼の連合、提携の成立が、良正から良兼のもとへひそかにとどけられた一遍の書状にもとづくものであることも、『将門記』作者の一つの既知の事項に属することであったのかもしれない。しかし、すでにみたようにその書状の内容の文言に関しては、おそらく作者自身の筆にもとづく文辞の造成が果たされていた。つまり、『将門記』の作者は、もしも良正から良兼のもとへ送りとどけられた書状を手に入れ、それを閲読した上で、この書状の内容を概括したとすれば、作者は、その書状の内容に沿いながら、さきの引用本文のごとく『帝範』の文字なども用いながらその文辞を自己の言葉によって書き直したものとみられる。そして、もしも作者が良正から良兼のもとへ、ひそかにとどけられた一通の書状によって、良正、良兼の連合、提携が成ったことを知り、にもかかわらずその書状をみることがなかったとすれば、さきの書状の文言は、『将門記』の作者が、かくもあったであろう書状の文言を予想し、自己の言葉によって書状の文言を造成したことになる。そして、もしも『将門記』の作者が、良正、良兼、連合、提携の事実のみを知り、その具体的な経緯は知らなかったとするならば、『将門記』の作者は、ここで、良正、良兼連合、提携の経緯を叙述するに、良正から良兼のもとへひそかにとどけられた一通の書状と、それに答える良兼の応諾の言葉をもって一気に良正、良兼の連合、提携の経緯を書き切ったことになる。

右の引用によれば、栃木氏は、「もしも」という仮定の形式を用いて『将門記』中の良正の書状が書かれた三つの場合を想定し、それぞれの場合の書状に対する作者のかかわり方を見極めようと試みているといえよう。三つの場合とは、①良正が良兼に送った書状の実物を作者が実際に披見できた場合　②作者は、良正が送った書状により良兼との連携が成った事実だけを知り、書状の実物を披見することはできなかった場合　③作者は、良正、良兼連携の事実だけを知り、それ以外の具体的経緯は一切知らなかった場合である。①の場合でも、書状が作者の文言で書き改められたとすれば、①②③に共通するのは、いずれにせよ、作者の〈私〉を作品に踏み込ませていることである。言い換えれば、これは、『将門記』執筆に際して作者が想像力をいかに駆使し、創造性をどのように発揮しているかということにほかならないだろう。栃木氏は、作者の想像力とか創作性とかというような困難な問題をきわめて慎重な態度で見極めようとされているといえよう。それにもかかわらず、注目すべきは、氏が『将門記』は①②③いずれの場合でも成立可能と考えておられることであり、むしろ、全体的な傾向としては『将門記』の創作性を容認する意向を強く示される点であろう。これは、右の氏の見解を補強する目的で引き続いてなされた、将門と平貞盛との宿命的ともいうべき確執を記した場面についての考察をみれば、一層明確となろう。本来、花洛での立身出世を志す身でありながら、心ならずも坂東での同族抗争の渦に巻き込まれた貞盛が、ついに上洛を決意するに至り、坂東を離れようとした際の貞盛の心中思惟の言説と、貞盛上洛の意向を察知し、これを厳しく阻止しようとする将門の「伴類」への〈檄〉の言辞とのかかわらせ方に、氏は素朴ながらも『将門記』の創作性、あるいは物語的な構想力を認めておられるからである。『将門記』の作者は、「〈神〉としての作者の特権を十分に駆使している[5]」のではないかとの栃木氏の御見解に拠るならば、作者ないし作者像に関する論は、前述の諸説に拘束される必要は必ずしもなくなるのではなかろうか。先に、筆者が作者像を求めて文芸の側から『将門記』をいかに読み解くかという視点をとるに際し、栃木氏の御論文にぜひ触れておきたいと述べたのは、筆者もまた『将門記』の成立を考える視座としては、物語世界に君臨する全知的な作者の存在を想定するのが適当と考えるからにほかならない。このような見方に基づき、以下、筆者なりに作者像をめぐって検討してみよう。なお、テキストには、『将門記』冒頭欠失部を抄略本によって補い、本文を訓み下し、それに口語訳・注釈・補説・校異などを施した梶原正昭氏訳注『将門記』1・2（東洋文庫280・291　平凡社　昭和五〇・五一）を使用する。同書は厳密な文献学的処理を行ったテキストと判断される上、その綿密な注釈には定評があるからである。

二　作者像をめぐる考察

（Ⅰ）冒頭起筆部における作者の将門に対する態度

『将門記』の伝本は、真福寺本、揚子敬旧蔵本とも巻頭部分を欠失していて全文をみることはできない。しかし、完本から直接抄出されたと推定される抄略本によって全体の形をほぼうかがうのは可能である。抄略本の冒頭の本文、たとえば、『将門記略』の冒頭の本文は、[6]『将門記』本来の冒頭起筆部と近接する関係にあるとして読んでも大きな誤りにはならないだろうというのが一般的な見方であるから、次に『将門記略』の冒頭起筆部を引用し検討してみたい。

夫レ聞ク彼ノ将門ハ、昔天国押撥御宇柏原天皇五代ノ苗裔、三世高望王ノ孫ナリ。其ノ父ハ陸奥鎮守府将軍平朝臣良持ナリ。舎弟下総介平良兼朝臣ハ将門ガ伯父ナリ。而ルニ良兼ハ去ヌル延長九年ヲ以テ、聊カ女論ニ依リテ、舅甥ノ中既ニ相違フ。

右の引用によれば、『将門記』の冒頭起筆部は、将門を中心に彼の出自を紹介し、争乱の原因を述べる部分であったと想像される。おおかたの関心は、伯父良兼と将門との争いの原因となった「女論」の内実に注がれるのであるが、将門に対する作者の心情とか態度とかを問題とする観点からは、むしろ将門中心の叙述形式に注目する必要があるだろう。「夫レ聞ク彼ノ将門ハ」という書き出し、「其ノ父ハ陸奥鎮守府将軍平朝臣良持ナリ。」（傍点筆者）とか、「平良兼朝臣ハ将門ガ伯父ナリ。」(同)とかという叙述形式は、承平から天慶年間にわたる坂東の争乱を将門を基軸に再構成しようとした作者の意図を明らかにうかがわせる。しかし、『将門記』においてはその作者の意図が将門に対するいかなる態度、また、好悪いずれの感情に発するものなのかを決するのは決して容易ではない。『将門記』の世界では公賊の観念がそれだけ複雑なあらわれ方をしているからにほかならない。同じく初期軍記として『将門記』と併称される『陸奥話記』[7]の冒頭起筆部も、「六箇郡の司に、安倍頼良といふ者あり。是れ同忠良が子なり。父祖忠頼は、東夷の酋長なり。威名大いに振ひ、部落皆服す云々」と安倍頼良の紹介で始まるが、『陸奥話記』の場合は、「六郡に横行し、人民を劫略す。」とか、「漸く衣川の外に出て、賦貢を輸さず、徭役を勤むることなし。代々驕奢云々」とかというように、ただちに安倍氏の反逆的行為や驕奢性を強調する記述が続くので、『陸奥話記』が冒頭起筆部から安倍氏を賊徒として位置づけようとした意図は明白である。このような安倍氏の定位の仕方は、中央から追討軍が派遣される必然性を生じ、『陸奥話記』はおのずと追討記、鎮定記となる。これに対し、『将門記』の場合はこの点がきわめて不明確である。『将門記』では、将門が国府を襲撃し印鎰を領掌するに至る後半部まで将門を賊徒とみなす意識、すなわち公賊の観念の介入は認め難いからである。とすると、『将門記』冒頭起筆部にうかがわれる坂東の争乱を将門を基軸に再構成しようとした作者の意図は何であったのかを、『将門記』の世界全体を通じて見極めることこそ作者像解明に欠かせない作業となるのではなかろうか。その際、『陸奥話記』との比較でいうならば、『将門記』は将門の一代記なのか、それとも将門追討記なのかという『将門記』の根本的な性格規定にかかわる問題の解明が、作者像を考える重要な指標となるだろう。

(Ⅱ) 将門と伯父良正との作者の捉え方をめぐって

『将門記』前半部の世界は、将門と伯父良兼との対立関係を基軸として展開するとみられる。両者の対立関係の根源は、『将門記略』冒頭で述べられる「女論」なる語に内包される感情的な問題と推察されるが、いったんは終熄状態になっていたはずの両者の関係を刺激し、再燃させる役割を担うのが伯父良正なのである。そこで、伯父良兼との対立関係を考える前に、作者の将門と良正との捉え方の相違点を明らかにしよう。まず、『将門記』が良正をどのように登場させているかから具体的にみよう。

①故上総介高望王ノ妾ノ子平良正ハ、亦タ将門ノ次ノ伯父ナリ。而シテ介良兼朝臣ト良正トハ兄弟ノ上ニ、両ナガラ彼ノ常陸前掾源護ノ因縁ナリ。護ハ常ニ息子扶・隆・繁等ガ将門ノ為ニ害セラルルノ由ヲ嘆ク。然レドモ、介良兼ハ上総ノ国ニ居リ、未ダ此ノ事ヲ執ラズ。良正独リ因縁ヲ追慕シテ、車ノ如ク常陸ノ地ニ舞ヒ廻ル。爰ニ良正、偏ニ外縁ノ愁ニ就キ、卒ニ内親ノ道ヲ忘レヌ。仍テ干戈ノ計ヲ企テ、将門ノ身ヲ誅セムトス云々（1巻五六・六〇ページ）

右は、良正紹介の叙述形式をとりながら、良正の偏向した言動に対し、作者が批判的な態度を示す点で注目すべき言説である。良正は、「因縁」の故をもって将門に子息らを殺害された源護の悲嘆に同情し、常陸国内を馳せ廻り、将門追討の準備に狂奔したというのであるが、そのような良正の行為に対し、作者は、「偏ニ外縁ノ愁ニ就キ、卒ニ内親ノ道ヲ忘レヌ。」と厳しく批判してやまない。ここでの作者の批判の基準は、「因縁」すなわち外縁と「内親」すなわち肉親との関係性であり、肉親、血脈の関係を軽視する良正の行為は本道を踏み外すものと見なされ、非難の対象となっているのである。当時の社会の倫理観がうかがわれるというべきであろうか。良正がなぜ肉親よりも外縁を尊重するに至ったかの理由については必ずしも明確ではないが、紹介の叙述中に「高望王ノ妾ノ子」と特記される何らかの特殊な事情が同族内部に存在したのではないかとの推定説[8]がある。それはともかく、良正は、肉親の将門と外縁の源護との間で葛藤が生じた際、肉親よりもむしろ外縁に付く必然性をもつ人間なのであり、それは偏向した行動として作者に厳しく批判されているのを確認しておきたい。なぜなら、将門との対立関係において、良正はすでにこの段階で負の条件を背負ったといわなければならないからである。それでは、明らかに負の立場に立たされた良正と将門との対戦の場面では両者はどのように捉えられるのであろうか。

②将門此ノ言ヲ伝ヘニ聞キテ、承平五年十月廿一日ヲ以テ、忽チ彼ノ国新治郡川曲村ニ向フ。則チ良将（正カ）声ヲ揚ゲ、案ノ如ク討チ合ヒ、命ヲ棄テテ各合戦ス。然レドモ将門ハ運アリテ既ニ勝チヌ。良正ハ運ナクシテ遂ニ負クルナリ。射取ル者六十余人、逃ゲ隠ルル者其ノ数ヲ知ラズ。然シテ其ノ廿二日ヲ以テ、将門ハ本郷ニ帰ル。（1巻六五ページ）

右の戦闘場面の叙述はまことに具体性に欠けるといわなければならないが、この場面を領導するのは基本的に将門である点に注目すべきである。それは、この場面が、承平五年（九三五）十月廿一日から翌廿二日に至る時間の経過に即して将門の行動に焦点を合わせ叙述されているからである。すなわち、良正の動静を伝聞した将門が、承平五年十月廿一日、常陸国新治郡川曲村の戦場に向かい、良正勢と合戦して然るべき戦果をあげ、本拠地にもどるまでの経緯が将門の時間の枠組の中で捉えられているということである。この戦闘場面の場合は、将門の英雄的行動により勝敗が決するのではなく、「声ヲ揚ゲ、案ノ如ク討チ合」うのは、かえって相手方の良正であるから、『将門記』の他の戦闘場面と比較してやや変則的であるといわざるを得ないが、右の①と②の叙述の関係は、①が将門を合戦の場に引き出すための原因を造成する役割を担うとすれば、②は、①によってはからずも引き出された戦場において、将門がいかに勇敢に戦い勝利を収めたかを叙述する役割を負うといえよう。したがって、①と②は両々相俟って物語中の一事件を形成することとなる。同族内部の私闘を記した『将門記』前半部は、原則として①と②とが合して形成するいくつかの事件の繰り返しによって成立する世界、言い換えれば、原因は何であれ、結局は将門の戦う姿勢に収斂するいくつかの事件の繰り返しによって構成される世界であると筆者は考える。『将門記』前半部のこのような構成意識には、明らかに作者の将門に対する好意がうかがわれるべきだろう。①の叙述をみる限り、良正などは将門に対する好意を引き立てる道具立てにすぎないと考えられるが、先にも指摘した通り、②の戦闘場面は、他の同様の場面と比較して変則的であるのは否定できない。なぜなら、良正は作者により「内親ノ道」を忘れた背信行為を厳しく批判され、あらかじめ負の立場に立たされたにもかかわらず、それは②の戦闘場面まで正当に継承されたとは必ずしもいえないからである。確かに良正は合戦に大敗したが、彼は「声ヲ揚ゲ、案ノ如ク討チ合ヒ、命ヲ棄テテ」戦ったことになっている上、勝敗を決したのは将門の英雄的な戦闘の結果なのではなく、「運」の有無であると明記されているからにほかならない。とすると、本来ならば「運」の意味が吟味されなければならないが、この場合の「運」の意味についでは、せいぜい「将門、幸ヒニ順風ヲ得テ、矢ヲ射ルコト流ルルガ如ク、中ル所案ノ如シ。扶等励ムト雖モ、終ニ以テ負クルナリ。」（傍点筆者1巻一六ページ）の「幸ヒニ」と同義の、比較的軽い意味に解しておきたい。『将門記』の運命観に関しては考えるところもあるが、横道に逸れるのでここでは深く立ち入らない。このようにみてくると、右の場面に関しては良正の負の立場の造成は、戦闘場面に直接影響することはなかったといってよいだろう。①で作者の批判の的となった「内親ノ道」を忘れ将門追討に狂奔する良正の行為は、ついに将門を戦いの場に引き出す役割を果たすにとどまったと解すべきである。ただし、作者の良正批判は、将門の交戦を良正の積極的な挑戦による余儀ない仕儀として相対的に正当化する効果を発揮するものであったのは確かである。作者は良正を利用し意識的に将門擁護を図っているとみられないだろうか。①と②の形成する一事件の叙述に将門に対する作者の好意を指摘する所以である。

（Ⅲ）将門と伯父良兼との作者の捉え方をめぐって

伯父良兼登場の契機は、良正が送ったとされる問題の良兼あて書状である。この書状についてはすでに触れたので繰り返さないが、本状によって以後の将門の主たる敵対者は良兼となる。それでは、作者は将門と良兼との関係をどのように捉えているのか、以下、具体的に検討してみよう。

⑴良正は、将門との合戦敗北後書状によって良兼の介入を懇請したが、この段階から次の良兼対将門の構図による新たな事態の展開の幕は切って落とされるといってよいだろう。良正の懇請を受け入れた良兼は、将門追討のための行動を迅速に開始する。かくて良正と再会した良兼は、将門と和親を企図していた貞盛を彼の意志に反して自派に組み込むことに成功する。いわゆる良兼、良正、貞盛三派連合態勢の形成である。良正敗北後から三派連合態勢の成立に至る経緯の叙述は、その機能上からみれば、まさに二―（Ⅱ）で指摘した①の叙述に相当するといえよう。なぜなら、これを受けて将門の時間は始動を開始し、将門の時間の枠組の中で同じく②に相当する彼の果敢な闘争精神や倫理的な思惟性を強調する叙述は展開され、将門の英雄的な理想化がはかられるからである。良兼らによってやむなく戦いの場に引き出された将門像に関する叙述は次の通りである。

爰ニ将門、機急在ルニ依リ、実否ヲ見ムガタメ只百余騎ヲ率キ、同年十月廿六日ヲ以テ、下毛野国ノ堺ニ打チ向フ。実ニ依ルニ、件ノ敵数千許リアリ。略ボ気色ヲ見ルニ、敢ヘテ敵対スベカラズ。其ノ由何トナレバ、彼ノ介ハ未ダ合戦ノ遑ニ費エズ。人馬膏肥ニシテ、干戈皆具セリ。将門ハ度々ノ敵ニ摺カレ、兵ノ具已ニ乏シ。人勢厚カラズ。敵之ヲ見テ、垣ノ如ク楯ヲ築キ、切ルガ如クニ攻メ向フ。将門ハ、未ダ到ラザルニ、先ヅ歩兵ヲ寄セテ、略ボ合戦セシム。且ツ射取ル人馬八十余人ナリ。彼ノ介大イニ驚キ怖ジテ、皆楯ヲ挽キテ逃ゲ還ル。将門鞭ヲ揚ゲ名ヲ称ヘテ追討スルノ時ニ、敵ハ為方ヲ失ヒテ府下ニ偪仄《イリコマ》ル。斯ニ於テ、将門思惟ス。允ニ常夜ノ敵ニアラズト雖モ、脉《チノミチ》ヲ尋ヌレバ疎カラズ、氏ヲ建ツレバ骨肉ナリ者《テヘリ》。所云、夫婦ハ親シクシテ瓦ニ等シ、親戚ハ疎クシテ葦ニ喩フ。若シ終ニ殺害ヲ致サバ、若シクハ物ノ譏リ遠近ニ在ラムカ。仍テ彼ノ介独リノ身ヲ逃サムト欲ヒテ、便チ国庁西方ノ陣ヲ開キ、彼ノ介ヲ出サシムルノ次ニ、千余人ノ兵皆鷹ノ前ノ鳩ノ命ヲ免レテ、急ニ籠ヲ出タル鳥ノ歓ビヲ成ス。厥ノ日、件ノ介無道ノ合戦ノ由ヲ在地ノ国ニ触レ、日記シ已ニ了ンヌ。其ノ明日ヲ以テ、本堵ニ帰リヌ。茲ヨリ以来、更ニ殊ナル事ナシ。（1巻九三・九四・一〇一ページ）

筆者なりの非常に大まかな見方をするならば、右の引用の前半では、まず、「人馬膏肥ニシテ、干戈皆具セリ。」と記される無傷の精兵数千の良兼勢と、何回もの戦闘で疲弊し、兵具も調わない百余騎の将門勢とが合戦する有様が捉えられる。将門のとった戦略はみごとに奏功し、良兼の大軍は完膚無きまでに撃破される。退却する大勢を「鞭ヲ揚ゲ名ヲ称ヘテ追討スル」将門の雄姿は、簡潔な表現ながら、読み手に活き活きとした躍動感を伴って伝わってくるのではなかろうか。また、後半では、血縁関係の濃さや伯父を殺害した場合の世間の「譏リ」に思いを巡らす将門が、良兼の命を救おうと図る有様が捉えられる。前半の戦う人としての将門の肉体的、精神的な強靭さと、後半の伯父の救命に思いを致す倫理的な思惟性とは相俟って、将門の姿に理想的な英雄性を付与する結果となるといえよう。文芸の側から、この場面の将門の姿をみるならば、ほぼ以上のような捉え方ができるだろうと考えるが、同場面に関しては、実は栃木氏に詳しい考察がある。(9) 栃木氏は、まず、「百余騎」の将門勢が「数千許リ」の良兼勢を撃破する奇蹟的勝利を実現したからには、「さまざまな兵たちの英雄的振舞や、水際立った戦闘のかけ引き、将門方の軍勢の激しい闘魂の物語などが孕まれていたはずである」にもかかわらず、『将門記』がそれにはほとんど無関心であること、さらに、将門のとった戦法についても、「敵のいたらざる先に『歩ノ兵』を繰り出して戦ったことが、何故、将門方の奇蹟的勝利を将来したのか、将門方が射取ったという『人馬八十余人』程度の戦果で、何故数千もの良兼勢が潰走、撤兵するにいたったのか」の疑問に答える叙述が『将門記』には欠失していることなどの創作上の問題点を的確に指摘する。それにもかかわらず、栃木氏は、「『将門記』のこの部分の描出をより丁寧にみるならば、合戦の中における将門方の戦法や合戦の劇的な展開、英雄的な行為の一端も、必ずしも描かれていないではない」と述べ、「鞭ヲ揚ゲ名ヲ称ヘテ」良兼勢を追撃した「将門の勇姿」に「英雄のおもかげをみてもよかろう」と主張される。次いで、将門の心中思惟について栃木氏は、将門の良兼助命の理由として、単に公権力との対立を避けようとしたためだけでなく、「血縁関係が、あまりに濃いこと」や「親密な『夫婦』の感情」、要するに、良兼が妻の父親であることへの配慮のような、人間的、情意的な側面を重視される立場をとられるから、栃木氏もこの戦闘場面の創出に将門理想化の方向性を読みとられたのは確かであろう。それは、作者の好意が生み出す将門英雄化の志向性と言い換えてもよいだろう。

このような文芸側からの作品論的な将門像の把握の仕方に対し、史学の立場から、北山茂夫氏[10]は、「伯父のために退路をひらいたのは、骨肉の関係に発する温情ではなく、良兼がげんに下総介であったからである。」と述べ、良兼助命が公権力との対立を回避しようとした将門の政治的判断によるものであるのを強調する。合戦終了後、将門がとった「厥ノ日、件ノ介無道ノ合戦ノ由ヲ在地ノ国ニ触レ、日記シ已ニ了ンヌ。」という慎重な行為も同様の見地から理解されるべきであると主張するが、この御見解は、おそらく『将門記』の歴史的解釈として捉えられるべきであろう。『将門記』を読み解くという限定的な方法で作者像を見極めようとする立場からは、将門という人物の歴史的事実と、『将門記』中の、いわば作者の〈私〉をくぐり抜けた将門の真実とは、明確に区別されなければならないと考える。

さて、ここで、『将門記』は、源護の告状により中央から召喚された将門が、すみやかに上洛して「公庭」で自らの嫌疑を晴らし、かえって武勇の誉れを畿内に輝かす結果となる経緯を捉える。これは、良兼とは直接かかわらない場面ではあるが、良兼との対立関係継続中に挿入された叙述なので、次に要点のみ検討しておく。

便チ公庭ニ参ジテ、具ニ事ノ由ヲ奏ス。幸ヒニ天判ヲ蒙リテ、検非違使所ニ於テ略問セラルルニ、允ニ理務ニ堪ヘズト雖モ、仏神ノ感アリテ相論ズルニ理ノ如シ。何ゾ況ムヤ、一天ノ恤ミノ上ニ百官ノ顧アリ。犯ス所軽キニ准ヘテ罪過重カラズ。兵ノ名ヲ畿内ニ振ヒ、面目ヲ京中ニ施ス。（1巻一一八・一一九ページ）

右の叙述からは、将門が奏上した「事ノ由」や「相論ズル」具体的内容を知ることはできない。ただ、「公庭」に参じた将門が意外にも理路整然とした陳述を行い、みごとに難局を乗り越えたということが知られるばかりである。この叙述内容ならば、告状によって中央に召喚された将門が、突如として身に降り懸った難局を無事に打開し、かえって畿内に名声を博して帰郷したというような事実さえ知り得る者であったなら、将門との心理的、物理的な距離の問題はほとんど関係なしにだれでも書ける可能性があるのではなかろうか。とすれば、右の叙述に関し作者像の観点からは、むしろ、作者の将門に対する好意的態度が注目されるべきである。右の叙述では、作者の好意が「仏神ノ感」、すなわち神仏の加護という絶対者の力を借りて直接将門に向けられているからである。「允ニ理務ニ堪ヘズト雖モ、仏神ノ感アリテ相論ズルニ理ノ如シ云々」の言説は、これまでの消極的な将門擁護とは異なる作者の将門に対するより積極的な好意をうかがわせるだろう。さらに、右の叙述で注目されるのは、作者の好意が将門の運命の帰趨と密接にかかわるのを示唆する点である。先にも触れたが、将門の戦闘場面を中心に「幸ヒニ」とか「運アリテ」とかという用語が多用されるのはその好例であるが、それが、一層明確となるのが「仏神ノ感アリテ」や「明神ハ忿リアリテ」というような言辞であるとみられる。運命観の質的問題はさておき、将門の運命の激しい変転や曲折にもかかわらず、『将門記』の世界では作者の将門に対する好意とその運命の帰趨とはきわめて密接に関連するものであるのを確認しておきたい。作者の好意が将門にストレートに注がれている間、将門の運命は安泰である。しかしそれが不可能となる時点から将門の運命は傾き始め、ついには「天罰」を蒙り、「神鏑」に射られ敗死せざるをえない事態へとたち至るのである。

(2)中央政府に召喚され糺問される身となった将門が、公の恩沢に浴し、かえって畿内に名声を馳せて帰郷したのはすでにみた通りである。一件落着の安堵感に浸る間もなく、将門は復讐心に燃え盛る良兼の攻撃を受けることとなる。将門上洛中に軍備を調えた良兼は、先祖の霊像を先立てるという奇襲戦法をとり、今回は将門勢を完膚無きまでに撃破する。しかし、この一連の戦闘が一応の結着をみるまでの過程でクローズアップされるのは、勝利者の良兼ではなく敗北者の将門である点に注目すべきである。なぜなら、そこには作者の将門に対する好意や同情がよくうかがわれるからである。作者が大きな関心を示すのは、連敗の痛手に打ちのめされた惨めな将門の姿である。『将門記』は、敗滅の浮き目にうち拉がれ、悲痛な状況に喘ぐ将門に焦点を合わせ、その有様を内外両面から詳細に捉える。勝利者将門の簡潔な叙述についてはすでに言及したが、当該場面の敗北者将門に関する叙述は、勝利者将門の叙述とは比較にならない豊富な分量となっている。紙面の都合上、当該場面の中心的話題となる将門の夫婦愛のテーマに視点を限定して作者の将門を捉える態度をみよう。

其ノ日、将門ガ婦ヲ船ニ乗セテ彼方ノ岸ニ寄ス。時ニ彼ノ敵等、媒人ノ約ヲ得テ件ノ船ヲ尋ネ取レリ。七八艘ガ内ニ、虜掠セラルル所ノ雑物資具三千余端ナリ。妻子同ジク共ニ討チ取ラレヌ。即チ廿日ヲ以テ、上総国ニ渡ル。爰ニ将門ガ妻ハ去リ、夫ハ留マリテ、忿リ怨ツコト少ナカラズ。其ノ身生キナガラ、其ノ魂死スルガ如シ。旅ノ宿ニ習ハズト雖モ、慷慨シテ仮ニ寝ル。豈ニ何ノ益アランヤ。妾ハ恒ニ真婦ノ心ヲ存シテ、幹朋ニ与ヒテ死ナムト欲フ。夫ハ則チ漢王ノ励ミヲ成シテ、将ニ楊家ヲ尋ネムト欲フ。謀ヲ廻スノ間ニ、数旬相隔タリヌ。尚シ懐恋ノ処ニ、相逢フノ期ナシ。然ル間妾ガ舎弟等謀ヲ成シテ、九月十日ヲ以テ竊ニ豊田郡ニ還リ向ハシム。既ニ同気ノ中ヲ背キテ、本夫ノ家ニ属ク。譬ヘバ遼東ノ女ノ夫ニ随ヒテ父ガ国ヲ討タシムルガ若シ。件ノ妻ハ、同気ノ中ヲ背キ夫ノ家ニ逃ゲ帰ル。（1巻一七〇・一七六ページ）

右の叙述によれば、敵の術中にはまり、強引に引き裂かれた将門夫婦の紐帯感がいかに強固なものであったかがうかがわれよう。重要なのは、夫婦相互の情愛の深さを漢籍の故事を援用する手法により印象的に表現するのに成功している点である。読み手は、引き裂かれた将門夫婦の痛切な心情を『韓朋賦』や『長恨歌』などの主人公たちのイメージと重ね合わせることで一層豊かに理解し、将門夫婦に対し深い同情を誘発されたのではなかろうか。作者が、将門夫婦に対する読み手の共感を喚起する意図をもって意識的に漢籍援用の創作手法を講じたとするならば、その手法は、明らかに作者の将門に対する関心の大きさや同情的態度に発することになるだろう。

(3)『将門記』の記す良兼との最後の戦闘は、承平七年十二月十四日、良兼が敢行した将門の根拠地、石井の営所の夜襲である。この事件も、すでに指摘した通り、戦闘に至る経緯を語る前段と戦闘場面を描く後段との二段落から構成される。まず、前段落では良兼が将門の「駈使」丈部子春丸を言葉巧みに懐柔し、その嚮導により事前に将門の営所を探索させ、夜襲を成功させようと図る陰謀が細かに示される。勝利を収めるためにはどのような手段が講じられようと決して否定されるべきではないが、ここに示される良兼の採った方策は、正々堂々の戦法とは程遠く、卑怯、卑劣な戦法の印象をまぬがれないのは確かである。そのような良兼の邪悪な陰謀による夜襲は、次に引用する後段の戦闘場面において、将門の圧倒的な意志と力により微塵に撃破される結果となる。このことは、かなり詳細になされる良兼の陰謀の叙述が、結局は将門の雄姿を具現するための過程として捉えられるのを意味するだろう。良兼側の叙述量と比較して将門に関する叙述が必ずしも多量であるとはいえないのに、将門の姿が異常なほど鮮明な形象性を示すのは、おそらく右のような事情によると考えられる。

斯ニ於テ、将門ガ兵八十人ニ足ラズ。声ヲ揚ゲテ告ゲテ云フ、「昔聞キシカバ、由弓人名ハ爪ヲ楯トシテ、以テ数万ノ軍ニ勝テリ。子柱人名ハ針ヲ立テテ、以テ千交ノ鉾ヲ奪ヒキ。況ムヤ李陵王ガ心アリ。慎ムデ、汝等面ヲ帰スコトナカレ」ト。将門ハ眼ヲ張リ歯ヲ嚼ムデ、進ミテ以テ撃チ合フ。時ニ件ノ敵等、楯ヲ弃テテ雲ノ如ク逃ゲ散ル。将門ハ馬ニ羅ツテ風ノ如ク追ヒ攻ム。之ヲ遁ルル者ハ、宛モ猫ニ遇ヘル鼠ノ穴ヲ失ヘルガ如シ。第一ノ箭ニ、上兵多治良利ヲ射取ル。其ノ遺レル者ハ、九牛ノ一毛ニモ当ラズ云々。（1巻二四一・二四四ページ）

以上、良正、良兼との対立関係の描写をみると、彼らの行動は、合戦場面以外はすべて将門討滅のための準備であり陰謀であるのが知られる。彼らはそれを踏まえて必ず先制攻撃を加えており、合戦場面に至る過程においては将門は受身の印象が顕著である。しかし、前述した「子飼ノ渡」並びに「堀越ノ渡」両度の敗北を例外として、用意された先制攻撃は、ほとんど将門の強大な闘争精神の前に脆くも崩れ去るのであり、彼らの陰謀が卑劣で、戦闘準備が万全であれば、それだけ彼らの行動は将門の雄姿を顕示する過程として将門に集中する結果となるといえよう。要するに、『将門記』前半部では、事件展開の発端から戦闘場面に至るまでを主導するのは常に敵対者であり、将門はやむなく引き出された戦闘の場においてのみ英雄性を発揮するという方式が成立しているのではなかろうか。このことは、『将門記』前半の世界が同族内部の私闘を素材としている事実と密接に関連する。すなわち、同族内部の私闘を描く間は作者の公賊の意識はほとんど作動していないので、将門に対する好意的態度を全面的に貫くことができた。その結果、良兼らの奸計を果敢に受けて立つ将門の雄姿が描出されることとなる。とすると、前半部のいわば将門による消極的な受動的統一方式には、将門英雄化を図る作者の好意的な意識を認めなければならなくなるだろう。さらに付け加えるならば、『将門記』が「手飼ノ渡」「堀越ノ渡」両度の戦いで敗北した将門に焦点を合わせ、悲痛な状況に喘ぐ将門の姿をクローズアップしたのは、明らかに作者の将門に対する大きな関心と同情の念を示すから、前半部に関する限り、『将門記』の「将門一代記」としての性格は、いよいよ確かなものとなるといえよう。それでは、後半部における将門の捉えられ方はどうであろうか。

(Ⅳ) 将門の変貌と作者の立場

承平七年（九三七）十二月の石井の営所夜襲敗北以後、伯父良兼は『将門記』の世界から事実上姿を消す。当面の有力な敵対者を失った将門は、在地の紛争解決に介入し、和解の労をとったり、反逆者を庇護したりする積極的態度に転じるから、この時期を境に『将門記』は後半部に入るとみるのが適当である。後半部の将門は、自己の意志に基づき能動的に事件を展開する人物として捉えられ、前半部の将門像から大きな変貌を遂げる。それは、前半部が敵対者側からの働きかけを受動的に集中化する方式により将門の描出を図ったのに対し、後半部は、逆に、将門側から相手方に能動的に働きかける方式に転じた、いわば造型手法の変化に起因するだろう。この後半部における将門主導の事件展開の方式は、『将門記』の素材の変質がもたらす必然の結果と考えられる。すなわち、前半部の同族内部の私闘の域を越え、後半部の国家規模にまで拡大した反乱の首謀者として将門を捉えなければならない段階に至ったとき、作者は、将門に対しもはや全面的な好意を向けるのは困難な状況となったとみられる。この点は、後半部に将門を賊徒と見なす意識、公賊の観念の介入が認められるのと密接に関連するだろう。要するに、後半部の素材は国家的規模にまで拡大した反乱事件であることが、作者の公賊の観念を喚起し、後半部の将門に作者は全面的な好意を注ぐのが不可能となった結果、その反逆性を客観的にクローズアップする手法に転換せざるを得なくなったと理解すべきである。もちろん、作者は好んで将門の反逆的行為の拡大過程を積極的に叙述したわけではなかろう。おそらく、それは、作者の将門擁護が限界を越えた段階でのもはや選択の余地のない手法の転換であったとみるべきであろう。とすると、ここには、作者の属する階層、あるいは思想的立場や世界観がいかなるものであったかがうかがわれて、作者像の問題を考える上では示唆的である。

次に、以上のような後半部の世界の特色をよく示す例を若干あげてみよう。

(1)部内ノ干戈ヲ集メテ、堺外ノ兵類ヲ発ス。天慶二年十一月廿一日ヲ以テ、常陸国ニ渉ル。国ハ兼ネテ警固ヲ備ヘテ、将門ヲ相侍ツ。将門陳ベテ云ク、「件ノ玄明等ヲ国土ニ住マシメテ、追捕スベカラザルノ牒ヲ国ニ奉ル」ト。而ルニ承引セズシテ、合戦スベキノ由、返事ヲ示シ送ル。仍テ彼此合戦スルノ程ニ、国ノ軍三千人、員ノ如ク討取ラル。将門ガ随兵僅カ二千余人、府下ヲ押シ塘ムデ、便チ東西セシメズ。長官既ニ過契ニ伏シ、詔使復タ伏弁敬屈シヌ。（中略）定額ノ僧尼ハ、頓命ヲ夫兵ニ請ヒ、僅カニ遺レル士女ハ、酷キ媿ヲ生前ニ見ル。憐ムベシ、別駕ハ紅ノ涙ヲ緋ノ襟ニ拭フ。悲シムベシ、国吏ハ二ノ膝ヲ泥ノ上ニ跪ク。当ニ今濫悪ノ日、烏景西ニ傾キ、放逸ノ朝、印鎰ヲ領掌セラル。仍テ長官・詔使ヲ追ヒ立テテ、随身セシムルコト既ニ畢ンヌ。（2巻二六・三〇・四〇ページ）

常陸国に藤原玄明なる収奪と対捍を事とする不逞の輩がおり、長官藤原維幾の命令に従わなかった。将門は玄明追捕の移牒に背き玄明を積極的に庇護する態度をみせ、公権力との対立の契機を自らの手で招来することとなる。「素ヨリ侘人ヲ済ケテ気ヲ述ブ。便無キ者ヲ顧ミテ力ヲ託ク。」（2巻一九ページ）と説明される将門の美質は、むしろ将門の運命を悲劇的ならしめる因となるといわなければならない。将門が長官維幾に異常なまでの敵愾心を燃やす玄明を積極的に庇護したことは、坂東の争乱の性格を本質的に変化させ、将門の立場を根本的に揺がさずにはいないからである。ただし、この点に関しては、多くの先覚がすでに指摘するように、摂政藤原忠平あて書状の内容と大きく相違する。同書状の言説によれば、すくなくとも、将門には当初から公権力を制圧する意志はなかったのではないかと推察されるのである。それはともかく、天慶二年（九三九）十一月、将門は武装して常陸国庁を制圧し印鎰を領掌する。この段階に至れば、同族内部の坂東の争乱が国家規模の内乱へと変質したのは確実である。これを手始めとして、将門は反乱拡大の一途をたどり始める。ここで、特に注目しておくべきは、右の引用の後半部分である。将門反逆の残酷な無秩序の時間の経過が、「当ニ今濫悪ノ日、烏景西ニ傾キ、放逸ノ朝、印鎰ヲ領掌セラル。」と要約して叙述されるのによれば、常陸国庁襲撃を機に作者が将門の反逆的行為に厳しい批判の眼を向けざるを得なくなったのは明らかである。

(2)常陸国の印鎰を領掌した将門に対し、側近となった興世王は、「案内ヲ検スルニ、一国ヲ討テリト雖モ公ノ責メ軽カラジ。同ジクハ坂東ヲ虜掠シテ、暫ク気色ヲ聞カム」（2巻五二ページ）と坂東制圧を教唆するが、これを承けての将門の次の言葉には、将門が興世王の意見を積極的に肯定し、自己の意志によって反乱の深淵に落ち込んでいった事情がはっきりとうかがわれよう。

将門ガ念フ所モ、啻斯レ而已。其ノ由何トナレバ、昔ノ斑足王子ハ、天ノ位ニ登ラムト欲シテ先ヅ千ノ王ノ頸ヲ殺ル。或ル太子ハ、父ノ位ヲ奪ハムト欲シテ、其ノ父ヲ七重ノ獄ニ降セリ。苟モ将門、刹帝ノ苗裔、三世ノ末葉ナリ。同ジクハ八国ヨリ始メテ、兼ネテ王城ヲ虜領セムト欲フ。今須ク先ヅ諸国ノ印鎰ヲ奪ヒ、一向ニ受領ノ限リヲ官堵ニ追ヒ上ゲテム。然レバ則チ且ツハ掌ニ八国ヲ入レ、且ツハ腰ニ万民ヲ付ケム。（2巻五二ページ）

このようにして、将門は坂東八箇国を制圧し、諸国の除目を行い、自ら新皇と称するに至るが、この後も将門の積極的態度は失われず、舎弟将平らの諫言にもかかわらず、「将門苟クモ兵ノ名ヲ坂東ニ揚ゲテ、合戦ヲ花夷ニ振フ。今ノ世ノ人ハ、必ズ撃チ勝テルヲ以テ君ト為ス。縦ヒ我ガ朝ニ非ズトモ、僉人ノ国ニ在リ。去ヌル延長年中ノ大赦契王ノ如キハ、正月一日ヲ以テ渤海ノ国ヲ討チ取リテ、東丹ノ国ニ改メテ領掌セリ。盍ゾ力ヲ以テ虜領セザラムヤ云々」（2巻一四九・一五四ページ）と述べて、武断政治を顕彰し、相模国から帰還するとすぐ敵対者の残存勢力一掃のため、再び常陸国に出兵する意欲的な態度をみせている。右の場面には、反逆性をいよいよ拡大する将門の姿が捉えられているが、作者が将門に寄せた前半部の絶大な好意的態度からすれば、この段階に至ると、作者はもはや将門の反逆性を直視し客観的に叙述する以外の方法を知らなかったとみるべきであろう。

⑶反乱が周知の事実となった段階で、ようやく公の追討者、平貞盛、藤原秀郷との対立の構図は明確となる。新皇としての将門らしい勢威がみられるのは、天慶三年（九四〇）正月の常陸国の残敵掃討作戦までである。貞盛、秀郷ら「公ノ従」の挑戦を受けて立つことになる同年二月一日の川口村の合戦以降、同十四日の敗死に至るまで、将門を賊徒、「私ノ賊」として捉える意識はますます増幅する。それとともに、合戦場面の主役も将門から「公ノ従」の側へと移行するのは確かである。したがって、その限りでは、『将門記』は最終章に及んで追討記的性格を強めるといわなければならない。しかし、ここで問題なのは、最終の合戦場面における「私ノ賊」将門の姿を凝視する作者の眼である。もはや紙面が尽きたので、ここでは将門の最期をめぐる作者の捉え方だけを考えることにしたい。

時ニ新皇ハ、本陣ニ帰ルノ間、咲下ニ立ツ。貞盛・秀郷等ハ身命ヲ棄テテ力ノ限リ合戦ス。爰ニ新皇ハ甲冑ヲ着テ、駿馬ヲ疾メテ躬自ラ相ヒ戦フ。時ニ現ニ天罰アリテ、馬ハ風ノゴトク飛ブノ歩ミヲ忘レ、人ハ梨老ガ術ヲ失ヘリ。新皇ハ暗ニ神鏑ニ中リテ終ニ託鹿ノ野ニ戦ヒテ、独リ蚩尤ノ地ニ滅ビヌ。天下ニ未ダ将軍自ラ戦ヒ自ラ死ヌルコトハアラズ。誰カ図ラム、少過ヲ糺サズシテ大害ニ及ブトハ。私ニ勢ヲ施シテ将ニ公ノ徳ヲ奪ハムトハ。(2巻二八六ページ)

右の引用は、将門の敗死を描く場面である。この最期を遂げる合戦においても、将門は自ら戦い、しばしば敵対者を窮地に陥れる果敢な武将として捉えられており、必ずしも追討者側からの叙述に終始しているわけではないのが注目されなければならない。右の場面に即してみるならば、「甲冑ヲ着テ、駿馬ヲ疾メテ躬自ラ相ヒ戦フ」将門も、ついに敗死しなければならない波瀾の運命に対し、作者が「天下ニ未ダ将軍自ラ戦ヒ自ラ死ヌルコトハアラズ。」と慨嘆せざるを得なかったのは、作者の将門を捉える態度を考える上からは、決して見逃がすわけにはいかない。なぜなら、作者は坂東の原野を舞台に武将として自己の生を燃焼し尽した将門のもつ人間的魅力を最期の場面に至るまで捨て切れなかったのではないかと推察されるからである。それは、おそらく花洛において立身出世を目論む貞盛の生き方とは対極をなすものであるだろう。

しかし、右の場面は、本来賊徒将門が「天罰」を蒙り、日頃の力量が発揮できないまま、「神鏑」に射られて敗滅するのを描くのが主眼であるから、作者が将門の賊徒性を容認せざるを得なかったのもまた事実である。とすれば、この場面には作者の将門擁護の意識と将門を賊徒とみなす意識との間の揺れが認められるべきであろう。後半部の将門は、明らかに賊徒として捉えられているのに、「凡ソ新皇ノ名ヲ失ヒ身ヲ滅ボスコト、允ニ斯レ武蔵権守興世ノ王・常陸介藤原玄茂等ガ謀ノ為ス所ナリ。」(2巻二九六ページ)と、逆徒将門敗滅の責任を興世王と玄茂に転嫁し、その悲劇的運命を「悲シキ哉、新皇ノ敗徳ノ悲ビ、滅身ノ歎キ、譬ヘバ開カムト欲スルノ嘉禾ノ早ク萎ミ、将ニ輝カムトスルノ桂月ノ兼ネテ隠ルルガ若シ。」(同)と激しく悲傷してやまないのは、そのような揺れの最も典型的な例である。また、『左伝』等中国古典の文言に依拠し将門批判を行う叙述法について、梶原正昭氏[11]が「私闘の経過を通じてその立場を知悉し、その活躍を共感し支持してきた将門を、叛逆者としてにわかにきめつけかねる心情と、しかもなおそれを論難せざるをえぬ立場に立つ作者の複雑な気持ちが露呈しているように思える。」と指摘されたのも同様の揺れに触れたものであろう。このように将門最期の場面に作者の将門に対する心情の揺れが顕現するのは確かである。とすると、後半部に入り失われた前半部の将門像を貫く作者の好意や同情の念は、将門滅亡の場面に至って復活するとみられよう。この現象は、『将門記』を執筆するに際しての作者の態度が基本的にいかなるものであったかを示唆するものとして重視されなければならないと考える。『将門記』が、将門の一代記ではあっても、結局追討記とは見なし難いのは、作者が、公的には将門を体制の紊乱者と認識せざるを得なかったにもかかわらず、私的には、坂東の勇将将門をついに極悪人と見なし得なかったのに起因するだろう。このようにみると、作者は、すくなくとも心理的には将門にかなり近接する場所に位置する人物と想定できるのではなかろうか。

三　作者像の輪郭

本論で筆者が採った作者像解明の立場からすれば、『将門記』が貞盛をいかに描いたかの視点を欠くのを許さないだろう。貞盛もまた作者の好意を担う人物の一人だからである。しかし、先にも触れたように、貞盛と将門との好意的な捉え方の間には自ら質的相違が認められるべきなのではなかろうか。貞盛は在地の同族間の争乱に巻き込まれ、仇敵の復讐に情熱を注ぐよりは、花洛での立身出世を第一の価値基準とする人間であり、すでにみた将門的生とはまさに対極をなすといわなければならないからである。このような『将門記』における貞盛の人物像の特色については、すでに栃木氏に綿密な考察がある。[12]したがって、ここでは『将門記』の貞盛に対する概して好意的といえる描出は、貞盛がついに賊徒と化した将門を追討し、体制を護持する立役者となった時点から逆算、ないし逆照射された結果であろうとの私見を加えるにとどめ、貞盛の人物像に関しては栃木氏の御論に譲りたいと思う。

以上、文芸の側から筆者なりに『将門記』の作者像の解明に努めたつもりであるが、作者像の輪郭は依然として曖昧である。そこで、せめてこれまでに考察した結果がどのような作者像を予想させるのかを述べ、責めを果たすことにしたい。右の考察によれば、『将門記』の作者の最大の関心事は、将門の行動であり彼の悲劇的運命であるといえよう。その意味では、本論の当初に設定した『将門記』は将門の一代記か、それとも追討記かの命題に関しては、大局的見地からは当然一代記に傾くであろう。まず、前半部において作者の将門に対する関心は、好意と同情的態度となって顕現する。敵対者の良正や良兼らの行動の叙述が、結局はすべてが将門像に収斂し、将門の雄姿を構築する契機として構造化できるのはすでに指摘した通りである。しかし、後半部に入り将門の賊徒性が増大すると、将門の反逆的行為の拡大過程は何の制肘も蒙ることなく客観的に捉えられ、叙述される傾向を強める。このような後半部における将門像造型の手法上の変化は、作者の体制派的世界観ではもはや将門の反逆的行動に対処できなくなったのに起因するだろう。換言すれば、後半部に入り作者が公賊の意識を介入させたことは、彼の世界観が基本的に貴族的体制的であるのを明らかにするが、それが将門へ好意や同情を注ぐ余地を失わせる結果となったと理解すべきである。しかし、このことは作者が都在住の体制内部の官人や僧徒であるのを必ずしも意味しないだろう。『将門記』のテーマは将門の波瀾万丈の半生であり、悲劇的運命であると考えられるからである。賊徒として厳しい批判の眼が向けられる後半部においても、最期の場面に至ると、将門を擁護し、武将としてのあり方を称讃するのみならず、その死を激しく悲傷せずにはいられない作者には、体制的世界観を越えて将門という人間に深く共感する何らかの特別な関係性を認めるべきではなかろうか。将門の庇護のもとにあったかどうかは別として、将門の人となりを知悉し、心理的に親和関係が成立していただけでなく、物理的にも近接する場所に位置した知識人ないし僧徒を作者像として想定してみたいと思う。また、『将門記』を読み解くという見地から、鮮やかな印象を残すのは、前半部、後半部、最期の場面それぞれの将門に対する態度が、将門の現実に惹かれる心理と体制的世界観の間で絶えず変転し、激しく揺れ動く作者のイメージである点を特に強調しておきたい。

注

（1）『将門記』の作者ないし作者像に関する研究史は、史学と文学の両分野にわたりきわめて多彩である。主な論文について紹介すべきであるが、紙面の都合上、研究史としてまとめられたものを若干あげておく。御参照いただきたい。山下宏明氏「軍記物語研究文献目録稿」（『国語と国文学』東京大学国語国文学会　昭和三五・四）、加美宏氏「軍記物語事典〈軍記物語前史〉」（『国文学解釈と鑑賞』至文堂　昭和三八・三）、梶原正昭氏「将門記研究史」（『将門記研究と資料』所収　新読書社　昭和三八）、矢代和夫氏「初期軍記とその周辺」（『軍記と語り物』軍記物談話会　昭和四二・一二）、梶原正昭氏「前期軍記物語」（『文学・語学』全国大学国語国文学会　昭和四八・一〇）、林陸朗氏「平将門研究の回顧と展望」（『論集平将門研究』所収　現代思潮社　昭和五〇）、佐伯有清氏外三名『研究史将門の乱』（吉川弘文館　昭和五一）、梶原正昭氏「将門記研究文献目録」（『文学』岩波書店　昭和五四・一）、松尾葦江氏「軍記〈中世前期〉研究の軌跡と展望」（『中世文学研究の三十年』所収　中世文学会　昭和六〇）、軍記物談話会編『軍記物研究文献総目録』（軍記物談話会　昭和六一）、長坂成行氏「前期軍記物語研究の軌跡と課題」（『国文学解釈と鑑賞』至文堂　昭和六三・一二）等。

（2）梶原正昭氏「『将門記の成立』――その作者像と筆録意図をめぐって――」（『軍記文学の位相』所収　汲古書院　平成一〇）

（3）F・シュタンツェル『物語の構造』（前田彰一訳　岩波書店　平成一）等参照。

（4）『文学』（岩波書店　昭和五六・三）
（5）（4）参照。
（6）テキスト所載の蓬左文庫所蔵『将門記略』の本文による。
（7）梶原正昭氏校注『陸奥話記』（現代思潮社　昭和五七）
（8）テキスト1の五七ページ〈註〉参照。
（9）「『将門記』論（下の二・完）――貞盛の帰郷前後と同族抗争への展開――」（『文学』岩波書店　昭和五六・四）
（10）『王朝政治史論』（岩波書店　昭和四五）、将門が伯父良兼助命のため退路をひらいたことに対する北山茂夫氏の御見解はここに紹介する通りであるが、これは一つの事実に対する史学と文学との見方の相違を示したにすぎず、『将門記』作者に関する北山氏の考え方は筆者と同方向である点を特におことわりしておく。同氏「『将門記』の一問題について」（『図説日本の歴史』第四巻「月報」集英社　昭和四九・八）なども参照願いたい。
（11）テキスト2の三〇七ページ〈補説〉参照。
（12）「『将門記』論（上）――貞盛の帰郷前後と同族抗争への展開――」（『文学』岩波書店　昭和五五・八）のほか、（9）参照。

『将門記』の成立

福田豊彦

『将門記』は、古くは、天慶三年（九四〇）の将門死没の直後、その事件見聞者による著述とする説が有力であったが、現在では、事件からかなり後に、中央在住の文人が史料とともに創作をも加えてまとめた物語的な作品とする見解が一般的になっている。前者とすれば実録的な記録で、その記述は歴史史料として殆ど絶対的な信憑性を持つが、後者とすれば創作を含めた文学作品で、その記述内容には一々史料批判が必要なことになり、この違いは大きい。しかしこれは、『将門記』の異本である「楊守敬旧蔵本」の学界への登場とも深く関連し、この両説は単純な見解の相違ではなく学問的な発展であり、今日では逆転することのできないものになっている。

『将門記』としては以下の四種が知られている。Ⓐは承徳三年（一〇九九）書写の奥書を持ち、現在は名古屋真福寺に収蔵されている真福寺本とその写本に発する諸本で、江戸時代の版本や群書類従本（合戦部所収）もこれに属する——以下これを「真本」と呼ぶ——。Ⓑは名古屋蓬左文庫所蔵の将門略記を始めとする将門記の抄録本で、後述のように山田孝雄氏はその九種を調査されているが、学界未紹介のものもあると推察される——これを「略記」と呼ぶ——。Ⓒは一八八〇年に来朝した清国使節楊守敬氏が入手し、七条憲三氏や片倉武雄氏らの手を経て現在某氏が所有されているが、一九五〇年に貴重古典籍刊行会から複製出版され、山田忠雄氏が学界に紹介された楊守敬旧蔵本である(1)——「片倉本」とも呼ばれるが、以下では「楊本」と呼称——。そして更に、Ⓓ扶桑略記・帝王編年記・歴代皇紀などの史書に「将門合戦状（章）」として引用された文章も、或る種の将門記の一部である。そして『今昔物語集』巻廿五第一話「平将門発謀反被誅語《ムヘンヲオコシコロサレタルコト》」などはその翻案物とみてよい。

実は、これらの諸本の原本が作成当初から「将門記」と呼ばれていたという証拠もないが、それらを総称して『将門記』と呼ぶとすると、Ⓒの「楊本」登場以前の将門記研究には、「真本」とその抄本とみられていた「略記」しか念頭になく、明治に近代史学が成立しても、初期の将門記成立論の対象は明らかにⒶのみであった。しかし本稿の課題は、Ⓐ〜Ⓓを総体として捉え、その基礎にあったであろう『将門記』をも想定し、展望することが期待されていると思われる。とすれば本稿では、これら諸本の比較を中心に取り組まなければなるまい。

そこで以下では、一で「楊本」登場以前の成立論、二では「楊本」の登場と諸本の位置づけ、三で「楊本」登場以後の成立論、の三節に分けて整理し、二の諸本の位置づけはⅠⅡに分け、Ⅰで「楊本」の紹介者である山田忠雄氏の意見を要約紹介し、Ⅱでは承平七年の合戦の一場面を比較して、「真本」「楊本」「略記」の位置と諸本展開の過程を推察することにしよう。

もとより紙面の制約は厳しく、細部に及ぶことはできないし、触れ得ない問題や重要な論文も多いことは、予めお断りしておく。なお本稿では、特に断らない限り、Ⓐの「真本」としては古典保存会複製書『将門記』[2]を、Ⓒの「楊本」は前掲の貴重古典籍刊行会叢書『将門記』を用い、Ⓑの「略記」は蓬左文庫本将門略記[3]を使用する。この三種は、一九九六年に茨城県岩井市の市史別編として編纂され、新人物往来社から公刊された『将門資料集』には、その写真版が三本一括して掲載されており、対照が容易になったためでもある。[4]

一、「楊本」登場以前の将門記成立論

「真本」には、承徳三年（一〇九九）書写の奥書があり、将門の乱後一六〇年後の書写本である。しかしその本文末尾に近く、冥界よりの将門の消息の後に「天慶三年（九四〇）六月中記文」との日付があり、これ以降の文を後世の付記とみなし、この年次を将門記本文成立の年記とみる見解があった。これに従えば将門記は、将門没後四か月で成立したことになる。

即ち一八九〇年に星野恒氏は、次のように述べている。(5)

此の書、漢文にて平将門一代の事蹟を録し、記述詳細、頗る曲折を尽くす。末に「天慶三年六月中記文」とあれば、将門滅亡後、未だ数月を出でざる内に、其の見聞する所を筆せし者に似たり。撰者の姓名を載せざれば、其の何人なるを知るべからざるも、書中の地名よく実際に符合し、又朝廷の行事を詳挙せざれば、東国の在住にて文筆に熟達する者の所為ならん。但し文中、仏語仏理を述べし処も見ゆれば、或は仏徒の手に成りし歟。

この星野氏の説は、筆者を地方在住の僧侶ではなく中央の文人とする、などの修正的異論はあっても、基本的には受け入れられ、一時はこれが通説的な地位を占めていた。

しかし一九三七年に山中武雄氏は、扶桑略記や歴代皇紀の記事と将門記の内容を比較検討し、星野説を根本的に批判した。(6) 山中氏のこの論文は、史料批判の一模範ともいわれる程に詳細・綿密なもので、ここに全面的に紹介する余裕はないが、まず氏自身が要約した結論を紹介しておこう。

吾人は次の諸点を明らかにしたつもりである。

① 将門記には現存の本（「真本」）以前に、将門記別本とも称すべき本が存在していたと考えられること。

② しかも現在の将門記（「真本」）は、その別本の修正本とも称すべきものであること。

③ 扶桑略記本文の引用は別本に拠ったものと推定せられること。

④ 将門記の主要なる根本史料は、朝廷の記録、坂東諸国の解文、貞盛及び将門が朝廷へ奏上せる解文などであること。

以上の論証の結果として、将門記は確実な資料を基礎として書かれたもので、決して現地在住者の見聞録のようなものではない。而してこの故に将門記の内容は信ぜらるべきであって、而もそれは唯、奥書にある年代が乱後間もなきが為の故ではない。但し注意すべきは、将門記の作者は所々に誤謬を犯しており、資料を充分消化し切っていないところもある。また文飾のための文飾が多く、事実の記載をこれによって糊塗している点にも注意しなければならない。

故に将門記（「真本」）は、将門の乱に関する史料として第一に信拠すべきものではあるが、これが根本史料ではないということも考える必要がある。

この山中氏の見解は画期的なもので、後の議論とも関連するところが多い。扶桑略記の一文を挙げて氏の見解を確認しておこう。

『扶桑略記』に収録された将門関係記事は、天慶二年（九三九）十一月廿一日・廿九日・十二月十一日・同十五日・天慶三年（九四〇）正月十一日・廿四日・二月八日・同廿九日・三月九日・廿四日の十ヶ日条に及ぶが、将門の最期を含む天慶三年二月八日甲辰の条文を掲げよう。(7) この日の条はⓐ～ⓔの文で構成される。

ⓐ 二月八日甲辰、辰刻、主上出㆓御南殿㆒、賜㆓征夷大将軍右衛門督藤原忠文節刀㆒、下㆓遣於坂東国㆒。即以㆓参議

修理大夫兼右衛門督藤原忠文為二大将軍一。世謂二宇治民部卿一是也。刑部大輔藤原忠舒・右京亮藤原国幹・大監物平清基・散位源就国・同経基等、為二副将軍一。并下総権少掾平公連・藤原遠方等同下遣也。

ⓑ　爰官使未レ到間、二月一日、下野押領使藤原秀郷・常陸掾平貞盛等、率二四千余人兵一《一云、万九千人兵》、於二下野国一与二将門一合戦。時将門之陣已被二討靡一、迷二三兵手一、遁二身四方一。中レ矢死者数百人也。

ⓒ　同十三日、貞盛・秀郷等至二下総国一、征二襲将門一。然将門率レ兵隠二嶋広山一。爰貞盛等始レ自二将門之館一至二于士卒之宅一、皆悉焼廻。

ⓓ　十四日未刻、於二同国一貞盛・為憲・秀郷等棄レ身忘レ命、馳向射合。于レ時将門忘二風飛之歩一、失二梨老之術一。即中二貞盛之矢一落馬。秀郷馳至、斬二将門頚一、以属二士卒一。貞盛下レ馬、到二秀郷前一。《合戦章云、現有二天罰一、自中二神鏑一。》

ⓔ　其日、将門伴類被二射殺一者二百九十七人。擒得雑物、平楯三百枚・弓胡簶各百九十九具・太刀五十一柄・謀叛書等。已上。

山中氏によると、扶桑略記の記載の一般様式は、一つの事件に関して諸文献を綴輯せずに一文献を略抄しており、その原拠を明示しない場合も少なくないが、異文献の異説補説は小書分注に示すことがある。その観点で扶桑略記の将門関係記事を見ると、前掲初めの六ヶ日の記事の内、神仏霊験譚をまとめた正月廿四日条を除く五ヶ日の記事には、現在の将門記「真本」と文章及び内容が殆ど一致している部分と、文の結構や文飾が相似た部分とによって構成されており、将門の乱に関する扶桑略記の大部分が原拠とした文献は、現在の将門記「真本」ではないがそれと頗る近く、その「別本」と推定された。この結論を前提にして二月八日甲辰条のⓐ〜ⓔをみよう。

①　ⓓの《　》で括った合戦章の文章は、将門記「真本」による文であるから、この日の条文全体は将門記の「別本」

で、「真本」はその直截な表現を婉曲に改めた修正本である。

② ⓑⓒに対応する記事は「真本」にもある（秀郷・貞盛の兵力は四千余人）。そしてここに見える「迷三兵手、身遁四方」というような対句的表現は将門記の得意とするもので、現に「真本」にも「迷三兵之手、散四方之野」とみえている。その点ではⓓの「于時将門、忘風飛之歩、失梨老之術」という表現は、「真本」にも「于時現有天罰、馬忘風飛之歩、人失梨老之術」と見え、近似している。しかし「真本」には、将門が貞盛の矢に当って落馬した記述はない。

③ 山中氏は検討の結果、扶桑略記が拠った「別本」は、「真本」にはない藤原忠文に節刀を賜った二月八日の記事ⓐをもち、ⓔのように秀郷等の軍のために射殺された人数、及び捕獲品の数が挙げられていた。そして将門の最期は、ⓓのように、貞盛の矢に中って落馬し、秀郷がその首を斬ったことを明瞭直截に記していた、と指摘する。

山中氏のこの将門記別本の想定は、「楊本」出現の予告とも感じられようが、その問題は後に廻し、この山中説に対する平田俊春氏の正面からの批判にも、耳を傾けねばなるまい[8]。

平田氏は、扶桑略記の記事の引用形式について、その記事の中には他書を出典を記さずに綴輯することがあり、ある史料を引抄する際にその叙述を変え、或はある程度の改竄も到る所にみられるとする。この観点から、扶桑略記の将門の乱に関する記事は、現在の将門記「真本」を主な材料として用いたが、他の史料も混じている、として山中氏の「別本」の想定を否定された。また前掲天慶三年二月八日条に対する見解も異なり、例えば上記ⓔの記事は、朝廷側の記録である「将門誅害日記」の記事と想定された。しかし星野説に対しては、将門記は単なる現地在住者の筆ではなく、在京の人が種々の材料を用いて書いた作品で、それらの史料をこなしきっていない所や杜撰な点も多いことを認められている。けれどもそれらは、乱後二ヶ月足らずの短日月に書かれたことに起因するとし、将門記の成立期では、天慶三年四月という星野説を継承された。

この平田氏の説は、扶桑略記の史料批判としては重要で、その記事を無批判に受け入れ、或はその称する日付を安易に利用する傾向が、近年の歴史研究者の一部にも認められる点を考慮すると、今なお示唆に富んでいる。しかし「楊本」という「真本」に近い「別本」が発見された以上、将門記成立論としては基本的な論拠を失ったともいえようか。その意味ではこれから検討すべき主題は、山中氏の「別本」も含め、将門記諸本の位置づけに移ることになる。

二、「楊本」の登場と諸本の位置づけ

I. 山田忠雄氏の検討結果

一九五五年、「楊本」を複製《コロタイプ》版で学界に提供した山田忠雄氏は、それに付された解説で「真本」との詳細な比較研究を行い、更に別に発表された論文で、「楊本」「真本」「略記」の相互関係について詳しく糾明された。(9)山田氏の検討は「略記」諸本の相互比較から、「楊本」と「略記」、「楊本」と「真本」の相互関係に及ぶが、「楊本」の性格を中心に箇条書きで整理すると、大略次の諸点を明らかにされた。

① 「楊本」は、平安朝最初期に書写された弁中辺論の紙背に書かれている。巻子二軸で弁中辺論の巻一・二が現存、巻三を欠く。紙背の将門記は接続するが、欠巻の巻三の紙背に、欠失した承平六年の将門召喚以前の記事が書かれていたかと推察される。末尾は天慶三年正月中旬、将門再度の常陸出兵までで、以降の欠失部は料紙も不明である。

② 「楊本」の筆致は、自由奔放・稚拙粗剛で、一種風格ある達筆である。しかし重書・書損・削痕に覆われ、研鑽の跡を留めている。「真本」の丁寧で字画正しく、一部に襷書《たすきがき》などの技巧を凝らす清書本の趣きと比べると、「楊本」には草稿本の趣きがある。

③「楊本」の本文はすべて一筆と認められるが、行間の訂正や違文の記入と附訓には、少なくとも三種が認められ、同一人の手ではない。なおその地名の附訓には、関東の地名に明るくない人物の特徴も認められた。

④「楊本」の本文を「真本」と比較すると、大綱は一致し、順序の齟齬も殆どないので、広義には同一書に属する。しかし偽字・誤字・異体字が多く、異文は三六一句を数える。両書は同一人の筆致ではなく、かなり大きな異本関係にある。

⑤その使用字体や仮名の状況、書風などから総合的に時代を判定すると、「楊本」の書写は「真本」に先立つこと十数年もしくは数十年、と判断される。「楊本」を中心に考えると「真本」には、或は注釈を加え、冗句を省き、辞句を整えるなどしたかという傾向が、うかがえなくもない。

⑥「略記」の諸本を中心にして、「真本」「楊本」の異文を比較すると、「略記」は明らかに省略本であるが、「真本」より「楊本」に近く、「楊本」の本文を、忠実に、むしろ無批判・盲目的に踏襲する態度がうかがえる。[10]

山田氏はこの論攷の中で、前述の山中・平田両氏の論争にも触れ、扶桑略記所引の将門記についても検討されている。簡単に要約すると、扶桑略記の将門関係記事の内、「楊本」の現存部分に関係するものは天慶二年の部分に限られるが、その九点について比較検討すると、扶桑略記は書名の通り略記的な編纂物で、省略の程度は「略記」より甚だしいところが多い。従って『将門記』現存諸本との比較は困難であるが、「真本」「楊本」「略記」の何れとも全同はしないという意味では、もう一つの「別本」を考えるのが妥当、と結論されている。

しかし、最も問題が鮮明になる筈の前引天慶二年十二月八日の記事に該当する将門最期の局面を現存「楊本」は欠失しており、山中説の最終的な決着は将来の課題とした方がよいであろう。山中氏の提起した「別本」の問題は、諸本の比較の中で改めて考えることにする。

Ⅱ．諸本にみる子飼渡の合戦

山田氏の見解を確認するため、「真本」と「楊本」の本文で最も差異の激しい承平七年（九三七）八月の蚕飼渡の合戦を例に挙げ、「略記」を含めた三本の本文を比較しよう。承平五年の常陸出兵と放火を源護に訴えられ、翌六年十月に上洛し禁錮された将門は、朱雀天皇元服の大赦により帰郷した。しかしそれを待ち構えていた叔父の良兼らは、承平七年（九三七）八月、報復のため常陸から下総の将門の根拠地めがけ出陣する。こうして始まる決戦場面である。

以下ではまず、Ⓐ「真本」・Ⓑ「略記（蓬左文庫本）」・Ⓒ「楊本」の順に本文を掲げ、試みに各書のフリカナを尊重した私の読みを提供する。但し「楊本」には補入や衍字が多く複数の付訓もあるので、ここでは適時に取捨しており、漢字は極力統一している。詳しくは前掲書の写真版を参照されたい。なおⓐ〜ⓔの符号で諸本の対応関係を示した。

（文中、《 》は二行書の割注、〔 〕内は傍記補入を示す）。

Ⓐ「真本」　ⓐ仍以同年五月十一日、早辞都洛着弊宅、未休旅脚、未歴旬月、彼介良兼不忘本意之怨、尚欲遂会稽之心、頃年所構兵革其勢殊自常、便以八月六日、囲来於常陸・下総両国之堺子飼之渡也、ⓑ其日儀式請霊像而前陣張《言霊像者、故上総介高茂王形、并故陸奥将軍平良茂形也》、整精兵而襲攻将門、其日明神有忿慥非行事、随兵少上用意皆下、只負楯還、ⓓ爰彼介焼掃下総国豊田郡〔栗〕栖院常羽御厩及百姓舎宅、于時昼人宅橧収、而奇灰満於毎門、夜民烟絶煙、漆柱峙於毎家、煙遐如覆空之雲、炬迩似散地之星、ⓔ以同七日、所謂敵者奪猛名而早去、将門懐酷怨而暫隠矣、

ⓐ仍て同年五月十一日、早く都洛を辞して弊宅に着く。未だ旅の脚を休めず、未だ旬月を経ざるに、件の介の良兼、本意の怨みを忘れず、尚し会稽の心を遂げんと欲ふ。年ごろ構へたる所の兵革、その勢常よりは殊なれり。便ち八月六日を以て、常陸・下総両国の堺、子飼の渡に囲み来るなり。ⓑその日の儀式は、霊像を請ひて前の陣に張れり《霊像と言ふは、故上総介高茂王の

形、并びに故陸奥将軍平良茂の形なり》。精兵を整へて将門を襲ひ攻む。ⓓその日は明神忿《イカ》りありて、慥かに事を行ふを非とす。隋兵少なき上、用意みな下《クダ》りて、ただ楯を負ひて還りぬ。ⓓここに彼の介、下総国豊田郡〔栗〕栖院常羽御厩《イクハノミマヤ》および百姓の舎宅を焼き掃《ハラ》ふ。時に、昼は人の宅の甑《コシキ》を収めて、而も奇《シカ》しき灰は門ごとに満てり。夜は民の烟に煙を絶ち、漆の柱は家ごとに峙てり。煙は遐《ハル》かに空を覆へるの雲の如く、炬《ヒ》は迩《チカ》く地に散るの星に似たり。ⓔ同じき七日を以て、所謂、敵は猛《タケ》き名を奪ひ、而も早く去り、将門は酷《カラ》き怨みを懐き、而も暫く隠れぬ。

Ⓑ「略記」ⓐ仍以同年五月十一日、早辞都洛著弊宅、亦不歴幾日、件良兼不忘本意之怨、欲遂会稽之心、便以八月六日、囲来常陸・下総両国之境、ⓑ其日儀式、請霊像而張於陣前、整精兵而襲攻将〔門、其日〕軍為将門有神明忿、専不行事、只乍立負而還於本土、ⓒ爰敵介等焼伐亦焼攻、報返亦攻附、亘火煙負覆面、ⓓ其度、焼掃下総国豊田郡栗栖院常羽御厩及百姓之舎宅、ⓔ以同七日、敵者奮猛名而早去、将門酷怨而暫隠、

ⓐ仍て同年五月十一日を以て、早く都洛を辞して弊宅に著く。また幾日を経ず。件の良兼、本意の怨みを忘れず、会稽の心を遂げんと欲ふ。便ち八月六日を以て、常陸・下総両国の境を囲み来る。ⓑその日の儀式は、霊像を請ひて陣の前に張り、精兵を整へて将門を襲ひ攻む。その日の軍は、将門が為に神明の忿りあり、専ら事を行はず。ただ立ち乍らに負けて本土に還る。ⓒここに敵の介ら、焼き伐りてまた焼き攻め、報ひ返してまた攻め附けぬ。亘せる火の煙は面を負ひ覆ふ。ⓓその度は、下総国豊田郡栗栖院常羽御厩および百姓の舎宅を焼き払ふ。ⓔ同じき七日を以て、敵は猛き名を奮ひて早く去り、将門は酷《イタ》く怨みて暫く隠る。

Ⓒ「楊本」ⓐ仍以同年五月十一日、〔早〕辞都洛着著於弊宅、未休旅脚、亦不歴幾程、件介良兼不忘本意之怨、欲遂会稽之心、頃年所構兵革、〔見〕其芸殊〔自〕常也、便以八月六日、囲来於常陸・下総両国之堺子飼之渡也、ⓑ其日儀式請霊像而張〔陳〕前陣《請霊像者、故上総介高望像、并故陸奥将軍平良持者也》、整精兵襲攻将門、其日為将門、明神有忿、

専不〔令〕行事、随兵少上〔已〕用意皆滅、只乍立負而還於本土、ⓒ爰彼介等焼伐〔代〕亦焼攻、▨報返攻附亘火、煙負風覆面、将門何励兵士何戦、ⓓ其度、焼掃下総国豊田郡栗栖之院常羽御厩及百姓舎宅、于時民烟煙絶、而漆柱峙於家毎、人宅櫃収、而奇灰満於毎門、昼煙遐如匿空之雲、夜炬迩似散地之星、ⓔ以同七日、所謂敵者奪猛名、而早去、将門憶懐酷怨、而暫隠矣、

ⓐ仍て同年五月十一日を以て、早く都洛を辞して弊宅に着きぬ（著は衍字か）。未だ旅の脚を休めず、また幾《イクバ》くの程を経ざるに、件の介の良兼、本意の怨みを忘れずして、会稽の心を遂げんと欲ふ。頃年、構へたる所の兵革、其の勢ひ〈芸は誤記か〉を見るに、常よりも殊なれるなり。便ち八月六日を以て、常陸・下総両国の堺、子飼《コカヒ》の渡りに囲み来る。ⓑその日の儀式は、霊像を請ひて陣の前に張れり（陣は衍字か）。《霊像を請ふとは、故上総介高望の像《カタチ》、并に故陸奥の将軍良持なる者なり》精兵を整へて将門を襲ひ攻む。その日、将門が為に明神は忿《ウラミ》ありて、専ら行事せしめず。随兵少なきが上、已に用意みな滅《オト》れり。ただ立ち乍ら、負けて本土に還りぬ。ⓒここに敵の介ら、焼き伐りてまた焼き攻め、（▨は重書）報《ムクヒ》に返して攻め附け火を亘《ワタ》す。煙《ケブリ》は風を負《ヲウ》て面を覆《ヲホ》ふ。将門何《イカ》に励み、兵士何《イカ》が戦はむ。ⓓ其の度《タビ》、下総国豊田郡栗栖の院、常羽御厩《イクハノミマヤ》および百姓の舎宅を焼き掃《ハラ》ふ。時に民《タミ》の烟《カマド》に煙り絶ち、而も漆の柱は家《イヘ》ごとに峙《ソバタ》ち、人の宅は甑《コシキ》を収めて、而も奇《アヤ》しき灰《スミハヒ》は門《カド》ごとに満てり。昼の煙《ケムリ》は遐《ハルカ》に、天《ソラ》を匿《カク》せること雲の如く、夜の炬《ホノホ》は迩《チカ》く、地に散らせるの星に似たり。ⓔ同じき七日を以て、敵には猛《タケ》き名を奪はれて、而も早く去りぬ。将門は憶して酷《カラ》き怨みを懐《イダイ》て、而も暫く隠れぬ。

ここに掲げた三本の文章を比較すれば、先ずは次の①〜④の諸点に気付かれよう。これらは前述の山田氏の指摘の再確認となる。またこの内容はⓐ〜ⓔに分けることができるので、⑤以下ではそれぞれの内容に踏み込んで検討する。(11)その内のⓒの部分は「真本」に全く欠けており、これが何故欠けたかの解明が最大の課題で、その意味を⑦で考える。

なお、「真本」がこの部分を欠失していることは山田氏も指摘されたが、氏は「真本」の単純な脱漏と解釈されている。しかし私はここに、「真本」の性格が如実に窺えるように思うのである。

① 三本ともに、同一の状況をほぼ類似した表現で記しており、まさに『将門記』として一括することができる。しかし細かく見るとかなりの差異があり、異本として捉えるのが妥当である。「楊本」と「真本」との間にも相違が認められ、同じ漢字に異なった読みを附けたものもあるので、両書が同一人の手になるとは考えられない。

② 文章を比較すると、「楊本」は書き入れが多いし誤記訂正の重ね書きも認められ、衍字とみられるものも多い。文中Ⓒの▨は、一字としては読めないが、重ね書きに「報」がみえ、書き改めたものとの解釈が可能であろう。また「伐（代）」と表記した部分を写真版でみると、「伐」と「攻」を重ね書きして「代」と傍記し、そこに「カハリニ」のルビを附けている。しかしそれでは意味が取れず、読みを「伐り」としたのは「略記」によるが、「楊本」には添削過程の草稿をみる感があるという山田氏の指摘は誠に適確で、特にⒸにはその感が強い。修正が同一人の手でないことは内容からも明らかである。またここでは表示できなかったが、引用の範囲内にも、付訓に異筆の異訓を幾つも指摘できる。

③ それに対して、Ⓐ「真本」に清書本の趣があるとする山田氏の説の妥当性は、引用の範囲からも理解できよう。文章としても最も洗練されている。附訓などは「楊本」の方が遥かに多いし、「真本」にも誤字や脱字はあるので、「真本」の解読にも「楊本」の参照は欠かせない。

④ Ⓑの「略記」は、他本と比較すれば抄本であることは容易にわかる。そしてここにはⒸの内容が確認され、その他の文章を較べても、「略記」が「真本」の抄本ではなく「楊本」のそれであることは明らかである。草稿の感のある自由奔放な「楊本」の判読に、「略記」は参考になることが多い。「楊本」と「略記」の関係では、例えば文章ⓔ

の「奮猛名」は、「楊本」本文では「奪猛名」とする。これを「猛き名を奪う」と読めば「真本」とも一致するようであるが、附訓では「はれて」と受け身に読ませ、将門を中心においた文章になっている。本文作者と附訓は別人で、「略記」はこの附訓以前の本文により、「真本」もこの附訓にはよらなかったことになるだろう。

⑤　文章ⓐⓑの内容に立ち入って検討しよう。

承平五年二月に将門は、常陸国の新治・筑波・真壁の諸郡に攻め入って合戦し、前掾源護の館を始め百姓の舎宅まで焼き払うが、翌年十月、それを護に訴えられて上洛、そのまま獄に繋がれる。しかし承平七年五月、朱雀天皇の元服の大赦により帰京した（この日付は恐らく離京の日であろう）。以前の合戦で将門に大敗した叔父の下総介良兼は、護の娘婿であったが、名誉挽回の機会として常陸から下総に出陣し、子飼の渡で決戦を挑む。諸本間の相違として先ず目に付くのは、「略記」に《割注》の文章がないことで、これも抄本という性格の表れである。またその割注の「真本」「楊本」の内容にはずれがある。坂東平氏の祖は「高望」であり、「楊本」の記述が正しい。「良茂」については、平家物語に平国香の本名《モトノナ》を「良望」としており、「真本」では特定できないが、「陸奥鎮守府将軍良持」が将門の父であることは「略記」冒頭の文にみえるので、「楊本」によって将門の父平良持を指すことが確定される。つまりこの合戦で良兼は、坂東平氏の祖高望と良持の霊像を掲げて将門に合戦を挑むことによって、将門を平氏一門の反逆者として処断する意志を示したのである。(12)

承平五年の合戦では、良兼は「姻娅の長」として出陣していた。この「姻娅」とは源護を中心においた呼称で、現に良兼と同様に護の娘婿として「娅」の関係にある良正や、国香の子で護の外孫で「姻」の関係にあった貞盛を率いて将門と対戦したのである。一方この蚕飼の渡しの合戦は、将門の叔父の良兼の立場が坂東平氏の族長へと変貌している。将門の一族合戦はここに始まるともいえよう。ⓑの文中、将門に対する「明神（神明）の忿」はこれに対応するもので、この合戦は数少ない将門の敗戦となった。

　この段の記述を比較しても、『将門記』を理解するためには、文章として完成度の高い「真本」のみではなく、「楊本」や「略記」を対比する必要のあることがわかるだろう。
⑥　文章ⓓは、良兼による栗栖院常羽御厩焼き討ち事件である。これは兵部省の官牧大結牧の厩舎とする赤城宗徳氏の指摘が妥当で、「御厩」の称号はこれが国家的な施設であることを示している。(13)従ってこの焼き討ち後、これに参加した良兼らは、将門と下総国の訴えによって追討の宣旨が出されることになる。(14)一方この御厩の別当多治経明は、将門の陣頭などとして戦場でも活躍したおり、反乱後に将門が坂東の受領を任命した際には上野介（守）に任命されている。この牧厩が将門根拠地の一部であったことも明らかで、良兼らが余勢を駆って焼き討ちした理由も納得できるのである。
　このような事情を考慮すると、ここに引用した部分は、良兼らによるこの焼き討ちを訴えた将門の訴状、或はそれに添えられた下総国の解文を素材として将門記作者が作成した、とみるのが妥当であろう。ここではⒷの「略記」の記事は簡略にすぎるが、ⒶⒸの文章を比べると「真本」の方が遥かに洗練されており、添削の跡が認められる。両者を比較すれば「楊本」が先行したことも明らかで、その逆ではあり得ない。
⑦　問題のⓒの文章は「真本」にないので、その意味での比較はできないが、草稿の趣きのある「楊本」のこの文は、特に多くの手が入れられているのに、文章としては不安定な部分である。例えば「敵介等焼伐亦焼攻」の「伐」は②で指摘したように、「代」と傍記してカハリニと付訓をしており、付訓段階で大きな混乱があったことがわかる。「代」では意味が通じないだろう（「略記」は「伐」）。次の「報返攻附亘火煙負風覆面」の文章も完成度が低く、「略記」につけられた付訓もやや苦しい。このような草稿文の不安定性は、清書段階で削除される原因になった可能性が高

いと思われる。その点でこの問題に関しては特に、事件の史実性の検証が重要になるだろう。

前の事件ⓑの子飼の渡は、当時は広大であった鳥羽江や大宝沼の水と、古代以来氾濫で知られた鬼怒川の一部を合わせ、当時の常陸と下総の国境を流れる子飼川（蚕飼川）の渡場で、現在の小貝川より遥かに水量豊かな大河であったと考えられるが、渡の位置は大穂町吉沼から千代川村に通じる大園木付近に比定されている。この渡し場からⓓの戦場となる栗栖院常羽御厩の比定地石下町栗山まで、直線距離で約六キロ、しかしこの間は当時は低湿地で、大軍は自然堤防上を進むのが自然で、距離はその二倍程にもなろうか。その中間で鬼怒川の本流を越えなければならないが、そこには将門の館のある鎌輪宿《カマワノシュク》（石下町鎌庭〜八千代町仁江戸辺）があり、進路となった筈の自然堤防上の微高地と鬼怒川の西岸には、将門の従類や伴類たちの舎宅が点在していたに相違ないのである。

そしてこれを攻めた良兼軍は、以前に将門に大敗して家々を焼かれ、その報復を決意して合戦を挑んだ常陸の住人が主力であった。とすれば子飼の渡しの合戦で勝利した彼らは、逃げる将門軍を追ってその根拠地の奥深く進軍する途中、鎌輪宿を始め将門方の伴類民衆の家々を焼き払ったことは疑いないだろう。「報に返《ムクヒ》して攻め付け火をわたす」という文は、まさにこの場に適切で、この「報」が以前の将門の常陸攻めの報復を意味することは言うまでもない。そしてこの事件も、官牧の付属厩舎常羽御厩の焼討を訴えた将門訴状や、それに添えられた下総国の解状に書き込まれていた出来事とみることができる。

⑧　いま「楊本」を『将門記』の草稿本で、その作者を『将門記』作者と仮定すれば、文章の変遷から諸本の成立状況は、おおよそ次のようになるだろう。

時間的経緯を軸に事件の推移を記述してきた作者は、将門訴状や下総解状などの史料によって、ⓑの子飼の渡の将門軍の敗走を書き、それに続くⓒの良兼軍の下総焼討ちの惨状とⓓの常羽御厩襲撃を描いた。その訴状の重点は国家施設である常羽御厩の焼討ではあろうが、隣国の兵が国境を越えて攻め込み、民衆の家々に放火したことも訴えていたであろう。これに基づいて書かれたものが「楊本」の本文であるが、ⓒの文章については、「焼伐亦焼攻」とするか「焼攻亦焼攻」と繰り返すか、良兼方のこの焼討の動機である報復の意味をどのように表現するか等、作者自身に迷いがあったのであろう、それが二つの重ね書きとなった。

この文章添削の作業は別人に受け継がれるが、もしその早い段階で一つの定本が作られたとすれば、それが「略記」の祖本で、現在では失われた将門記の「別本」であったかもしれない[15]。そしてその後の添削の段階で「伐」と「攻」の重書を「代」と判読し「カハリニ」とルビを打った添削者は、文字にこだわり文意を余り良くつかめなかった人物、ということになる。この混乱を受け継いだ「真本」(或はその祖本)の作者は、類似した焼き討ちが次に並ぶこと等も考慮し、大胆にⓒの文章を削除し、一つの焼討事件として完成させた。

もしこの想定の大筋に妥当性が認められれば、「真本」(その祖本)作成の段階には、「楊本」の作者は既に世になかったと思われる。この「楊本」本文の作成から「真本」の完成までを含めた『将門記』の著述は、個人の仕事ではなく、子孫にも及ぶ家の作業であったかもしれない。とすれば「「楊本」の書写が「真本」に先立つこと十数年もしくは数十年」という山田氏の想定は当然でもある。

このようにみると、「楊本」のⓒの文章は確かに不安定で、その故に清書段階では切り捨てられたとしても、これを切り捨てた「真本」は、文学的な関心を優先させて、重要な一つの史実を消し去ったことになる。

三、「楊本」登場以後の成立論

「楊本」という異本の登場によって、従来「真本」だけを対象としていた将門記の成立論は、根本的な転換を迫られた。論者はまず、一つの完成された姿を示す「真本」を対象とするのか、草稿の趣のある「楊本」をも含めた『将門記』を想定するのか、という姿勢を明らかにしなければならない。「楊本」本文も、対句を多用し漢籍の語句を散りばめた文学的表現をもつことは確かである。そしてここでは、「楊本」本文の現存部分は同一人の手であるが、修正・附訓の段階には複数の人の手が加わっている事実も無視できず、「略記」の底本や「真本」がその何れの段階に成立するかも問題になるだろう。現実にこれ以後、「楊本」登場以前には後世の手として簡単に切り捨てられていた冥界消息をはじめ、文学作品としての人物描写や伝承文学としての諸問題も含めて、多面的な論議が交わされることになった。

川口久雄氏の「将門記の世界とその特質」、梶原正昭氏の「将門記の構造」、渥美かをる氏の「将門記・将門略記についての一考察――とくにその成立について――」など[16]、国文学の分野で展開された論攷はみな山田氏の業績を踏まえ、それを契機に多様な展開をみせる将門記研究の動向をよく表している。とりわけ渥美氏の、従軍記者のような性格を持つ東国在住の人物によって書き留められ、藤原忠平側近の中央在住の仏徒によって完成された、という将門記二段階成立論は、本稿の課題として興味深いものである。しかしここでそれら国文学分野の多面的研究に立ち入る余裕は既にない。以下には近年の歴史学の分野の見解に限定し、簡単に紹介するにとどめる。

一九五八年、古代以来編纂された歴史書を大観した坂本太郎氏の『日本の修史と史学』[17]は、将門記と陸奥話記を十二世紀末から本格的な展開を見せる軍記物語の祖と位置づけ、「固苦しい歴史記録のわくをこえ、闊達な文体で著者の主観を自由に吐露したもの」と評価したが、星野・山中両氏の説を紹介し、山中説に賛同した上で次のように述べている。

この書は天慶三年六月というような乱後数月の近い時にできたものではなく、かなりのちに、中央在住の文人が、史料とともに史料をのりこえた創作をも加えてまとめた物語的性格のものである。

坂本氏はまた、事実の記録と思われるような所にも文飾があるとし、その造作の事例として次のような諸点を指摘する。① 将門の叛乱に対する弟真平の諫言は、帝範の文をそっくり取ったもので机上の作文と思われる。② それに対する将門の反論に使われる渤海滅亡の事実も、将門の知識とするより将門記編者の知識とみるのが妥当であろう。③ 将門が坂東の国司の他に、大臣以下文武百官を任じたとあることも、具体性を欠いて信じられず、「決しなかったものは暦日博士のみ」などというのは、世人の興味を狙った創作である、と指摘された。

ここには残念ながら、「楊本」の存在と山田氏の研究には触れられていない。しかし歴史学の分野では、なお星野説を祖述するものが少なくないことを考慮すると、極めて重要な指摘で、やがてこれが概説書の分野でも定説となる。

一九七四年に小学館から刊行された『日本歴史五・古代豪族』は、「古代豪族の最後」の章に「将門記の世界」の節を立て、その「将門記の成立と作者」の項では、星野説と山中説を対比した上で後者を高く評価し、大略次のように述べている。(18)

山中氏によれば、『将門記』の史料には、将門や貞盛の上申書や書状が利用されている。これらの上申書や書状は、それぞれ自分の正しさを主張するために、事件の内容を自分の立場から詳細に報告し、また朝廷の共感を得るために、自分の心情を情緒的に述べた部分が含まれていたと思われる。『将門記』のなかには、将門の敵貞盛の心境を詳しく述べた部分があるが、これらの部分は貞盛の上申書にもとづいて書かれたと推定される。また前半部はおおむね将門の立場から書かれ、将門の相手を「敵」と表現する場合が多いが、これは前半部の主な史料が将門の上申書であったためではなかろうか。勿論その背景には作者の将門に対する共感や同情があったことは否定できないが、全体として東国の地理に詳しく、合戦の状況を詳細に伝え得た理由は、このように考えれば良く理解できる。

として、特に反乱後、将門が藤原忠平に送った書状の重要性に注目し、「これらの史料を『将門記』の作者はどのようにして入手したのか」と設問して、次のように論を進める。

坂東の諸国の解文や将門・貞盛らの上申書は、太政官や検非違使庁にも保管されていた可能性がある。しかし忠平あての書状は藤原忠平の政所にしか残らなかったはずである。天慶二年（九三九）に将門が謀反の疑いで告発された時（源経基の誣告）、忠平はいち早く家司を通じて将門に実情の報告を求めている。このような例から推測しても、忠平家の政所に将門に関する書類が集められていたことはまず間違いないだろう。『将門記』の作者が利用したと推察される史料のほとんどは、忠平家の政所に存在したと考えても不自然でないものばかりである。

として、『将門記』の作者は将門の私君である忠平と近い関係にあった人物とし、更に、

『将門記』は、素材とした史料を忠実に記述しているのかと問われると、答えは否定的である。作者は史料を充分に消化しきっていないし、また漢籍や仏典を利用した文飾のための文飾が非常に多い。

と、「史料とともに史料を乗りこえた創作をも加えてまとめた物語的な性格のもの」という、坂本氏の前掲の文章で結んでいる。

このように、将門記の性格規定に関しては、歴史学も国文学と共通の土俵に立ったといえようか。そして特に、ここで提起された「藤原忠平家に親しい文人」という作家像は、今後の将門記研究に無視できない重要性を持つことと

推察される。しかし歴史学の分野では、なお「楊本」に対する配慮に乏しく、本稿の課題である将門記成立論に不可欠な時期の問題も、不明のままに残されている。そこで本稿の最後を、この問題で結ぶことにしよう。

結びに代えて・『将門記』の成立時期

「楊本」には草稿本の趣があり、清書本の趣のある「真本」との間には十数年もしくは数十年の間隔があって、相互に別人の手になることも明らかになった以上、両者を一括して『将門記』の成立期を論ずる前に、諸本それぞれに分けて検討しておく必要があるだろう。

まず「真本」について時期問題を考えると、

① 「真本」の書写は、「承徳三年（一〇九九）正月廿九日於大智房酉時許書了」「同年二月十日未時読了」という奥書を否定する見解はない。即ち現在みる「真本」は十一世紀末に書写されたものである。

② 「真本」には末尾に二つの冥界消息が附けられている。一つは冥界の将門が「田舎人」に託したもので、生前の悪行の報いで地獄の苦しみを受けていることを報じ、「冥界の獄吏によると、将門の生前唯一の功徳である金光明経の助けにより、冥界の一二年、この世の暦では九二年を以てこの苦しみから免れられることになっているので、この世にある兄弟や妻子に善行を依頼する」という主旨の亡魂消息である。もう一つは、「或本云」として、地獄の責め苦はこの世の暦で九三年目に一度の休みがあるとし、「世は闘諍堅固なおし乱悪盛りなり、人々心々に戦ひあるも戦はざれ」と不戦の教訓を説く。これを第二の消息と呼んでおくが、これは九二年後の救済がほぼ約束されている第一の冥界消息の趣旨と明らかに矛盾し、同時期に書き加えられたとは考え難い[19]。

③　ところで第二の消息にある「闘諍堅固」とは何か。『末法燈明記』に「大集経五十一言、我滅度後初五百年、諸比丘尼等於我正法解脱堅固、次五百年禅定堅固、次五百年多聞堅固、次五百年造寺堅固、後五百年闘諍堅固、白法隠没云々」とみえる。釈迦の入寂を基準とする歴史観では、闘諍堅固はいわゆる末法の時代を指す。わが国では、永承七年（一〇五二）が末法入りと考えられており、この第二の冥界消息は、十一世紀半ば以降でなければ成立し得ないことになる。

従ってこれは、十一世紀末の「真本」書写時に書入れた可能性もあるが、その祖本があったとしても、二つの冥界消息を備えた祖本の成立は、十一世紀後期に限定される。

次に、この第二の冥界消息を持たず、第一のみをもつ将門記を想定してみよう。その痕跡はあるか、また何時頃成立するであろうか。

㋑　「楊本」及び「略記」（山田氏の第二類などは除く）は何れも末尾を欠くし、扶桑略記・帝王編年記・古事談など「将門合戦之状（章）」などと呼ばれた将門記を参照したと推察される諸書もこの部分には触れず、参考にならない。しかし『今昔物語集』巻廿五第一話「平将門発謀反被誅語」は、末尾を次の文で結ぶ。

其後将門、或人ノ夢ニ告テ云ク、「我レ生《イキ》タリシ時一善ヲ不修メ、悪ヲ造リテ、此業《ゴウ》ニ依テ独リ苦ヲ受クル事、難堪《タヘガタ》シ」、ト告ケリトナム語リ伝ヘタルトヤ。

今昔物語のこの将門説話は、平安時代末期に流布されていた将門記を座右に置きながら、十二世紀という事情に合うように翻案した文章と考えられるので、この文章は、「真本」末尾の冥界消息の第一、将門の亡魂消息とみてよいだろう[20]。とすれば十一世紀末～十二世紀初期に流通していた将門記には、この亡魂消息があったことになる。

㋺　この将門の冥界消息は、その末尾に「天慶三年（九四〇）六月記文」という将門死没二月後の日付がある。しかしこれは、「この世の一二年が冥界の一年、一二月が冥界の一月、卅日が一日」という計算不能な冥界暦によるもので、これを以て将門没後間もない時期の成立とみることはできない。[19] しかし、九二年で救済されることを記して子孫に功徳を依頼した消息の趣旨からすれば、むしろそれに近い時期とみるのが妥当であろう。この推測に従えば、この将門の亡魂消息説話の成立は、十世紀末〜十一世紀初頭に限定してよいであろう。

㊇ 扶桑略記や古事談・帝王編年記に引用された将門記は、それらが作られた時期から推察すれば、今昔物語集が利用した将門記と同じ「別本」と同種の写本である可能性が高い。そして更に云えば、今後なお山田氏が第二類に分類された抄本類の精査が必要ではあるが、それらの「略記」もその底本は同種の原本であったかもしれない。[21]

それでは、草稿本の趣のある「楊本」の成立期は、何時頃まで遡れるであろうか。

Ⓐ 「楊本」の文章に時代判定の決め手を求めることは難しい。それは、「楊本」が反乱以後の記事の少ないことにもよるが、その点は「略記」の助けを借りても同様である。例えば反乱した将門に対し、上野の国府で新皇の位を授ける場面で現れる菅原道真の霊魂は、「真本」では「左大臣正二位菅原朝臣」と称し、「楊本」は「右大臣正二位菅原朝臣道真」、「略記」は「左右大臣正二位上菅原朝臣」[22]としている。「従二位右大臣」から大宰権帥に左遷された道真は、延喜三年（九〇三）に大宰府で没するが、延喜廿三年（九二三）に本官に服して位一階を上げられ「右大臣正二位」になるが、正暦四年（九九三）には「贈正一位左大臣」、同年十一月に「太政大臣」を贈られる。従って左大臣とする「真本」を十世紀末の正暦以後の成立とみる傍証にはなる。とはいえ逆に、右大臣とする「楊本」をそれ以前に限定することには無理があるだろう。

Ⓑ 将門記を中央の文人の手になる文学的作品とみる時、坂東で将門らが討たれて後、西海の純友追討が最大の政治課題となる。この純友に将門記が全く触れないことは無視できないだろう。現に天慶三年（九四〇）四月末に将門の

首が京の東市に梟され、五月に警固が解かれた翌六月半ばには、純友の士卒に対する追捕令が出され、八月には瀬戸内海の全域に反乱が広まる。この純友の反乱は、宮廷で将門の反乱が殿上で議せられた天慶二年十二月廿八日以来、当時の貴族達は「純友は将門と謀《ハカリゴト》を合わせ心を通わせてこの事を行ふに似たり」（本朝世紀）と受け取っており、乱が収まるのは翌四年年末である。(23) しかも、将門に信濃に追い上げられた上野の国守は、この純友の叔父であった。従って、事件からかなり後でなければ、作者が将門記を書くために都で史料を集めることも困難であったろうし、意識的計画なしに、純友無視の態度を貫くことは難かしかったのではないか、と私には思われる。

Ⓒ　草稿本の趣を持つ「楊本」も、対句を多用し、四六駢麗体の華麗な文体で、漢籍の引用も豊富である。「楊本」は末尾を欠き、冥界消息をもつか否かもわからないが、それでも「新しく歴史に登場してきた「兵」に興味を持ち、将門の生き方にその典型を見出した作者がまとめあげた文学的作品」とみることとは矛盾しない。(24)

以上、個別に検討してきた諸本の成立期をまとめると、『将門記』として清書本の趣をもって最も整い、十一世紀末に書写されたことの確実な「真本」の成立は、内容から見ても十一世紀前期に遡ることはない。そして草稿本の趣をもつ「楊本」は、内的には積極的に時代を判定する証拠がないが、「真本」を遡ること数年もしくは十数年という国語学の側の判定に従い、その成立を十世紀末から十一世紀初頭とみるのが妥当であろう。いずれにせよ『将門記』を、事件直後の見聞録とする見解は、今では成立し得なくなっている。

後世の軍記物発展の道を開いた『将門記』は、当時の社会に新しく登場した「兵《ツワモノ》」に興味を持ち、坂東で活躍した将門の姿にその理想を見出した文人が、もと藤原忠平邸などに保管されていた史料などを収集し、一定の構想を持ってまとめた文学的な作品、と私は見る。そしてその草稿本の趣ある「楊本」から清書本の趣のある「真本」まで、一人の手で完成されたものではない。もしこの過程を一貫した事業とみるならば、「家」の仕事でもあったろうか。その史料採集も加えると、かなりの時間と人手を要したものと推察される。その点では、草稿本の「楊本」から清書本の趣ある「真本」が成立するまでの間に、一つの冥界消息しか持たない「別本」が流布していた可能性は、今なお否定できないことになる。

しかし「文学作品」とはいえ、作者の意図は「つくりもの」としての「物語」を書くことではなく、狙いは史伝としての将門伝にあったようで、『平家物語』や『太平記』と比較すると、明らかな虚構の造出は認め難い。こうした違いも、『将門記』を「軍記物の祖」としてみる場合に無視できないのではなかろうか。

注

(1) 貴重古典籍刊行会『楊守敬旧蔵本　将門記』(山田忠雄解説・昭和三〇年)。これはコロタイプ複製版(ゼラチン版画の写真印刷)であるが、それをもとに岩井市が現所有者の許可を得て写真版を作成し掲載した写真版を(4)に収録している。

(2) 古典保存会複製書『将門記』(山田孝雄解説・大正一三年)。コロタイプ複製版であるが、その際に作成された巻子本をもとに、岩井市が現所有者に届け出て作成した写真版を(4)に収録している。

(3) 蓬左文庫所蔵『将門略記』。蓬左文庫の好意により、そのカラー写真版を(4)に収録。

(4) 『平将門資料集　付、藤原純友資料』(岩井市史別編・新人物往来社刊・平成八年)。上記の将門記三本の写真版を収録した他、真福寺本の読みと解説の他、同時代史料、中世までの説話史料、及び近世演劇関係の代表的作品を収載。また「研究の手引き」として福田豊彦「将門記への手引き」・海老名尚「将門伝説にみえる将門像の変遷」などを収載。

(5) 星野恒「将門記考」(『史学会雑誌』一―二・明治二三年)。林陸朗編『論集平将門研究』(現代思潮社・昭和五〇年)に収録されており、同書によった。但し、引用文の漢字は当用漢字に変え、仮名遣いも変えている。以下も同じ。

(6) 山中武雄「将門記の成立に就いて」(『史学雑誌』四六―一〇・昭和一二年)。前掲『論集平将門研究』に収録。なお、引用の『将門記』の成立際に文の一部を省略し、簡略化させていただいた。

（7）『扶桑略記』は国史大系本によるが、漢字は原則として当用漢字に置き換えた。以下も同じ。なお文中の《 》内について、同書頭注に「合戦章以下十二字、諸本及古事談、為小書文注」とみえる。

（8）平田俊春「将門記の成立と扶桑略記」（『芸林』五—五・昭和二九年）。前掲『論集平将門研究』に収録。用字などは同前。

（9）山田忠雄「楊守敬旧蔵本将門記解説」（貴重古典籍刊行会叢書』第一期・昭和三〇年）、山田忠雄「楊守敬旧蔵本将門記の研究Ⅰ」（『語文［日本大学国文学界］』第四輯・昭和三一年）

（10）「略記」には多くの異本があるが、山田忠雄氏が検討の対象とされたものは、蓬左文庫本・図書寮蔵本・静嘉堂文庫蔵本・慶應義塾図書館蔵本・内閣文庫蔵本・水戸彰考館蔵本・内閣文庫蔵一本・慶應義塾大学蔵一本・神宮文庫蔵本の九本である。検討の結果、その前五本が第一群に、後の四本が第二群に分けられ、相互にかなり異質であるが、第一群の中では蓬左文庫本が最も古い形を有するという。以下では前述のような便宜によって、蓬左文庫本を以て「略記」を代表させる。その意味では本稿は、山田氏の分類による「略記」の第二群とその他の学界未紹介の異本は、検討対象から除かれていることになる。

（11）事件の詳しい経過は、拙著『平将門の乱』（岩波新書・昭和五六年）を参照されたい。

（12）良兼が高茂と良茂の像を陣頭に掲げて出陣したことについて、将門の祖父と親父の像を掲げて戦意喪失を狙ったと説くものがあるが、それでは兵の道に外れることになるので私は取らない。それより、ここで良兼の地位が、源護を中心としていた「姻娅の長」から坂東平氏「一門の長」に変化したこと、及び坂東平氏の族長が、高望—良持—良兼と継承された事実を読み取ることが重要である（前掲拙著『平将門の乱』一二八頁参照）。

（13）赤城宗徳『将門地誌』（毎日新聞社・一九七二年）。将門の根拠地である下総国豊田・猿島二郡には、鎌輪宿に接するこの大結牧の他に、長洲馬牧の比定地があり、それは将門の館のある石井宿に接していた。こうした兵部省の官牧との密接な関係も、将門を理解するためには重要で、前掲拙著『平将門の乱』では将門を「官牧の牧司」として扱った。

(14) この事件について、後に将門が私君の藤原忠平に宛てた書状には、「前下総国介平良兼、興数千兵襲攻将門、将門不能背走相防之間、為良兼被殺損及奪掠人物之由、具注下総国之解状、言上於官都、爰朝家、被下諸国合勢可追捕良兼等之官符、亦了」(「楊本」によるが、「真本」もほぼ同文)と述べている。本文によるとこの追討の官符は、良兼だけでなく常陸掾源護・常陸掾平貞盛、良兼の子の公雅・公連、秦清文にも出されているので、この良兼方の兵力は、常陸勢を中心に平氏一門が結集されたことがわかる。なお後世の伝承には、将門記に登場しない村岡五郎良文も、この合戦に参加したとするものがある。

(15) 山中氏以来、将門記には多様な「別本」が想定されている。それらが同じか違うかも問題になるだろう。山田氏が扶桑略記の作成に引用したと想定した「別本」を、平安時代末期に世間に流通し、帝王編年記や古事談、今昔物語集にも使われたとすれば、「真本」よりは「楊本」に近いので、同種とみてもよさそうで、多くは江戸時代に作成された「略記」の底本も、ほぼ同類とみてよいのではなかろうか。「真本」より「略記」に近いという意味では「初期別本」と呼んでもよかろう。但し平田氏の批判にもあるように、その「別本」が、山中氏が特に重視した前掲『扶桑略記』天慶二年二月十八日条の記事で指摘された諸条件を、全て備えているか否かは別の問題であろう。

(16) 川口久雄「将門記の世界とその特質」(『平安朝日本漢文学の研究 上』明治書院・昭和三四年)。梶原正昭「将門記の構造」(古典遺産の会『将門記—研究と資料—』新読書社・昭和三八年)。渥美かをる氏の「将門記・将門略記についての一考察—とくにその成立について—」(『愛知県立女子大学紀要』一五・昭和三九年)。以上の論攷は何れも、前掲『論集平将門研究』に収録されている。

(17) 坂本太郎『日本の修史と史学』(至文堂歴史新書・昭和三三年)

(18) 青木和夫『日本の歴史五・古代豪族』(小学館・昭和五九年)。紙面の関係で、文章の一部を割愛させていただいた。

(19) 「冥界の一日はこの世の十二年、冥界の一月はこの世の一年、一日は卅日に当たり、しかも一月に一日の休みがあって、九十二年で解放される」という冥界暦は、換算不能のところがあり、私にはよくわからない。鶴見大学の大三輪龍彦氏のご教示によると、「冥界には十三人の判官がおり、一人の判官に七日づつの審判を受けるとすると、それぞれ審議事項が分担されているので、九十一日で結審することになる。それはこの世の九十一年に当たり、九十二年目には落ち着き先が決まって解放される、ということではないか」という。この説には納得させられるものがある。但しこれでも「三十日を以て一日となす」という計算は不明であるし、第二の消息の「或本に云ふ、我が日本国の暦に曰く、九十三年の内にその一時の休みあり…」という暦は、論理が別の構造を持っていたことになるかもしれない。

(20)『今昔物語集』巻廿五第一話に収録された将門説話が、将門記の或る本を座右にして書かれたことは疑いないが、その忠実な翻訳ではなく、時代に適合するように書き換えたであろう。それは今昔物語の他の説話から推察される。その意味で「翻案」としたのである。その点では同書に、将門と伯父良兼との争いの原因を「父故良持ガ田畠ノ諍ニ依テ遂ニ合戦ニ及ブ」と記しているることを根拠に、伯父(叔父)良兼らが将門の父良持の所領を横領したことから始まった、と一部に説かれているが、私はとらない。この遺領争い説はいかにももっともらしく、今昔物語成立期の常識ではあろうが、十世紀には適合しない。将門記によると、将門と良兼の合戦では、戦闘の後に敵の土地を占領せず、放火して引き上げており、「所領」成立以前の戦闘方式である。両者の紛争原因は、将門略記の「女論」とするのが正しく、良兼の娘と将門の婚姻にかかわる紛争とみるのが妥当。

(21)前注(15)参照。

(22)「略記」のこの表現はおかしく、誤記があるだろう。写真版では「左右大臣」の「左」は「者」とも読め、「楊本」と一致することになるが、それでも「正二位上」の「上」は不明。

(23)前掲『平将門資料集』第二部基本資料のI同時代史料を参照されたい。編年で史料を掲げている。

(24)前掲拙著『平将門の乱』三〇～三九頁を参照されたい。なお文学的作品という点では、人物像の創造も注目される。将門や良兼・貞盛・源経基・藤原秀郷のような兵《ツワモノ》だけでなく、丈部小春丸のような伴類民衆も描かれており、十世紀の典型的な人物像となっている。

『将門記』論
——京の将門——

栃木孝惟

『将門記』研究史上の不朽の「訳注」、梶原正昭氏の東洋文庫『将門記1』が刊行されたのは、昭和五十年（一九七五）十一月のことであった。精細、厳密なこの「訳注」に接し、感銘を受けた私は、『将門記』解読の重要な基盤が整ったことを思い、『将門記』考察の意欲を刺激された。昭和五一年度千葉大学人文学部（現、文学部）特殊講義の題目に、「将門記論講」というタイトルを掲げた私は、この書をテキストとし、氏の訳注に導かれながら、『将門記』の私なりのあらためての考察を志し、テキスト冒頭からの全文解読の作業に着手した。そして、その折の講義ノートを基に、与えられた機会をお借りして、『将門記』にかかわる二篇の論稿を公にした。「『将門記』の冒頭欠失部をめぐって」（『文学』一九七九・一）、「『将門記』論—貞盛の帰郷前後と同族抗争への展開—」（上）（『文学』一九八〇・八）、「同上」（中）（『文学』一九八一・一）、「同上」（下の一）（『文学』一九八一・三）、「同上」（下の二・完）（『文学』一九八一・四）が、それである。講義は、五二年度、五四年度の三年間にわたって続講のかたちをとり、東洋文庫『将門記2』「新政府の構想」（同書一九〇頁）までの部分を読んだが、以後、この講義はいったん途絶、講義ノートに基づく論文化の作業も他の課題などに追われるままに、考察の機会が怠られた。その間、梶原正昭氏は、「『将門記』の構造—発端部の問題をめぐって—」（一）（『学術研究』—国語・国文学篇—第三十六号、一九八七・一二）、

「同上」（二）（『学術研究』―国語・国文学篇―第三十七号―、一九八八・一二）の論稿を公にされ、拙論の検証をも含む拙論と同範囲の部分の再考察を果たされた。このたび、本巻にご執筆を頂くこととなっていた梶原正昭氏のはからざるご逝去に伴い、山下宏明、長谷川端両編集委員のご意向のもとに、氏にかわって『将門記』に関する論稿を書かせていただく機会に、氏に導かれ、そして氏のさらなるご検証をいただいたゆかりある旧稿の続稿を書かせていただくこととした。氏の多年にわたる学恩に謝しつつ。

一　将門召喚、官符の到来

承平六年（九三六）六月廿六日、舎弟良正の要請を容れ、甥将門を撃砕すべく、大軍をひきいて常陸国へ進撃した良兼が、下野国境の戦いにあえなく寡勢の将門勢に敗れ、危うくその死を免れて上総の地へ逃げ帰った経緯については、すでに旧稿「『将門記』論―貞盛の帰郷前後と同族抗争への展開―（下の二・完）」[(1)]で記した。伯父良兼を窮地に追い込み、生殺与奪の権を掌中にした将門が、その勝利を敵味方の前に明らかにした中で、わずかに〈脉《ちのみち》〉の濃さを思い、それを殺害した場合の遠近の誹《そし》りを思って、包囲した陣の一角を開き、その命を許したのが、将門と良兼の下野国境の戦いの終幕であった。後日の難にも備え、伯父良兼〈無道ノ合戦ノ由ヲ在地ノ国ニ触レ〉、下野国庁の日記にも、そのことを記しとどめて〈本堵ニ帰〉った将門は、ようやくにしてわずかな安寧の日々を獲得し得たが、その安寧の日々の破れるのに多くの日数はかからなかった。承平六年九月七日、一通の官符が下総国に到来、その官符は、まもなく将門の身を京の地へ運ばせることとなったのである。官符が、何故に到来し、将門が、何故に、京の地にその身を運ばねばならなかったか。その発端を『将門記』の本文は、次のように書きつけている。

然ル間、前ノ大掾源護ガ告状ニ依リテ、件ノ護并ビニ犯人平ノ将門及ビ真樹等ヲ召シ進ムベキ由ノ官符、去ヌル承平五年十二月廿九日ノ符、同六年九月七日ニ到来、左近衛ノ番　長《ツガヒノヲサ》正六位《ノ》上英保純行《アナホノトモユキ》、同姓氏立《ウヂタチ》、宇自加支興《ウジカノトモオキ》等ヲ差シテ、常陸・下毛・下総等ノ国ニ下サル。仍テ将門ハ告人以前ニ、同年十月十七日、火急ニ道ニ上ル(2)。

承平六年夏、将門が、伯父良兼や良正、そして、和解の約を破って、伯父良兼の麾下に走った従兄弟貞盛らと刃を交えての合戦を繰り拡げる、文字通りの熱い夏を迎えていた頃、すでに京都中央政府は、坂東の地に発生していた土着豪族らの抗争に注目、将門を「犯人」と名指す一通の官符を認《したた》め終えていた。中央政府が、坂東の地に発生した土着豪族らの抗争に注目したのは、右の一文によれば、ほかならぬその抗争の当事者の一人、前常陸大掾源護が、「平将門及ビ真樹等」を京都中央政府に訴え出たことによる。将門召喚の官符は、承平五年（九三五）十二月廿九日の日付をもって下されているから、護が、将門・真樹等を訴え出た〈告状〉は、当然にそれ以前に提出されていなければならない。つまり、護は、承平六年六月、良兼・良正・貞盛らと将門の合戦が繰りひろげられた時から少なくとも半年以前、すでに将門を公の力によって断罪しようとする道を撰び、中央政府への告状を認《したた》めていたことになる。官符が下された承平五年十二月廿九日といえば、かの良正と将門の川曲村の合戦が行われた承平五年十月廿一日から数えて、およそ二ヶ月後、将門と護・国香らの合戦が行われた承平五年二月初旬からは、およそ十ヶ月余の後のことである。

護が、このたびの紛争にさいして、かなりに早い時期から、上総国に居た前下総介、そして〈因縁〉の良兼を頼りとしていたことは、良正の助力懇願の書状をうけた良兼が、〈因縁ノ護ノ掾、頃年《トシゴロ》、触レ愁ウル所アリ〉ということを述べ、良正からの助力要請のある以前、すでに護からその蹶起を促す頼みがきていたことを明かしていることによって明らかである。〈頃年〉の語が、相応の時間の幅を含む語であり、川曲村の敗戦後、良正が良兼に宛てて送った書状をうけて、良兼が、〈因縁ノ護ノ掾、頃年触レ愁ウル所アリ〉の文字を用いているかぎり、良正が、良兼に書状を送ったかなり以前から、護の愁訴が、良兼のもとに届いていたとみるのが至当であろう。とすれば、その時点は、やはり承平五年二月初旬の国香・護らの敗戦のあとと考えられるのである。しかし、良兼が、そうした護の愁訴をうけても、俄に動くことをしなかったのは、良正の書状が届くまで、良兼が蹶起しなかった事実によってもたしかめられるし、前掲旧稿に引いた(3)

　故上総介高望王ノ妾ノ子平ノ良正ハ、亦タ将門ノ次ノ伯父ナリ。而シテ介良兼朝臣ト良正トハ兄弟ノ上ニ、両《フタリ》ナガラ彼ノ常陸ノ前掾源護ノ因縁ナリ。護ハ常ニ息子扶・隆・繁等ガ将門ノ為ニ害セラルルノ由ヲ嘆ク。然レドモ、介良兼ハ上総ノ国ニ居リ、未ダ此ノ事ヲ執ラズ。良正独リ因縁ヲ追慕シテ、車ノ如ク常陸ノ地ニ舞ヒ廻ル。（傍点　栃木）

という一文の記述によっても確認することができる。そして、この一文によれば、護の因縁の一人、良兼の舎弟良正は、この時点で、将門討滅のために、〈車ノ如ク常陸ノ地ニ舞ヒ廻〉りながらも、上総国に居る舎兄良兼に来援を求めた形跡はないから、良正個人は、おそらく当初、みずからの独力で将門を撃砕することを企図していたものと思われる。そして、良兼もまた、おそらく舎弟良正の将門討滅の動きを熟知しながら、良正の助力要請なき時点での良正救援は、あえて手控える態勢にあったものと思われる。

　みずからの軍事的中核を、すでに粉砕されていた護が、将門討滅のために奮迅の準備を重ねる良正を、頼もしく、また大きな期待と悦びをもってみていたにちがいないことは、

　時ニ良正ノ因縁（護を指す）、其ノ（良正の）威猛ノ励ミヲ見テ、未ダ勝負ノ由ヲ知ラズト雖モ、兼ネテ莞爾《クワンジ》トホホエミ、煕怡《キイ》トヨロコブラクノミ。（（　）内の文字は栃木）

と、『将門記』の本文中に記されていることによって明らかであろう。

このように『将門記』の本文から、承平五年二月初旬以後、川曲村の合戦にいたるおよそ八ヶ月間の、護、良兼、良正、三者の動向を整理すれば、この時点での護は、なお将門の討滅を、因縁良兼や良正の武力に期待し、将門を中央政府に訴える挙には出なかったものと思われる。とすれば、護が武力による将門の討滅を断念、公の力を借りて将門を断罪すべく、将門ならびに平真樹を中央政府に訴え出たのは、川曲村の合戦に良正が敗れた、承平五年十月廿一日以後とみるのが、蓋然性はもっとも高い。護の頼みとした良正敗れ、蹶起を促した良兼は良正に呼応せず、国香の子貞盛も亦父の喪に服したまま一向に復仇の挙に立ちそうにもみえぬ状況下、護は、川曲村の合戦敗れた承平五年十月廿一日以後、さして遠からぬ時期に、将門らを中央政府に告発する道を選んだものと思われる。そして、中央では、その告状を受けて、同年十二月廿九日、告人源護、犯人平将門、真樹らを中央に召喚する官符を整えたものとみられる。

それにしても、承平五年十二月廿九日の日付をもつ官符が、およそ九ヶ月の後、承平六年九月七日に到来したのは、何故か。護の告状と官符到来の孕む問題を、さらに次節で掘り下げてみよう。

二　源護の告状と官符の問題をめぐって

承平六年九月七日、告人（原告）前常陸大掾源護の告状に基づき、京都中央政府から、〈常陸・下毛・下総〉の坂東三ヶ国に届けられた官符が、その「犯人」（被告）として、〈平将門及び真樹等〉の名を指示していたかぎり、護の告発したこの折の訴訟事項が、現存『将門記』に欠失し、『歴代皇紀』所載「将門合戦状」に載録されている次の一文、

（A）始メ伯父平ノ良兼与ニ将門一合戦ス。（B）次ニ被レ語ラハ二平ノ真樹ニ一、承平五年二月与ニ平ノ国香幷ビニ源ノ

護ト合戦ス[4]。

という文章の内の、Bの部分、承平五年二月の平真樹・将門と平国香・源護との間に繰り広げられた抗争にかかわっていることは、まず誤りのないところと思われる。この抗争の経緯と輪郭に関しては、旧稿「『将門記』の冒頭欠失部をめぐって」[5]の第二節に、私見を提示しておいたが、この抗争の発端は、おそらく前常陸大掾源護と平真樹なる者の葛藤に起因し、真樹に「語ラハレ」た将門と、護の「同党」、或いは「縁坐」としての平国香をそれぞれの陣営の内にふくみ込む抗争に発展したものと思われる。そして将門の備える武力、あるいは軍事的力量が自ずから将門を対立、抗争の前面に押し出し、護、国香等の最も強力な敵対者として浮上せしめ、その一つの帰結として、将門による国香の「殺害」、そして護の子、「扶、隆、繁等ガ将門ノ為ニ害セラルル」事態にいたったものと思われる。

事態、そのようなものであったとするならば、護の告状は、まず将門が現職の常陸大掾を殺害した点、常陸一国の内、「野本・石田・大串・取木等ノ宅ヨリ始メテ、与力ノ人々ノ小宅ニ至ルマデ、皆悉ク焼キ巡」り、さらには、「筑破・真壁・新治、三箇郡ノ伴類ノ舎宅五百余家」を「員《かず》ノ如ク焼キ払」い、常陸一国の人・物に莫大な損失を結果せしめた点、—こうした事々は、まずは護の告発の対象となった、おそらく重要事項の一、二であろう。紛争の発端がいかなる事情に基づくものか、其の経緯は知られぬながら、紛争がそれぞれの当事者の側に相応の言い分があるとするなら、紛争の発端にかかわっても、護の側からの何らかの事理は、護の告状に当然のこととして記述されてあったであろう。

律令の裁判手続きにおいてならば、この紛争が属するとみられる、獄令の訴訟手続き、—断獄手続き[6]においては、告状をもって行われる告人による告言には、被告（犯人）の姓名、犯罪の日時、犯罪の実状、原告（告人）の姓名が明記され、被告に刑を加えることを望む原告の意思が表明されていることを必要とするという[7]。そして、「告言を受理した官司は、直ちに三審の手続きを行う」(8)というが、この「三審とは、原告に対して、『もし訴える処虚なれば、誣告の罪を得る』ことを言い渡す手続き」であるといい、律令本来の裁判においては、告状を発する者も裁判の結果によっては、罪たちまちわが身にはねかえる、いわゆる誣告反坐の法を覚悟しなければならない、告人にとってもきびしい状況を設営することであった。養老律令・獄令には、次のような一条がある。

凡そ人の罪を告言《がうごん》せむ、謀反以上に非ずは、皆三審せしめよ。辞牒《じでふ》受くべき官司《くわんじ》並に具《つぶさ》に、虚ならば反坐《へんざ》得むといふ状《かたち》暁《さと》し示せ。審毎に皆日別《こと》にせよ。辞受けむ官人、審の後《おく》に署記《じょき》せよ。審訖《をは》りなば、然うして後に推断せよ。若し事切害有らば、此の例に在らず。切害といふは、謂はく、殺人し、賊盗し、逃亡し、若しくは、良人を強奸し、及び急速有る類をいふ。其れ前人《ぜんにん》禁すべくは、告人《がうにん》も亦禁せよ。弁定《べんちやう》して放せ。(9)

濫訴の弊の生ずることを危惧し、「發《あば》イテ直ト為スモノ、君子之ヲ悪《にく》ム」という儒家の精神に則り、(10)「前人」(被告)と「告人」(原告)を、いわば等位置に据えるこの獄令の規程は、前人を禁する(拘束する)ならば、告人をもまた禁せよ(拘束せよ)という一点においても、告人が告言を行うには相当の覚悟を要請するものであった。しかし、今、『将門記』の本文をみるに、護によって告発された将門の裁きは、「検非違使所ニ於テ略問セラ」れたとあるから、護の告発に基づくこの訴訟は、律令本来のありようより、手続きにおいて簡便、速度において速く、三審の手続きを持たない検非違使庁の管轄下にその裁きは運行されたとみられる。従って、告人には獄令の規程より、より緩和されたかたちでの訴訟であり得たとみられるが、僻遠坂東の地よりはるばる上洛するこの訴訟は犯人、告人いずれにとっても、相当な時間的、経済的、精神的損耗を強いる容易ならぬ事態であったであろうことは容易に想像し得る。

獄令第廿九、冒頭の一条には、「凡そ罪犯せらば、皆事發《おこ》らむ処の官司にして推断せよ」(11)の文字も見えるが、護の告状にかかわる紛争が、親王任国常陸国の介に次ぐ大掾平国香の殺害に至る事件であり、紛争発端の当事者も前常陸大掾がかかわり、その前大掾が軍事抗争に敗北した事件である限り、この紛争の裁きが、「事發らむ処の官司」、すなわちこの場合、常陸国衙において措置することは、まずは不可能であったであろう。護が中央政府に訴え出た所以であるが、こうした地方の「闘乱」を、この時期、検非違使庁が担った一つの事例としてこの〈京の将門〉の問題がある。

承平六年九月七日、京からの官使、おそらく宇治加支興(12)によって紛争の「犯人」としての京への召喚の官符を伝えられたであろう将門が、ただちに上洛の準備に入り、翌月十七日、「告人以前に」「火急ニ道ニ上」ったことにかかわっては、この官符が将門に与えた衝撃と将門の中央に対する畏怖、さらには告人に先んじて都に上り、少しでも裁きを有利に運ぼうとする将門の意思が窺える。

都に上った将門が、何よりもまず頼りとしたのは、「少年ノ日ニ名簿」を奉った「太政ノ大殿(13)」、将門の上洛時、承平六年十月の時点でいうならば、時の摂政太政大臣従一位藤原忠平。時に五十八歳(14)。政界の頂点に君臨するその人であった。後年、坂東の地に、京都中央政府から独立した王城を築かんとし、自ら新皇と称した将門が、なお旧主への思い、謝すること深く、背信への経緯を詫びるが如く綴った書状の中で、京にありし往時をも顧み、次のような一節を記していた。書状の冒頭から引く。

将門謹ミテ言《マフ》ス。貴誨《キクワイ》ヲ蒙ラズシテ、星霜多ク改マレリ。渇望ノ至リ、造次《ザウジ》ニ何ヲカ言サムヤ。伏シテ高察ヲ賜ハバ、恩々幸々ナリ。然ルニ、先年ノ源護等ガ愁状ニ依リ、将門ヲ召サル。官符ヲ恐ルルニ依リ、急然《タチマチ》ニ上道シ祗候ノ間、仰セヲ奉《ウケタマハ》ルニ云ク、「将門ガ事ハ、既ニ恩沢ニ霑《ウルホ》ヘリ。仍テ早ク返シ遣ス」者《てへり》(15)。

旧主に対する十分な敬重の言葉を以て語り出されたこの一文は、まさしくその劈頭に、将門、京にありし往時、主君忠平が将門に差し延べた庇護の手があったことを伝えていよう。将門の往時を回顧し、集約する言葉は短く、忠平の庇護の具体を十分には伝えていないが、将門が京を辞するに、私君忠平に対する十分な謝念の思いと共に京の地を去ったであろうことは、十分に窺える文字といえよう。

将門と忠平の接触がどこで行われたか、直接であったか、間接であったか、状況はなお十分にはさだかではないが、ともあれ、「火急ニ上道」した将門が「便チ公庭ニ参ジテ、具ニ事ノ由ヲ奏」し得たことは、次の一文によって確かめられる。『将門記』本文は、〈京の将門〉にかかわって、次のような記述を遺している。

　便チ公庭ニ参ジテ、具ニ事ノ由ヲ奏ス。幸ニ天判ヲ蒙リテ、検非違使所ニ於テ略問セラルルニ、允ニ理務ニ堪ヘズト雖モ、仏神ノ感アリテ相論ズルニ理ノ如シ。何ゾ況ムヤ、一天ノ恤《メグ》ミノ上ニ百官ノ顧《カヘリミ》アリ。犯ス所軽キニ准《ナゾラ》ヘテ罪過重カラズ。兵ノ名ヲ畿内ニ振ヒ、面目ヲ京中ニ施ス。経廻ノ程ニ、乾徳《ケントク》詔ヲ降シ、鳳暦《ホウレキ》已ニ改マル。言フココロハ、帝王ノ御冠服ノ年、承平八年ヲ以テ、天慶元年ト改ム。故ニ此ノ句アルナリ。

文中、「公庭」の文字にかかわって、東洋文庫『将門記』語注は、

　公庭…楊守敬旧蔵本は「クテイ」と附訓を施している。この語には、「クテイ」「コウテイ」の二つの訓みがあり、前者の場合は、「公の場所・朝廷」の意、後者の場合は、「晴れの場所・儀式の場所・公判廷」の意に用いられる。「公庭クテイ」（『頓要集』）。「公庭朝廷」（『色葉字類抄』[16]）。

と記し、さらに利光三津夫氏『裁判の歴史―律令裁判を中心に―』の記述（同書九五頁～九八頁）に基づき、

　普通、全国の官庁から送られてくる疑獄事件は刑部省が管轄したが、流・死罪に該当するものは、刑部省において行決することが法規上許されておらず、太政官に移送されて覆審されるのを例とした。そして、律令の断獄手続きにあっては、諸国からの移送事件を受理するのは、太政官の弁官局であって、『獄令』に、「凡ソ公坐相連スルコト、右大臣以上及ビ八省ノ卿、諸司ノ長ヲ、並ビニ長官ト為セ。大納言及ビ少輔以上、諸司ノ弐《すけ》ヲ、皆次官ト為セ。少納言、左右弁、及ビ諸司ノ糺判ヲ、皆判官ト為セ。諸司ノ勘署ヲ、皆主典ト為セ」とあるように、そ

の太政官裁判所は、右大臣以上（長官）、大納言（次官）、少納言・左右弁（判官）、左右史（主典）の四等官により構成されていたという。

この「公庭」は、朝廷を指すものと思われるが、或いはこの太政官裁判所の公判廷に出頭したのかもしれない。と記している。

『将門記』の記述のうちでも、都にかかわる記載部分には、事理不透明な解釈の難所が二、三存するが、この「公庭」にかかわる記述も、そうした難所の一つといえよう。「公庭ニ参ジテ」を、もし「朝廷に参上して」の意ととるなら、将門の参上した「朝廷」というのは、朝廷のどこか。「公庭」を、もし「太政官裁判所の公判廷」の意ととるなら、「公庭ニ参ジテ、具ニ事ノ由ヲ奏」した将門の言動を伝える一文は、将門の私的活動を伝えるものとは思われず、もっとも上級の、いわば「最高裁判所」[17]たる太政官裁判所での弁論活動とみなければならないことになる。そして、そこでの「天判ヲ蒙リテ」ののち、「検非違使所」（正しくは検非違使庁）での「略問」[18]をうけるということになると、そこには順序の逆倒の難が生じないか。まして、「天判」を字義通り、天子の最終親裁の意にとるならいよいよ事後の「検非違使所ニ於テ」の「略問」は不可解というべきであろう。あるいは、太政官裁判所における事情聴取ののちに、「検非違使所」（検非違使庁）への逆移送があったと考えるべきなのであろうか。因みに、改めて確認するなら、この裁判が行われたとみられる承平六年十月中旬以降、同年歳末の時点における天皇は朱雀天皇。朱雀天皇は延長八年（九三〇）九月廿二日践祚。同日、左大臣藤原忠平は八才の幼帝朱雀の摂政となり、これを補佐、[19]承平六年冬の時点においては、なお摂政の座にあった。[20]従って、『将門記』中の一句、「幸ニ天判ヲ蒙リテ」の「天判」には、朱雀を補佐し政を摂る、この折にはすでに摂政太政大臣従一位となっていた、将門の私君藤原忠平の意向がかなりに強く浸潤していたであろうことが相応に予測される。そして、具体的な訴訟審議の場、勘問、弁論の場となった「検非違使所」、都の正しい呼称としてならば検非違使庁における当時の構成は、どのようなものとしてあったか。まずは『検非違使補任』に基づき、『補任』によって知り得る承平六年時点の検非違使庁の構成の一端を瞥見しておこう。『検非違使補任』には、以下のような記載[21]がある。

承平六年

別当従三位中納言左衛門督藤原実頼

左衛門権佐従五位上紀淑人

五月廿六日（古今目録）兼伊予守

右衛門権佐従五位上小野好古

正月廿九日兼中宮権亮（「補任」天暦元年条）

左衛門府生　大原忠宗

四月十八日見（群載２６６）◎国史大系本承平二年トスルハ誤リ

右衛門府生　若江善邦

四月十八日見（群載）

右衛門権府生　村主保範

四月十八日見（群載２６６）

因みに、その前年、『検非違使補任』承平五年の項には、次のような記載があり、承平六年の項にはみられぬ二、三の官職とその任を占める担当官の名が記されている。

承平五年

別当従三位中納言左衛門督藤原実頼

二月廿三日転左衛門督カ

右衛門権佐従五位上小野好古

二月廿三日兼備前権守（『補任』天暦元年条）

左衛門少尉　小野維幹

五月九日見（東大寺要録）、九月一日見（扶桑）

右衛門少尉　桜井右弼

五月九日見（東大寺要録）

左衛門少志　尾塞有安

十二月四日見（群載）

右衛門志　比部貞直

六月三日見（群載）

左衛門府生　大原忠宗

五月九日見（東大寺要録）、九月一日見（扶桑）、十二月四日見（群載）

右衛門府生　若江善邦

五月九日見（東大寺要録）

右にみるごとく、別当従三位中納言左衛門督藤原実頼、右衛門権佐従五位上小野好古、左衛門府生大原忠宗、右衛門府生若江善邦には変わりはないが、新たに左衛門少尉として小野維幹、右衛門少尉として桜井右弼、左衛門少志として尾塞有安、右衛門志として比部貞直の名が知られる。これらの人々が、承平六年においてもなおその座を占めていたか否かに関しては、さしあたつて文献上の確認がとれないが、承平六年時、検非違使庁の構成を推すにあたってなにがしかの参考とはなろう。

いま、検非違使にかかわる基本文献、小川清太郎氏「検非違使の研究」(『早稲田法学』17・18号、昭和13・14、のち、名著刊行会より『検非違使の研究・庁例の研究』として覆刻、昭和63)のうち第七章「検非違使庁の組織」に基づき、検非違使庁の組織体制を、当面の論述に必要な事項に限って、簡略に摘記すれば、おおむね以下のごとくなろうか。小川論稿は、主に『職源抄』『官職秘抄』、あるいは『古事類苑』官位部・「検非違使」の項の総説等に基づき記述されたものと思われるが、いま便宜、この小川論稿に則り若干のコメントも付しながら、検非違使庁の組織体制、その縁辺の諸事項について記す。まず検非違使庁について。検非違使庁は、長官たる別当以下、佐、尉、志、府生、看督長、案主長、火長、放免(下部)等の職員を以て構成され、府生以上を上級職員、看督長以下を下級職員とし、通常、この上級職員を以て検非違使と称し、看督長以下の下級職員は検非違使の監督下、検非違使庁の雑務に従事したという。検非違使別当は、いうまでもなく検非違使の統率者、検非違使庁の長官。検非違使別当には、通常は中納言(従三位)、あるいは参議(正四位下)、そして必ず衛門督、または兵衛督を兼任する者を以て補せられた。検非違使別当となった者が、中納言または参議として国家最高行政府の太政官に列し、かつ衛門督、あるいは兵衛督として衛門府あるいは兵衛府の武官を統率すべき立場に立ち、あわせて刑事裁判並びに警察の両権を掌握する検非違使庁の長官に坐るとするなら、当然にこのポストにつく人物の選択には、自らその重職に就く人物が問われたであろう。容儀、才学、富貴、譜代、近習の五徳、あるいは有職、器量等を含めた七徳を兼備することの要請である。次に、検非違使庁の次官たる検非違使佐は衛門権佐(従五位下)をもって任じた。「正佐を以て之に補せざるは、蓋し正佐には、別に衛門督を補佐して専ら禁門守護の職に当るべき職務あるを以てである」という。承平六年、検非違使庁の構成の内、左衛門権佐紀淑人、右衛門権佐小野好古が、この検非違使佐に当たる。『職源抄』には、「佐二人。為二左右ノ衛門ノ権佐一者蒙ル二使ノ宣旨ヲ一。正ノ佐為二廷尉一之例邂逅也。（中略）凡廷尉ノ佐者名家ノ譜代之中清撰之職也(22)」等の文字も見える。次に、検非違使庁の判官、検非違使の尉は、「衛門大尉（従六位上）及び衛門少尉が使の宣旨を蒙ることにより補される」という。そして、小川氏は、この衛門大尉、少尉にかかわって次のような文字を記している。

衛門大尉にして検非違使たるものは、法律専門家たる明法道の出身者たることを要し、その家柄は、延喜以来、坂上、中原両家とされたが、六位の殿上蔵人にて検非違使たるものは、稀ではあるが、之に補せる例もある。衛門少尉にして検非違使たるものは、明法道以外の者を以てし、之を追捕の官人と称し、武士重代のもの及び諸家に奉仕する者の中で殊に重代器量の者を選びて之に補せられる。いづれも多くは源平の武士である。

この一文は、主に『職源抄・下』検非違使「尉」の項の記載を祖述したものと思われるが、このうち、『職源抄・下』検非違使「尉」の項の記載にはみられない「衛門大尉にして検非違使たるもの」の「家柄」を「延喜以来、坂上、中原両家とされた」という「延喜」の文字の根拠は不明である。あるいは、『職源抄・上』大学寮「明法博士」の項、「明法道之極官也。中古以来、坂ノ上中原両流為二法家之儒門ト一、以二当職ヲ一為二先途ト一。」という記載、『職源抄・下』検非違使「尉」の項、「明法道ノ儒必任スレ之ニ。上古其流不レ一ナラ。中古以来坂ノ上中原ノ両家為二法家一必任スレ之ニ。於二少尉一者追捕之輩各任スレ之ニ。至二大尉ニ一者多分明法道所レ任スル也。但殿上人蔵人為ル二廷尉一者、間任ス二大尉一。追捕者武士重代者並諸家恪勤ノ中殊ニ撰テ二重代ノ器量ヲ一所レ補スル也。…（中略）…又源平ノ武士雖二諸大夫ト一多補スレ之ニ」という記載にみられる「中古」の文字を「延喜」と置き換えたのであろうか。あるいは、『百寮訓要集』のうち、「昔令条にのする所の官、中古以来増減の事おほし。官のために人をえらばざる間、末代には諸官の任人其数をしらず。凡延喜天暦以往は賢才によりて登庸せられし也。村上円融以後は重代計を賞して其身の堪否をえらばれず[23]」という文中の「延喜天暦」の文字などもかかわりをもつのであろうか。しかし、この点に関しては、久木幸男氏『大学寮と古代儒教　日本古代教育史研究[24]』第六章「末期の大学寮」のうちには、次のような一文がある。

世襲氏族の確定が最もおくれたのは、明法道である。明法道においては、九世紀前半に讃岐氏が、九世紀後半以降は惟宗氏（秦氏）が、それぞれ教官職を世襲したが、讃岐氏は九世紀半ばごろにはすでに没落したらしい。惟宗氏は直宗以後一族から多くの明法博士を出しているが、その中でも『令集解』を編ざんした直本、直本の子で『本朝月令』を書いた公方、公方の孫で『政事要略』の編者允亮などはとくに有名である。…（中略）…結局惟宗氏は九世紀末から一一世紀末まで約二〇〇年間明法博士の職を世襲したことになるが、それ以後は坂上・中原両氏が抬頭している。坂上氏として最初の明法博士は、一〇七七年（承暦元年）ごろにみえる坂上定成であるが、その後明法博士の職は、次の系図に示すごとく坂上氏によって世襲せられている。（後略）[25]

ここでは、明法道の世襲氏族の確定に言及する中で、九世紀末から一一世紀末にかけては、惟宗氏が明法道博士職を世襲したことを記し、坂上、中原両氏の抬頭は一一世紀末より後であることが記され、中で坂上氏は「一〇七七年（承暦元年）ごろにみえる坂上定成」をもって最初の明法博士であったという。承平六年（九三六）時、衛門大尉にして検非違使たるもの必ずしも坂上、中原両氏とは限らぬ事を示すといえよう。いずれにせよ、当面、問題の承平六年時の衛門大尉が誰であったか、確定し得ないのが、遺憾であるがいずれにせよ衛門大尉にして検非違使たるものが、「法律専門家たる明法道の出身者たることを要」するという一項は注意されてよい記述である。左衛門少尉にかかわっては、『検非違使補任』は、承平五年時の左衛門少尉として、小野惟幹の名を、『東大寺要録』五月九日条、『扶桑略記』九月一日条の記載に基づいて記し、右衛門少尉としては、桜井右弼の名をこれも『東大寺要録』五月九日条の記載に基づいて記している。小野惟幹の事歴にかかわる記載は乏しく、その詳細を知り得ぬながら、『扶桑略記』第廿五「裡書」の内、承平五年九月一日条に、「左衛門少尉小野惟幹、府生忠宗等、捕㆓得群盗十三人㆒、仰㆓内蔵寮㆒給㆓御服㆒。下品絹」[26]の文字のあることを見るならば、この左衛門少尉は、小川氏の記述するごとく「明法道以外の者」、「武士重代のもの及び諸家に奉仕する者の中で殊に重代器量の者」の範疇に入ると考えてよいであろうか。『二中歴』第二・靫負佐寛平以後の項にも小野惟幹の名を見いだすことができるが、『二中歴』の記載を見るならば、靫負佐必ずしも武官とは限らず、小野氏にまた文官の系譜のあることをも惟みるならば、若干の留保を付加しておくことも必要かもしれない。

右衛門少尉櫻井右弼にかかわっては、布施弥平治氏『明法道の研究』[27]に、『貞信公記抄』承平元年四月五日条に右弼が検非違使になったこと、『法曹類林』巻第二百に「讃岐国山田郡目代讃岐惟範問〈承平二年八月十日、右衛門少尉櫻井右弼伝問〉」の記事があることなどが紹介され、さらに氏は次のような文字も記載している。

右弼は『二中歴』において十大法律家の一人に数えているのは、おそらく惟宗公方と激しく違勅・違式の論を展開したので有名になったからであると考えられる。[28]

ここにいう「違勅・違式の論」とは、布施氏が『江談抄』、『大日本史』に所載されるとするもので、おそらく『江談抄』第二・十五「公方の違式違勅の論の事」、『大日本史』巻二百十五・列伝「文学三」惟宗公方の項に見える、

当㆓是時㆒諸国衰弊、貢賦不㆑入、帝乃立㆑制以厳㆓其法㆒、既而国司犯㆑法者十余人、令㆔法家議㆓其罪㆒、公方論㆑之、以為㆓違式㆒、右弼〈姓闕〉以為㆓違勅㆒、公方曰、違㆓詔旨㆒、謂㆓之違勅㆒、違㆓式制㆒謂㆓之違式㆒、今国司所㆑犯者、非㆓式制㆒乎、右弼曰、式制亦奉㆑勅而定㆑之、謂㆓之違勅㆒、何不可之有、二議不㆑決、事聞、帝以㆓公方言㆒、為㆑非、使㆓藤原文範詰問㆒、公方固㆓執前言㆒、文範奏㆑之、勅令㆓上疏謝㆒㆑過、公方不㆑聴〈北山鈔、江談抄〉、天徳二年左㆓遷大蔵権大輔㆒〈日本紀略〉、猶兼㆓明法博士㆒〈西宮記〉、識者謂、公方言雖㆑是、而以㆑忤㆓帝意㆒見㆑貶〈北山鈔〉[29]。

という記載に関わるものと思われる。なかで、『江談抄』の該当説話には、話の概要はほぼ同様ながら、公方の対立者として右弼の名は記されず、直接的に帝と文範が公方と問答を行うかたちになっている。とすると、『大日本史』の記載は、掲示されているもう一つの資料、『北山鈔』に基づくものと想定されるが、『北山鈔』には、

公方在弼《衡イ》相論、違勅違式事、雖有勅弾、公方不進過状、遂左遷畢。(30)

とあり、ここでは、公方と「在弼」なる者（異本は、在衡）の相論となってい、ここにも櫻井右弼の明確な名はない。『大日本史』はおそらく『北山鈔』の「在弼」をもって「右弼」と解し、布施氏は、『大日本史』が〈姓闕〉と付記した「右弼」を櫻井右弼と解されたごとくである。ともあれ、いずれにせよ、『二中歴』第十三「一能歴」のうち「明法」の項に、「永継宍人、永直讃岐、永成同、直本惟宗、公方同、允亮令宗、允正同、右弼櫻井、道成令宗、有真菅原(31)」というごとく、十人の知られた明法道の人の中に「右弼櫻井」の名を見いだせるとするなら「右衛門少尉櫻井右弼」を「明法道」の人とすることは、まず誤りのないことと推され、『大日本史』あるいは布施氏の『北山鈔』の解釈も一つのあり得る推定といえよう。布施氏はそうした前提の上に『類聚符宣抄』第九「明法得業生従七位下櫻井宿禰守明解　申請　官裁事」の記載に基づき、当時、二員あった現職の明法博士の一員は守明の父であり、その父はおそらく櫻井右弼であろうことをも推定している。櫻井右弼を天暦六年（九五二）頃の明法博士と推定する一見解である。十世紀半ば、小川氏の記述に反し、「衛門少尉にして検非違使たるもの」必ずしも「明法道以外の者」とは限らぬ一証左といえようか。

検非違使志に関しては、これも『職源抄』下・検非違使「志」の項の記載に基づくとみられる小川氏の記述を、当面、論述に必要な部分に限って、以下に引く。

検非違使志は検非違使庁の諸公事や事務の取扱ひを管掌するものなるを以て、主として法令、先例に通暁せる明法道の人を以て補せらるるのが普通である。従って明法道の者は六位の時に一旦衛門志に任官し、更に使の宣旨

を蒙って検非違使の志となるのである。これ等の者を称して道志と云ふ。

承平五年時、検非違使庁の左衛門少志、右衛門志の職をそれぞれに占めた尾塞有安、比部貞直が、これらの記載に妥当するといえようか。そして、検非違使の府生は、「検非違使庁の書記にして、文書文筆等の雑務を管掌する」という。

以上、検非違使庁の組織体制と、当面、問題の承平五、六年時の検非違使庁の人的構成がどのようになっていたかを検討してきたが、往時、検非違使庁における審理、取り調べ、判決案の作成が尉以下の官人、—尉、志、府生等によって行われ、就中明法道の尉、志の領導下にすすめられ、それらの手によって作成された判決案が、検非違使別当に提出され、その最終決定が検非違使別当によって果たされるという手続き経路を惟みるならば、承平六年時、「検非違使所」における将門の「略問」も審問の当事者としては、これら明法道の尉・志が当たったのであろうことが想定されるとともに、護の告状に基づいて承平五年十二月廿九日、将門、真樹等の召喚を決定した官符の作成も、まずは、これら検非違使庁の明法道の尉・志等の手によって作成され、時の別当従三位中納言左衛門督藤原実頼の許に提出されたのではないかという一つの経路が想定される。

さて、そうした検非違使庁の構成下、時の別当藤原実頼の出自、経歴を、今、必要事項のみ改めて確認すれば、実頼は、時の摂政、太政大臣、将門の私君藤原忠平の嫡男。承平元年（九三〇）朱雀帝即位の年、従四位下参議として公卿の座に列し、承平三年五月、讃岐守に兼ねて右衛門督に任じられ、検非違使別当に補された。同年十二月、従三位中納言。承平五年には左衛門督に移った。時に、三十六歳。[32] 廟堂はまさしく藤原北家、忠平、実頼父子の掌中に帰しつつあったといってもよかろう。

承平五年十二月廿九日付けの将門等の召喚をうながす官符が、翌承平六年九月七日、足かけ九ヶ月にも及ぶ遅延の後、常陸、下野、下総国に到着したという奇妙な謎は、時の中央政界の政治的状況の許においてみるならば、護の告状を受けて程なく作成されたのであろう検非違使庁尉・志らの手に成る官符が検非違使別当実頼の許に届けられた折、官符は一旦事案施行の決定権を持つ実頼の許にとどめられ、一時、坂東の状況を静観する政治的措置がとられることはなかったであろうか。坂東の争乱にかかわる公的官符が、事を執行する下級官人の怠慢によって半年を超える遅延が行われることは、いかに吏僚の弛緩を計量しても考えにくい事態であろう。官符成案の後、半年余、再び、将門を当事者の一方とする、ついには下野国衙をも巻き込んだ彼の良兼、良正、貞盛等との紛争が、重ねて坂東の地に発生し、坂東の不穏な状況が一層深刻さを深める情報のもと、さすがに中央政界も坂東の状況を放置し得ず、凍結されていた官符は、ついに実頼の名の下に発動され、実頼の命による官符の到来は、さすがに将門にも衝撃を与え、将門をして「官符ヲ恐」れせしめ、「火急ニ」上洛の途につかしめたという状況の想定である。事態にかかわる時間的関係を改めて確認すれば、将門と良兼の紛争の一端の終結、下野国庁に追われた良兼が、将門のいったんの配慮によって上総の地に危うく逃げ戻ったのが承平六年六月の末、将門等召喚の官符の到来が承平六年九月七日、将門の上洛が承平六年十月十七日のことであった。時間的脈絡は、事態の想定をおおむね損なうことないであろう。

三　京の将門、そして帰国

常総の地の争乱をめぐって、検非違使庁審問の場に立たされた将門は、『将門記』の記述するところに従うならば、「允《マコト》ニ理務ニ堪ヘズト雖モ、仏神ノ感アリテ相論ズルニ理ノ如シ」であったという。「理務」とは文字通り道理、正理にかかわる事柄を論理的に弁論するごとき務《つとめ》をさしていう語であろうが、そうした事柄には、将門は、本来、不向き、不慣れであったという。にもかかわらず、審問の場に立たされた弁論不向きな将門が、この折、仏神の加護をも得て、理のある弁論を果たしたという。仏神が不義、悪徳の者をもって加護する事なしとすれば、護・国香等との紛争にかかわって、仏神は将門を加護、擁護するだけの将門側の正理を認め、掬すべき同情を寄せていたということになろうか。将門が、その紛争に際して、すくなくとも伯父、常陸大掾国香を殺害し、武闘の中、前常陸大掾源護の三人の子息たちをも誅殺、さらには、常陸国、「筑破・真壁・新治三箇郡ノ伴類ノ舎宅五百余家」を「員《カズ》ノ如ク焼き掃《ハラ》」っているかぎり、将門の負うべき罪も免れがたく存しようが、にもかかわらず検非違使庁審問の場において、「理務」に不適な将門の弁論が、「相論ズルニ理ノ如シ」であったとするならば、紛争の発生した動機、紛争の原因にかかわってなにほどか将門側に理があり、その紛争も正当防衛的色調を帯びていたということでもあろうか。

告人の上洛よりも一足早く、おそらくは私君忠平、あるいは、その子にして検非違使別当実頼の許に参じ、何らかの弁明を既に果たしていたのであろう将門には、「検非違使所」での「略問」以前、『将門記』が将門の身に寄り添って、「幸ニ天判ヲ蒙リテ」と記述した何らかの「幸《さいわい》」が将門の身に生じていることを示唆しているが、「検非違使所」での弁論の「理」に加えて、『将門記』は重ねて、

何ゾ況ムヤ、一天ノ恤ミノ上ニ百官ノ顧アリ。

と、天子の慈恵に加うるに朝廷文武百官の将門擁護の空気の存したことを伝えている。事態かかる状況の中で、将門の「罪過」はいくばくか避けがたく咎められながらも、「犯ス所軽キニ準ヘテ罪過重カラズ」というのが、京の裁きの帰結であった。審問の進行の中、将門の弁論によってしだいに明らかになっていったのでもあろう国香・護と将門・真樹らの紛争の次第は、自《おのづか》らに将門の武勇の程を、裁きの場の吏僚たちに結果として知らしめたがごとく、京の裁きは、将門の「兵ノ名ヲ畿内ニ振」るわしめる結果を産み、将門は「面目ヲ京中ニ施」したという。事そのような次第

ならば、告人護は、その面目を京中に失ったであろうことが想定されるが、事後、『将門記』の世界から護の姿は消失する。護は、ここに『将門記』の世界を生きるその命を絶たれたといえよう。

京での裁きを終えた将門が、自由の身となったのは、『将門記』本文の記述に従うならば、「承平七年四月七日ノ恩詔」によるというから、将門が「検非違使所」での「略問」を受けた承平六年、おそらく十一月初旬あたりから承平七年四月初旬に至るおよそ五ヶ月の月日は、将門が、その「罪過重カラズ」と雖も、何らかの刑に服していた時間であったといえよう。将門の身柄がどのようなかたちで拘束されていたか、服役の態様は、『将門記』の記述によっては、なおうかがい知ることができないが、『将門記』の作者は、『将門記』地の文においては、この間の将門のありようを単に「経廻ノ程ニ」と記している。そして、将門が忠平に宛てた書状の内、在京の折のことを伝える文言は、

官符ヲ恐ルルニ依リ、急然ニ上道シ祇候ノ間、仰セヲ奉《ウケタマハ》ルニ云ク、「将門ガ事ハ、既ニ恩沢ニ霑ヘリ。仍テ早ク返シ遣ス」者《テヘリ》。

という文中に見られるがごとく、忠平の側近く仕える「祇候」の語のみを用いている。京の将門の状況を伝える『将門記』作者の筆は必ずしも十分には委曲を尽くしていないというべきであろう。

京にありし折の将門の状況を伝える『将門記』作者の筆の内、つとにその問題性が指摘されているのが、

乾徳詔ヲ降シ、鳳暦已ニ改マル。言フココロハ、帝王ノ御冠服ノ年、承平八年ヲ以テ、天慶元年ト改ム。故ニ此ノ句アルナリ。

という一文である。はやく山中武雄氏は、『将門記』本文と将門の忠平宛書状の内容の点検に関連して、本文に「乾徳降詔鳳暦已改云々」というのは、朱雀天皇御元服についての大赦と、其翌承平八年の改元とを混同したものであって、ここは、改元のことは全然関係がないのである。将門記の著者が如此年次の誤を犯していることは、以後にもすくなからざるところである。(33)

と述べている。

そしてのち、春田隆義氏は、『将門記』の成立期の問題の検討に関連して、該当文章に留目し、該当文章を掲示した後、

ところが『日本紀略』承平七年正月四日条に

天皇紫宸殿ニ於イテ元服ヲ加ゥ。年十五。太政大臣其事ヲ奉仕ス。

とあって、朱雀天皇の元服の式は、承平七年（九三七）であったことが明らかである。

また改元は『日本紀略』『貞信公記』『政事要略』等に拠ると、承平八年（九三八）五月廿二日である。即ち『日本紀略』には、

五月廿二日、戊辰。天慶元年ト改元ス。厄運、地震、兵革ノ慎ニ依テナリと記されている。

以上により、『将門記』本文の記事「鳳暦已ニ改リ」は誤りであり、朱雀天皇の元服を承平八年（九三八）とする注記もまた誤っている。中央の事情等にもかなり詳しいと思われる作者が、時間的に十分検討して記述したのであれば、このように明白な誤記は冒さなかったのではあるまいか。(34)

という指摘を行っている。

この一文の解読にかかわっては、まず本行本文と注記の記述者が同一人であるか、別人であるか、すなわち『将門記』本文中にしばしばみられる小字注記が作者の自注であるか、別人の注記であるのかが問われなければならない。今、ここでは、その課題を検討、論証する必要な紙幅を持ち得ないが、さしあたってここではひとまず論証抜きに、この注記を本行本文の書き手とは異なる別人の注記とみておきたい。とすれば、本行本文は、この部分、

乾徳詔ヲ降シ、鳳暦已ニ改マル。故ニ松ノ色ハ千年ノ緑ヲ含ミ、蓮ノ糸ハ十全ノ蔓ヲ結ブ。方ニ今、万姓ノ重キ

荷ハ大赦ニ軽メラル。

というごとき文脈を構成するが、中で、「松ノ色ハ千年ノ緑ヲ含ミ、蓮ノ糸ハ十全ノ蔓ヲ結ブ」の句は、明らかに千年の松の緑によそえて、天子の御代の長久なることを寿ぎ、蓮の糸が十善の蔓を結ぶの比喩を以て十善帝王の仏徳に包まれる果報をいうことになろう。事は、すべて天子の慶祝にかかわる言述であり、とすれば、「乾徳詔ヲ降シ、鳳暦已ニ改マル」の「鳳暦」の語も、天子にかかわるものとして誤るまい。すなわち、この「鳳暦」の語は、本行本文に関する注記者の付した「帝皇ノ御冠服」、春田氏の指摘に基づくなら、『日本紀略』承平七年正月四日条が記載する紫宸殿における朱雀天皇の元服を指すものと考えられる。摂政の補佐を離れ、今、一国の自立した帝皇として天皇親政を開始する実質的な皇位の更新を以て「鳳暦已ニ改マル」と表現したとみる解釈である。文脈上の時間の流れは、承平六年十月十七日の将門の上洛、それ以後の将門・真樹・護らの裁判、年明けて承平七年正月四日の朱雀帝元服、同年四月七日の恩詔、同年五月十一日の将門の帰郷と続く時間の流れは自然といえよう。山中武雄氏の述べるがごとく、「ここは、改元のことは全然関係がない」と見るべきであろう。事態の錯綜は、本行本文に付された注記、「鳳暦已ニ改マル」の句を以て、朱雀の元服の年を指すと見るとともに、この折、改元がなされ、承平八年が天慶元年に改まったと理解した注記者の錯誤が事態の混乱を招いたといえようか。ただし、朱雀帝元服に際し、承平七年正月四日、恩赦のことは行われているが、四月七日の恩詔は『将門記』以外これを裏付けることはむつかしい。『将門記』の作者が都の事情、状況について、どれだけ正確な知見、情報を持ち得ていたかどうか、検非違使庁を検非違使所と呼称する錯誤とともに気になる一点である。

さて、本行本文の文脈は、蓮の糸が十善の蔓を結ぶ帝皇の親政の門出に伴い、「万姓ノ重キ荷ハ大赦ニ軽メラル」事態のもと、将門も亦「幸ニ此ノ仁風ニ遭ヒ」、承平七年四月七日、恩赦の詔勅に浴して、「犯人」のくびきを逃れ、懐かしき「本郷ノ墟《サカヒ》」、古郷の地に帰るを得たという。承平七年四月七日、「悦ノ翳ヲ春花ニ含」んだ将門は、やや時進んだ仲夏の候、承平七年五月十一日、「燕丹ノ遑ヲ辞シテ、終ニ嶋子《タウシ》ノ墟《サカヒ》」に帰った。将門の帰郷に際し、「燕丹」、「嶋子」（浦嶋子）の故事とともに、「馬ニ北方ノ愁アリ、鳥ニ南枝ノ悲シミアリ」の句を添えた『将門記』の作者は決して長くはない将門の在京中に、なお将門の心中に宿る熱い望郷の思いの存在を語っているというべきであろう。そして、燕丹、嶋子の故事にかかわり、その子細を本行本文に注記した注記者の営みは、後の軍記物語の成立時における和漢の故事の導入の遠い早い先蹤となった。『将門記』に接続する軍記物語への展開の文学史的脈絡にも多少の留意を払っておきたい。

こうして常総の地の争乱に伴い、護の送った一通の「告状」によって京の地へ連れ出された将門の京体験は、護の告状にかかわる裁きの場においては、おそらく忠平等の庇護のもと、決して敗北とはいえない結果をもたらしたとみられるが、しかし、かりそめにもなにほどかの罪人として、恩赦によって身の拘束を解かれるこの折の裁判体験は、将門の離郷時の坂東の状況の進行と合わせ、将門のその後の運命に少なくはない影響を産むこととなる。将門の京体験、あるいは、裁判体験が、将門のその後の人生にどのような余波を生むか、『将門記』論の今後の一つの課題といえよう。

注

（1）『文学』昭56（一九八一）・三
（2）引用は東洋文庫『将門記1』（梶原正昭訳注、平凡社、昭50）、以下、同じ。
（3）注（1）に同じ。

(4)『改定史籍集覧』第十八冊
(5)『文学』昭54(一九七九)・一
(6)利光三津夫氏『裁判の歴史―律令裁判を中心に―』五三～五四頁。
(7)注(6)の書、五八～五九頁、七九頁等。
(8)注(6)の書、八五頁。
(9)日本思想大系『律令』四六四頁
(10)注(6)の書、八一頁
(11)注(9)の書、四五三頁
(12)将門・真樹等召喚の官符にかかわって『将門記』には、「左近衛ノ番長正六位上英保純行、同姓氏立、宇自加支興等ヲ差シテ、常陸・下毛・下総等ノ国ニ下サル」の文字があるが、使者の名がかりに順次国名に対応するとするならば、将門の本拠下総国に来着したのは、宇自加支興ということになるという程度の判断。確定的ではない。
(13)将門の忠平宛書状の末尾の部分に、「抑モ将門少年ノ日ニ、名簿ヲ太政ノ大殿ニ奉リテ数十年、今ニ到ル」の文言がある。
(14)『公卿補任』承平六年の項。
(15)東洋文庫『将門記2』一〇七頁
(16)東洋文庫『将門記1』一一九～一二〇頁
(17)利光氏前掲書九八頁
(18)「於検非違使所被略問」の部分、真福寺本においては「於」の字はなく、東洋文庫本は、「於」の字を揚守敬本によって補うが、あるいは、赤城宗徳氏『将門記　真福寺本評釈』(サンケイ新聞出版局、昭三九)のごとく、「於」を補わず、「検非違使に略問せらる」という読みも成立するかもしれない。ここでは、ひとまず通説に従った。

(19) 延長八年庚寅九月廿二日壬午。生年八歳受践祚。同日左大臣藤原朝臣忠平詔為二摂政一。時年五十一也。(『扶桑略記』第廿五)
(20) 承平六年八月十九日、忠平は左大臣より太政大臣に昇進。摂政太政大臣となる。(『公卿補任』)
(21) 宮崎康充編『検非違使補任　第一』(続群書類従完成会、平10) による。
(22) 引用本文は群書類従本による。
(23) 引用本文は群書類従本による。
(24) サイマル出版会、昭43 (一九六八)
(25) 一九五～一九六頁
(26) 引用本文は新訂増補国史大系本による。
(27) 新生社、昭41
(28) 同書一九九頁
(29) 『大日本史』五 (吉川弘文館、明33) 二六七頁
(30) 引用本文は増訂故実叢書本による。
(31) 引用本文は改定史籍集覧本による。
(32) 『公卿補任』による。
(33) 「将門記の成立について」(『史学雑誌』四六ノ一〇、昭12)
(34) 「『将門記』について」(遠藤元男博士還暦記念会編『日本古代史論叢』同記念会刊、昭45)

『将門記』の表現

猿田知之

はじめに

表題と全同、或いは類似題論文が、既に『将門記　研究と資料』（古典遺産の会編、一九六三年）のなかに——小林保治「将門記の表現」、村上春樹「将門記の文体」——収載されている。また川口久雄著『三訂平安朝日本漢文学史の研究（中）』（一九八二年）においても、「第六節　将門記の表現と特質」をたてて、立言に及んでいる。近年、村上氏は上記論文を再検討し、「『将門記』の文章」（『軍記と漢文学』所収、一九九三年）を発表された。

このような研究業績に加上が可能かどうか、当惑も当初在った。あらためて注釈書及び関係論文を読んで、更なる言辞を添える間隙の存することに想到した。すなわち、従来の研究には、語彙論・語彙史的視点からの研究が不熟であった。もしこのような立場からの言表が出来得るならば、立論の余地も生ずるはずであると。

一、語性からみた『将門記』

かつて小島憲之氏は『上代日本文学と中国文学』において、記紀に用いられた漢語にそれぞれ典拠のあることを実証された。このことは、「漢文」作成が作者独自の造語を主にするものではなく、既成の典拠ある用語を運用活用するところに価値を置いていたことを示している。所謂「典故」の重視である。漢土において、これを必須とした文章の典型が六朝美文であろう。(1)その形態的特色の列挙は、諸家みな一致している。例えば、張仁青氏の『中国駢文発展史(上冊)』(2)によれば、

駢文之特徴、計有五点。一曰多用対句、二曰以四字与六字之句調作基本、三曰力図音調之諧和、四曰繁用典故、五曰務求文辞之華美。

という。

この「典故」重視は六朝美文に限ったことではなく、濃淡強弱は問わなければ、あらゆる「漢文」に目睹するところであろう。それだけ文章的機能が存在したからである。「典故」を用いることで、どのような利点が存するのであろうか。福井佳夫氏は、字句の経済・権威・婉曲・理解・格調の五点を挙げられている。(3)さて、漢文訓読を前提に作成された作品である『将門記』も、その例外ではない。否、むしろ各所に「典故」がちりばめられている感さえある。それが為に解釈しがたい箇所もでてくる始末である。それはともかく、まず『将門記』の用いられている漢語の性格、すなわち「語性」(4)を検討することで、当該書の表現基盤があきらかとなるはずである。『将門記』の成立が何時なのか、研究者によって説のわかれるところであるが、すくなくとも本文中にある「天慶三年六月中」(九四〇年)を上限とすることは明白である。この事実から、当代までに影響を与えた主要中国文献と『将門記』との対照検討を行うことが、まず我々に要請される。

列島における漢籍受容史研究に関して、上記小島氏をはじめ太田晶二郎・大場脩・東野治之氏等の業績がある。(5)これら先学の成果に従えば、奈良期にあっては『文選』が、平安期も承和年間(八三四〜八四八)以降においては『白氏

文集』が、当代知識人に最も影響を与えたという。[6]『将門記』を日本漢文学史の流れにおいてみると、その語彙は上記二書とどの程度の連関が存するのか。それを明らかにすることで、当該書の時代性がわかろう。工具書[7]が刊行された今日に至っても、語彙対照が従来ほとんどなされていないのも、考えてみれば不思議なことである。

助字の採取にいささか精疎があるが、『文選』『白氏文集』及び『全唐詩』所収元稹詩と『将門記』との一致する漢語数は、おおよそ次のような数値となる。

文選　二八三語
白氏　二七〇語
元稹　一一八語

日本漢文学史の教えに従えば、九四〇年代は元白の詩語が頻用されているかのように予想された。[8]しかし、結果は拮抗するとはいえ、『文選』が前代以来の位置にある。ただ見方をかえれば、当該書のような一種の文書記録にも元白の詩語が侵入してきたともうけとれ、当代性をよく反映しているといえよう。

いま一致する漢語をいくつか挙げてみよう。

文選　偪仄・厳父・合戦・同気・沈吟・滅没・相糺・姻娅・海浦・農節
白氏　旅宿・紅涙・逝水・過分・涕涙・狐疑・揚鞭・骨肉・人寰・簡牘
元稹　千般・緑髪・嚬眉・馬蹄・孟冬・対面・就中・縁辺・身病・中有

因みに『将門記』の「軒譋」について、既成の漢語辞典に登載せられていなかったせいか、従来注解が施されていなかった。これは四字句の縮約からできたもので無理もないことである。張衡「東京賦」（『文選』巻三所収）の一節「軒磕隠訇」から「軒訇」となったものであろう。『将門記』中の漢語「対悍」も「対抗拒悍」の縮約語である。李善注によれば「鍾鼓之声也」とあり、『将門記』の文意にそう。字形がことなるのでは、という疑問がおころう。結論をさきに言えば、それは現代人の字形認識を押しつけているに過ぎない。字形認識は時代によって相違するという前提で考える必要がある。いまに残る『将門記』二写本を閲見すると、「堀求」「俳佪」「耶悪」「恪憧」などにであう。これらは「掘求」「徘徊」「邪悪」「恪勤」のあやまりと考えがちである。別字意識がわれわれに存することによる。ところが『集韻』（一〇六七年刊）を瞥見すれば、「掘堀」「佪徊」「邪耶」「勤憧」とあって同字通用であったことがわかるのである。同書には「謝」も「鞫謝」とあって「米」と「言」の通用していることがわかる。『将門記』は後続の「諠譁」に影響されて「言」を累加した、所謂「増画字」とみられる。現代人の字形意識から開放されれば、難語とされる「覧挙」が容易に「濫挙」であることが了解される。この漢語なら『続日本紀』巻十四・『政事要略』巻五六に見いだせる。また、白居易の『白氏六帖』には、「華門・背公・地籟・鉗口・知音・金蘭・虜獲・摂政・定省」などが拾える。ただ当時将来されていたか不明なところがある。(9)もし『白氏六帖』をも白氏語とするなら文選語に拮抗するといってよい。

『将門記』にみえる文学語彙は予想外に多いことがわかる。また、相互に対照させると、とくに『将門記』の用字に微妙な差異のあることがみてとれる。

覆面	掩面（文選・白氏）
菅帯	藤帯（白氏）
緩弦	弛弦（文選）
藤衣	葛衣（白氏）
緑髪	緑髪（元稹）、蒼髪・紺髪（白氏）

このような所謂文学語が各所に散りばめられている一方、仏教語も目立ってもちいられている。どのような仏典によっているのか、奈良・平安仏教でもっとも流布した『法華経』を調べてみると、概数一〇八語の漢語の一致がみられた。元稹詩と数値において近いものがある。いくつか挙げておこう。

剃除鬚髪・開敷・誓願・三十二相・楚毒・険難・国位・国邑・舎宅・宿世・諸子等

それに比較すると、書中にみえる『金光明最勝王経』との語一致は相当に低いものがある。「悪鬼・威勢・三十二相・譬如・天神・徘徊」などが拾えるにすぎない。仏典にあってはやはり『法華経』語彙がめだつようである。数値的には低いが『将門記』語が採拾できるものに『慧琳一切経音義』がある。「熙怡・汝曹・殄滅・鴆毒・虜掠・倡伎・薫蕕・稠人」などである。

宋人謝伋の『四六談塵』(10)によると、上記のごとき「詩語」にたいして「経語」「史語」が存するという。「経語」とは六経に用いられている語、すなわち経書語を、また「史語」とは歴代正史にもちいられた史書語をいう。さすがに列島ではこのような用語をもって区別されていなかったようである。それは言ってみれば、経書や史書に用いられた語は、当時の文書などに用いられる官人たちの公式一般語であったからであろう。その実態は六国史や律令関係書ならびに文書にみることができる。

ところで、『将門記』にいかなる思想が揺曳しているかと言えば、その濃厚なものは天の思想・公（官）の思想であろう。事実、「天」「公」を接した語がめだつのである。このような思想を抱く者は、官人としてながく身を置いた者が最も相応しい。また、年紀や数字を几帳面に記すのも実務経験者の性向反映というべきであろう。

この「天」の思想は、意外なところにも投影されているのである。本文に斑足王子の説話が盛り込まれて、「昔斑足皇子、欲登天位、先殺千王頸」と本文にある。これは恐らく羅什訳『仁王般若波羅蜜経』護国品によるものであろう。

昔有天羅国王、有一太子欲登王位、一名班足、太子為外道羅陀法師受教。応取千王頭以祭家神自登其位。

ところが「王位」が「天位」に換えられているのである。

当該書の思想内容から、まず前後に「天」を接続する二漢語をとりだし、六国史および列島先行文献と対照させてみよう（ただし、天下・天地を除く）。

天裁　続日本紀巻二二・三代実録巻七・令集解巻一
天神　日本書紀巻三・続日本紀巻十・三代実録巻三
天性　日本文徳実録巻四・令集解巻十九
天罰　日本書紀巻二七・朝野群載巻七
天判　平安遺文四四四〇号・『九暦』天慶七年五月六日条
天命　日本書紀巻十三・藤原保則伝
天力　三宝絵詞（上）
天位　日本書紀巻四・三代実録巻四五・類聚国史巻一八〇
一天　三代実録巻五・類聚国史巻二五・菅家文草巻二
新天　唐人送別詩
蒼天　日本書紀巻二六・三代実録巻三六

注目すべきは「新天」である。殆どの注釈書が言及していないが、漢語語彙史的には看過できない漢語と考えられる。なぜなら、この語は『将門記』成立年や作者を考えるうえで、示唆するものがあるからである。まず他文献の所在を示そう。小野勝年著『入唐求法行歴の研究』に園城寺蔵「唐人送別詩」（国宝指定名「唐人送別詩並尺牘」）が併載されている。それには次のようにある。

唐国進仙人益国帯腰及貨物詩一首

大唐仙貨進新天　　春草初生花葉鮮

料知今□随日長　　唐家進寿一〔千〕年

時天安二年十月二十一日

大唐客管道衙前散将蔡輔　　鴻臚館書進献謹上

すなわち、中国使節の一員の手になる七言絶句に「新天」がみえるのである。(11) 天安二年（八五八）という年紀から、将門記成立以前にあって列島に受容された語であることがわかる。同時に、あまり流布したとは言いがたい「新天」を知り得る状況は、東国にあっては難しいことを暗示する。なお「天之所与」は『小野小町壮衰記』に、「天与」であれば『伝述一心戒文』にみえる。

「公」の二字漢語は次の通りである。

公廨　　三代実録巻四・政事要略巻五一

公文　　律巻三・延喜式巻一・類聚国史巻八十

公家　　三代実録巻一・政事要略巻五一

公事　　日本書紀・日本三代実録・延喜式

公責　　類聚符宣抄第四

公損　　日本後紀巻十二・三代実録巻十七・類聚国史巻八十

公庭　続日本紀巻六・政事要略巻六九・朝野群載巻八
公徳　？
公方　？
公務　続日本紀巻五・類聚国史巻十九・政事要略巻二七
公威　政事要略巻二六・朝野群載巻二二
背公　令義解巻四・令集解巻二三・法曹類林巻一九七

漢語「公方」は「公正方直」の意味で『後漢書』牟融伝・『晋書』郭璞伝にみえ、列島文献『経国集』巻二十の「応識公方」もこの義に近いものであろう。当該書では「オホヤケノカタ」と訓読するところから日本漢字語というべきか。「公徳」も同様で、「貪徳」の「徳」とともに「生まれつきの性質」とか「恩恵」というより、日本的意味「富・財産」で用いられていることからして、中国的意義を考慮できない[12]。ちなみに三善清行意見十二ケ条に「公物」がみえ、意味するところはそれに近いようだ。

一方、「私」は以下のものが集拾できる。

私君　『九暦』天暦四年五月二六日条
私賊　？
私宅　続日本後紀・類聚国史巻六六
私物　続日本後紀巻一・類聚国史巻八四・政事要略巻五三
私方　？
私門　日本後紀巻二一・続日本後紀巻六

「私方」は上記「公方」に対するものであり、また「私賊」も先行文献にみあたらないところをみると、共に日本漢字語のようである。

このように天慶三（九四〇）年前後成立書と人名・官位官職名・地名・書名を除く『将門記』の漢語を対照させ、更に漢籍・仏典とひきあわせてみると、だいたい八割近くの漢語が前代までに通行していたことがわかる。残った漢語は、いったいどのようなものなのか。ここに『将門記』の表現の特色が現れてくる。

二、四字漢語の出自

漢土文章の基本となっている二字漢語、それも典故のあるものを用いることに文章の価値があるとした文章観において、さらに四字漢語の使用は好ましいものとされたであろう。東国で興起した武士の反乱を記した当該書もそのような規範から逸脱したものではない。同時に漢籍出自の漢語のみならず、列島所成の書籍にみる「典故」語も『将門記』では頻用されているのである。

漢籍出典の四字漢語についての大体は、従来の注釈書によって窺い知れるが、あらたに付け加えるものを幾つか紹介しておこう。

忿怒之毒　『韓非子』大体
千歳之命　千歳之寿（『韓非子』大体）
駿馬之宍　駿馬之肉（『淮南子』范論訓・『説苑』復恩）
（焦）心中之肝　『淮南子』脩務訓

また直接的な影響関係にはないが、八世紀後半から九世紀初頭の漢土でもちいられたものとして、

飛去飛来　飛来飛去（敦煌願文集）[13]

人間八苦　天上五衰　聞□有五衰　会有離散　人間八苦　恩愛分張（敦煌願文集）

列島文献では「飛去飛来」は『新撰万葉集』（上）がこれに続く。また後者は、『平安遺文』（金石文編）所収の兵庫県極楽寺瓦経銘（天養元年）に「人間八苦、天上五衰」と同一文がみいだせるが、時代が降る。

漢籍に比べると六国史をはじめとする列島文献のそれは、予想外に多く、四字漢語に限定するならば、漢籍を凌ぐのではないかと思われる。いま気づいたものを列挙してみれば、次の如くである。

一人当千　日本書紀巻二四[14]
不治之間　平安遺文一九二号
不可勝言　顔氏家訓巻一・三代実録巻十一・類聚三代格巻十九
少年之日　少年日（性霊集巻九・本朝麗藻巻下）
以之謂之　平安遺文二五四号
四度公文　類聚三代格巻五・別聚符宣抄
自昔至今　類聚三代格巻一
伏弁過状　政事要略巻八一
兵庫器仗　続日本紀巻十五
我日本国　平安遺文四三二五号・類聚国史巻一六五
対捍詔使　律巻一・政事要略巻八二

学業之輩　文徳実録巻八・類聚国史巻一八七
承前之例　日本後紀巻八、続日本後紀巻五
其由何者　円珍伝[15]
明日早朝　入唐求法巡礼行記巻一
剃除鬢髪　日本書紀巻十七・霊異記（中）
恩々幸々　唐人送別詩[16]・平安遺文四四八九号
莫過於斯　令集解巻十三・類聚三代格巻十五
無道為宗　類聚三代格巻二十
嗚呼哀哉　日本書紀巻二七・万葉集巻五
縦容之次　菅家文草巻九・『九暦』天慶六年三月二十日条
闘諍堅固　末法燈明記、正像末文、拂惑袖中策巻下[17]
纂業承基　続日本紀巻三六

この他にもまだあるが、省略にしたがうことにする。

上記紹介した二・四字漢語を大学なり国学で学ぶ学生は、暗唱記憶し、さらに助字の用法を学習して漢文作成の基盤を養ったのであろう。ただ典故ある語には限度があり、当然のことながら漢文作成のためには語を豊かにする必要が生じてくる。事実、典故ある漢語のみで列島の事象を表現するわけにいかない。そこで漢語語彙と表現に工夫を加えることが必須事となるはずである。

三　語句の創出

イ、改字と反転

既成の漢語に基づいて新たな漢語をつくる最も容易な方法は、一部を類義字に代える「改字」と字順を逆にする「反転」であろう。

『将門記』の二字漢語で用例を検出できないものは、おそらくこの部類に入るものではなかろうか。例えば、次のような漢籍ならびに列島先行文献との対照ができる。

二膝　両膝（白氏文集巻六）
弓師　弩師（続日本紀巻二四・日本後紀巻二一・続日本後紀巻六）
交刃　合刃（漢書）・接刃（呉子・六韜・呂氏春秋[18]・経国集巻二十）
宏蠢　大蠢（続日本紀巻六）・巨蠢（唐律疏議巻二十・類聚三代格巻七）
長鯢　長鯨（帝範序・白氏文集巻二・史通巻六）
神奢　心奢（古事記巻中）
荷夫　担夫（続日本紀巻九・三代実録巻三五・延喜式巻六）
農節　農時（日本書紀巻三十・続日本紀巻三九・令集解巻二一）
撃手　射手（九暦天慶七年三月七日条・延喜式巻二八）
鴻基　洪基（続日本紀巻三十・三代実録巻四二）

孀母　　孀婦（白氏文集巻五十二・菅家後集）

すこし説明を加えておこう。まず「二膝」については、中国語における「二」「両」の使い分けに抵触し、さらに「二」「両」の日本的受容の問題に及ぶものがある。したがって、ここでは指摘するだけにとどめて、「改字」例としておくことにする。「弓師」の「弓」に対して「弩師」の「弩」は「イシユミ」で弓の別種である。ところが列島先行文献で目睹するのは「弩師」のみで管見に及んでいない。また「弓師」は『大漢和辞典』『漢語大詞典』などにも立項されていない。ただ清人梁章鉅の『称謂録』によると仏書『法苑珠林』にみえるという。「長鯢」の割注に「不義之人」に譬えるとしているが、これは劉知幾（六六一〜七二一）の『史通』巻六叙事に、

至如諸子短書雑家小説、論逆臣則呼為問鼎、称巨寇則目以長鯨

とあるように、「悪の巨魁」の意味で漢土で流布していたことと呼応する。ただし「長鯨」であって「鯢」ではない。そこには作者の好尚が揺曳するようだ。「荷夫」も「弓師」同様、列島先行文献にみいだせないものである。これはおそらく「担夫」[19]と「担」が「担荷」（列子湯問篇、管子小匡篇）あるいは「荷担争馳」（三代実録巻五）「板築荷担之類」（政事要略巻六七、天暦二年）のような「荷担」と両字が連接していることから創出されたものであろう。「農節」は『文選』巻二六（在郡臥病呈沈尚書一首）に既にみいだせるものの、列島文献では『日本霊異記』巻上を除くと、ほとんど「農時」である。とくに『日本書紀』では同巻に「農時」と「農作之節」がみえる。「農節」は後者の縮約語ではないかという印象がある。「鴻基」については、『古事記』序、『日本書紀』巻三十、『日本後紀』巻十三などに用いられているので「洪基」を掲出することもなかったが、「鴻」と「洪」の類義字としてあげておいた。

四字漢語の改字例は二字のそれに比すれば少なくなる。

古帝之恒範　　帝王之恒範（続日本紀巻四十・三代実録巻十三）

（参考）嚢哲之恒範（日本後紀巻二一・類聚国史巻八三）

鉗口巻舌　鉗口呑舌（文選巻三九・白孔六帖巻三十）
鉗口結舌（文選巻三七・梁書巻十四）
（参考）杜口結舌（晋書）[20]
鉗口巻舌（類聚三代格巻十九・法曹類林巻二二六）
巻舌鉗口（本朝文粋巻二）

懐土之情　懐土心（文選巻二六・続日本紀巻二四・類聚三代格巻十九）
懐土之心（続日本紀巻九・三代実録巻六・令集解巻十九）
懐土之意（令集解巻十九）

覬覦之謀　覬覦之望（三国志[21]・続日本紀巻十七）
（参考）窺窬之謀（本朝文粋巻二）

噬臍之媿　噬臍之耻（日本書紀巻二七）

字順を逆にする「反転」現象の語学的研究は、まだ緒についたばかりで、その用語も熟していないようで、日本では「字順」[22]、中国では、「詞素順序相反」[23]「同素反序現象」[24]と呼称されている。暫く小稿では「反転」を用いることにする。[25]

さて、この「反転」は、字順がたんに変わった程度ではなく、そこには「日本語が中国語から語を借用する際どういうフィルターを働たらかせているのか」[26]といった、極めて語学的問題が潜んでいる現象なのである。同時に漢語語彙史研究からしても看過しがたいテーマでもある。例えば、『将門記』の一節に「件貞盛之妾容顔不卑」と「容顔」がある。列島文献をみると、次のような例が採摭できる。

顔容麗美　古事記中巻

顔容姝妙　日本書紀巻十七

容顔忽遂年序　経国集巻十一

高才更見礼容顔　菅家文草巻一

損顔容　菅家文草巻三

容顔気力　政事要略巻二六（延喜十五年）

左丞相之容顔　権記長保二年五月十九日条

容顔美麗　政事要略巻六七

列島初期においては、「顔容」がまず受容され、九世紀初頭の『経国集』あたりから、反転語「容顔」があらわれたことがわかる。『菅家文草』では「容顔」「顔容」が用いられているようにみえるが、実は表面上の字列の類似に過ぎず（訓読では礼容ノ顔とよむ）、古態「顔容」を用いていることに落ちつく。そして十世紀に入ると「容顔」が一般化していくことが推測される。「容顔美麗」は、編者惟宗允亮の祖父惟宗公方の「常語」中にみえるものである。因みに惟宗公方は天徳年間（九五七〜九六〇）に活躍した人物である。古事記の「顔容麗美」が反転して「容顔美麗」になるに凡そ二百五十年の時を要したことがわかるのである。翻って漢土の状況は如何であったのか。詳しく調査したわけではないが、偶目したもののみを掲げてみよう。

顔容端正　旧雑譬喩経巻下（康僧会訳）(27)

容顔甚奇妙　法華経薬王菩薩本事品（羅什訳）

整衣服斂容顔　文選巻十九神女賦
惨淡老容顔　白氏文集巻十
顔容痩悪　祖堂集巻四

九五二年に成った初期禅宗史伝書『祖堂集』にあっても「顔容」が依然用いられているところに列島との相違があるようだ。

さて、漢語語彙史的視角から反転語を拾採すると、次のようである。

少年（之日）　年少（時）（日本書紀巻二）
生死　死生（日本書紀巻六・日本後紀巻十七）
甲兵　兵甲（日本書紀巻九）
礼奠　奠礼（本朝文粋巻十一）
会集　集会（万葉集巻八・平安遺文補二四五号）
巡検　検巡（本朝文粋巻十）
伏拝　拝伏（藤原保則伝）
角牙　牙角（三代実録巻三三）
車轅　轅車（白孔六帖巻四十・敦煌書儀[28]）
対面　面対（性霊集巻五・菅家文草巻七）
皆悉　悉皆（日本書紀巻二一・続日本紀巻三五）
険難　難険（続日本紀巻三五）

到来　来到（日本書紀巻十九・日本後紀巻十二）
恪懃　懃恪（続日本紀巻十二）
巻舌　舌巻（類聚国史巻一七七）
甚幸　幸甚（万葉集巻五・続日本紀巻三）
施供　供施（政事要略巻二五）
捕糺　糺捕（朝野群載巻二二）
記文　文記（類聚符宣抄第六）
桂月　月桂（本朝文粋巻六）
盗賊　賊盗（日本霊異記下巻）
罪科　科罪（続日本紀巻十九・令義解巻十）
嗟嘆　嘆嗟（白氏文集巻一）
滅没　没滅（御堂関白記長徳四年下）
領掌　掌領（唐律疏議巻二四）
勲功　功勲（元稹、敦煌掇瑣[29]）
酷怨　怨酷（藤原保則伝）
糓糒　糒糓（令義解巻七・令集解巻三三）
糓米　米糓（貞信公記承平元年三月四日条）
緇素　素緇（続日本紀巻十五・伝述一心戒文）

奪掠　掠奪（続日本紀巻二五・三代実録巻十二）
稲穀　穀稲（入唐巡礼行記巻二）
懐恋　恋懐（続日本後紀巻十九・三代実録巻二）
嚬眉　眉嚬（元稹）
蓑笠　笠蓑（日本書紀巻一）
犛牛　牛犛（三代実録巻二五・九暦天慶二年六月二八日条）

『将門記』は「乱悪」「濫悪」を両用しているが、「乱行」「濫行」の併用はない（『御堂関白記』では併用されている）。もし代替可能なら反転語「行濫」が『三代実録』巻三一や菅家後集・『貞信公記』などに見いだせる。

このような反転語から『将門記』成立時の漢語的特色や作品傾向を知ることが可能となるが、ここでは三点のみ指摘しておくことにする。すなわち、「皆悉」「甚幸」「懐恋」についてである。

「皆悉」と「悉皆」は同一書中に併用される傾向がすでに羅什（三五〇〜四〇九）訳『法華経』にみえる（信解品）。義浄（六三五〜七一三）訳『金光明最勝王経』でも同様である（分別三身品）。列島文献、例えば日本書紀や続日本紀にあっても書中両用されている。ところが六国史の掉尾を飾った三代実録（九〇一年成る）は「皆悉」のみで「悉皆」は使われていないという特徴がある。『将門記』も「皆悉」で統一されている。偶合であろうか。

真福寺本の当該箇所「且賜察之甚幸」であり、楊守敬旧蔵本は「且賜察之幸也」と「甚」がない。前文の「推而察之、甚以幸也」は両本とも異動がない。一見、字句の異動にすぎないようであるが、実は漢語の語構成と漢語語彙史研究にとっては看過できない問題が潜んでいるのである。すなわち「甚幸」という語構成は、修飾語＋被修飾語という構成からなっている。ところが漢土では被修飾語＋修飾語の「幸甚」が用いられ、「甚幸」例を見いだしがたいのである。また十世紀までの列島文献を徴しても、真福寺本の「甚幸」を除くと悉皆「幸甚」で終始しているのである。被修飾語＋修飾語という列島言語の語構成法に馴染まないため、反転させた列島漢語というべきか。同時に「甚幸」成立時期が憶測できるのである。漢土式書簡、すなわち「漢牘」の作法書においては、時代の大分降った江戸期においても「幸甚」が依然として用いられている（例えば、釈大典の『尺牘語式』〈安永二年刊〉など）ようだ。

「懐恋」の語構成は動詞＋名詞であり、その語順は中国的である。事実、『文選』に次のような例を得る。

懐恋反側、如何如何（巻四二、曹子建「与呉季重書」）

夫以嘉遯之挙猶懐恋（巻四三、趙景真「与稽茂斎書」）

また、唐代の書簡作法書にも、

豈能独楽、比来懐恋（朋友書儀[30]）

とある。ところが名詞＋動詞の「恋懐」が列島文献に採摭できるのである。むしろこちらの方が日本語に親昵するように思われる。

音耗稀伝、恋懐空積（続日本後紀巻十九、類聚国史巻一九四）

善隣寘礼、恋懐転切（三代実録巻二、類聚国史巻一九四[31]）

犬馬之礼、非無恋懐（菅原道真「競狩記」[32]）

渤海国使の文書書面にみえた「恋懐」を早速道真が用いたという印象があるが、『将門記』は古態に従ったというべきか。

四字漢語以上の先行文献反転例は、上記『本朝文粋』巻二所収の延喜二（九〇二）年官符ぐらいで数は少ない。反転と改字とを組み合わせたものなら、

悪名之後流　　後葉之悪名（日本書紀巻二二、巻二三）

がある。名詞句「蓮花之開敷」を動詞句にした「開敷蓮花」が時代の降った『行林抄』（戒光坊静然、一一五四年成る。）[33]第二四にみいだせる。類例もいくつか拾採できるので紹介しておこう。

開敷正覚之花（三代実録巻二）

山華開敷（和泉往来）

林花開敷（雲州往来）

宝蓮開敷（続本朝文粋巻十二、大江匡房「殿下御八講願文」）

この反転語の視点は、あらたな問題を提起することにもなる。例えば、『将門記』には、

慎汝等勿而面帰

慎勿而帰面

という反転語がある。前者は楊守敬本で「帰面」とあることから、従来の研究では本文をこれに改め整合させている。それも一つの解釈であるが、「面帰」も破棄しがたいものがある。「面」を前接した語を初期文献『日本書紀』にみると、

面縛（巻九、ミヅカラトラハル）

面賜（巻十七、マノアタリタフ）

面言（巻二三、マノアタリ）

面啓（巻二三、マノアタリニマウサム）

が拾えるのである。また、類聚符宣抄第六の詔書（天暦八年）に「永忘面従之意」とあり、「面従」もみいだせる。これ

は漢籍にも「面従之徒」(『抱朴子』疾謬)「不面従」(白孔六帖巻三九)とある。子細に索集すれば加上されることであろう。このように語彙史的に眺めてくると、一概に「帰面」とばかりはいえないことになる。同時に従来の訓読も再考されてよいはずである。

本文「既背同気之中、属本夫家、(中略)件妻背同気之中、逃帰於夫家」に対して楊守敬本では「属本夫之家」「夫事」となっている。「属本」という字列に異動はないことから、「本夫の家」と訓読されてきた。しかし、これは「本夫」という成語に惑わされた読みではないのか。考えてみれば、いきなり「本夫」が出てくるのもおかしいし、またこの漢語は漢土でも後代にみえるものらしい。例えば『漢語大詞典』では元代の法令などを記した『元典章』、『大漢和辞典』では『清律』を掲げている。列島文献、とくに『律』『令義解』『令集解』にもない語である。また訓読する場合も、前者を「本夫の家」、後者を「夫の家」とよむのも整合をかく。「夫家」は「妻家」に対することが『唐律疏議』巻十二・十四でわかる。『令集解』にも「嫁、謂婦帰夫家」(巻二四)とある。このようにみてくると、「属本・夫家」(楊本「属本・夫之家」)と把握したほうがよさそうに思われる。そして「属本」は「本属」の反転語と考えてはどうであろうか。「本属」なら「新皇勅曰、女人流浪返本属者、法式之例」と同書にある。『日本書紀』巻十七、『続日本紀』巻五・巻七、『令義解』巻十と列島文献にみえ、『令集解』巻十七では「本属者所貫也」の注釈まである。

ロ、縮約と挿入と割裂

漢語の創出として更に考え得るのは「縮約」と「挿入」である。「縮約」については既に紹介した『文選』語の「軒謝」や「対捍」がある。他に示し得るものとして「烏景」が加えられる。紀長谷雄(八四五～九一二)の「九日侍宴観賜群臣菊花応製」(『本朝文粋』巻十一)の一節に、「時也烏轡景暮、鳧藻楽酣」がある。この「烏轡景暮」が縮約されて

「烏景」となったようだ。「烏景」として他文献にみえるのは『朝野群載』巻二十所載の東大寺奝然渡宋牒（天元五〈九八二〉年）がある。

「挿入」は二字漢語の間に他字を入れ込んだものである。ただ「挿入」には問題がある。それは当該二字漢語が果して元よりの二字漢語なのか、あるいは「縮約」によったものか俄に確定できないところがあるからである。前にとりあげた「農節」と「農作之節」（日本書紀）のように、「農節」に「挿入」して「農作之節」としたのか、或いは「農作之節」を「縮約」して「農節」となったか、いまだ不明なのがある。同じことが『日本書紀』巻十一の「蚳毒」と『将門記』の「蚳飲之毒」についても言い得る。また『将門記』中にも、「張行」と「張暴悪之行」の例もある。漢語語彙史的考究が要求されるところであるので、いずれが本源かということをここでは擱くことにする。

この「挿入」という視点導入によって、従来不明箇所であったところが明らかにされるところがある。すなわち現『将門記』冒頭にある「纛崛之神」の解釈がそれである。

まず「纛崛」の語構成を考えると、被修飾語＋修飾語という列島語法になじまない構成となっている。これが研究者を惑わせたようだ。しかし、このような語構成は前に示した「幸甚」でもわかるように漢語において珍しいものではないのである。他例を挙げれば、「恩余之頼」の「恩余」も同様である。そして、これら四字漢語は「纛神」「恩頼」から「挿入」の方法でもって創出されたものであろう。「纛神」は列島文献では目睹することのない語であるが、唐人柳宗元（七七三〜八一九）の『柳河東集』巻四一所収「祭纛文」に見いだせるのである。

維年月日、某官以牲牢之奠、祭于纛神、

また、『将門記』での「所謂向纛崛之神」とは具体的になにを表現しているのかというと、これは大将（将軍）出軍（出陣）前の祭儀（戦勝祈願）を行ったことをあらわしている。後代資料であるものの『世事通考』『雅俗稽言』[34]が参考になる。

大将出軍令旗上之羽葆也、今行軍必先祭纛神（『世事通考』）

柳子厚有祭纛文、即旄頭神是也、今天下衛所于霜降日、祭旗纛神（『雅俗稽言』）

漢土では「大将」とあるが、列島では「将軍」が対応するようである。すなわち、『令義解』巻五軍防令に次のようにある。

幡者旌旗惣名也。将軍所載曰纛旗。

「恩余之頼」の「恩頼」は用例は少ないが、それでも既に『日本書紀』巻一に「是以百姓至今咸蒙恩頼」とあり、また円仁（七九四～八六四）の『入唐求法巡礼行記』巻二に「催勧之恩頼、扶揚仏日」とみえる。「挿入」によって、これまた「恩余之頼」となったことが知られる。

「割裂」とは、二字漢語を二つに割り、その前後に文字を挿入することである。挿入文字もときには割裂させたもので、二つの二字漢語が相互に組み合わさった例もある。『将門記』では次のようなものが採摭できる。

有誉無謗　※有無と誉謗
時改世変　※時世と改変
勝強負弱　※勝負と強弱
歳変節改　※歳節と変改
公増私滅
内訪外尋
善伏悪起

冬去春来
妻去夫留
何往何来
述気附力

この「割破」の手法は列島文献でも頻見するところで、更に云々する必要もなかろう。「勝強負弱」と「客強主弱（権記寛弘三年二月三日条）」、「述気附力」と「気衰力弱（続日本紀巻二五）」など通時的考察をすれば、漢文表現史として興味深いものがありそうである。

三　和製漢語の当代性

『将門記』の基礎となる語の大体は、上記のような文献的背景と手法によって成り立っていることが、まず理解できる。『将門記』がただそれだけの漢語でもって叙述されているとすれば、そして文章の巧稚を不問にすれば、典故を重んずる公の書と径庭がない。当該書が「軍記の文芸化への道を切り開いた先駆作」(35)と評されるのは、語彙史的視点にたてば、おそらく列島で創製された漢字語、すなわち和製漢語が各所に散りばめられていることにあろう。典故のない漢語こそ、作品に当代性や衝迫性・親近性を付与するのではなかろうか。

ところで、冒頭に紹介した村上氏の二論文中、『将門記』の和製漢語として、前論で自分・返事・物識・案内・寸法・為方・口惜・与力・虜領を、後論では自分・返事・案内・寸法・為方・口惜・殊事を挙げられている。なぜ「物識」「与力」「虜領」がおとされたのか不明であるが、確実なものだけを列挙されたのであろうと思う。他にも相当あることは確かである。一体に和製漢語か否かの認定は研究者によって相違するところがあり、周到な方法と文献博捜が要求される。ために安易な断定ができない憾みがある。その例を挙げてみよう。村上氏が和製漢語として掲げた「自分」であるが、日本国語大辞典があげた文献で古いところは『文明本節用集』『温故知新書』であった。語彙史的な視点からながめると、『将門記』以後に全く現れず、十五世紀末期成立書に再び姿をみるというのも、やや不自然なところがある。史的考察の必要がありそうだ。

「自分」という字列は漢土文献にみえる。『将門記』語彙に影響を与えた『文選』巻二十の曹植「上責躬応詔詩表」に、

臣等絶期心離志絶、自分黄耇無復執珪之望（臣等朝するを絶ち、心は離れ志は絶え、自ら黄耇まで永く珪を執るの望み無きに分ず。[36]）

とある。李善は「分謂甘愜也」と注を施している。「ミヅカラ……アマンズ」と訓読されているところからすると、先例とはしがたい。そこで視点をかえて、文字「分」に着目すると、中国訓詁学では「介」と混用されるという指摘が視界にはいってくる。すなわち、『漢書』巻六十の一節「執進退之分」について、顔師古（五八一～六四五）は「分音扶問反、字或作介。介、隔也」と施注しているのである。真福寺本によるかぎり「分」に違いなく、楊守敬本で当該箇所をみると、先行字が「自」であることから後接字を「分」とごく自然に解することになる。事実、そのように理解して意味に齟齬をきたしていないのだから。ところが、改めて当該字と「十介」の右上に書かれた字を対照させると何と類似していることか。円道祐之編『草書の字典』[37]を閲見すると、まさに予想通りの類似字形が隣接して示されている。してみると「自分」は「自介」なのか。ただ漢語「自介」は既成辞典には登載されていない。ここで行き止まりとなるか。否、ヒントが『将門記』語彙にある。それは「十介日」（楊守敬本「十介之日」）「九介之日」（楊守敬本同

である。この「介」は「个」「個」と同じである。嬉しいことに『権記』長保二年四月六日条に「三介日」、同年正月二八日条に「十介日」とあるではないか。時代がすこし降るものの列島でも併用されていたことがわかるのである（もっとも『権記』では「个」が一般的で、「个」は一例のみである）。「介」と「个」といずれが古態であるかを考慮するとき、楊伯峻・何楽士著『古漢語語法及其発展』[38]で紹介した例が参考になる。楊・何氏によると、『尚書』泰誓の「如有一介臣、断断猗無他技」は『礼記』大学の引用句では「若有一个臣、断断兮無他技」となっているという。これは「介」が「个」の古態であることを示唆している。このことから、もし「自介」が「自个」でもあるとすれば、想定した語を捜し出すことができる。それも中国唐・五代の時代語をである。劉堅・江藍生編『唐五代語言詞典』[39]に「自个」が収載されている。「自己。〝个〟為詞綴。」として、その用例として「当時百丈造典座、却自个分飯与他供養」（『祖堂集』巻十四）をあげている。だいぶ迂遠な方法であるが、もし上記のことが容認できるとすれば「自分」は和製漢語ではないことになる。よし「介（个）」を認めるとしても、それでは「然而生分有天」の「生分」をどうみるのか、という疑義が提起されるであろう。[40]子細な考証を省略して結論を言えば、この「分」も「詞綴（接頭語・接尾語の総称）」と解される。先にとりあげた「自分」の如く、その字列が敦煌歌辞などにみえるものの、表層的類似に過ぎないと考える。「遠いこだま」[41]に留意する前に近くの列島文献に注目すると、円仁の『入唐求法巡礼行記』巻四に「情分」がある。中国人学者は「親戚朋友之間之友誼与感情。此語唐宋人即習用、沿用至今。[42]」と注釈をほどこしているのがなにより嬉しい。時代を反映した語であることがわかるとともに、ここでも「分」が接尾語であることがしられる。[43]

『将門記』にみえる和製漢語には、以前から用いられているものがある。

物識（菅家文草巻九）

案内（平安遺文一二二号・菅家文草巻九・三代実録巻八）

殊事（『貞信公記』天慶三年正月十八日条）
藤衣（『日本高僧伝要文抄』第一弘法大師空海伝上、参考「ふぢごろも」古今集）
また同時期頃と思われるものとして、
三庭（九暦天暦四年七月二三日条）
私君（九暦天暦四年五月二六日条）
為方（平安遺文二八七号）
がある。漢字文献では後出になるが、和文文献によってほぼ当代であることが想定できるものとして、次の語を拾うことができるであろう。
与力（宇津保物語）
口惜（「くちをし」竹取物語・土佐日記・平中物語・宇津保物語）
山懐（「やまふところ」宇津保物語）
返事（「かへりごと」竹取物語・土佐日記・平中物語・宇津保物語）
因みに漢文文献は以下のようである。
口惜（『御堂関白記』長和二年八月六日条・平安遺文九八四号）
返事（『御堂関白記』寛弘五年二月一日条・『権記』長徳四年二月十一日条）
『将門記』に「謂之口惜哉」とあるのは、「口惜」が未だ一般語化していない時期であったからこそ、このような言い方をしたのであろう。「口惜」の出現時期を暗示していて興味深い。判断に迷うものに「寄人」がある。『宇津保物語』に「よりうど」とあり、和製漢語と考えたくなるところであるが、『唐律疏議』巻十一に法制用語として同字列の漢語が用いられているのである。

諸奉使有所部送、而雇人寄人者、杖一百

疏　而使者不行、乃雇人寄人而領送者、使人合杖一百

また、「御教書」のはやい用例に『御堂関白記』長和二年十一月二十日条、文書としては朝野群載巻七所収（永承三年）や平安遺文六七三号（永承四年）があり、時代が降る。接頭語「御」を除く「教書」なら、九四六年になる高麗朝金石文「無為寺先覚大師遍光塔碑」にある。

正朝□□評□郎柱国賜丹金魚袋柳勳律奉　教書(44)

近年刊行された『訳註羅末麗初金石文』（韓国歴史研究会編、一九九六）では□□と□に「守広」「侍」があてられている。訳註篇では「教えを受けとって書く」（二二七頁）と、すなわち漢文訓読すれば「教を奉じて書す」と解している。しかし別に「教書を奉ず」とも読めるのではないのか。現に『韓国漢字語辞典』（檀国大学校東洋研究所編、一九九三）では「教書」を立項している。用例として『高麗史』巻八八の容節徳妃全氏伝「粛宗七年三月卒、王降弔慰教書、追封徳妃」をあげ、「人君が訓諭する文　教文」としているのである。いささか韓国資料を対照させるのは突飛のようであるが、同時期の文化圏に在っては漢語使用に類似する傾向があるという事実を提示したいという宿意による。『訳註羅末麗初金石文』所収金石文と『将門記』を対照させ、その一致する漢語をあげてみよう。

仏天、仁祠、世上、甲兵、田舎、仮寐、汝曹、努力、別駕、事由、昔聞、東土

面目、相国、狐疑、高山、逝水、登時、稲穀

「弾歎息之爪」を縮約すれば「弾爪」となり、列島の語順に従えば「爪弾」、すなわち「つまはじき」となる。これも和製漢語で、漢語「弾指」に従って創製したものであろう。因みに「つまはじき」は『宇津保物語』に四例みえる。

和製漢語について言及したいことが許多あるが紙幅の制限をだいぶ越えているので、これで筆をとめおくことにする。

おわりに

漢語を中心に『将門記』の表現基盤を検討してみて、どのようなことが明らかになったか。要約すれば、「文選」語と「白氏」語が骨格をなし、他の漢籍及び六国史・律令書の用語がとりまき、そしてそれに和製漢語の適宜挿入によって形成されている。ただ既成漢語によらない場合は、改字・反転・縮約・挿入・割裂といった手法によって表現語彙の増殖を試みている。語彙史からみた『将門記』の表現の特色は以上のようである。而して『将門記』の文体・文章研究は、ここから始まる。

注

（1）従来「四六文」「駢驪文」と呼称されていたが、小稿では福井佳夫著『六朝美文学序説』（十六頁、一九九八年、汲古書院）に左袒して「美文」を用いる。

（2）張仁青著『中国駢文発展史』（上冊）二一頁、一九七〇年、台湾中華書局。

（3）注（1）書一一二頁。

（4）小島憲之著『日本文学における漢語表現』（一九八八年、岩波書店）七三〜一一八頁、同著『漢語逍遙』（一九九八年、岩波書店）二一二頁。

(5) 小島憲之著『国風暗黒時代の文学』(上・中(上)、一九六八年、塙書房)、太田晶二郎著作集第一冊(一九九一年、吉川弘文館)、東野治之著『正倉院文書と木簡の研究』(一九七七年、塙書房)、大場脩著『漢籍輸入の文化史』(一九九七年、研文出版)。

(6) 大曾根章介日本漢文学論集第一巻、七〇頁、一九九八年、汲古書院。

(7) 斯波六郎編『文選索引』(一九七一年、中文出版社)、平岡武夫・今井清編『白氏歌詩索引』(一九八九年、同朋舎)、『全唐詩索引　元稹巻』(一九九七年、天津古籍出版社)。

(8) 小島憲之著『古今集以前』一七八頁、一九七六年、塙書房。

(9) 『白孔六帖』(一九九二年、上海古籍出版社)による。藤原佐世『日本国見在書目録』、具平親王『弘決外典鈔』に、この名をみないところからすると直接的影響はないか。但し、藤原行成の『権記』寛弘三年正月九日・同年二月二日条に書名がみえる。

(10) 謝伋撰『四六談塵』(学津討原所収)。

(11) 小野勝年著『入唐求法行歴の研究　下』(三八七頁、一九八三年、法蔵館)では「新たな天朝、文徳天皇の崩御に伴い、清和天皇が即位したこと。」と注釈している。

(12) 『将門記』本文で「左伝云、貪徳背公云々」とあるが、これに類する『左伝』本文は宣公十一年であろうか。但し、当該箇所は「貪其富也」とある。「富・財産」を意味する「徳」は『大和物語』『宇津保物語』に見いだせる。

(13) 黄徴・呉偉編『敦煌願文集』、一九九五年、岳麓書社。

(14) 大場脩編『木簡』(三四六頁、一九九八年、大修館書店)に兵庫県出石郡出石町袴狭遺跡出土呪符木簡「一人当千急々如律令」が紹介されている。同地から「延喜六年四月十三日」の日付のある禁制木簡が出土しているところからみて、この呪符も同時期のものと考えられる。

(15) 正式名は「天台宗延暦寺座主円珍伝」(続群書類従八輯下)。この四字漢語は用例がすくない。平安遺文二五四号(天慶六年)に「其由何之(者カ)」とあり、もし「者」の誤記であるとすれば二例を数えることになる。「其故何者」なら『九暦』、平安遺文二五五号などが拾える。

(16) 園城寺蔵(注11書四三〇頁参照)。

(17) 『伝教大師全集』巻一・三所収。『末法灯明記』は真作・仮託論あって定説をみない(松原祐善著『末法灯明記の研究』参照、一九七八年、法蔵館)。ただ『払惑袖中策』については比較的異論がないようであり、松原氏著(六八頁)では「弘仁九年以後の作」という。

(18) ただし本文は『群書治要』(宮内庁書陵部蔵本影印、一九八九年、汲古書院)による。因みに『将門記』と『群書治要』との関係について言えば、当該書を目睹参照したとは言いがたいようである。それは『将門記』中の「忿怒之毒」「千年之寿」は『韓非子』によるものであるが、『群書治要』登載の『韓非子』本文は「忿怒之志」であり、また「千年之寿」が抄出されていないことなどによる。

(19) 劉堅・江藍生編『宋語言詞典』(一九九七年、上海教育出版社)では宋代語としているが、列島文献からすればむしろ唐代語としたほうがよい。

(20) 『群書治要』(四)四一三頁。

(21) 『群書治要』(四)二一九頁。

(22) 『漢字百科大事典』「字順」項(佐藤亨氏執筆、一九九六年、明治書院)に「漢字の構成要素が交替することを言う」とある。近年の成果として影山太郎「日英語の鏡像関係」(月刊言語一九八一年十二月号)、中川正之「漢語の構成」(大河内康憲編『日本語と中国語の対照研究論文集』所収、一九九七年、くろしお出版)などがある。

(23) 向熹著『簡明漢語史(上)』五六七頁、一九九三年、高等教育出版社。

（24）顔洽茂著『仏教語言闡釈』二四六頁、一九九七年、杭州大学出版社。
（25）小島憲之著『漢語逍遙』（二九三〜二九五頁）で「反転」を用いている。小島用語に従う。
（26）中川正之「漢語の構成」。
（27）大正新脩大蔵経第四巻所収、五一六頁下。
（28）「吐蕃佔領敦煌初期漢族書儀」（趙和平著『敦煌写本書儀研究』所収、四五一頁、一九九三年、新文豊出版）。
（29）敦煌叢刊初集15所収、三二九頁、一九八五年、新文豊出版。
（30）趙和平著『敦煌写本書儀研究』所収。なお趙氏によれば『朋友書儀』は許敬宗（五九二〜六七二）の作ではないかという。
（31）ただし『類聚国史』は「善隣実礼」とある。
（32）『菅家文草・菅家後集』（日本古典文学大系）所収、六三〇頁。
（33）大正新脩大蔵経第七六巻所収、一七九頁上。
（34）『明清俗語辞典集成』第一・四輯所収。『世事通考』八一頁、『雅俗稽言』一三六頁。
（35）『日本古典文学大辞典』「将門記」項（梶原正昭執筆）。
（36）伊藤正文注『曹植』（八十頁、中国詩人選集3、一九五八年、岩波書店）の訓読による。
（37）円道祐之編『草書の字典』六八五頁、一九七九年、講談社学術文庫。
（38）楊伯峻・何楽士著『古漢語語法及其発展』二〇二頁、一九九二年、語文出版社。
（39）劉堅・江藍生編『唐五代語言詞典』四六二頁、一九九七年、上海教育出版社。
（40）川口久雄は『菅家文草　菅家後集』（日本古典大系、六八五頁）、「道真詩における和習と訓読」（『菅家文草・菅家後集詩句総索引』所収、一九七八年、明治書院）などで「親子兄弟が仲たがいをして財産争いなどをすること。」「なかたがいをする、他人つきあいをする、争いを好んでつきあいがわるい」意とし、『将門記』例も同様にとらえている。

(41) 川口久雄著『平安朝漢文学の開花』四八・五三頁、一九九一年、吉川弘文館。
(42) 白化文編『入唐求法巡礼行記校註』四六五頁、一九九二年、花山文芸出版社。
(43) 「自分」の先出文献として、その後つぎの例を見いだした。最澄『守護国界章』(巻上之上)に「和上舎利弗転教非自分、承仏神力故」とある。最澄使用漢語の傾向からみて、やはり和製漢語とは判じ得ない。
(44) 朝鮮総督府編『朝鮮金石総覧上』(リプリント版)、一七〇頁、一九七六、ソウル亜細亜文化社。

将門記と将門伝承

村上春樹

本稿では、題意に沿って、『将門記』中に見える伝承の萌芽を確かめつつ、平将門の伝説の展開を追究する。平将門の伝説については、大正の頃に、藤沢衛彦氏が分類を行い[1]、例えば、影武者の伝説を「分身伝説」、愛妾の桔梗の前の伝説を「不咲花桔梗伝説」などと名づけている。それ以降、平将門の伝説は、さまざまな名称で呼ばれ、研究されて来たのである。その一つ一つには、すでに多くの優れた研究成果が示されている[2]。ここでは、それらに導かれながら、代表的な伝説を取り上げて、考察していきたい。

冥界伝説

『将門記』の最後には、将門が地獄に落ちた後日譚が載せられている。将門は「置身於受苦之剱林焼肝於鉄囲之煨燼」と耐え難い苦痛を受けたが、金光明経の功徳によって一時の休みがあり、さらに九十二年経てば、この責め苦から脱する救いがあるという。この後日譚は、「諺に曰く」で始まることから、当時の風説を載せた形をとっている。まさに、これは将門伝承そのものと云ってよいであろう。ただ、その後日譚は、『将門記』によってよく知られてはいるが、伝承としては、広く伝えられることはなかったようである。後の文献にも、あまり見当たらないが、『今昔物語』には、

次のように記述されている。(3)

其後、将門或人ノ夢ニ告テ云ク、我レ生タリシ時一善ヲ不修、悪ヲ造リテ、此業ニ依テ独リ苦ヲ受クル事難堪シト告ケリトナム語リ伝ヘタルトヤ

『今昔物語』の「平将門発謀反被誅語」は『将門記』を基に記されたのであろうから、最後の記述にも、『将門記』と同語句の表現が見える。しかし、将門の救済には全く触れないという大きな違いがある。これは、『今昔物語』の将門叙述の仕方によるものと思われる。『将門記』の場合、最初の私闘の部分では、将門は相手方から戦いを挑まれ、受身の立場にあり、同情的な筆致が見られるのであるが、『今昔物語』では、始めから「悪行をのみ業として」と将門に対して、厳しく糾弾するような表現がある。こうした『今昔物語』の叙述の態度は、最後の冥界消息まで変わりがなく、『将門記』に見える、将門を支持するような描写は影をひそめている。おそらく、これは、『今昔物語』成立当時の都周辺の将門観を反映しているのではなかろうか。将門の乱の勃発からその後にかけて、都周辺に、恐ろしく猛々しい反逆者としての将門観があったことは当然であろう。しかし、乱の起こった東国の在地では、いかがであったろうか。『将門記』の叙述などから推して、東国には東国の将門観があったことは容易に想像できよう。これまで、多くの方々が指摘しているように、東国説話集といわれる(4)『僧妙達蘇生注記』とその異本『妙達和尚ノ入定シテヨミガヘリタル記』には、全く異なる冥界の将門が記されていた。ここでは、将門は天王であり、(5)将門を調伏した尊意は人身となれず、一日に十度将門と戦わなければならない。いわば、『将門記』に記された将門擁護をさらに飛躍させた内容が見られるのである。このように、往時、東国では肯定されたと見られる将門観は、やがて時代が降るにつれて、様々な将門伝承を生むことになるのである。

調伏伝説

将門の乱に際して、この調伏が都の内外で行われた。その時、例えば、八幡神が七十ばかりの老翁となって現れ、将門を射るなどさまざまな不思議な現象が起こって、将門は滅亡する。それら神異譚をまことしやかに伝えたのが調伏伝説である。『将門記』にも、「五大力尊遣侍者於東土八大尊官放神鏑於賊方」とその有様が記され、将門は「神鏑に中」って滅亡する。この神の鏑に中って滅びるのは、調伏が効を奏したことを示している。将門が調伏によって滅びたとなれば、それぞれの社寺や祈禱者が自らの効験をことさら喧伝したことが想像される。諸記録によると、乱が収束した後、朝廷は社寺に感謝するため、奉幣したり位階を授けている。朱雀天皇自身、上皇になってからも、奉謝のために赴いたという。そうした際に、その霊験が一層あらたかに語り合われたことが想像される。調伏に関わる神異譚がきわめて多様であるのは、おそらく、こうした事情と関連があろう。この調伏伝説は、調伏する側すなわち体制側の伝説であるから、当然、都を中心とした西国の社寺が多く関係している。(6)(7)

一方、将門の調伏と東国の社寺とは、どういう関係があったか、少しばかり考察してみたい。現在の茨城県を例に挙げると、将門調伏の伝承がある社寺は、鹿島神社（鹿嶋市）吉田神社（水戸市）高田神社（江戸崎町）善福院（境町）千妙寺（開城町）などである。しかし、これらが全て事実であったかは不明である。平安時代の関東の神社について、鶴岡静夫氏は、「将門が敗れたので、国家側に協力したように史実を歪曲して文献が作られることもあり得るので、厳密な史料批判をしなければならない。将門の乱に関する社寺の祈禱などの文献史料については、そのような配慮をすることが必要である。」と述べていらっしゃる。(8)そこで、先に挙げた茨城の社寺、それぞれにも厳密な検討が必要であろう。また、鶴岡氏は、天慶三年（九四〇）正月に、平貞盛が氷川大明神に平将門の鎮定を祈願した文書なども、『埼玉県史』が「検討を要する」としているのを正しいとされている。私も、その文書の一節[9]「爰頃年之間有平賊将門恣取掠八州悩乱万民自称親王」を見て、天慶年間のものとは思えなかった。「自称親王」という文言は、中世にならなければ現れないと思うからである。さて、東国における将門調伏といえば、成田山新勝寺について述べておかなければなるまい。その「成田山不動明王略縁起[10]」によると、広沢遍照寺の僧正寛朝が勅命を蒙り、不動明王の尊像を奉持して、難波から海路により、下総の海岸に着いた。成田の里に一宇を構え、尊像を安置して、調伏の護魔を修した。その威力によって、将門は田原藤太に首を取られて滅びてしまう。僧正が帰洛しようとすると尊像が動かず、そのまま安置し東国鎮護の霊場となったという。これは、どのくらい史実に近づけ得るか分からないが、実際に、上陸の地として千葉県光町の尾垂浜、護摩壇を設けて調伏の祈禱をしたのが成田市並木町の不動塚と伝承地が知られている。いずれにしろ、成田山が将門を調伏したということから、関東各地の将門関連の地には、成田山の参拝禁忌の伝えが存在する。例えば、茨城の岩井市岩井、八千代町仁江戸、千葉の我孫子市日秀、市川市大野、埼玉の越生町黒山、東京の日の出町大久野、群馬の太田市只上、山梨の丹波山村などが有名である。とりわけ、市川大野では将門と成田山が戦ったとか、日秀では成田山の開帳には血の雨を降らすとかいう極端な伝えもある。ところで、この成田山禁忌の伝承は、そう古いものではないと思われる。成田山新勝寺が将門調伏の寺として、関東各地に知れ渡るのは元禄年間以降のことである[11]。成田山は、元禄十六年（一七〇三）に江戸出開帳を行い、大成功を納める。これを機に、各地へ進出を開始する。これを阻もうとするのが、将門と関わる各地の社寺であったことは云うまでもなかろう。例えば、かつて神田明神や鎧明神などの氏子も成田山には参拝を忌避していた。成田山禁忌の将門伝承は宗教的対立に起因するのである。

このように見てくると、調伏伝説の多くは、都を中心とした西国の場合、乱の最中から直後にかけて成立し、東国においては、かなり時代が降ってから成立したと言えるであろう。

王城伝説

『将門記』によれば、将門は新皇を称し、除目を定めた後、王城の建設を議った。その記文には「王城可建下総国之亭南」と記されている。この下総の亭南がどこになるか諸説があるが、確証となるものはなく、漠然と「石井の営所」近辺、すなわち今の岩井市中根の辺りが考えられよう。この王城について、古来の文献を見ると、まず、軍記物語の「相馬郡に都する平親王将門」の記述が注目される。『保元物語』では、文保、半井本[12]には「将門ガ東八ケ国ヲ打取テ都へ責上ル」という表現はあるが、相馬郡への言及はない。鎌倉本、京師本、杉原本等には「承平に将門が下総国相馬郡に都をたて我身を平親王と号して」と相馬郡に都する平親王が記されている。この表現は、軍記物語の成立事情から、どの物語に最も早く現れたか断定できないのであるが、軍記物語の諸本に頻繁に用いられるようになる。延慶本『平家物語』[13]には、「承平年中ニ平将門下総国相馬郡ニ住シテ八ケ国ヲ押領シ自ヲ平親王ト称シテ都へ打上ケリ」と記されている。なお、この後には、将門最期の合戦が続き、さながら『将門記』を抄出したような叙述が見える。さらに、将門評として、「将門下総豊田郡凶徒謀叛ノ聞へ千里ノ外ニ通ズ」とあり、注目される。これは、『将門記』の「将門之悪既通於千里之外」と「住下総国豊田郡」とを合せて出来た章句であろうと思われる。とすれば、作者は、将門の豊田郡在住を承知していたものの、「相馬郡ニ住シ」と記し、その表現から離れられなかったのである。延慶本の成立時には、既に、相馬郡の将門は、かなり強いイメージを与えられていたことになる。長門本にも、「相馬郡に住して平親王と号する」将門が記されており、『平家物語』によって、相馬郡の将門が大いに伝播されたことが想定されるのである。[14]やがて、『太平記』には、「相馬の将門、天慶の純友、康和の義親」という表現が見られ、すっかり「相馬の将門」が定まった感がある。

軍記物語以外の文献にも、もちろん相馬郡に都を建てる将門が記されている。『神皇正統録』『神皇正統記』『神明鏡』[15]等にそうした記述が見られる。このように、「相馬の将門」は、中世に現れて定まっていく。江戸時代には、将門伝承が華々しく文芸化されて、さらに「相馬御所」や「相馬偽宮」という言葉が人々の間に広まった。その場所が現在の守谷町守谷の相馬氏の居城に当てられ、『総常日記』『相馬日記』[16]等によっても紹介されて、平将門城址として周知されるところとなったのである。しかも、明治の頃まで、この城址が伝説というよりは、まさに史実として信じられていたのである。[17]

なお、守谷城址以外にも、将門の居城とか居館とか伝えられた所は少なくない。まずは、岩井市中根の島広山は王城建設の地と考えられている。茨城県真壁郡大和村大国玉三門は、将門が新皇として政務を見た館があり、御門と尊称されたという。同じく北相馬郡藤代町岡の大日山は将門の館跡と呼ばれている。千葉県佐倉市の将門山はその館があったという。市原市古都辺は、将門が偽都を築いた所ともいい、奈良に大仏を、山田橋に大神宮を建立したと伝えている。市川市大野の字殿台は将門城址で、御門は大手門という。東金市御門は、将門が生まれた地で居館が在ったと伝える。秦野市元町の御門にも、将門の建都説がある。これらは、岩井市を除いて、史実からは、はるかに遠いと言わざるを得ないが、伝説としては、それぞれ興味深い内容がある。[18]

首の伝説

斬られた首が飛ぶという伝説は、他にもないことではないが、もっとも、顕著に伝えられるのは、将門の飛ぶ首伝説である。しかし、将門の首が当初から飛んだとされたわけではない。首が怪異を示し、やがて、飛行するには、かなりの段階がある。それでは、その過程を少し詳しく見て行こう。まず、古態本の『平治物語』[19]に、将門の首の譚が現れる。

むかし、将門が頸、獄門にかけられたりけるを、藤六といふ歌読が見て、
将門は米かみよりぞきられける俵藤太がはかりことにて
とよみたりければ、此首しいとぞわらひける。二月に討たれたる頸を、四月に持て上りて懸けたりけるが、五月三日にわらひたりけるぞ恐ろしき。

これは、中巻「長田、義朝を討ち六波羅に馳せ参る事付けたり大路渡して獄門にかけらるる事」の一節である。源義朝の首が獄門に掛けられた後に続いて、昔の将門の笑う首の説話が付けられている。この首の譚は、懸詞や縁語を巧みに用いた歌によって、大いに人口に膾炙したのである。ただ、従来、これは慶長古活字本にのみ見える譚として、時代が降るとされ、『太平記』などの影響を受けたものと見られたのであった。[20]しかし、古態本の『平治物語』に載っていることから、再検討が必要であろう。将門の首は、四月二十五日に都に入り、五月三日に梟すことを決め、十日に実行された。その際、歌を読みかけられて笑ったという怪異譚となっている。もっとも、ここでは機知に富んだ戯れ歌によって、将門は揶揄され、むしろ滑稽な雰囲気を醸している。これが西源院本『太平記』[21]になると、

朱雀院ノ御宇ニ将門ト云ケル者東国ニ下テ相馬郡ニ都ヲ立百官ヲ召使テ自ラ号平親王官軍挙之討トセシカ共其身皆鉄身ニテ弓箭ニモ不傷剣戟モ通サレザリシカバ有諸卿僉議俄ニ奉鋳鉄四天比叡山ニ定置シ被行四天合行法シニ自天白羽之矢一筋降来テ将門ガ眉ノ間ニ立其矢遂ニ不抜シテ俵藤太秀郷ニ首ヲ被刎テケリ其首獄門ニ懸テ三月ガ間マデ眼ヲモ不塞色ヲモ不変常ニ牙嚙ヲシテ斬ラレシ我五体何ノ処ニカ有ラム爰ニ来レカシ我頸ヲ続テ今一軍セムト夜々呼リケル間聞人是ヲ不恐ト云事ナシ其比藤六と云者路ヲ通リケルガ聞之

将門ハ米カミヨリゾ斬ラレケル俵藤太ガ謀トニテ
ト読タリケルバ是頸叱ト咲ヒケルガ眼忽ニ塞リテ其尸遂ニ枯ニケリ

のように、首を斬られながら、三月も目をつむらず、牙を嚙んで「体を繫いで一戦せむ」と怒号するすさまじい様相を呈する。そもそも、将門伝承がこのような怪異譚に発展するのは、『将門記』に「神鏑に中って」滅すると記されたことに起因すると思われる。人の力によらず、神の鏑によってのみ倒れるということは、人を超える存在であったことを暗示したのである。すでに、鎌倉本『保元物語』には、死んだ後も、七日間、鎧を着たまま立っていた将門が記されていた。[22]『太平記』に至って、その身が鉄身で、[23]首を斬られても怒号するような超人としての将門が登場するのは必然であったと考えられよう。ところで、流布本『太平記』では、叙述そのものはそう変わらないが、笑い方が「からから」になる。「からから」は語感が高く明るくなり、さらに、豪傑らしさが増す。時代が降ると、将門に英雄的な要素が多くなると言えよう。『平治物語』の「しいと笑ふ」は、苦笑とかあざ笑うと解釈されて来た。西源院本の「叱と」はシッと読んで、その「しい」を引き継ぐことになろうか。ただし、叱には、別体の字があり、その場合は「カ」とも読む。その場合は、「からから」に近づく。ちなみに、室町物語の『俵藤太物語』、『師門物語』には、この笑う首の譚が引き継がれている。前者では、将門がからからと笑い、後者では、しゐと笑う。

さて、ここまでは、歌によって笑い、瞑目する将門の首を考察して来た。やがて、この首は飛行するようになる。寛永の末頃、林羅山の『本朝神社考』には、飛んで都に入ろうとする首が書かれている。[24]その首が南宮神社の神に射落されて祀られたのが御首神社である。寛永の頃に、神社の由緒として、こうした記述がなされていることから察すると、この飛ぶ首の伝えは、地元でも言うとおり、かなり古いのかもしれない。そもそも、天慶三年、明達が中山南神宮寺において、将門の調伏を行った際、結願の時に将門の首が到来したという。[25]この「到来」を飛び来ると解釈し、それを射落すという想定は、それほど無理とは言えないであろう。調伏の時に首が到来したという伝えには、すでに、後の首の飛行が暗示されていたのである。『本朝神社考』の後、しばらくして、江戸の地誌類が著され、さかんに、将門の飛ぶ首が現れる。浅井了意の『東海道名所記』では、『俵藤太すでに将門を殺しけるに、その首飛んで此所に落ちとどまりしを斎ひしづめて神田の明神と号すその首死せずして祟をなしけるを』[26]と記し、その後、ある人の「米かみ」の歌によって、からからと笑って目を閉じる。これまでの例の歌によって笑い、瞑目する首に飛行が付け加わったのである。ただ、このように、首が東国の在地から、江戸に飛び来るとすることは、やゝ不自然であるから、その後の『江戸咄』などでは迷いを見せている。[27]そこで、秀郷によって、都に運ばれ、獄門に掛けられて、例の歌によって目を閉じた首を再び、目覚めさせることになる。元禄初期[28]の『前太平記』に「其後尚東国懐かしくや思ひけん此首飛んで空に翔り武蔵国とある田の辺にぞ落ちにける」という叙述がある。なかなか瞑目せぬ首の怪異は、さらに変転して、獄門を抜け出して東国へ飛び帰る怪異となるのである。ひとまず、これが将門首譚の結末であった。

現在、各地には、将門の首伝説が多様に伝えられている。それらと、ここまで述べてきた将門首譚とは、相互に影響しあったことも考えられよう。飛ぶ首伝説のまとめとして、各地の首伝説をひとわたり見ておきたい。

将門の本拠近くでは、茨城県猿島郡総和町の高野八幡宮に、首が飛び来て、七日七夜の間、光を放ったという伝説が存在する。これは、天和三年（一六八三）に記述した文書が旧名主家に残っていた。[29] 将門の本拠、岩井市にも、江戸時代には、神田山の地に首塚があったという伝承があったと記されている。[30] さらに、幸手市にも、浄誓寺に首塚が伝えられている。東京大手町の首塚は、都から獄門を抜けて飛び帰った首が眠るということで、きわめて有名である。ただし、先に記したように、中世には、将門の首は歌によって瞑目したので、飛び帰る首は時代が降る説である。むしろ、将門のむくろが首を追って来て倒れた所がここで、からだの明神と祀られたといわれていた。また、筑土神社には、かつての平川観音堂へ、首が飛び来たのを祀って津久戸明神と崇めたという由来がある。一方、京都には、獄門に掛けられた首が埋められたと伝える塚が下京区新釜座にあった。明治時代に、発掘したが、何も出なかったという。滋賀県愛知郡愛知川町の山塚は、将門の首を埋めた所と伝える。近くの歌詰橋に、飛んで来た首が歌に詰まって落ちた所と付会する。さらに、この首は、塚を飛び出し、宇曽川を流れ、最後に彦根市の平流山に祀られたという。先に触れた、岐阜県大垣市の御首神社には、首塚も存在したことを付け加えておく。名古屋市の社宮司社にも首が祀られている。その側の扇川で清められて埋めたのだという。そこに掛る橋を米かみ橋と呼ぶ。「米かみ」の歌は、ここにも影響を与えていた。静岡県の掛川市には、将門とその一族の首が祀られた塚が存在した。十九首という地名に付会したと考えられるが、当地の八幡社や東光寺と深い因縁がありそうである。以上、ざっと触れたにすぎないが、それぞれが真実と主張をして伝えられて来ている。詳細に見れば、各々いわれがあり、なお検討すべきことは少なくないと思われる。

七人将門の伝説

将門の影武者伝説には、二つの説がある。それを室町の二つの物語[31]から例示してみよう。『俵藤太物語』では、「将門にあひも変わらぬ人体同じく六人ありさればいづれを将門と見分けたる者はなかりけり」と将門と六人の影武者で七人の将門とする。これに対して、『師門物語』は、「おなじやうなる武者八騎出たまへばいづれを将門と見もはかず」と影武者が七人である。このように、七人の将門という際、二つのケースがあり、在地の伝説の方でも同様である。

この七人の将門を供養した七騎塚が現在の茨城県北相馬郡の寺に伝えられている。守谷町高野の海禅寺と藤代町岡の延命寺には七騎の石塔が現存する。守谷町守谷の西林寺にも、かつては存在したという。守谷町沼崎の永泉寺の縁起によると、将門が六人の土武者を作り、自分と合わせて、七人の大将に見せた。その土武者をここに祀ったという。また、七人武者といえば、山梨県の七つ石山が有名である。その山頂に、将門が影武者に囲まれて立ったところ、秀郷に射られて、七人が石に化したという伝説である。ただ、このように七塚、七つ石、さらに七社、七所、七仏などと呼ばれる伝説は、数に付会したもので、それほど深い意味を持たない場合が多い。しかし、これが北斗七星と関わりを持つことと、七人の将門から本人を見分けることからは、きわめて奥深い内容の伝承が存在している。千葉市中央区亥鼻台の七天王塚は、北斗七星を形どって造られている。これは、将門の影武者の霊を祀るとする説もあるが、実際は、千葉氏の妙見信仰に関わるものである。この妙見信仰と将門とは、周知のとおり、深い因縁がある。ここでは、その問題を考えていく。

『源平闘諍録』には、妙見菩薩が将門の危難を救い、守護したことが記されている。[32]その利生により、将門は、東八ケ国を打ち従え相馬郡に都を建て親王と号した。ところが、将門は神慮を恐れず朝威を憚らなくなった。そこで、妙見は将門を放れ、良文に移り、千葉氏が代々相伝するという。これは、千葉氏の伝承であるが、妙見が、まず将門を加護したところが注目されよう。相馬氏は千葉氏から出て、将門直系の後裔を称し[33]、さらに、独特の妙見伝承[34]を有している。これは、茨城県筑波郡谷和原村の禅福寺の縁起に見られる。それは、前半の妙見菩薩が将門を守護してから、放れるところまでは、ほぼ同じ内容である。しかし、良文に移ることは記されていない。しかも、将門は、数度の戦いに破れるが、この寺の十一面観音（妙見菩薩の本地とする）を深く祈り、絵馬を甲に指して出陣すると勝利を得るのである。最後は、秀郷に討たれることで終わるが、将門創建の伝えのある寺の縁起に適う内容であり、相馬氏の妙見伝承と認められるのである。また、相馬系図の一本「相馬当家系図[35]」には、将門の記事の中に妙見伝承が記されている。内容は、「禅福寺縁起」と同様であるが、良兼との戦いが国香になっており、将門がよこしまな心を持つことは記されていず、したがって、将門から、妙見菩薩は放れないのである。これは、相馬家が代々妙見菩薩を祀って来たことをより強調する内容となっている。将門の妙見尊崇の伝承は、その後裔を称する相馬氏によって広く伝えられて来たのである。

さて、七人の将門がいれば、どれが本物であるかということが問題になろう。それを見破る手引きをする女が現れるのは譚の流れである。将門伝説では、小宰相と桔梗が知られている。小宰相は、『俵藤太物語』に登場し、本物の将門にのみ影があり、こめかみに弱点があることを秀郷に教えてしまう。そのために、将門は滅びるのである。また、在地の伝説にも、小宰相は伝えられている。現在の千葉県佐原市牧野に、将門のお宿をしたと伝える家があり、その娘を小宰相という。この娘は、将門の寵愛を受け、印西市木下の竹袋城に召されたと伝えられる。現在、佐原市の小貫家がお宿をしたと伝える家で、王宿を名乗り「王宿由来記」を伝えている。木下の方にも、山根山不動尊の境内に、牧野庄司と小宰相を供養した石碑が遺されている。一方、桔梗の場合は、関東各地に広く伝えられ、きわめて著名である。その概要は、将門の愛妾桔梗の前が恩寵を受けていながら、敵方の秀郷に内通して、将門の秘密を教えてしまう。そのため、将門が滅ぼされ、桔梗もまた非業の死を遂げる。その土地には、怨念によって桔梗の花が咲かないという伝えである。これは、その色から想われる桔梗の花そのものの属性と根を薬に用いるため摘花することなどから、造り出されたと思われる。不咲桔梗と人々に語り伝えられ、所によっては、桔梗そのものを忌避する伝承に発展する。これらは、きわめて趣深い内容を持つ[36]が、ここでは、これまでの研究[37]に譲りたいと思う。

東西呼応の伝説

将門と純友の乱は、当時の記録類などに、東西の兵乱と記されている。あたかも、東西で共謀して、乱を起こしたように見られたことから、この伝承が生まれたと思われる。まず、『大鏡』に二人の共謀説が記された。次いで、延慶本『平家物語』に「サレバ昔シ将門宣旨ヲ蒙テ御使ニ叡山ニ登リケルガ大獄ト云所ニテ京中ヲ直下ニ僅ニ挙ル計ニ覚ケレバ即謀判ノ心付ニケリ」と将門の登山の記述がある。これは『神皇正統記』にも見えている。その後、『将門純友東西軍記[38]』に至り、「両人比叡山にのぼり平安城をみをろし互に逆臣の事を相約す」と将門と純友の比叡山の密約が記されることになった。こうして、この密約説は、大いに喧伝されるのである。現在、比叡山、四明ケ岳の頂上に、赤黒い大きな岩があり、その上部が将門岩、下部が純友岩と呼ばれている。これに、両人が腰掛けて謀議をしたという。ただ、私の調べでは、この岩の伝説はかなり新しいようである。文献としては、明治までしか溯ることができない[39]でいる。東国の在地では、茨城県北相馬郡守谷町に、純友が一つの大鈴を埋め、塚を築いて軍神を祀ったという伝説がある。また、純友の子の直澄が質として送られて来たという伝えもある。これは『有馬家世譜』[40]に記述されている。実際に、直澄の後裔が西茨城郡岩瀬町下泉に存在したという説もあるが、今となっては確認する術がない。

この東西呼応の伝説は、『大鏡』に見られるように、成立が早く、江戸時代の絵草紙などに、比叡山の謀議が名場面として描かれ、広く知られている。しかし、在地においては、それほど語り継がれた伝説ではない。

将門祭祀と伝説の伝播

ここまで、長い間に広く伝承された平将門伝説の代表的な例を考察してきた。紙面も余裕がなくなったので、平将門祭祀の伝説に触れながら、将門伝説の伝播を少しばかり述べて、本稿のまとめとしたい。将門を祀る神社は、将門神社、国王神社、相馬神社、神田神社、築土神社等がよく知られている。それぞれを合わせると、かなりの数に上り、その神社独特の伝承が多様に伝えられている。多くが将門を崇敬して祀っているが、なかには、『月刈藻草』の記述[41]のように、御霊信仰に関わるものもあるから、注意を要する。ともあれ、これらの神社には、将門の後裔を称する人々が深く関わっていたことが着目される。

ここでは、その中から相馬神社に関わる相馬氏を取り上げて、若干の考察を示す。相馬氏は、将門を高祖[42]として神と祀り、一族の結集を図って来た。その一例を天正期の下総相馬氏に見てみよう。当時、相馬家は治胤が弟胤永と共に一族を束ねていた。その一族の総意として、天正九年（一五八一）に将門の位牌を高野山に納めた文書[43]がある。「高野山一心院谷宝蔵院為奉馮当家先祖之菩提銘位牌立置所明鏡也就夫於我等子孫永代為相違有間敷各々連書加此併現当二世之祈精所仰如件」と前書きがあり、相馬治胤、高井十郎胤永、相馬大蔵太輔胤房以下十九名の氏名を連書している。

戦乱の世に「我等子孫永代為相違有間敷」として、将門の位牌を崇め、宝蔵院に納めて一族の結集を図ったことが分かる。このように、相馬家において、将門は全ての中核であり、いわば守護神であったのである。私は、この文書中の胤永の系統に連なる相馬胤昭家で、この家の系譜と共に、将門は竜の子とか、桔梗が生えないとか、伝承までが残されていることを知った。以後、相馬家の後裔と見られるいくつかの家で、将門伝説の調査を行うこととなった。その中で、修験となった相馬家は、伝説の伝播にもことさら大きな役割を果したことが分かってきた。例えば、現在の埼玉県越生町黒山にあった山本坊の初代栄円は、将門縁者の後裔で、相馬掃部介時良入道と名乗っていた。この山本坊は、将門宮を祀り、秩父六十六郷熊野参詣先達職となるなど、中世から近世にかけて大いに発展した[44]。秩父周辺には、今も、将門伝説が多いが、山本坊との関連を無視するわけにはいくまい。山梨県大月市上和田には、将門を祀り、七鏡を神体とする相馬神社が現存する。この社は、かつて、御嶽大権現とも称し、管理する相馬家は、修験であったと思われる。山深い上和田付近の将門伝説は、この家に関連して成立したと考えられる。また、神奈川県愛川町の八菅修験の安養院は、すでに失われたが、姓は相馬で現在も将門像を伝えている。往時は、多くの修験者たちが集り、この将門像に手を合わせたと推察される。東京都西多摩郡柵沢の将門神社の元神官の三田家も、その系図によれば、かつては相馬を名乗っていた。この将門神社は、秩父にも講中を有し、杣の保一帯と合わせて、意外に広い地域に関わりがあった。奥多摩の将門伝説は、この将門神社を起点に広がったと想定される。このように、相馬を名乗った家には、将門伝説との強い関わりが見られたが、中でも、修験の相馬は、きわめて注目すべき存在であった。そもそも、将門に関わる人々が宗教界に入ったのは、すでに、乱の直後からであったらしい。『将門記』には「将門舎弟七八人或剃除鬢髪入於深山」と記述がある。将門と連なる仏徒や修験者がいたとしても不思議はない。これを実証するかのように、箱根権現別当金剛王院の座主安慶は、将門の仲弟将広の子という伝承[45]が存したのである。

さて、将門祭祀に絡む後裔の伝説伝播を述べてきたが、最後に、もっと広い視野で伝播の問題に触れておきたい。一般に、将門伝説の伝播に関しては、修験山伏、時宗の僧徒や鉢叩き、琵琶法師など芸能に関わる者、さらには、比丘尼などの活動があったと考えられている。[46]その中で、すでに触れたように、最も顕著な活動は、修験山伏のそれであろうが、現在その実態を検証することは、なかなか難しい。しかし、今もその痕跡がほの見える地域が存在する。埼玉の秩父から、東京の奥多摩、山梨の丹波山、小菅にかけての地には、かつて富士講などの講中が辿った道筋から、いわゆる山伏道が推定される。この一帯には、ホーエン（法印）の話が数多く伝えられていた。[47]それらから推測すると、この奥深い山間地帯に、多くの修験者たちが入り込み、小集落を巡り歩いたようである。部落の伝聞によれば、炉端などに皆で坐って、ホーエンが語る話を聞いたという。それらの中には、将門の伝えなども混じっていたことであろう。この修験者の多くは、山本坊の存在などから、本山派修験に属した者であったと思われる。また、将門伝説の豊富な、奥多摩の氷川と丹波山の小袖に、羽黒神社が鎮座することから、羽黒修験が入り込んだ形跡もある。もともと、羽黒修験には、平将門の伝承が取り入れられていた。出羽の羽黒本社や五重塔は将門によって建立されたという伝え[48]がある。この様な伝承があることから、羽黒修験は、将門の伝説地に入りやすかったのであろう。こうした修験者たちによって、将門伝説は、この地域に運搬され語り広められたと思われる。その一つの道筋は、氷川から六つ石山に向かう山道である。そこには、かつて峰畑、絹笠、城、三の木戸の旧集落があり、その全てに将門を祀る小祠が存在し、周辺には、さまざまな将門伝説が伝えられている。しかも、この小集落を繋ぐ細道は、六つ石山から将門馬場を通り七つ石山に達し、小袖に降り、鴨沢を経て、丹波山や小菅に通じていた。[49]将門伝説も途切れることなく次々とそれに続いて存在し、修験者たちの伝説伝播が実際に想定されるのである。

以上、平将門の各伝説の意味や問題点を探り、『将門記』を顧みて、伝承の萌芽を確かめ、それぞれの伝説の展開を考察した。厖大な将門伝説全体をこの紙面の範囲に納めるのは難しく、要点を書き出すような粗い記述となり、秀郷との説話や親族、子孫の伝承など、やむをえず割愛したものも少なくなかった。注とも併せて、ご判読をいただきたい。(50)

注

文献を引用する場合、字体を現行のものに改めた。『将門記』の引用文は真福寺本による。

（1）藤沢衛彦『日本伝説研究』による。

（2）今日まで、将門伝説について多くの優れた論考がある。とくに、私は次の研究から大きな学恩を得ている。梶原正昭・矢代和夫『将門伝説』、福田豊彦「将門伝説の形成」（『鎌倉時代文化伝播の研究』所収）岡田清一「将門伝承と相馬氏」（『千葉県立中央博物館研究報告』4巻1号所収。）

（3）新日本古典文学体系『今昔物語』による。

（4）新日本古典文学体系『三宝絵』の解説による。なお、妙達については、鶴岡市の善宝寺の辺りに、庵を結んだと伝えられる。現地の龍華堂がその名残りという。

（5）後世の『華頂要略』も北方天の化身とする。

（6）福田豊彦氏は、前掲論文で「こうした調伏修法は国家の要請に発し、その霊験の評価を国家に期待するものであるから、この説話を基本的に体制側の説話とみることも許されよう。これらが畿内を中心に西日本に厚く分布していることはその証拠でもある。」と述べていらっしゃる。

（7）前掲『将門伝説』にさまざまな調伏伝説が記載されている。参照いただきたい。

（8）鶴岡静夫『平安初期の政治支配と関東神社」（『関東の古代社会』所収）による。

（9）『新編埼玉県史資料編4』所収

（10）『略縁起集成』による。

（11）神崎照恵『新修成田山史』、小倉博『成田―寺と町まちの歴史』を参照した。

（12）『保元物語』の古態本から、文例を引くこととした。他の軍記物語についても、中世の将門伝承を探ることから、古態本を取り挙げた。ここの『保元物語』の諸本は、古典研究会の『保元物語』による。半井本『保元物語』には、相馬郡への言及はないが、「将門ガシタリケル様ニ我身ヲ親王ト号テ」とあり、すでに、平親王の伝承が取り入れられているように思われる。

（13）大東急記念文庫蔵『延慶本平家物語』による。ここに引用した文例の他に「相馬郡に都を立て我身を平親王と称し」という章句がある。相馬小次郎将門の例も見える。これらは、拙稿「相馬の将門覚え書」（『茨城の民俗三七号』）に大まかな考察がある。

（14）東国武者の中には、将門肯定観をさらに進めた将門英雄観があったと思われる。例えば、『源平闘諍録』では、千葉成胤が「将門十代末葉」と名乗る。朝敵の将門を先祖と敬い、誇らしげに名乗るのは、将門英雄観が周囲にあったと見られよう。また、将門を日本将軍と称する（『相馬文書』）のもそうした意識ではなかろうか。入間田宣夫「日本将軍と朝日将軍」（『東北大学教養部紀要五四』所収）を参照いただきたい。

（15）『神皇正統記』相馬郡ニ居所ヲシメ都トナヅケミヅカラ平親王ト称シ官爵ヲナシアタヘケリ（『日本古典文学体系』）『神皇正統録』相馬郡ニ居住而平親王ト自称ス（『改訂史籍集覧』所収）『神明鏡』下総相馬ノ郡ニ於テ謀反起（『改訂史籍集覧』所収）

（16）『総常日記』（清水浜臣、文化十年（一八一三））『相馬日記』（高田与清、文化十四年（一八一七））

（17）大森金五郎「平将門事蹟考」（『武家時代之研究』大正十二年（一九二三）刊）によって、守谷城が将門の偽宮とするのは誤りとされた。

(18) 各地の王城伝説は、拙稿「平将門分布一覧」「将門伝説紀行」など参照いただきたい。

(19) 新日本古典文学体系『平治物語』（上巻は陽明文庫本、中、下巻は学習院大学図書館蔵本を用いている。）将門の首譚は、杉原本にも見え「相馬郡に都を建て平親王を称する」記事などが付け加えられ、古活字本に近くなっている。詳細は別稿で考察する。

(20) 岩竹亭「将門の変貌」（『国文学攷』二八所収）には「流布本平治物語のこの説話は太平記の影響上にあるとする説に従いたい。」とある。近くは、海老名尚「将門伝説にみえる将門像の変遷」（『平将門資料集』所収）に「古活字本平治物語は近世初頭の成立であるから、太平記の記事が将門の首をめぐる説話としてはもっとも古いものといえよう。」とある。

(21) 西源院本『太平記』は鷲尾順敬校訂による。西源院本は、神田本に次ぐ古態本であるが、この将門の記事について、高橋貞一氏は、「本書の最も注目すべき増補である。他の諸本にはなく、流布本はこれの影響をうけたものといふべきである。」（『太平記諸本の研究』）と述べていらっしゃる。

(22) 岩竹亭前掲論文に指摘されている。

(23) 鉄身伝説と呼ぶ。すでに、神田本『太平記』に短い表現ながら見えている。

(24) 林羅山『本朝神社考』（『続日本古典全集』）に「平将門頭伝言飛入洛」とある。

(25) 『扶桑略記』（『国史大系』）「将門被誅之日臭香満国結願之時賊主将門其首到来」

(26) 『東京都神社史料』所収による。

(27) 『江戸咄』（注26）つくどの明神と申奉るは将門の首を祝ひけると也然共将門の首は都へ飛ゆきけるを美濃南宮の山神矢を放射留給ふといへりいづれか正しかるべき但先爰へ飛来てそののち都の方へ飛ゆきけん

(28) 『前太平記』（国書刊行会）の解説による。

(29) 黒沢常葉『猿島郡郷土大観』記載の高野村神宮寺文書による。

(30) 今泉政隣『関宿伝説』(安永九年(一七八〇))には、神田山に将門首塚があったと記す。
(31) 新日本古典文学大系『室町物語集』による。
(32) 内閣文庫蔵『源平闘諍録』五の「妙見大菩薩之本地事」による。
(33) 相馬系図は信田を介して、将門と直結する。
(34) 『源平闘諍録』では、妙見菩薩は将門を守護し、後に良文に渡る。後世の『千学集抄』では、良文・将門の連合軍を加護し、とりわけ良文に味方する。群馬町の花園妙見の伝説では、国香対良文、(一説に将門対良文)の戦いで、良文が加護を受ける。
(35) 広瀬家所蔵「相馬当家系図」(『取手市史』所収)。相馬胤昭家所蔵の同系図も確認した。
(36) 結末が、怨念によって「桔梗がない」又は「桔梗が大蛇になる」とするものがある。
(37) 徳江元正「桔梗姫の唱導」(『国学院雑誌』昭和三六年十二月号)拙稿「桔梗伝説の展開」(『常総の歴史』第十七号)など。
(38) 『続群書類従』による。この書は、中世までの将門伝説の一応のまとめの感がある。
(39) 明治四一年(一九〇八)『比叡山名勝記』に記載がある。
(40) 有馬家文書刊行会による。
(41) 『月刈藻集』(『続群書類従』所収)神田明神は秀郷の造営と記している。
(42) 注35参照。
(43) 相馬胤昭家の文書による。
(44) 埼玉県立文書館『諸家文書目録Ⅱ』による。
(45) 『箱根神社大系』『新編相模風土記稿』による。将広は系図等に見えない人物である。
(46) 前掲『将門伝説』に詳細な記述がある。
(47) 瓜生卓造『奥多摩町異聞』を参照し、現地調査を行った。

(48) 永正五年（一五〇八）写『羽黒山年代記』（羽黒山宥栄）には、延長四年（九二六）「平朝臣相馬将門公御建立」とある。また、慶長十三年（一六〇八）の五重塔棟札には将門が荒沢寺に地蔵菩薩像を安置し五重塔を建立したとある。（『羽黒町史』）

(49) この道は、秩父との繋がりもあり、小菅からは大月に通じる。何度か踏査に出向いた所であり、いずれ詳述するつもりである。

(50) 拙稿「平将門伝説の展開」（『軍記文学の系譜と展開』所収）に伝説の数を示した。

陸奥話記

『陸奥話記』研究史の考察と課題

松林靖明

はじめに

昭和三十九年五月に出た加美宏氏の「陸奥話記論稿（一）―研究史の展望―」（「古典遺産」13）は、『陸奥話記』にとって最初の研究史のまとめである。同氏は戦前の『陸奥話記』研究を、五十嵐力・冨倉徳次郎・佐々木八郎氏等[1]「一部の軍記物研究者によって、主として形態的類似において、中世軍記物の前史の（ママ）位置づけられるに止まっていた」とし、戦後の研究を『将門記』や『今昔物語集』所載の武士説話などと共に、「日本史研究、古代文学研究、中世軍記物研究といった、多方面の研究者によって、改めてその史的意義の認識が主張された」ものとした。ただし総体的には、「まだこれらの作品群の史的な意義や位置についての大きな見通し、或いは鳥瞰図といったものが示された段階」に過ぎず、『将門記』や『今昔物語集』は本格的な作品研究の取り組みの気運があるが、『陸奥話記』には「たえてそのことのあるを聞かない」と、『陸奥話記』研究の出遅れを指摘、「作品論的研究のみならず、作品研究の基礎となるべき諸本を校合して定本を定める作業だとか、本文の注釈とかいった仕事すら全く試みられていない」と昭和三十年代末までの状況をまとめた。後述のように、校本は昭和四十一年に出版され、注釈は昭和四十六年頃から各氏によって進められ、十年後にほぼ出揃うことになるが、『将門記』と同じく初期軍記の中に含め、論じられることの多い『陸奥話記』

の研究は、寥々たる有様であり、それは現在に至るまであまり変わってはいない。

＊

戦前の研究の中で最も注目すべきは、山本賢三氏「陸奥話記の作者及び著作の年代」（「歴史と国文学」5-3、昭6・9）である。この論文で山本氏は、作者を「国解之文」を閲覧し得る立場にある太政官、兵部省あたりの「史生」「大史」「小史」など記録官であろうとし、その叙述から合戦を実際に見聞した人と考えられ、その具体的な人物として『扶桑略記』天喜五年（一〇五七）八月十日条に出る「太政官史生紀成任」を作者として挙げた。また、成立年代としては最終記事が康平六年（一〇六三）二月二十五日であり、翌七年三月の頼義上洛記事を欠くところから、その間の成立とした。加美氏も戦前の論文として「まとまった史料批判ないしは成立論・作者論として唯一の労作」と評している。しかしこの山本説が本格的に検討されるのは、三十年以上後のこととなる。

一　戦後研究の出発――昭和三十年代――

戦後の『陸奥話記』研究は永積安明氏の「軍記物語」（『日本文学史（中世）』、至文堂、昭30。『中世文学の展望』に「「軍記もの」の展望」として収載、昭31）から始まるといってよい[2]。ここで永積氏は『陸奥話記』を「その身を京都におきながら、征服者のがわから、この事件を叙述している」ものであるが、「この書が、単に公式文書の整理や羅列としての記録におわることなく、「軍記もの」としての文学的生命をかちとりえた」のは「衆口之話」を直接・間接、作品のなかに持ちこんでいるからだとした。その一方で、文中にたびたび「国解之文」を用いて、「ほとんど公的な記録形式によって、つよく全体を貫」いているため、「物語的構成をもりあげる」ことができず、『将門記』から一世紀を経ているにもかかわらず文学的には後退していると述べている。永積氏は「軍記もの」の流れの中に『陸奥話記』を位置づけることに主眼があり、『陸奥話記』が「衆口之話」＝口承の説話を取り入れたところに、その後の『平家物語』を始めとする成熟期軍記物語の原型をみる見方は、後の『軍記物語の世界』（朝日新聞社、昭52）に至るまで一貫して変わることはない。

作品論としての『陸奥話記』研究は、永積氏とは研究方法の上でかなり立場を異にする所謂「日本文芸学」派の研究者たちによって進められる。小松茂人・安部元雄・鈴木則郎の各氏が次々と論文を発表した。その最初は小松氏『『将門記』『陸奥話記』の世界」（「文科紀要」10、昭37・10）で、『陸奥話記』の主題を「安倍氏の運命の帰趨を叙述するところにこの物語の主題の少くも一面があったのではないか」とし、その人物像を規定するものを「恩義の関係に結ばれた武士達の献身の倫理と、それを軸として展開する勁烈な意志的行為」とした。また描かれた人物は「個人を越えて集団に献身するものの姿であって、意志的であり、没我的であり、自己犠牲的である」こと。しかし、それは「言うに足るべき理念や世界観の表現を見ない」「皮相的な叙述に止ま」っているもので、「文芸的昇華を遂げない未熟な作品」であるが、集団を描いている点に「中世「軍記物」の集団の世界の萌芽」が見られると位置づけた。

永積氏は説話の点から、小松氏は人物造形の点からと、方法の違いはあってもいずれも『陸奥話記』を軍記前史の中に位置づけているのは興味深い。

二　文芸学的研究による評価

いずれにせよ従来は、軍記文学史の中に位置づけられた点を持つことが最大の『陸奥話記』の評価であったのであるが、『陸奥話記』に単独の作品としての評価を与えたのが、安部元雄氏であった。安部氏は「『陸奥話記』の構想」（「茨城キリスト教短大研究紀要」4、昭39・3）と「『陸奥話記』の人間形象」（「文芸研究」46、昭39・3）において『陸奥話記』の文芸的意義を探った。前者では、「将軍頼義による安倍一族鎮定記」である本書の創作動機（モチーフ）と構成を分析、作者の構成意識は「あくまで将軍を主人公にすること」だったが、作品の前半では安倍頼時の人間性が将軍頼義を凌ぎ、後半は援軍清原武則が表に出て、頼義の影が薄れ、人間像としては不統一の分裂・矛盾する結果となった。このように「文芸作品を生みだすのに充分な、創作動機をもっていながら、文芸的作品を生み出し得なかった」のは「創作過程に於いて、非文芸的な要素に制約され、作品がしだいに単なる記録的なものにされて行」ったからであり、それは国解を資料としたため、「国解の特殊な性質に無意識の内にしばられてしまい、自己の創作方法が方向づけを受けてしまった」からだとした。また、この論文では、『陸奥話記』の跋文のうち、特に「於衆口之話」の「於」の読みと解釈について独自の見解を示していることも注目される。後者論文では、前者の結論に加え、さらに『陸奥話記』と『今昔物語集』『扶桑略記』『百錬抄』の記事を比較、『今昔』以下が「将軍を中心として筋が展開する鎮定記の形式が保たれ」てはいるが、『陸奥話記』の持っている「いきいきとした人間同士のぶつかりあいのかもしだす迫力を失っている」とした。安部氏は頼義像に分裂・矛盾があり、それに対して安倍一族にむしろ「情調的に統一」されたものを認めている。頼義の征服記でありながら、「国解之文」に依拠したための限界と、「衆口之話」を集めたための不統一というマイナス面を持ちながら、作者の意図しなかった「血縁と地縁による統一体として描かれた安倍一族のもつ情調の一貫性が、『陸奥話記』に、文芸的な性格を附与することになった」という。『陸奥話記』の跋文に載る「国解之文」と「衆口之話」が作品としての不成功の原因となったという指摘は斬新なものであった。

小松氏は、その後、『陸奥話記』を単独で論じた「『陸奥話記』の虚構性」（「文芸研究」51、昭40・10）を発表する。この論文で、小松氏は『陸奥話記』とそれがもととした「国解」「太政官符」や当時の日記等の記述とを比較し、『陸奥話記』に見える「文芸意志」を探り出した。そして作者の態度を「単なる叛乱の鎮定記として記録するのではなく、一豪族の没落の運命を、その悲劇的生において捉え、安倍氏と官軍とをむしろ相抗する力として対当に取り扱っている」と評価し、『陸奥話記』の構想を「表面的には頼義軍の側における戦況の推移とその勝利として捉えられているが、主題はむしろそれを裏返しにした、安倍氏側の抗戦と敗北の運命を描くところにあった」のではないか、ときわめて積極的・肯定的評価を与えている。『将門記』との比較を中心にした前論文の消極的、やや否定的な評価とはかなりの差があるといえよう。

＊

昭和四十一年二月の梶原正昭氏「平家物語と将門記・陸奥話記」（「解釈と鑑賞」）は『陸奥話記』を、一、京都在住の貴族が事件を外側から描いており、「王朝的な伝統の中で生み出された」作品であること。二、〝口語り〟を媒介とするあらたな文芸的世界の展開に、大きく寄与した側面を持つこと。三、その背景として、これまで無視されていた武士が中央の貴族世界において大きな関心をもってとらえられるようになったこと。四、『将門記』が孤立しているのに対し、『陸奥話記』は軍記文学隆盛に結びつけて行く軌道を敷いたこと。以上の四点をこの作品の特色として上げている。この中で氏が最も重点を置いているのは、〝口語り〟である。「話記」としてのこの作品の特色をもっともよく示しているのは「衆口之話」であり、作者が貴族でありながらこの部分に武士の心情がよく投影されており、後の中世軍記文学への道が拓かれて行くことは疑うことができないという。〝いくさがたり〟を「衆口之話」として収めていったところにこの作品の文学的意義や文学史的価値を認めている点では、永積論の延長線上にあるものと思われる。

＊

鈴木則郎氏の「『将門記』と『陸奥話記』」（『日本文芸論稿』1）は昭和四十二年七月の発行だが、安部氏論に深く関連するものである。『陸奥話記』は鎮定記であり、主人公であるべき頼義像は確かに影が薄い。しかし、『陸奥話記』の世界を統一する契機は「将軍頼義に対する忠節という武士的倫理」であり、後半の「武則の英雄的な姿も、将軍頼義に対する忠節という武士的世界の倫理的契機に貫かれている」ので、安部氏が言うように前後で頼義像が分裂してはいない。都の貴族である作者が武士的倫理を描き得たのは「国解之文」「衆口之話」という素材自体に潜在していたのであろうとした。

『陸奥話記』に武士の倫理を見る論文が同じ年の十二月に、水原一氏によって発表される。「初期軍記の倫理」（『軍記と語り物』5）で、氏は『将門記』は「公」の意識が顕著であるのに対し、『陸奥話記』では「節」に置き換わったことを指摘する。「節」の意味は「倫理の語としての節義忠節の意をもつもの」で、「国家権力につながる奉公の心であり、直接には将軍の倫理」で、「公」から継承された「傭兵倫理」と規定する。また、『続本朝文選』に載る「頼義朝臣申伊予重任状」と『陸奥話記』の共通性の指摘は注目される。大胆な想像と断りながら、『陸奥話記』作者は、「この重任上奏文の執筆者と同人だったのではないか」との仮説を提出している。

三　校本の完成と作者論

『陸奥話記』研究史の期を画する仕事の一番に挙げるべきは、昭和四十一年三月に出版された笠栄治氏の『陸奥話記校本とその研究』（桜楓社刊）である。笠氏は諸本を第一類諸本、第二類諸本、第三類の三つに大別し、さらに一類諸本を第一種から三種に、二類諸本を第一種と二種に分類して、諸本の全容を明らかにした。さらに「校本編」では代表的な六異本の全文を対比、他の諸本との主な異同も注記する校本を掲げた。その後の研究のほとんどはこれに拠ることとなった。また、「研究編」の「陸奥話記について」では研究史に触れたあと、安部氏（前掲論文）の跋文の「於」の読みについて疑問を提出した。寛文二年刊本や尊経閣蔵（一）本等には「拾」となっており、「抄国解之文」の対句からも「於」ではなく「拾」が自然であろうとした。これに関わって「国解」の使用も直接的なものでなく、作品形成の中核になるものではないと安部氏に反論している。さらに、安部氏のいう頼義像の分裂という見方を否定、「人々は、頼義との関係において登場するのではなく、この戦乱という大局的立場において捕えられた人間像」であり、「奥州前九年の役という合戦を経として、種々の人間像が非連続的に存するのを緯に連ぎ一篇の物語に仕上げた」ものであるとして、人物でなく、合戦そのものを描いた作品と規定した。

笠氏に対する反論は、昭和四十二年十二月発行の「軍記と語り物」5号の安部氏「『将門記』と『陸奥話記』の構成」においてなされる。氏は笠氏の論を「文献学的観点」からのものとして、「一つの世界を文章で捉えさせた彼等のモチーフを無視することは、作品解釈を一面的なものにしてしまう恐れがある」といい、「作者の作品を作らねばやまなかった、創作意志」が問題の中心から外れてしまうことを批判した。また、安部氏は『陸奥話記』を積極的に評価した前述の小松氏論文も、「この作品を鎮定記としてとらえる立場」に立っていないことに起因すると、自己の立場との違いを明確に示した。同誌掲載の鈴木則郎氏「『将門記』における平将門の人物像」も、笠氏の説に「作者が頼義を鎮定記の立て役者としてなんとか浮かびあがらせようと努めている意図も見逃せない」と異を唱えている。

この後、笠氏からの再論は特になく、論争にまでは至らずに終わるのであるが、この作品の構成・モチーフ・人物造形、さらには跋文の解釈という、基本問題が数々提出されたのは収穫といえよう。安部氏等の文芸学的研究に一石を投じた笠氏の論は別にして、「校本」はその後の注釈を始め、『陸奥話記』の研究を押し進める原動力になったことは言うまでもなく、その功績は大である。

＊

一方、作者についても、昭和三十九年十一月、発表された大曾根章介氏「軍記物語と漢文学—陸奥話記を素材にして—」(『国文学』)以降、急速に進展する。大曾根論文は、戦後はほとんど取り上げられることのなかった昭和六年の山本論文(前述)を正面から取り上げ、山本氏が作者とした太政官の史生紀成任説に疑義を提出したものである。それだけでなく、作者がきわめて高度の漢文学の知識を有し、名文家でもあることを具体的分析を通して指摘、さらに「頼義や義家が智勇兼備の名将であることを物語る逸話は、事柄のありのままの描写といふよりは、作者の知識に基く虚構創作」であろうと多くの事例を列挙して論じた。そして「これだけ巧みに漢文学を駆使活用した作者の知識は高度なもの」で、「作者は太政官の史生などより遥かに学問のある」大江匡房クラスの学者であることを明らかにした。

笠氏も『陸奥話記校本とその研究』(昭41)において、作者について触れている。氏は記録類と『陸奥話記』の記事を比べてみると、中央の動きが書かれておらず、「山本賢三氏の推定—特に特定人をこれにあてることは今日の段階ではとても無理で、中央の国解を見得る人ではあったかも知れないが、或いは政治の動きにうとかった人」ではないか、とした。

さらに作者について、昭和四十四年三月、矢作武氏「陸奥話記の作者」(『軍記物とその周辺』早大出版会)が発表された。氏は『陸奥話記』の成立した時代相や文学的環境から、「作者は相当の学問教養のある、恐らくは文章生出身の中級官人であり、なおかつ東国問題に異常な関心と興味を抱き、特に出羽の豪族清原武則に対して好意を持っている者で、当時次第に経済力を持って摂関家や天皇家に近づいて来た、時代認識の確かな東国関係受領層の家系の者」と結論し、それにふさわしい人物として「橘則季」の名を挙げている。

因みに作者論は、矢作論文からさらに二十四年後の平成五年七月に、上野武氏が『陸奥話記』と藤原明衡―軍記物語と願文・奏状の代作者―」（「古代学研究」129）で藤原明衡作者説を打ち出している。作者について論じた歴史学者・国文学者計六名の説を紹介、その中で大曾根氏のいう「大江匡房」の可能性を否定、頼義のために明衡が「大般若経供養願文」を草していること、治暦元年の頼義奏状（『続本朝文粋』所収）・康平七年の義家奏状（『朝野群載』所収）が『陸奥話記』と共通の語句を有することの二点から、藤原明衡＝安倍氏供養願文の代作者＝頼義と義家の奏状の代作者＝『陸奥話記』作者とした。ただ、佐伯真一氏[3]も指摘するとおり、論拠が弱いと言わざるを得ない。

以上のように戦前の山本論文は三十年以上の歳月の後、大曾根氏を始め各氏により、多面的に検討されることとなったが、どれも定説にまでは至っていないのが現状であろう。

四　注釈の完成と研究の進展

昭和三十九年に加美氏が『陸奥話記』の遅れた研究状況として指摘した校本と注釈の不在の一方は、笠氏の努力により解決したが、もう一つの注釈が公にされたのは、昭和四十六年十二月から連載され始めた梶原正昭氏「『陸奥話記』註釈」（「古典遺産」23）である。翌年九月に第二回、翌々年六月に第三回が同誌に掲載され、後に現代思潮社刊『陸奥話記』（古典文庫、昭56）として完成する。なお、梶原氏は注釈活動の中、昭和四十八年十月に「前期軍記物語」（「文学・語学」69）を発表、それまでの研究史の概観を行っており、さらに『古事談』の後藤内則明の〝いくさ語り〟に触れ、「このような〝いくさ語り〟の流行が、一面では『陸奥話記』の作者の創作意欲を刺激するとともに、一面ではその受容を支えていた」との指摘を行っている。

注釈の二番目は、昭和五十二年六月、吉田秀明氏が前年雑誌「篆」に発表した「私註版陸奥話記」に加筆して、『現代語訳　陸奥話記』(孔版)を公刊したことである。本文・校異・語註から成る「校註篇」・「訓読篇」と「現代語訳篇」から構成され、校異は刈谷図書館(村上文庫本)と西尾市立図書館(岩瀬文庫)の蔵本で行い、訓読も岩瀬文庫本の読みを採用している。かなり自由な現代語訳を施しているところに特色がある。

翌五十三年三月には大曾根章介氏校注の『陸奥話記』が思想大系『古代政治社会思想』に収められた。底本に伝本の中でも特色のある尊経閣文庫本(貞享元年写)を用い、訓読では古辞書の読みを採り入れているところに特色があり、漢籍の出典等の頭注・補注も詳細である。五十六年には前述の梶原氏による古典文庫『陸奥話記』が出版され、国会図書館本(明和七年写)を底本に、頭注と詳細をきわめる補注を付し、校異・『陸奥話記』典語故事一覧・史料、さらに参考として『陸奥前度合戦画巻残闕詞書』・『前九年合戦之事』『金沢安倍軍記』その他多くの説話を網羅した、文字通り『陸奥話記』資料集を刊行した。これによって『陸奥話記』研究の基礎資料はすべて出揃った観がある。

＊

昭和四十年代終りから五十年代前半は、『陸奥話記』研究が活況を呈した時期であったといえよう。四十九年三月の佐々木博康氏「『孫子』と『陸奥話記』」(「岩手史学研究」59)は、「『陸奥話記』の著作にあたっては、それほど数多くの漢籍を参考にしたのではなく戦闘・兵に関連した書を中心とした」ものと考え、それを『孫子』としたが、やや論証の根拠が弱い。五十一年二月には蟹江秀明氏「初期軍記物語―特に陸奥話記と源威集との関連において―」(「東海大学紀要」24)が出た。蟹江論文は、室町期に成立した『源威集』は『陸奥話記』を大幅に使っており、それは「もっぱら源氏の威勢を八幡大菩薩を中心とした神仏信仰の因果や秘事に求めたことにより、武将達は次第に神格化され、あるいは象徴化され、ある時には美化され」て行くものであったと指摘、それに対し典拠となった『陸奥話記』は「事件を客観的にとらえ、それを叙事的に描出する姿勢の中に、軍記物語の本質を内包している」とした。『陸奥話記』の影響・享受に関わるものとしては最初の論文といえよう。同じ五十一年には安部元雄氏が『軍記物の原像とその展開』（桜楓社刊）を上梓し、前述二編の『陸奥話記』関係論文の他、新たに「軍記の原像とその様式―『将門記』と『陸奥話記』の成立事情を観点として―」を書き下ろした。そこで安部氏は資料の発信者・収集者・作者の三層からの分析を試み、『陸奥話記』は『将門記』よりも文学的には劣るものの、「歴史解説者を虚構するという、文芸史的には画期的なテクニックを開発」し、歴史の語り手の先駆をなしたと結論した。五十三年三月の篠原昭二氏「初期軍記・王朝説話文学と中世軍記」（『講座日本文学平家物語』上、至文堂刊）は、『陸奥話記』が「武者的なあり方を終始肯定的に把握したことは重視されるべきである」とし、頼義配下の武士達の人間像は「単に戦場の諸相を具体化するだけではなくて、武者を、武芸という職掌上の特殊性以上に、他の階層の者から際立って特徴づける仲間内の連帯感の緊密性、あるいは、そのために死をも賭す特殊な倫理感を明確に浮び上がらせているところに」意義を認めた。武士達の「氏名の提出以上の意味を持たされていない」記事などから、この作品は「参加した軍士の勲功を述べ、朝廷による功課に備えるものにほかならない」と注目すべき論を展開している。

五　漢文学からのアプローチ

昭和五十四・五年と続けて発表された柳瀬喜代志氏の二編の論文も新境地を拓くものである。「『陸奥話記』述作の方法―「衆口之話」をめぐって―」（「日本文学」昭54・6）は『陸奥話記』の跋文にある「衆口之話」は、「いくさ語り、あるいはそれをめぐる都士人の物語にのみ限定してよいか」と疑問を提出、頼義や安倍氏についての「都の人々の間に醸成されたみかた、世評」を含めるべきだとした。義家がその射芸に驚嘆した賊兵から「八幡太郎」と呼ばれた話は、『漢書』の李広伝や『後漢書』の馮異列伝の同様な故事によって虚構されたもので、これらの故事をよく知る「京都の知識人、作者には、東国辺境の賊兵が称した号と見做すことによって、初めて義家の騎射強弓を認識し語り得る」のである。このように「作者の漢才によって、いくさ語りや、頼義らについて知られていた消息を潤色虚構」し、さらに「国解之文」と朝廷側の記録を点綴することで客観的に描こうとする。それは作者が「公の記録によって実像とは異なる頼義像を構成しよう」としたものにほかならず、「巻末注記（跋文）も、結句、「国解之文」と「衆口之話」を題材とし、作者の意図する主題を表現する為に潤筆虚構したことを韜晦する巧智な表現である」と見る。柳瀬氏は『陸奥話記』作者に『長恨歌伝』や『藤原保則伝』に共通する「実話は世間に流伝する真実話となりえない。潤筆虚構を加えて初めて世間に真実話として迎えられる。だから実話を作品（真実話）化して世に伝えることは文才を得て文筆を事とする者の義務」とする考えがあり、「巻末注記」も『長恨歌伝』の巻末文同様、「主題表現のために曲筆虚構して形象した「真実」を史実と擬装することば」とする。続く「『陸奥話記』論―「国解之文」をめぐって―」（「早大教育学部学術研究」29、昭55・12）で、『陸奥話記』が国解をそのまま引用している黄海の戦いの場面でも、作者が挿入した部分があると指摘する。それはあまり意味のない修辞だけのものであったり、「典故に藻飾された雅語を点綴する駢儷文体」であったりするが、実際の戦闘を描写したものでなく、漢籍の故事に擬した創作であり、頼義らの名将群像を形象するという作者の創作意図に基づくものであると論じた。「国解之文」については、前述のように安部氏が別の角度から分析しているが、「衆口之話」は永積氏以来、『陸奥話記』の文学性を支えるもの、口承説話との関連から軍記の系列にこの作品を加える重要な要素としてほとんど検証されることなく認められていたものであった。柳瀬論文はその再検討を迫ったものとして重要である。

柳瀬氏はさらにその後、昭和六十年六月に「感応譚と霊験譚―陸奥話記の「耿恭拝井」故事受容をめぐって―」（「中国詩文論叢」4）を発表し、『陸奥話記』が「実際に戦いなり、武士の動態なりを目睹しない都士人の構想になった著述である点で、後の「軍記もの」とは異質な「軍記」とならざるを得な」かったとして、子孫のために命を懸けるなど武士の行動・倫理も、「奉公持節」という皇室を中心として秩序をたてる作者の道徳的解釈によって武士の主従関係は美化されたといい、『陸奥話記』は軍記といっても、その戦いとは無縁な朝廷にいる人物によって著述されたもので、頼義の武功を語るには自ずから想像力に限界があり、漢籍の武将を介して理解したのであったと説く。『陸奥話記』の評価の中に、文学的には低次であるが、その後の軍記文学の先駆けとしての価値を認める論があるが、それにも一石を投じている点は見逃してならない。

昭和五十六年五月の大曾根章介氏「語り物―将門記・陸奥話記を中心にして」（「解釈と鑑賞」）は柳瀬氏の論を踏まえ、『陸奥話記』の「いくさがたりが忠実な記録や衆口の話だけに基づいたものではなく、漢籍によって潤色虚構されたもの」とし、ただし「その文章が格調ある漢文で終始し、古典の詞句を鏤めた対句によって整備され、漢籍の常套的表現によって修飾されていることが、文学作品としての魅力を減ずる因になっている」とその文学表現の限界を指摘している。翌五十七年十二月の飯田勇氏「「陸奥話記」における虚構の方法―記録から物語へ―」（「研究と資料」8）は、『陸奥話記』の叙述視点の検討から、この「作者が官軍賊軍を問わず、かなり平等に「人情のドラマ」を中心に据えて、その個々人に自ら語らせる方法によってリアルに前九年役にまつわる話を描こうとした」と結論づけた。

六　研究の現状

昭和四十年代後半から五十年代中頃にかけては、『陸奥話記』研究史上、最も華やかな時代であり、多方面からの進展・深化があった時期といえよう。それ以降は残念ながら集中的に『陸奥話記』が論じられることはなく、個別的・間断的に論文が発表されて現在に至っている。

昭和六十二年十二月、笹川祥生氏「軍記のなかの地方」（「日本学」10）は、初期軍記と後期軍記の両方を論じたものであるが、この作品を鎮定記・追討記とし、頼義・義家父子が英雄になり得ていないことをもってして文学的未成熟を云々することに異を唱える。『陸奥話記』には、一度の失敗もなく自信に満ちた清原武則と、力戦しながらも破局に向かう安倍兄弟との、奥六郡の覇者の座をかけた戦いが描かれているのであり、地方の争乱が「地方の論理によって戦われるものだ、ということに、作者が気付いた、いいかえれば、地方の視点で戦いを捉えた、最初の作品であった」と、従来とは全く異なった新しい見方を示した。

翌年十二月の鈴木則郎氏「『陸奥話記』―鎮定者の理論―」（「解釈と鑑賞」）は、笹川論文とは正反対の立場からのものである。しかし、笹川論文を意識したものではないようである。鈴木氏は、『陸奥話記』には安倍氏の「反逆的行為と驕奢性とが強調され、そのために公の側から追討軍が差し向けられるに至ったと紹介」しているのであるから、この作品は「最初から公賊の意識を持ち込み、安倍氏を賊徒として定位しようと意図したのは確実である」とする。それにも拘わらず、賊徒頼時の父性愛を描いているのは、「公賊の区別なく、しかもいろいろなレベルの多様な倫理的契機に向けられた作者の関心」のせいであり、この作品の「おもしろさ」は「諸種の材料に内在するさまざまな人性美を、公賊の対立の構図を越えてみごとに把握できた作者の関心の強さと感性のするどさにかかわる」ものと積極的、肯定的な作品評価を与えた。氏はその後、平成六年一月「軍記物」における公賊の観念と私の立場─初期軍記を例として─」(『日本文学の潮流』おうふう刊)でも、『陸奥話記』の作者は「公の側からの追討記」を意図したが、「公賊の観念を超えて作者の琴線におのずと触れ得た賊徒安倍氏側の人々の多様な人性美、情動性の強いさまざまな倫理的契機に対しても深い関心を示さざるを得なかった」ところに、この作品の重要な文芸的意義があるとしている。

平成元年一月の「国文学」の小特集「語りの発生」に寄せられた兵藤裕己氏「文字と伝承─『陸奥話記』の王国幻想」は、古く「日高見国」と呼ばれていた奥六郡の「俘囚」のあいだでは、かつて何度も遠征軍と戦った「父祖の記憶が数世代をへだてて語りつがれていた」ろうとし、「安倍氏をしてあえて反乱に駆り立てたのも、かれらの伝承したヒダカミ王国の物語だったろうか」という。そして「安倍氏滅亡後の北上一帯に生起したであろう物語りは、かれらのヒダカミ王国の幻想とともに、ついに畿内＝中央の文字世界と出会うことがない」と論じている。

平成二年三月の山下宏明氏「いくさ物語表現史(二)─陸奥話記の叙法─」(「名古屋大学文学部研究論集・文学」36)は『古事記』『日本書紀』から近松の『薩摩守忠度』まで「いくさ物語表現史」として六回にわたって掲載され、後に『いくさ物語の語りと批評』(世界思潮社刊、平9)としてまとめられたものの一部である。山下氏は『陸奥話記』を七つの章段に分け、「作中人物として筋に不在の語り手」で、時に「全知視点」を持ち、「義家の動きに共感を示し」、「物語の立つところ、視点は、中央、京都にある」こと、文体も「公式記録者としての立場」を表していること、後半になると「登場人物の思いに立ち入る、内在的視点の叙法」も見られることなど、『陸奥話記』の筋に従って、氏の「読み」が展開されている。

さらに平成六年三月には、大津雄一氏「『陸奥話記』あるいは〈悲劇の英雄〉について」(「古典遺産」44)が発表された。この論文は氏のテーマの一つでもある「王権への反逆者の物語」論を『陸奥話記』に検証しようとしたものといえよう。『陸奥話記』の文学性の低さは〈悲劇の英雄〉の不在によるものであり、永積氏以来の研究で「『陸奥話記』にかかわる言説が、あるいはその欠如の原因を探り、あるいはその代替物を捜し求めることによって、等しく〈悲劇の英雄〉の不在について語り続けてきた」として、〈悲劇の英雄〉がこの物語に果たす機能の解明を試み、「軍記物語」論に及ぶ。

佐伯真一氏が平成九年十一月に発表した「「朝敵」以前—軍記物語における〈征夷〉と〈謀叛〉—」（「国語と国文学」）は、『陸奥話記』のみを論じたものではないが、注目すべき指摘をしている。『陸奥話記』は「まさに〈征夷〉の伝統の上に立った、辺境の将軍の物語を骨格とする」〈征夷〉の書であるが、「〈征夷〉の骨格の中に、従来見られなかった夷への共感を含む描写が多く流入している」のは、「一つには敵が既に異民族ではなく、同種の人間と捉えられたこと」によっている。「反逆者・敗者を描く密度を測定するような視点から、『将門記』より後退したと見られがちな『陸奥話記』だが、〈征夷〉の伝統の中で見れば、むしろ、安倍氏の側をここまで描き得たことに、大きな進展・変化が認められる」とした。

七　いくさ語りの問題

前述したとおり、梶原正昭氏は「平家物語と将門記・陸奥話記」（「解釈と鑑賞」昭41・3）において『陸奥話記』の特色を四点あげているが、その中で氏が最も重点を置いているのは〝口語り〟の問題である。それは昭和五十七年の古典文庫『陸奥話記』の「陸奥話記　解説」に引き継がれる。「公的な「国解之文」ばかりでなく、本書がこの争乱に関わった人々の体験談や目撃談ともいうべき「衆口之話」を意識的にとり入れて、その叙述の大きなよりどころにしたということは、きわめて注目すべきこと」で、「ことさらに「話記」と「話」の字を加えて呼ばれているのもそのため」で、「口語り的なもののとり入れは、その後の軍記の文芸的な展開に資するところが少なくなかった」と言い、本書が「衆口之話」を多く採り入れたのは、「そうした〝いくさ語り〟の語られる基盤が、当時の都の中にあったことを想像させる」として、『古事談』の後藤内則明の例をあげる。

　前九年の合戦に参加した後藤内則明が晩年に白河院の前で〝合戦ノモノガタリ〟をした『古事談』の説話は有名であるが、「衆口之話」の具体例であり、早くから注目されていた。この後藤内の話に出る「アイタノ城」（『十訓抄』等他の説話集・軍記は多く「秋田の城」）について、水原一氏はこれを天喜五年の黄海の戦いのこととし、頼義が秋田城へ進軍する不自然さを、多賀国府が実質上鎮守府であり、胆沢鎮守府との間にあった柵を「間《あいだ》の城」と称したのではないか、つまり多賀城を出発し胆沢との「間」の城に向かったものと推定した（『延慶本平家物語論考』加藤中道館刊、昭54）。これを受けて横井孝氏は「古事談「アイタノ城」考」（「駒沢国文」17、昭55・3）で、実際に存在する地名「迫《はざま》」→間《はざま》→間《あいだ》→アイタノ城→秋田城と転訛したものとの仮説を立てた。これに対し、栃木孝惟氏は「「軍語り」の魅力―語られる風景について―」（「解釈と鑑賞」昭63・12）において、多賀国府を鎮守府と称したか、いずれの間かを明示しない「間《あいだ》の城」というような表現を用いるものか等の疑問を提出、『古事談』の記述通り、頼義が胆沢鎮守府を出発、秋田城に到着したことを物語り、「天喜五年十一月の黄海の合戦よりは以前のことで、『陸奥話記』にはついに語られることのなかった奥州十二年の合戦の一局面」ではなかったかとする。

　『古事談』を始め諸書に見える前九年合戦にまつわる話を体系的に論じたものが、梶原正昭氏「合戦伝承・武士説話の展開―後藤内則明のいくさ語りを手がかりとして―」（『雨海博洋氏頌寿論文集』勉誠社刊、平7）である。『陸奥話記』は後藤内則明のいくさ語りに見られるような体験談や見聞談、つまり「衆口之話」をもとに作り出された。こうして出来上がった『陸奥話記』の内容がまた説話化され、独自な展開を見せたとする。『梅松論』に出る《七》という数字が源氏の吉数となった話、『義経記』に見る貞任巨人化の話などは、前九年の合戦をめぐる「いくさ語り」が「時代が下り語り継がれて行くうちに次第に変容し、もとのかたちが見失われ」たものと論じている。

一方、信太周氏は後藤内則明の「いくさ語り」の存在そのものに疑問を持つ。「いくさがたりと平家物語―古事談の記事検討を中心に―」（『説話文学論集』大修館刊、昭56）において、信太氏は「後藤内則明に見るような実践参加者によるいくさがたりの存在、そしてそれ等が物語にそのまま採録されるというような想定はけっして自明のことではない」という。

八　歴史学の成果

最後に歴史関係の業績にも少し触れておく。戦後の前九年の合戦研究に大きな影響を与えたのは、三宅長兵衛氏「「前九年の役」再検討―安倍頼時反乱説をめぐって―」（「日本史研究」昭34・7）であるが、これを始め、昭和三十年代の歴史論文については前述の加美氏研究史(4)が詳しい。その後、高橋富雄氏・新野直吉氏・荘司浩氏・高橋崇氏等(5)によって次々と論文・著書が発表されているが、多くは前九年の合戦についての史実や歴史的意義の検討、あるいは『陸奥話記』の信憑性の検証であった。その中で、特に『陸奥話記』研究に関連深いものは高橋崇氏『蝦夷の末裔―前九年・後三年の役の実像―』（中公新書、平3）であろう。この中で、高橋氏は群書類従本と尊経閣文庫本を比較対照し、同一の作者による二種の『陸奥話記』があったのではないか、一つは「原・陸奥話記」で「奥州合戦記」といわれ、もう一つはそれに手を加えた「修正完成本」ができ、『陸奥話記』と改名されたのではないかとの注目すべき発言をしている。さらに『陸奥話記』全体を綿密に検証、個々の記事・記述が抱える問題点、疑問点を列挙する。今後の『陸奥話記』研究はこの仕事を無視しては進まないであろう。また、前九年の合戦の地元でもあることからか、『陸奥話記』関係論文の掲載が多いのが「岩手史学研究」（岩手史学会）である。比較的最近のものでも平成四年一月の七十五号には佐々木博康氏「『陸奥話記』にみえる八幡三所について」・伊藤博幸氏「「六箇郡之司」権に関する基礎的研究」、七十七号（平6・2）には佐々木博康氏「『陸奥話記』所見の語句について」等がある。この内、伊藤氏論文では群書類従本と尊経閣文庫本との冒頭部分の比較から、「『今昔物語集』や「尊経閣」本が『話記』流布本とは異なる、「二つの原本」の系譜上にあることを示すものであり、換言すれば、より原本に近い体裁であることを再確認できる」とし、「「類従」本はその後の書写の過程における本文校訂の際、増補などが行われたものと解される」と、高橋著書とは別に『陸奥話記』原本の問題を提議している。資料の紹介も、庄司浩氏「文化庁本『前九年合戦絵巻』について」（「古代文化」昭53・7）、奥野中彦氏「前九年の役の未紹介史料—狩野本『前九年合戦之事』の紹介と翻刻—」（「国士舘史学」1、平5・5）などがある。

むすび

『陸奥話記』研究の基本資料は昭和五十年代中頃には、ほぼ出揃ったのであるが、その「文学性」の低さのゆえか、研究はその後必ずしも進展しているとは思えない。それだけに残された課題は多い。まず、文学性をどのように判定認識するかという文学研究の本質に関わる問題も深められなければならないであろうが、それと同時に、漢文学研究者の鋭い分析でかなりの部分が明らかになってきたが、作者[6]の創作の方法と意図、創作の動機等に関するものもまだ充分解明されたわけではない。また、『陸奥話記』の文学史位置づけに関わる跋文の「国解之文」と「衆口之話」をめぐっても多くの問題が残されている。「いくさ語り」と「衆口之話」の関連なども論議が尽くされているわけでない。史料性の確認から原態の追求はむしろ歴史学のほうが盛んに行われているが、国文学からの発言も待たれる。享受に関しては僅かに『源威集』に言及したものがある程度であるが、『前九年合戦之事』や『前九年合戦絵巻』等についてはまだ手つかずの状態である。等々、『陸奥話記』研究の課題は多い。

注

(1) 五十嵐力氏『戦記文学』(昭16)、冨倉徳次郎氏『日本戦記文学』(昭16)、佐々木八郎氏『中世戦記文学』(昭18)。
(2) 永積氏「「軍記もの」の構造と展開」(「国語と国文学」昭35・4)も基本的には同趣旨である。
(3) 佐伯真一氏「「朝敵」以前—軍記物語における〈征夷〉と〈謀反〉」(「国語と国文学」平9・3)
(4) 加美宏氏「陸奥話記論稿(一)—研究史の展望—」(「古典遺産」13、昭39・5)
(5) 各氏の代表的著作を掲げる。高橋富雄氏『平泉の世紀—古代と中世の間—』(NHKブックス、平11)・新野直吉氏『古代東北の覇者』(中公新書、昭49)・荘司浩氏『辺境の争乱』(教育社刊、昭52)・高橋崇氏『蝦夷の末裔』(中公新書、平3)等。
(6) 作者について、梶原氏は「『陸奥話記』研究の現状では、基本的な本文研究や文献批判がまだ充分ではなく特定の作者名を名指しするのには躊躇を感ずる」(「文学・語学」69、昭48)といっているが、それは現在においても基本的には変わっていないと思われる。

『陸奥話記』作者の考察

――敗者へのまなざし――

高山利弘

はじめに

文学作品の作者をめぐる考察がその作品の特質を明らかにすることに連動し、相互に不可分の問題であることは言を俟たない。軍記文学の場合、多種多様な異本をかかえ、多くの人々の手に掛かってさまざまに流動した後期軍記物語について、その作者を特定することは困難をきわめるといわねばならないが、内容上の極端な相違が見られる異本を有さない初期軍記においても、『将門記』に比べ、『陸奥話記』は、これまで作品自体の十分な研究の蓄積がなされてきたとはいえず、そのために作者をめぐる考察が阻まれてきたという点に、この作品の一つの不幸があったというべきであろう。さらには、そのような研究動向を反映してか、近年、この作品の研究状況が紹介される機会までもが失われつつあるといわねばならない。

加美宏氏は「陸奥話記論考――研究史の展望――」(『古典遺産』13　昭和39・5)において、『陸奥話記』をめぐる基礎的な諸問題、とりわけ諸本の校合、注釈、成立と作者の研究、文学史的位置づけの問題などが立ち遅れていると指摘されている。この論文は、はじめて『陸奥話記』の研究史を総合的に整理されたものであるといえるが、そこでの問題提起は今でもなお有効であり、近代の『陸奥話記』研究の起点としての意義を有しているといえるだろう。

その後、笠栄治氏による『陸奥話記』校本が作成され（『陸奥話記校本とその研究』昭和41・3）、次いで岩波思想大系『古代政治社会思想』（昭和54・5）に収められた大曽根章介氏による本文と注釈、さらには梶原正昭氏による注釈（『古典文庫　陸奥話記』昭和57・12）が上梓されるに至ったが、加美氏の指摘から三十数年という時を経た現在においても、『陸奥話記』研究は、ようやくその基盤が整えられた状況であるにすぎない。

このような状況のもと、作者をめぐる研究は、明確な個人を作者として特定するまでには至っていないものの、徐々にではあるが進展を見せてきているようである。まずは管見の範囲で作者をめぐる研究史を瞥見したい。

一

周知のように『陸奥話記』末尾には、

今国解の文を抄し、衆口の話を拾ひて、之を一巻に注す。少生但し千里の外たるを以て、定めて多く之を紕謬せん。実を知る者之を正さんのみ。(1)

という一文があり、これが『陸奥話記』作者を解明する手懸かりとされてきた。

古く戦前に発表された山本賢三氏「陸奥話記の作者及び著作の年代」（「歴史と国文学」5―3、昭和6・9）は、『陸奥話記』作者論の嚆矢として位置づけられる論考である。山本氏は、この末尾の一文に作者名および著述が明記されていない点については、史実の公平を期するという観点から、追討軍の源氏にとって不面目なことも、朝敵たる安部氏にとって都合のよいことも、直筆的に書いたことによる周囲からの非難を恐れたためと見る。そして、作者の名を秘したことによる、作品としての信用失墜を避けるために、末尾の一文において、この作品の著述の方法を明記したのだとする。具体的な作者像としては、

・『陸奥話記』に利用された国解の文を自由に見る便宜を持っている太政官や兵部省あたりの史生あるいは大史・少史というような地位にあった者

・引用されている故事は『漢書』によっているが、さほどの名文とも思われず、名ある大学者の文章には見えないこと

・内容が具体的で地理が正確であることから、実際に現地に赴いた人物と思われること

などの点から、『扶桑略記』天喜五年八月十日の条に見える、奥州の合戦に際し、兵糧を補充すべき官符を東山道・東海道の諸国に下すことが決定されたとする記述に続く一文、

又、下㆓遣官使太政官史生紀成任、左弁官史生惟宗・資行等㆒。

という、中央官人が奥州の戦地へ派遣されたとおぼしき記事をふまえて、ここに名が見える紀成任なる人物である可能性を示している。

戦後、永積安明氏（「「軍記もの」の展望」昭和30・11『中世文学の展望』所収）も、末尾の一文から、この作品は「国解の文」を利用しうる中央の官僚組織の中に身を置いた者の手によって成されたものであり、このことは『陸奥話記』の文章が正格の漢文体であることからも動かしがたいと述べられた。この点、名文とは言い難いとする山本論文とは異なった見解が示されており、さらに具体的な人物を作者に擬することも避けられている。

この永積論文では、山本論文が特に言及しなかった「衆口の話」、すなわち動乱の参加者による戦場での口語りや合戦をめぐって口誦された都市人の物語に着目している点に特徴がある。すなわち、この作品が「衆口の話」を持ち込んだことによって「軍記もの」としての文学的生命をかちとりえたと評価し、この作品の文学史意義が明らかにされ

たわけである。また永積氏は、後年の「「軍記もの」の構造とその展開」（昭和35・4『中世文学の成立』所収）の論考において、作者は官製文書である「国解の文」によって事件の顚末を展望しつつ、同時に「衆口の話」によって事件の内容を充足したととらえ、「国解の文」を主、「衆口の話」を従とする作者の立場を示されている。

「国解の文」および「衆口の話」が、どのような形で作品世界を構築しているのかという問題はあるものの、『陸奥話記』作者は、性格の異なった素材である「国解の文」および「衆口の話」を手にしうる立場にある人物であることは確かであり、作品末尾の「少生但し千里の外たるを以て」すなわち〈自分は奥州から千里離れた場所にいる〉とする作者の言葉を信ずるならば、奥州からは遠く離れ、かつ具体的な作品の素材である「国解の文」を目にすることが可能な人物として、中央官人に作者としての条件を求めることは、まずは妥当な想定といえよう。

作者が中央の官人であるとする時、次には作者としての資質が問題となってくるが、笠栄治氏は『陸奥話記校本とその研究』（昭和41・3）において、『陸奥話記』全体の本文批判をふまえつつ、この問題に一石を投じられている。笠氏は、中央の記録に拠ったとおぼしき『扶桑略記』天喜五年八月十日の条の記事や『百錬抄』天喜四年十二月十七日および二十九日の条に見える記事内容が、『陸奥話記』には反映されていないこと、また『陸奥話記』末尾近くの康平六年二月十六日とする記事内容には文意の通じない箇所があり、それは『扶桑略記』同日の条によって補正しうることから、作者が「国解の文」を見ることのできる立場にあったとしても、そのような立場が生かしきれておらず、政治の動きに疎い人物であった可能性を示されている。ただし、現存『陸奥話記』に見える文意不通の箇所は、作品成立以後の本文混乱に起因している可能性もあるため、それをそのまま作者の資質の問題へと関連づけることには慎重を要するといえようが、末尾の一文における、〈国解の文を抄する〉ことと〈衆口の話を拾う〉こととは同格と考えるべきであることを指摘された。具体的な作者像を提示した山本論文が〈衆口の話を拾う〉ことに言及せずに、「国解の文」を見得る立場であることのみを重視していること、また永積氏の「国解の文」を中心と見、「衆口の話」によって補充したとする立論への批判となっている。

一方、山本氏の、『陸奥話記』の漢文表現は名文とはいえず、名のある学者の文章には見えないとする指摘に関しては、前述のように永積氏によって、正格な漢文体であることが指摘されているが、野村八良氏も『群書解題』（昭和35・12）において、能文の人の筆らしく、名門の漢文家であろうとする対照的な見解を示された。さらに大曽根章介氏は「軍記物語と漢文学——陸奥話記を素材にして——」（「国文学」9—14　昭和39・11）において、「作者は相当高度の学問があり、文章も優れている」とされ、『漢書』に限らず、『後漢書』『宋史』『史記』『論語』『文選』『荘子』などに依拠すると思われる箇所を例示し、作者は頼義や義家像をそれらの漢籍によって造型したであろうこと、また、兵書の影響も大きいとし、その漢文の素養は並々ならぬものであることを、具体的な事例によって示された。そして「無稽な推論」と断りつつも、大江匡房のような文章道を学んだ学者を作者に擬したい旨を述べられた。

また、矢作武氏は「陸奥話記の作者」（『軍記物とその周辺』所収　昭和44・5）において、『陸奥話記』の表現が中国の唐代・五代の変文との類似を示唆された川口久雄氏の指摘(2)を踏まえつつ、『陸奥話記』成立の頃に中国との交易が盛んであったことから、中国の俗文学の影響を示唆されている。平安後期の東国国司が特定の家系で占められていくことは、唐代末期の辺境の刺史・節度使に土着の豪族が代々任じられていることと類似し、戦乱後、清原氏一族が奥州を実質的に支配したことと符合しているとされる。

そのような状況をふまえるとき、『陸奥話記』においては、物語半ばあたりの天喜五年七月、将軍頼義側へ清原武則が参戦して以後の部分においては、漢籍の用いられ方が著しく、それ以前の部分とは異質であることから、作者は清原武則に好意を持っている者であること、時代認識の確かな東国関係受領層の家系ではないかと推測された。さらに、『陸奥話記』作者は、国司の惨敗や怠慢ぶりなどを描いていることから、国司の立場にある者ではないと思われること、「相当に学問のある、恐らくは文章生出身の中級官人であり、東国に異常な関心と興味を持っている者」と見、牽強付会と断りつつも橘則季の名を挙げられた。清少納言の孫にあたること、陸奥守を輩出している家系であること、清原氏とも血縁であること、進士であり式部丞に至っていることなどが、作者の条件に適うという。さらには『陸奥話記』が康平六年二月二十五日の、頼義以下追討軍の論功行賞の記事をもって閉じられ、翌年三月の都への凱旋と降人となった安倍宗任等の処置について言及していない点についても、橘則季は康平六年六月に死去しているために、知り得なかったためであろうとする。

その後、『陸奥話記』作者像についての具体的な言及は見られないが、近年では鈴木則郎氏が、「『陸奥話記』――鎮定者の論理――」（「国文学解釈と鑑賞」53―13　昭和63・12）において、『陸奥話記』の世界を明らかにする場合でも作者とのかかわりが重要な問題とならざるを得ないが、それは作者の固有名詞を特定することを必ずしも意味しない。それよりは、むしろ作品独自の文芸的な特質、あるいは世界構造を見極めるための視座としての作者の執筆意図、ないし素材把握の意識等の問題として捉えられるべきである。

という見解を示された。当初、作者は『陸奥話記』世界の統一化をはかる主導的人物として頼義を中心に据えていたはずだが、戦乱の発端である阿久利河事件において、頼義の独善的な行動が描かれ、そのマイナスイメージによって、頼義を主導的人物とする作者の意図は空洞化していると見る。そして『陸奥話記』世界の統一は、多くの部下達による頼義への忠節という観念によって果たされているとする。

二

このように、末尾の一文が示す『陸奥話記』作者としての三条件——①国解を見ることができ、②衆口の話を採録しうる、③都の人間であること——の枠の中で、作者像が論じられてきているが、『陸奥話記』の場合、作者自身の言葉によるとおぼしき手懸かりが存在するとはいうものの、作者を特定することが困難である点は、他の軍記物語諸作品の場合と同様であろう。

これまで、いくたびか作者候補の名が挙げられつつも、そこからなかなか作者論の進展が見られないのは、作者を特定することの限界を示しているといえるかもしれない。その点、鈴木論文が示すように、具体的な作者名の特定を留保することは、従来の作者論から一歩後退しているようにも映るが、『陸奥話記』の作品としての構造が、必ずしも作者本来の意図を体現しているとはいえないという点が示されたことにされたことによって、従来、作者像が身を置いていたであろう状況や外的な条件を手がかりとして『陸奥話記』作者を特定することに先立ち、まず作品としての構造をふまえる必要があろう。そのような観点から、小稿では作者による敗者への視点に注目して、ささやかな考察を試みたい。

＊

『陸奥話記』は、その冒頭、奥州六箇郡を支配する安部頼良の紹介をもって始まる。

六箇郡の司に安倍頼良といふ者あり。是れ同忠良が子なり。父祖忠頼は、東夷の酋長なり。威名大いに振ひ、部落皆服す。六郡に横行し、人民を劫略す。子孫尤も滋蔓せり。漸く衣川の外に出て、賦貢を輸《いた》さず、徭役を勤むることなし。

朝家に従わず、永承年間の陸奥守藤原登任との戦いに勝利し、まさしく追討されるべき「東夷」として登場する。しかし、都においては追討将軍として源頼義が選任され、奥州に着任するにおよんで、安部頼良は頼時と改名、将軍頼義に「身を委ねて帰服」することとなる。

ところが天喜四年（一〇五六）、権守藤原光貞らの一行が殺傷されるという、いわゆる「阿久利河の事件」が生じる。将軍頼義は頼時の子息である貞任に嫌疑をかけ、処罰せんとしたことから、頼時は将軍頼義への恭順の姿勢を一転させる。

頼時、其の子姪《してつ》に語りて曰く、「人倫の世に在るは、皆妻子の為なり。貞任愚なりと雖も、父子の愛棄て忘るゝ事能はず。一旦誅に伏せば、吾れ何ぞ忍びんや。如かじ関を閉ぢて聴かずして、来攻を甘んぜんには。況んや吾が衆も亦拒《ふせ》ぎ戦ふに足れり。未だ以て憂となさじ。縦ひ戦に利あらずとも、吾儕《わなみ》等しく死すること、また可ならずや」と。

阿久利河事件における我が子貞任の無実を確信し、この事件をめぐって不当な嫌疑を受けたことに対して、〈肉親への愛情〉を重んじるという正当な根拠を示して、一族としての敵対を決意する頼時は、正義を貫こうとする人間としての魅力を湛えているといえるであろう。それとともに、この頼時の言葉は、以後数年余りにもおよぶ奥州の戦乱のきっかけをなし、さらに末尾の一文は安倍氏敗北という物語としての結末をも暗示しているともいえるだろう。後代の軍記物語の世界を踏まえるならば、ここに描かれている頼時の言動は、一編の人間のドラマの発端として、まことに魅力的な話題といわねばならない。

しかしその一方で、このような頼時像は、冒頭部で紹介されている「六郡に横行」し、「人民を劫略」した「東夷」として、本来的に朝家に敵対する立場の人物として登場している頼時像とはかなりの落差があることも事実である。『陸奥話記』を、朝家に敵対した安倍氏の追討の記ととらえるならば、頼時はあくまでも朝家に敵対する「東夷」と見なされねばならないだろう。しかしながら、『陸奥話記』作者は、頼時の言動をめぐって、〈肉親への愛情〉という行動の根拠を示すことによって、人間としての頼時にまなざしを向けているようである。

このことは、頼時とは対極的な位置にいる将軍頼義の側からも指摘できるだろう。将軍頼義は、『陸奥話記』冒頭部の頼時の紹介に続いて、

性沈毅にして武略多し。最も将帥の器たり。

として、沈着冷静であるとする追討将軍としての頼義の優れた人となりが紹介され、称揚されているが、阿久利河事件をめぐっては、被害者である藤原光貞の「貞任が為る所ならん。此の外に他の仇なし」という言葉を鵜呑みにし、「怒って」貞任を処罰しようとする短絡的で独善的な行動をとっている。これによって冒頭部における「性沈毅にして」とされた頼義像とのズレが見られることになる。[3] つまり、頼時と将軍頼義は、『陸奥話記』冒頭部においては〈反乱者〉と〈鎮定者〉という関係であったのが、阿久利河事件をめぐっては、立場が逆転し、頼時の言動の根拠を〈肉親への愛情〉として描き、将軍頼義を理不尽な「怒り」を発する人物として描いていることになる。つまり、理不尽な将軍頼義の「怒り」が示されることによって、頼義とは対極的な位置にいる頼時の正当性が浮かび上がっているのである。

三

将軍頼義像の揺れをもたらしつつも、『陸奥話記』作者は、人間にとっての真実を行動のよりどころとした頼時像を描きだしたが、しかし、そのようなまなざしがその後の頼時に向けられているとは言い難いようである。

頼時が将軍頼義に背いたことを承けて、頼時の二人の婿、平永衡と亘理経清は、舅頼時に背いて頼義に与することとなったが、将軍頼義は永衡を二心ある者と判断、永衡は斬罪に処されたため、同様の処置を恐れた経清は再び頼時側に付くにいたったとする。これに続いて、

天喜五年秋九月、国解を進《たてまつ》り、頼時を誅伐するの状を言上して称く、「臣、金為時・下毛野興重等をして、奥地の俘囚に甘説せしめ、官軍を興さしむ。是に於て、鉋屋・仁土呂志・宇曽利三郡の夷人を合はせて、安倍富忠を首と為し、兵を発し将に為時に従へんとす。而るに頼時其の計《はかりこと》を聞きて、自ら往きて利害を陳ぶ。衆二千人に過ぎず。富忠伏兵を設けて之を嶮阻に撃ちて、大いに戦ふこと二日、頼時流矢の為に中《あ》てられ、鳥海の柵に還りて死す。但し余党未だ服せず。請ふ、官符を賜ひて諸国の兵士を徴発し、兼ねて兵粮を納れ、悉く余類を誅せん。官符を賜ふに随ひ兵粮を召し、軍兵を発せん」と。

と、将軍頼義が上申した国解によって、頼時の死が報じられる。『陸奥話記』末尾の一文が示すように、この作品を描くに際してよりどころとされた「国解の文」による一節ということになるが、ここでは頼時の討死がいつであったのかという具体的な日付は記されていない。ただ傍線部「大いに戦ふこと二日」とあり、激しい戦いであったらしいことがうかがえる。しかし、合戦の日付を欠いていながら二日間戦ったというのは不自然に映るのではないだろうか。

『扶桑略記』天喜五年九月二日の条には、

九月二日、鎮守府将軍源頼義与二俘囚阿倍頼時一合戦之間。頼時為二流矢所一レ中。還二鳥海柵一死了。但余党未レ服。仍重進二国解一。請下賜二官符一。徴二発諸国兵士一。兼納二兵粮一。悉誅中余党上。

として、頼時の死が記されている。この『扶桑略記』の記述には〈二日間戦った〉ということは記されていない。したがって、この一節は『陸奥話記』をふまえていると考えるよりも、国解の文からの引用と考えてよいのではないか。とすれば、『陸奥話記』の「二日」という文字も、「二日間」の意ではなく、本来は国解に記されていた頼時討死の日付であった可能性も考えてよいのかもしれない。『今昔物語集』巻二十五第十三話には、

頼時力ヲ発《おこして》防キ戦事二日、頼時遂ニ流矢ニ当テ、鳥ノ海ノ楯ニシテ死ヌ。

とあり、『続群書類従』所収の『安藤系図』における「頼良」に付された注記にも、

改頼時号安大夫。奥州合戦二日目討死。

と記され、いずれも『陸奥話記』同様、頼時が二日目の戦いによって討ち死にしたとあるが、肝心の日付を欠くという点で不自然さが生じていることは否めない。

一方、『百錬抄』天喜五年九月二十三日の条には、

諸卿定二申陸奥守頼義言上、俘囚安部頼時、去七月二十六日合戦之間中レ矢死去事一。遣二官使一可レ被レ実二検実否一云々。

とあり、これによれば、頼時の死を七月二十六日のこととして、頼義によって都に報告されていたことになる。柳瀬喜代志氏は、敵将の死が日時を明記せずに都に報告されるはずはなく、『陸奥話記』に頼時討死の日付を欠いているのは、引用の際に、作者のある意図のもとに削除された可能性を指摘する。(4)

いずれにしても、『陸奥話記』において、奥州合戦における時頼の最期が、その討死の日付を欠くという不安定な形で記されていることは、冒頭部において、作者は頼時の言動に、魅力的な頼時像を描くきっかけを見出しておきながら、それを追及することはできなかったことになる。

四

作者による敗者へのまなざしをめぐって、もう一例見ることにしたい。作品の末尾近く、官軍に敗れた貞任らの首が都へもたらされたとする叙述がある。

同年二月二十六日、貞任・清経・重任が首三級を献ず。京都壮観となす。車は轂《こしき》を撃ち、人は肩を摩す（子細は別紙に注す）。首を献ずる使者近江国甲香郡に到り、筥を開きて首を出し、其の髻《もとどり》を洗ひ梳《くしけづ》らしむ。件の担夫は、貞任が従者の降人なり。櫛無き由を称す。使者の曰く、「汝等私に用ゐる櫛あらん。其を以て之を梳るべし」と。担夫則ち櫛を出して之を梳る。涙を垂れて嗚咽して曰く、「吾が主存生の時、之を仰ぐこと高天の如し。豈図らんや、吾が垢の櫛を以て忝くも其の髪を梳らんとは。悲哀に忍びず」と。衆人皆落涙す。担夫と雖も、忠義は人を感ぜしむるに足れるものなり。

「同年」とは、物語によれば康平六年のこと。将軍頼義の凱旋は『百錬抄』によれば「康平七年三月二十九日」、『扶桑略記』では「康平七年閏三月」とあることから、貞任らの首が都にもたらされた康平六年二月二十六日は、頼義凱旋に一年余も先立ってのことであった。

『陸奥話記』が奥州十二年の合戦の顚末を描き、朝敵追討の記としての性格を有していることからすれば、反逆者たちの首が都にもたらされたということは、奥州における一連の叛乱の平定が、現実のこととして確認されることを意味するものであろう。「京都壮観となす」という叙述は、都人にとって、わずかな情報によってしか知り得なかった奥州合戦が、はじめて形あるものとして認識されたことを意味しているといえるだろう。

だが、ここで注意したいのは、この一節において、貞任等の反逆者が追討されたという、追討記としての作品の根幹にかかわる事実が確認されている一方で、貞任の首を運搬した従者が旧主の髻を梳《くしけづ》り、落涙したという、敗者の側に焦点を当てた挿話が見えている点である。担夫にとって、かつては雲の上の存在であった主君貞任が、今は無惨な姿をさらし、担夫は自身の汚れた櫛を用いて亡君の髪を梳らねばならない悲哀を述べ、それに人々は涙したとする。そして作者は、朝敵側の、しかも下賤の者であるにもかかわらず、その担夫がかいま見せた今は亡き貞任への忠義が、衆人の心を動かしうることを認めているわけである。

貞任等の首が都にもたらされたことは、『扶桑略記』においても、『陸奥話記』と同じ康平六年二月二十六日の条に見えている。

鎮守府将軍前陸奥守源頼義、梟㆓俘囚安倍貞任、同重任、散位藤井経清等三人首㆒。伝㆓京師㆒。検非違使等向㆓東河㆒受取。繋㆓其首於西獄門㆒。見物之輩貴賤如㆑雲。先㆑是、献㆑頸使者到㆓近江国甲香郡㆒。開㆑筥出㆑首。令㆑洗㆓梳其髻㆒。件担夫者、貞任従者降人也。称㆓無㆑櫛由㆒。使者傔丈季俊仰曰、「汝等有㆓私用櫛㆒。以㆑其可㆑梳㆑之」。担夫則出㆓私櫛㆒梳㆑之。垂㆑涙嗚咽曰、「吾主存生之時、仰㆑之如㆓高天㆒。豈図以㆓吾垢櫛㆒忝梳㆓其髪㆒乎。悲哀不㆑忍」。衆人皆以落涙矣。

『扶桑略記』においては、この記述に先立つ康平五年十二月二十八日の条に、「奥州合戦記云」として一連の奥州合戦の記述があることから、それに引き続く右の一節も「奥州合戦記」に基づいていると考えてよいだろう。『扶桑略記』

と『陸奥話記』とは全体的に似通った記述であり、同文箇所も多いが、細部においてかなり差異が認められることも事実である。

すなわち、右の『扶桑略記』引用本文の冒頭部は、貞任等の首の受け渡しとその後の措置について具体的に記されるが、『陸奥話記』においては、それに該当する記述を欠き、そうした都の情況を「京都壮観となす。」とするなど、略述的傾向を見せている。むろんすべてが略述的というわけではなく、情況を見守る群衆について、『扶桑略記』は「見物之輩貴賤如レ雲。」とするのに対し、『陸奥話記』では「車は轂《こしき》を撃ち、人は肩を摩す。」と具体的に描写されてもいる。しかし、『陸奥話記』では割注として「子細は別紙に注す」の文字が記されており、貞任等の首が入洛する詳しい情況を描くことは可能であったにもかかわらず、『陸奥話記』作者は意図的にこの部分を省筆したことを明らかにしている。その詳細な都の情況を記した「別紙」なるものが何であるのかは明確ではないが、この割注の文字によれば、当然のことながら、如上の『陸奥話記』の一節は、作者自身の志向を如実に反映しているといえる。『陸奥話記』は古くは「奥州合戦記」と称されていたともされるが、『扶桑略記』が依拠したという「奥州合戦記」と『陸奥話記』との間に、かなりの径庭がある点は確認することができる。

このように、詳細は別紙に記したという注記に注目するならば、この一節に関する限り、『陸奥話記』においては略述的傾向が看取されるのだが、如上の『陸奥話記』引用本文末尾、貞任に対する担夫の忠義の思いを賞賛する一文、

担夫と雖も、忠義は人を感ぜしむるに足れるものなり。

については、『扶桑略記』(「奥州合戦記」)には見えておらず、『陸奥話記』独自の表現ということになる。両者の本文を比較すれば明らかなように、貞任の髪を梳る従者が落涙したという挿話自体は『陸奥話記』『扶桑略記』ともにほぼ同文であることから、この『陸奥話記』の一文は、『陸奥話記』作者によって付加された、作者自身の肉声ということ

になるだろう。

『陸奥話記』が朝敵追討の記としての性格を有し、その任に当たった将軍頼義が直面した困難とその任務の遂行を描くことに主眼が置かれているととらえるならば、敗者への肯定的な思い入れは、朝敵追討の記としての作品の根幹を揺るがしかねない。しかし、敗者側の人間の言動にも関心を示し、そこに一つの価値を認めようとする『陸奥話記』作者の姿勢は、物語の結末部近くに至って、ようやく表明された。敗者の立場の人間の言動の中に胎動するドラマを作者はとらえていたといえようか。

注

（1）『陸奥話記』本文の引用は、古典文庫『陸奥話記』（梶原正昭氏校注　現代思潮社）の訓読文によった。尚、旧字体は新字体に改めた。
（2）「平安後期の漢文学」（「国文学」10—5　昭和40・5）
（3）鈴木則郎氏「『陸奥話記』—鎮定者の論理—」（「国文学解釈と鑑賞」53—13　昭和63・12）
（4）「『陸奥話記』論—「国解之文」をめぐって—」（「学術研究」第29号　昭和55・12）

『陸奥話記』の方法

安部元雄

一　立論のための前提

私の『陸奥話記』研究は、昭和三十七年（一九六二）に修士論文を提出したもののうち、その一部をまとめて発表した「『陸奥話記』の構成」（『茨城キリスト教短期大学研究紀要』第四号　昭和三十九年（一九六四））をもって始まった。当時、テキストとしては群書類従本による外はなかった。

平成十一年（一九九九年）の今、我々の前にある、その後の新しいテキストは笠栄治、大曽根章介、梶原正昭の三種のテキストが出版されている。まず笠栄治著『陸奥話記校本とその研究』（桜楓社　昭和四十一年〈一九六六〉三月）である。以下『校本とその研究』と略称する。この著書は、群書類従巻第三六九所収本、寛文二年刊行奥羽軍志所収本、神宮文庫所蔵本、蓬左文庫所蔵本、松平文庫所蔵本、尊経閣所蔵后藤氏書写本の六種本を、群書類従本を中心に、本文対照の形式で、六本を比べつつ読むことのできる形式をとっている。テキストとしては一冊であるが、六本を含んでいる。

次に、大曽根章介著の校注「陸奥話記」（尊経閣文庫蔵本（貞享元年書写）がある。この本文は『古代政治社会思想』（日本思想大系8　岩波書店　一九七九年三月）に所収されている。笠の『校本とその研究』の分類では第三類本になり、尊経閣所蔵后藤氏書写本として挙げた尊経閣蔵（一）本にあたるもので、笠の第三類本という分類方法では、全く独自の文章を持つものとされている。

第三番目に梶原正昭校注『陸奥話記』（現代思潮社　一九八二年十二月）がある。この本は国立国会図書館所蔵本を底本としている。明和七年伊勢貞丈の書写になるものである。笠の『校本とその研究』によれば、京都大学文学部研究室蔵本と同種本であり、明和七年伊勢貞丈書写と後記があることによって、そのことが判明する。笠の分類に従えば、第一類本で群書類従本系の内の第二種本に入るもので、群書類従本の一異本ということになる。

つまり、『校本とその研究』の六種本のうちの、二種本が校注を施されたことになるのである。しかも笠は前掲書で次のように発言している。

陸奥話記の書写本は数が比較的多い。しかし、現在まで管見に入った諸本いずれも江戸時代に入ってのものばかりである。室町期以前の写本はとうとう見つからなかった。刊本が「奥羽軍志」として四冊本で出版されたのは寛文二年で、刊本の奥書、出版書籍目録等一致するので間違いはないと思う。書写本の古いのもほとんどこの頃かと思われる。しかし、それら諸本間に交渉は認め難い。独自にそれぞれの場所で書写したものと思われる。

この発言は、今日でも通用するのである。ゆえに、我々は、これら笠、大曽根、梶原の三人のテキストのどれを使用しても、時代的には江戸初期の写本を読むことになる事を確認しておきたい。そこで、私はこれまで、群書類従本で研究してきた都合上、その系統内のテキストとして梶原正昭校注本をテキストとして使用し、梶原が試みた「読み下し文」をそのまま使用させてもらうことにした。立論の前提として、梶原本を使用することの理由を説明した次第である。さらに、梶原本は、『陸奥話記』を研究するための関連文献や現地地図の掲載も多く、百科辞典的役割を果していいるのである。

私が一九六三年ごろ、歴史学からの研究資料として使用したのは、なお大森金五郎著『武家時代の研究　第一巻』（大正十二年　冨山房）に多くよっていた。しかし、今日、新書版として提供された新野直吉著『古代東北の覇者』（中公新書　一九七四年三月）や庄司浩著『辺境の争乱』（教育社　一九七七年十月）や高橋崇著『蝦夷の末裔――前九年・役三年の役の実像――』（中公新書　一九九一年九月）などの研究成果が発表されており、今後の『陸奥話記』の文学的研究にも重要な支点を提供している。『陸奥話記』の史実の探求は、東北地方史研究の進展によって、さらに拡充され、文学性の解明にもつながる。

二　『陸奥話記』の方法という問の設定に関する分析

「方法」という問題設定の仕方について、三種四例のモデルを挙げて分析しておきたい。一つは、あらかじめ『陸奥話記』を文学作品であるとみなして、文学的な構成方法を分析して抽出して行く方法である。

その典型的な論文として、小松茂人の「『陸奥話記』の虚構性」（『文芸研究』五一集　昭和四〇年十月）を挙げることができる。小松は『陸奥話記』を、次のように三部構成であると分析する。

『陸奥話記』の叙事の展開は、後の軍記物の構想に見るように、やはり三部の構成をなしている。第一部は冒頭安倍氏の勢威を説き起すところから、（中略）藤原経清も安倍氏の側に走って、官軍に抵抗するにいたる経緯を叙する条である。第二部は、（中略）貞任が一族を統率して河崎柵により防戦これ努め、そのために頼義軍は大敗を喫し、安倍氏の勢いはいよいよ猖獗を極める顚末をのべる。第三部は、頼義軍が清原武則一族の協力を得て挽回し、安倍氏の勢力を次第に北方に追いつめて行く。合戦の展開と、安倍氏一族の尽滅の末路を告げる部分である。

小松はこのような三部構成を通して、「『陸奥話記』は表面的には頼義軍の側における戦況の推移とその勝利として捉えられているが、主題はむしろそれを裏返しにした、安倍氏の抗戦と敗北の運命を描くところにあったと私は見たいのである。」と発言されるのである。このような考え方は、「後の軍記物の構想に見るように、やはり三部の構成をなしている。」という発想によって生じたものである。あらかじめ『保元物語』や『平治物語』の三部構成を想定することによって、『陸奥話記』が、文学作品であるという印象を持つことができたのである。文芸学研究者によって構築された一つの典型的なモデルとして挙げておきたい。

二つ目は、歴史学者によって、『陸奥話記』を分析した場合に構築される考え方で、次のようなものである。『陸奥話記』を歴史資料として扱い、記録の表現方法が、たまたま文学的技術を駆使している部分に、文芸性を生じさせた資料であるという考え方である。その典型的な例として、高橋崇の『蝦夷の末裔』を挙げることができる。同書第二章の「『陸奥話記』の信憑性」と題する項目での高橋の発言は、まさにその典型である。

さて、『陸奥話記』の史学史・文学史上の位置付けは軍記物語（歴史風物語）とされている。そこで、同書が、歴史そのものにどれほど忠実であったか、どこが歴史であり、物語（創作）であるかを見極めて使わねばならない。『陸奥話記』は、いかなる史料を使って執筆されたのか。同書末尾に「国解《こくげ》の文を抄し、衆口の話を拾い」成した、ただし、筆者は「千里の外」（東北から遠い京都の意）で書いたのであるから、定めて間違いも多かろう、真実を知る人がいたら誤りを正して欲しい、とみえている。以上から、筆者名は不明ながら、都にいて、国解を披見できる立場にあった人が（地位低からず、教養もある）、前九年の役（以下、前九役、と略記することもある）の実録執筆を意図したと知られる。（中略）ところで、『陸奥話記』について以下のような指摘がすでに出されているので、実録執筆云々を額面通り受けとることは難しい。㈠本文中に、漢籍等から詞章を借用しての文飾が随所にみられること（梶原正昭氏校注『古典文庫本・陸奥話記』〔以下「梶原本」という〕によると、その例は一一一を数える。それらが、本文中のいかなる場面で使われたかを調査してみた。合戦描写場面で八一、源頼義・安倍頼時などの人物描写で一四と、文飾使用に特徴がみられる）。㈡前九役全体像を描きながら、源頼義を賞揚し名将像をつくりあげること、武士の堅い主従関係や敢闘精神など、武士の理想像を描くことなどが目的でもあったとみられる。以上、『陸奥話記』が軍記物語と目される所以であろう。『陸奥話記』を読むと、筆者の(Ⅰ)歴史認識のたしかさを覚える場面と、(Ⅱ)逆にそれを疑いたくなる個所もある。

少々長い引用になったが、高橋が目的としているものが「筆者の(Ⅰ)歴史認識のたしかさを覚える場面」であることがはっきりしているのである。

以上、一番目の小松の立場を「モデル一」と称すれば、二番目の高橋の立場を「モデル二」と呼ぶことができるであろう。この「モデル一」と「モデル二」は極端なほど開きがある。ちょうど一対の対概念のように考えられる。一方は、文芸学研究者であり、一方は歴史学研究者である。研究対象が異なるのであるから、当然方法論の違いがこのような対立を生むのである。「モデル一」は『陸奥話記』の「虚構性」を求めて立論し、「モデル二」は『陸奥話記』の歴史的真実いわゆる史実を求める立場に立っている。

この対立する方法論を組み合わせると、「虚構」と「史実」を求める歴史文学の伝統的方法が浮上してくるのである。三番目に、モデルとして提示したいのは、この「モデル一」と「モデル二」の中間に位置する考え方である。この場合、研究者は、一応『陸奥話記』を単なる歴史記録とみなす立場にはないが、また、この作品を文学作品としての原質の高さを認めようとはしない。その時、何を基準として文学作品の原質を問うことになるかによって、二通りの考え方に別れてゆく。その一つ目は、同時代の他のジャンルの作品と比較するという基準を用いるものである。これらは、日本漢文学研究者系のものや、平安時代の物語文学を尺度として考える物語文学研究者系の論文を考え得るのである。これを「モデル三A」と呼ぼう。

二つ目は、平安文学を基準として、文学の原質をはかるのではなく、次の時代の中世軍記文学の達成した完成作品を基準にして、『陸奥話記』の作中に、その始発をなした、萌芽を探ろうとするもので、背景にジャンルとしての軍記文学を想定するものである。これを「モデル三B」とする。これまでの軍記文学研究者の大多数が、この「モデル三B」に収められることになる。

この「モデル三」のうち「モデル二」としての高橋説に近づきやすいのが「三A」である。研究は文飾に注目する事の方が多く、作品論の形態をとれないまま、語句の中国文学よりの出典をこまごま分析する方法に向う傾向にある。「モデル三B」は作品の構想や構成を全体的にとり上げ、その構成がいかなる作者の意図によって推進されて行くのかという、作者の創作動機（モチーフ）が探究されて行くので、「モデル一」としての小松説の方向へ近づいてゆく。

今、「モデル三A」の例にあたる論文を提示しよう。飯田勇『『陸奥話記』における虚構の方法――記録から物語へ――』（『研究と資料　8号』昭和五十七年十二月）は、その論旨を短くまとめた部分があるので、例示しやすいので、一つの典型として挙げておく。

（前略）『陸奥話記』は「年代記」的な叙述に従い、その中に幾多の説話群、合戦譚を形成している。そしてその「説話」や「合戦譚」の挿入方法として、今私たちは顕著な特徴を指摘し得るのである。その方法とは、登場人物のある個人に具体的な内面の心情を語らせることによって説話や合戦譚の展開を図ろうとする方法である。すなわち、作者は「衆口之話」を伝聞した事実として外側から「話」を展開させてゆくのである。このことは興味深い事実である。すでに注⑿に記したように『竹取物語』の傾向に符合するものである。渡辺実氏は別のところで、

「女流仮名文では、作中人物の心をよりよく反映させる表現を選ぼうとし、それに比して竹取物語は、心に赴くよりは叙事に赴く傾向がある」と述べている。私たちは『陸奥話記』のこの事実の中に「和文脈」を指向している「漢文脈」の姿を見て取れないだろうか。いや「漢文」の叙事的桎梏から脱し「物語」化しようとするとき、「和文」との結婚が必然であった、と言い切ってよかろうと思われる。漢文学の対極にはすぐれて物語的な女流仮名文があったのである。

実に『陸奥話記』の「物語性」はこの事実のうちに胚胎しているのであった。しからば私たちは今や『陸奥話記』におけるかかる「会話」部分の機能に注目しないわけにはいかないであろう。このような「会話」の機能は『将門記』にはほとんど指摘できないところであり、軍記物語として『陸奥話記』の独創性をそこに見て取った方がよいと思われる。

飯田論文は、平安時代の竹取物語における、文章生《もんじょうしょう》作者説などと称えられている漢文脈の和文化への方向を考えつつも、「会話」という場面に問題を転換して、そこから「物語性」をつかもうとして、構成論を抜きにして会話場面のみを抽出する方法を取られている。そこからは「物語性」なる用語の意味がはっきりと規定されて行かないうらみがある。

つづいて、「モデル三B」の事例として、永積安明の『中世文学の展望』(岩波書店　昭和三一年〈一九五六〉)所収の「『軍記もの』の展望」と題する論文の「b『陸奥話記』そのほか」の項目による発言を挙げよう。この論文は「モデル一」の小松論文と並んで、研究史上に大きな影響を与えたものであるので、少々長い引用になるが原文を抄しながら、その要点を全体的に捉えて見よう。

『将門記』の作者が、仏家あるいはその出身であり、将門の叛乱を、関東に身をおいて、みずから経験したばかりでなく、ほとんど叛乱者のがわに立って叙述を進めて来たとおもわれるのに対し、『陸奥話記』の作者は、あきらかに仏家には属せず、その身を京都におきながら、征服者のがわから、この事件を叙述しているところに、これら二つの「軍記もの」には、まず基本的なへだたりを予想させるものがある。つまり、『陸奥話記』が、その巻末に「但少《シ》生千里之外、定《メテ》多《カラン》二紕謬一。知レ実《ル》者《ヲ》正レ之而已。」としているのによっても、また「今抄《シテ》三国解之文、於二衆口之話一、注《ス》二之一巻一。とあるのによっても、この軍記は、公式の文書を利用しうる中央官辺の士によって、あきらかに動乱のそとがわから、前九年の役をとらえようとしたものということができる。

しかし、それにもかかわらず、この書が、単に公式文書の整理や羅列としての記録におわることなく、「軍記もの」としての文学的生命をかちとりえたのは、「衆口之話」つまり、おそらくこの動乱の参加者が持ち帰った戦場でのなまなましい経験の口がたりや、合戦をめぐって口誦された都市人の物語などを、直接・間接、作品のなかに持ちこんでいることに、最大の原因がある。（中略）さらにいえば、この『陸奥話記』は、安倍の父祖が、「東夷《ノ》酋長」であり、「横二行《シ》六郡《ヲ》一」「不レ輸《セ》二賦貢《ヲ》一、無《シ》レ勤《ムル》二徭役《ヲ》一。」という状態にあったのを、さきに相模守として「民多《ク》帰服」した頼義を陸奥守に任じ、鎮守府将軍を兼ねさせて「征伐」させた、その合戦の記録である。しかもその記録は、文中にたびたび、「国解《ニ》曰《ク》」と公式の文章がもちいられているとおり、何年何月何日に、どういう事件があったとする、ほとんど公的な記録形式によって、つよく全体を貫かれていて、そのことが一方では、『将門記』に見られたような物語的構成を、もりあげることをさまたげている。（中略）くりかえしいえば、けっきょく貴族的な官僚機構のなかから、彼らの外がわにあって発展しつつあった、建設的な武士の世界をのぞき見し、それを嘆賞しているというところに、この物語の限界があり、このことは同時に、そのいわゆる「格の正しい」漢文体の叙述を、必然的な帰結とした根拠でもあったのである。

頼義や義家は、たしかにすぐれた英雄として描かれ、とくに義家は「神明之変化」とまで仰がれてはいるけれども、彼らをこの物語の真の中心にすえて、その行動によって事件を回転させるほど、おし出すことはできないでいる。さまざまな記録や挿話は、なお並列される傾向が強く、将軍頼義・義家を中核に、文学的な集中化をおこない、そのけっか、この動乱における武士たちの行動を、感動的にもりあげることには、成功していないといわなければならない。

叛乱者のがわに、とにかく身をおこうとした『将門記』とくらべて、貴族社会に身をおいた作者による『陸奥話記』が、年代的には、一世紀以上前進した時代のものでありながら、文学的には、かえって後退していることを、われわれはとくに注目しなければならぬ。

永積の結論は、『陸奥話記』は文学作品としては、失敗作品であるということであるが、「衆口之話」を持ち込んだこと、それが、「動乱のなごりが、まだ都にあるひとびとの胸に深い感動をとどめていた時期に、つまり前九年の役が終結し、貞任らの首級が都に到着した康平六年（一〇六三）二月から、ほどとおくない時期に書かれたものと考える」とされ、作品執筆のモチーフにも「都にあるひとびとの胸に深い感動をとどめていた」と触れられている。

以上、『陸奥話記』研究の典型的な「モデル」を三種、四例を挙げて、『陸奥話記』研究の方法を分類してみた。これら四例の研究パターンは、研究者が『作品』をどのように対象化するかによって生じたものである。「モデル一」は対象を文学作品として統一性のあるものとして捉えているということは、モチーフや主題がはっきりしているということを前提として立論されているということになる。つまり作者の創作意識を想定して初めて組み立てうるものである。これを裏返してみれば、作者の創作方法を想定して作品論を構築しているということになる。これも『陸奥話記』の方法を探究する一つの方法である。

「モデル三B」が、「モデル一」に、最も近い立論であり、隣り合うことになるが、「モデル三B」は、モチーフと構想をはっきりと提出するが、これが作品としての統一のとれたものとして一貫したものとは認めず、失敗したと見るわけである。しかし、なぜ、この統一が崩れたのか。崩れたにもかかわらず、作者はこれを是として、作品として完結させたのは、どんな理由からかという、作者の計算までは踏み込んではいないのである。この点まで分析の対象とすれば、それが『陸奥話記』の「方法」の探究であることには、違いないのである。

「モデル三A」は、この作品が、漢文系の作品で、物語文学化するプロセスにあることに注目して行く。そのため作品全体の構想、構成をおさえて出発する作品論の形態を取らずに、表現技法としての文体論に収斂して行く。つまり、平安時代の他のジャンルと同一手法を探して、それが漢文で表現されている特殊性を強調することになる。当然、作品の質は、それら比較される他ジャンルよりは低くみなされ、前段階、萌芽的文飾とみなされるのである。ここに「ジャンル三」の特色がある。しかし、「三A」には、平安時代の同時代文学現象との等質性に触れるところがあり、そこに同時代作品としての方法を技法的に探究するという、まさにその方向を逆転させると『陸奥話記』を創作した作者の、同時代の文学ジャンルもしくは漢文学の叙事文学ジャンルに対する技術的修練度が浮び上ってきて、これをも一つの『陸奥話記』の方法の探究となるのである。

「モデル二」は、歴史学研究の方法であり、研究対象が歴史現象であるから、逆に文学的な『陸奥話記』の方法は排除される方向に向うので、これを「モデル」として提示はしたものの、分析の対象からは、はずすことにする。

三　ジャンル論を背景として考察する『陸奥話記』の方法

拙著『軍記物の原像とその展開』では（桜楓社　昭和五一年（一九七六）十一月）第一章「原像としての前期軍記」の二節、三節、四節を通して、『陸奥話記』の文学性の解明に努めた。そこに収録された論文は、①「『陸奥話記』の構成」が二節、②「『陸奥話記』の構成と人物形象」（『文芸研究』第四十六集　昭和三九年三月）が三節、③「軍記の原像とその様式――『将門記』と『陸奥話記』の成立事情を観点として」が四節をなしている。もちろん、四節は、第一章の結論部分であり、この著書を出版するために新しく執筆された論文である。この①②③の論文を通して、私は軍記文芸というジャンル様式の探究を志ざしたものであり、日本文芸学からする軍記物研究であった。私の前には、すでに、前章で触れた「モデル一」があり、「モデル三B」があった。論文①（以下このように略称）は、「モデル三B」を批判的に発展させたものであり、論文②は「モデル一」を実証的に分析し、批判的に継承しようとしたものである。論文③は、論文①、論文②を総合した上で、『将門記』の方法と対比して、「軍記文芸の原構造」を抽出して、それをジャンル様式論的に整理したものである。

今日、学界の動向は、ジャンル論や様式論に原理を置く研究方法から離れ、あくまで、「モデル一」と「モデル二」を総合して、実証的に「虚構」と「史実」の関係から歴史文学というより広い概念の中で、その二つの皮膜の間を分析するという方向に向っているようにみえる。

しかし、軍記文学は、相対立する二つの勢力の激突する合戦場面を必らず含む、より狭い範囲の歴史文学なのである。当然、素材としての「合戦」が、その作品構造に反映してくるはずである。やはり、その軍記文学特有の類型的構成を抜きにして、文学作品研究を進展させることができるのであろうか。しかも、理論的にどのような方向に収斂させようとしているのであろうか。

鈴木則郎編『中世文芸の表現機構』（おうふう　一九九八年十月）の「序」で鈴木が「表現機構」という用語について「あえて「表現機構」の統一的な狭義の概念規定は行わないことを確認した」として、六編の論文の共通テーマとしているが、私がこれから論じようとする『陸奥話記』の方法も、この「表現機構」という用語に含まれる作業となるかも知れない。

それでは、私のこれまでの『陸奥話記』の方法に触れた部分を、思考の発展の相に従って整理をしておきたい。まず、『陸奥話記』の方法を考えた時、私はすでに、『将門記』の方法の研究を終っていた。それに「モデル三B」の永積論文が、私の発想に強い影響を及ぼしていた。私は論文③で、ようやく、私なりの説を打ち出すことができた。それは作品の成立事情史を、なるべく作品の内部徴象から抽出し、歴史的背景を歴史資料にあたりながら実証して行くというものである。しかし、その成立事情史をさらに抽象化すると次のような発言になった。これは、今日的観点からすれば、情報理論と文芸学との結合をはかった立論であろう。

われわれは、今日の『将門記』成立過程についての諸学説の公約数を見い出さなければならない。つまり、戦場の流れを捉えた現場の人々の話が、資料の発信者として特有の主観をおびているはずであり、また、これらの資料を何らかの目的で収集した人々がおり、それらの収集者、つまり作者までその話を運ぶ情報のコードにあたる役割を担う人々がおり、それらの収集者にも、特有の主観があり、それらを統一して作品化する作者にも、作者独特の主観がある。この三種類の主観が、三種の層をなし、ときには入り組んでゆれ動いているのが、古態本軍記物作品の構成状態であろう。この三種類の主観を、どのように捉えるかによって成立論は種々の学説に分かれている訳である。この三種の分類項目こそ、最大公約数なのである。私としては、この三種の主観の層が、みごとに融合させられ、激しく入り組み、ゆれ動いている作品ほど、文芸性の高い軍記物作品であると考えている。これら三種の主観群が入り組んで、織りなすものが、モチーフと呼ばれるものになり、このモチーフが二つ以上からみ合ってモチーフ群となって、構造的に作動して行くように、資料を編集して行くのが、作者の構成意識であると考えている。そして、これらモチーフ群が、見事に構造体になった結果、表現効果として出現してくるのが、作者の主題ということになる。それ故、軍記物を、文芸作品として分析しようとする際には、この三重の主観群を明確に整理し、成立過程を見透さなければならない。つまり成立過程論と作品構成論は、表裏一体をなす、分析手法である。

私はまず、このような方法論を明確化することによって、『将門記』に特有な内部徴象を見つけだす。それは、次のように要約できよう。成立事情から、『将門記』に取り入れられた、現地での資料が、貞盛によって運ばれたものであるとするなら、貞盛の主観や、貞盛の眼から、戦局を捉えるという構成意識が、『将門記』の構成部分の、そちこちに見られるはずである。『文芸研究』第三八集（昭和三六年）に掲載された鈴木則郎の「『将門記』の世界」は、この間の事情を明確に分析しているのである。鈴木は、将門を討つために、詳細に準備された良兼を中心とする対立者側の記述に比較して、将門に関する叙述が、必ずしも多量であるとは言えないのに、将門の姿が異常に鮮明な形象性を獲得していると指摘した。このことを私は、次のように考え直してみた。将門の敵対者である貞盛が、この部分の資料収集者であったとしたら、将門軍の内部事情には暗く、自分の味方に当る良兼軍や良正軍の内部事情に精通していた為に、むしろ、将門を攻める側の記述が多くなり、それを受けて立った将門軍の記述が、いたって簡素になっていると考えられるのである。この部分は、作者のもとに集った資料の性質が、作者の構成意識に強烈な影響を与えているということで、作者一人の意識的な構成手法であるときめつけるのは危険なのであると分析した。そして、貞盛という将門にとっては敵側の人物の視点が、作品を構成する時、作者のカメラ・アイとなって活用されはじめて行くと考えた。つまり、作者は、作品の全局面から、一段と高い所にありながら、「その歴史的状態において、何人を加害者（悪行者）とみなすかという作者の判断」を下しながらも、随時、貞盛の視点まで下ってきて、敵である将門を真近にみつめ、時には戦場で相対し、同時に、その貞盛の視点を逆用し、貞盛自身の内面までのぞきこみながら、作品を構成していた訳であると考えた。

私は、このような『将門記』研究の成果をそのまま、『陸奥話記』分析の方法として活用して行った。論文③の原文を抄出しながら考察の発展を追って行くことにする。つまり前述した『将門記』の成立過程についての公約数的分析概念を用いて、次のように考えた。資料発信者、これら資料の収集者（作者へと情報をつなぐコード的役割を担う者）、そして最後にそれらを総括する作者という三種の層から、『陸奥話記』を分析するという事である。この同じ分析方法を使用することによって、『将門記』の成立過程と構成論との対比において、その共通点と相違点をさぐる時、新しい『陸奥話記』の方法が発見されるのではないかと予想したのである。まず、作品論の前提となる私自身の構成論をまとめると次のようになる。「『陸奥話記』の構成は、基本的に二部構成説を取ると考えている。それは、将軍頼義が、清原真人光頼と舎弟武則の加勢によって、はっきりと鎮定者の姿勢をとることができた段階において、作品構成を二つに区切ることができるとする考え方である。しかし、この前後に二分された小部分を、更に細分する考え方まで、否定しようとは思わない」そして、作者については梶原正昭の「前期軍記物語」（『文学・語学』第六九号、昭和四八年十月）の説に従って、京都在住の貴族社会に属する、相当高い漢文の素養を持つ知識人で、「国解之文」や「衆口之話」に触れる便宜をもった人物を想定して「特定の作者名を名指しするのには躊躇を感ずるが、『将門記』の場合と違って作者のイメージははるかに具体的で鮮明であるといえる」とする梶原説によって、次のように考えた。この作者像から、一応、作者と現地を切り離す事ができる。しかし、このことが『将門記』の成立事情と大きな違いがあることを示しているのである。つまり、資料発信者が「国解」にかかわった、源頼義将軍であり、官軍に従事した兵士の「衆口之話」を語った者ということになる。ところが、この資料を収集し京都に運んだ者の姿が、作品中の世界には、ある特定のイメージで見い出し難いのである。強いてその姿を探すなら、将軍頼義自身となり、資料発信者と資料収集者が重なってしまうという特殊現象を示す事になる。『将門記』で見たような、発信者、収集者、作者の三重の層をなす、構造的な主観の組み合せがなく、二重の層に単純化されてしまうだけで、文芸作品としての微妙な情調が薄れ、『将門記』に対して、立ち遅れを示すことになってしまっている。更にこの収集者の姿の欠如は、資料と作者の密着を意味している訳で、作者はより資料発信者の主観の影響を蒙りやすくなり、せっかくの作者の主観が、資料発信者の主観にわざわいされて、将軍頼義の英雄化と、中心人物化を崩されてしまっているのである。その部分は、作品の前半部分に強く現われている。『将門記』でもそうなのであるが、作者が収集者である貞盛の視点で、歴史の現象を捉えようとした場合に、敵である将門が視界の中核となり、焦点となり、鮮明な将門像が造型されて行くのと同じ現象が、『陸奥話記』にも見られるのである。すなわち、長子貞任をかばって、敗北を承知で反逆して行く安倍頼時像は、次のように描かれている。「将軍、光貞を召して嫌疑の人を問ふ。答へて曰く、『頼時が長男貞任、先年光貞が妹を娉せんと欲するに、其の家族を賎むるを似て之を許さず。貞任深く恥となす。之を推すに（傍線筆者、以下同じ）、貞任が為る所ならん。此の外に他の仇なし』と。爰に将軍怒って貞任を召して、之を罪せんと欲す。頼時、其の子姪に語りて曰く、『人倫の世に在るは、皆妻子の為なり。貞任愚なりと雖も、父子の愛棄て忘るゝ事能はず。一旦誅に伏せば、吾れ何ぞ忍びんや。如かじ關を閉ぢて聽かずして、來攻を甘んぜんには。況んや吾が衆も亦拒ぎ戰ふに足れり。未だ以て憂となさじ。縱ひ戰に利あらずとも、吾儕等く死すこと、また可ならずや』と。」

傍線を施したように、頼義将軍は光貞の推測による意見を聞いただけで、怒って、ろくな調査もしないで、「之を罪せんと欲す」と表現されている。それに対して、安倍頼時は「人倫」を説き、「父子の愛」を説いて、将軍の不当な命令に反抗して行くのである。その安倍頼時に対して、「将軍彌よ嗔り、大いに軍兵を發」と記述されているので、冷静な状況判断のできない人物像に仕上って行くのである。

作者が、将軍を猛将軍として造型しようとして、将軍の陣営の動静を描けば描く程、それを打ち破って行く、安倍の軍勢の迫力が不気味に増幅されて行くことになるのは、『将門記』の受け身の構成と全く同じなのである。この構成手法が、全作品を一貫していたとするなら、『陸奥話記』は、かなり文芸性の高い『安倍家物語』とでも名づけられるべき作品として、世に残ったかも知れないのである。

しかし、後半、武則の加勢により、将軍は「国解之文」に、己れの軍功よりは、武則の軍功を記述するようになり、作者は、この「国解之文」の変化を追うために、前半の構成手法、つまり『将門記』的構成手法を、手放すことになる。つまり、前線にいる武則の視点で敵を見、それに将軍の判断を加えて、その二重の視点を作者が分析しておのれの視点にまとめ上げるために、視点の混乱が起ってしまい、作者は、安倍氏を鮮明に描くことができなくなってしまっているのである。その典型的な部分を作品後半部から例示しよう。

まず、陣立が終って、初戦の段から、将軍の判断は清原武則に及ばない。「翌日同郡の萩の馬場に到る。（中略）件の柵は、是れ宗任が叔父僧良照が柵なり。日次宜しからず、并びに晩景に及ぶに依って、攻撃の心なし。而して武貞・頼貞等、先つ地勢を見んが為に近く到るの間、歩兵火を放ちて柵外の宿盧を焼く。是に於て城内奮ひ呼び、矢石乱發す。官軍合應し爭つて先登を求む。将軍武則に命じて曰く、『明日の議俄に乖《そむ》いて、當時の戰ひ已に發す。但し兵は機の發するを待ち、必ずしも日時を撰ばず。A故に宋の武帝は往亡を避けずして功あり。好く兵機を見、早晩に隨ふべし』と。武則が曰く。B『官軍の怒り猶水火の如し。其の鋒當るべからず。兵を用ゐるの機、此の時に過ぎじ』と。則ち騎兵を以て要害を圍み、歩卒を以て城柵を攻む。」とあり、傍線Aで、将軍は中国の故事を引いて、学才のある所をひけらかしているが、状態の把握はなく、判断中止の結論になっている。それに対して、武則は傍線Bの記述ではっきりしているが、自分の軍勢の気を実感して、攻撃の命令を下している。将軍の判断はやはり都の文人である作者の意識が入りすぎているので、視点は武則の視点で、安倍軍が把握されていることが、はっきりとしている。

ついで、霖雨に降りこめられ、進軍できず兵糧不足になって、将軍は兵士三千余人を兵糧調達のため派遣し、営中に六千五百人しか残っていない時に、貞任等が八千余人で襲ってくる。「武則眞人進んで将軍を賀して曰く、『貞任謀を失へり。将に賊の首を梟せんとす』と。将軍の曰く、『彼の官軍分散し、孤營兵少し、忽ち大衆を将《ひき》ゐ來り襲ふ。C是れ必ず勝つことを謀らん。而るを子『謀を失へり』と云ふ。其の意如何』と。武則が曰く、『官軍、客兵と為て粮食常に乏し。一旦鋒を爭ひ、雌雄を決せんと欲す。而るに賊衆若し嶮を守って進み戰はざれば、客兵常に疲れて久しく攻むること能はじ。或は逃散する者ありて、還て彼が為に討たれん。僕常に之を以て恐れと為す。而るに今貞任等、進み來て戰はんと欲す。是れ天将軍に福するなり。D又賊の氣黒くして樓の如し。是れ軍敗るゝの兆なり。官軍必ず勝つことを得ん』と。」この場面は官軍側の絶対絶命の状況であり、将軍はこの戦いは自分の敗北だと、覚悟している。傍線Cが、それを示している。しかし、迫り来る安倍貞任軍の軍形を冷静に見すえているのは、傍線Dの記述の如く、武則なのである。このように、武則は後半において完全な英雄として描写され、英雄像としては将軍の形象をしのいでしまっている。ただし、清原武則と将軍との合同作戦が展開されているため、戦場を見る視点が、清原武則のものと二つになり、この二つの視点のずれが、偶然にも、立体映画の原理と同じく作用して、「合戦の場面」を空間的に立体化している部分を作り出している。このような「合戦空間」も、戦記物には必要条件である。『陸奥話記』によって、この手法が明確に表われてくるのである。その後この手法は後続の作品群において、為義と為朝、清盛と重盛、義朝と義平という対で、戦場を見る視点を二分して、立体化する手法の先駆をなしている。このような方法は、ともかくにも、合戦そのものの迫力を、臨場感を伴って描写して行こうとする作者の造型意欲が生みだしたものであろう。例えば、「衆口之話」を多量に連続して挿入しさえすれば、戦場の臨場感が浮んでくるという、単純な信念がなければ、あの黄海の戦いの「衆口之話」の機械的連続という構成手法は、出てくるはずがないのである。これは確かに失敗に終った場面である。『陸奥話記』作者は、このように収集者としての貞盛的人物の欠如を補う為に、「衆口之話」を集めたのではないかと思われる。しかし、それらは断片的すぎて、将軍以外の資料発信者をばらばらに増やしただけであり、収集者の統一的な主観をなすまでには至らなかった作品とみなされるのである。

四　安倍一族敗北の悲劇という主題が底流する方法があったのか

以上、「モデル三B」に入る拙論からの「方法」のまとめを試みたが、その後の研究史上、注目すべき論文があるので、より「モデル一」に接近させる方法の可能性を探って、新しい研究を促したい。鈴木則郎は「『陸奥話記』―鎮定者の理論」(『国文学　解釈と鑑賞』第53巻13号　一九八八年12月号)で、「モデル三B」に属する発言から、鎮定記として作品世界を統一しようとする作者の意図は、中途で風化しないと発言している。つまり、「モデル一」へ接近する見方をつよめ、「この作品の『おもしろさ』は(中略)諸種の材料に内在するさまざまな人性美を、公賊の対立の構図を越えてみごとに把握できた」点にあると結んでいる。この「人性美」とは小松茂人の用語である。しかし、この人性美が作者の主観に基いて、作品構成方法によって統一されなければ、やはり素材論の域に止ってしまうのである。もう一つは、矢作武の「陸奥話記の作者」での発言である。矢作は「東国問題に異常な関心と興味をいだき、とくに出羽の清原武則に対して好意をもっている者」と作者像を語っている。これまで、私は、『陸奥話記』後半部の、将軍と武則の二重の視点問題にのみ関心を集中してきたために、清原武則が『将門記』の貞盛のように資料収集者の役割をはたす可能性に、全く触れ得なかった。あらためて、この視点を導入するなら、作者が清原武則に対して「蝦夷」としての差別や蔑視を表現していないことに注目せざるを得ない。作者としては、まつろはぬ安倍一族は蝦夷であり、官軍中の清原氏は皇民であったのであろう。この清原武則への作者の好意が、東北の人間に対する好意として、底流しているなら、清原氏と安倍一族との本来の交流が、無意識の内に汲み上げられ、安倍一族に対する人性美の把握を促したのかも知れない。小松茂人の「モデル一」にさらに接近する方法が、清原武則像と作者の関係の分析にかかっているように思われるのである。

『陸奥話記』の位相

――危機と快楽の不在――

大津雄一

一 〈征夷の物語〉

景行天皇の御代、東夷が背き、辺境は乱れる。天皇は、「今東国安からずして、暴ぶる神多《さわ》に起る。亦蝦夷《えみし》悉《ふつく》に叛きて屢《しばしば》人民《おほみたから》を略《かす》む。誰人を遣してか其の乱を平けむ」と、群臣に問う。熊襲の平定を終えて戻ってきたばかりの日本武尊は、兄の大碓皇子を薦めるが、大碓はこれを拒絶し、結局、日本武尊がその役目を引き受けることになる。天皇は、日本武尊に次のように語る。

朕聞く、其の東の夷《ひな》は、識性《たましひ》暴《あら》び強《こは》し。凌犯《しのぎをかすこと》を宗とす。村《ふれ》に長《ひとごのかみ》無く、邑に首《おびと》勿し。各封堺《さかひ》を貪りて、並に相盗略《かす》む。亦山に邪《あ》しき神有り。郊《のら》に姦《かだま》しき鬼有り。衢に遮り径を塞ぐ。多に人を苦しびしむ。其の東の夷の中に、蝦夷は是尤だ強し。男女《をのこめのこ》交り居りて、父子別《かぞこわきだめし》無し。冬は穴に宿《ね》、夏は樔に住む。毛を衣《し》き血を飲みて、昆弟《このかみおとと》相疑ふ。山に登ること飛ぶ禽の如く、草を行《はし》ること走《に》ぐる獣の如し。恩《めぐみ》を承けては忘る。怨《あた》を見ては必ず報ゆ。是を以て、箭を頭髻《たきふさ》に蔵《かく》し、刀を衣の中に佩く。或いは党類《ともがら》を聚めて辺堺《ほとり》を犯す。或いは農桑《なりはひのとき》を伺ひて人民を略む。撃てば草に隠る。追へば山に入る。故、往古《いにしへ》より以来、未だ王化《みおもぶけ》に染《したが》はず。（中略）願はくは深く謀り遠く慮りて、姦しきを探り変《そむ》くを伺ひて、示すに威《いきほひ》を以てし、懐《なつ》くるに徳《うつくしび》を以てして、兵甲《つはもの》を煩さずして自づからに臣隷《まうしたが》はしめよ。即ち言を巧みて暴ぶる神を調へ、武を振ひて姦しき鬼を攘へ。

日本武尊は、困難を乗り越えて陸奥に至ると、「吾は是、現人神の子なり」の一言で蝦夷たちを帰服させてしまう。

野蛮で人倫に外れて獣に等しく、堺を犯し、王民を奪い取る境外の蝦夷を、王威を示し、教喩して、時には武力を振るって王化に従わせる。そのように要約し得る『日本書紀』の日本武尊蝦夷征討説話のこの枠組み、いわば〈征夷の物語〉[1]は、この後の蝦夷の反乱事件の〈物語〉化に繰り返し利用されることになる。

二　征夷の伝統

『続日本紀』以降になると、さすがに「男女交り居りて、父子別無し。冬は穴に宿、夏は樔に住む。毛を衣き血を飲みて、昆弟相疑ふ」といった表現に出会うことはないが、蝦夷《えみし》は依然として野蛮で蒙昧で辺境を騒がし、人民を害し続けるのである。

和銅二年（七〇九）三月六日、「陸奥・越後の二国の蝦夷、野心ありて馴れ難く、屢良民を害《をか》す」ので、巨勢麻呂が陸奥鎮東将軍、佐伯石湯が征越後蝦夷《かい》将軍に任命される。同五年九月二十三日、「その北道の蝦狄《かてき》、遠く阻険を憑みて、実に狂心を縦《ほしいまま》にし、屢辺境を驚かす」という状態であったが、今これを鎮めたので、時機を得て出羽国を建てるべしとの太政官の議奏があり、許される。天平九年（七三七）四月、陸奥按察史大野東人は、陸奥から出羽柵に至るが、雄勝村の狄俘が降を請うて来る。東人は「夫れ狄俘は甚だ奸謀多く、その言恒無し。輙《たやす》く信すべからず」と疑うが、田辺難波の「軍を発して賊の地に入るは、俘狄を教《をし》へ喩《こしら》へ、城《き》を築《つ》き、民《たみ》を居らしめむが為なり。必ずしも兵《いくさ》を窮《つく》して順服《まつろ》へるを残《そこな》ひ害《やぶ》るには非ず」という言を入れてこれを許す（十四日条）。宝亀五年（七七四）七月二十三日、鎮守将軍大伴駿河麻呂らに「蠢《うごめ》ける彼の蝦狄《えみし》、野心を悛《あらた》めず、屢辺境を侵して、敢へて王命を非《そし》る。事已むこと得ず」と、征夷の勅が下る。同十一年二月十一日にも、「夫れ狼子野心にして、恩義を顧みず。敢へて険阻を恃みて、屢辺境を犯す」ので征討するように勅が下る。延暦二年（七八三）六月一日、出羽国が、「宝亀十一年雄勝平鹿村二郡の百姓、賊の為に略《かす》められて、各本業を失して、彫弊殊に甚し」と、言上する。

さらに、『日本紀略』延暦二十年十一月七日条に、「陸奥国の蝦夷等、代を歴、時を渉りて辺境を侵し乱し、百姓を殺略せり。是を以て従四位上坂上田村麻呂大宿禰等を遣して、伐ち平らげ掃き治めしむるに云々、田村麻呂に従三位を授け、已下にも位を授く」との宣命体の詔がある。田村麻呂に降伏した阿弖利為と母礼は、公卿たちの「野性獣心。反復定めなし」との意見で斬られる。元慶二年（八七八）の出羽俘囚の反乱、いわゆる元慶の乱の顚末を『日本三代実録』は載せるが、三月二十九日、出羽国から反乱の報が届くと、「既に知る。夷虜悖逆し、城邑を攻焼す。犬羊狂心、暴悪性と為る」と征討の勅を下し、さらに出羽国から苦戦の奏上があると、四月二十八日、「具さに凶類滋蔓して良民を殺略するを知る」として、援軍を送る勅を発する。藤原保則や小野春風の努力により「賊類を教へ喩へ、皆降伏せしめて」（元慶三年三月二日条）、十二月になって反乱は、どうにか収束する。

それから一七二年後、永承六年（一〇五一）、陸奥の奥郡で反乱が起った。いわゆる前九年の役である。この事件を〈物語〉化つまりは〈歴史〉化した文字テクストが、『陸奥話記』である。その冒頭は、こう始まる。

> 六箇郡の司に、安倍頼良といふ者あり。是れ同忠良が子なり。父祖忠良は、東夷の酋長なり。威名大いに振ひ、部落皆服す。六郡に横行し、人民を劫略す。子孫尤も滋蔓せり。漸く衣川の外に出て、賦貢を輸《いた》さず、徭役を勤むることなし。代々驕奢、誰人も敢て之を制すること能はず。

「東夷」「劫略」「滋蔓」などの言葉の群れは、ただちに、『陸奥話記』が〈征夷の物語〉の伝統に連なるものである

ことを我々に知らしめる。後にも、「貞任等益諸郡に横行し、人民を劫略す」と出てくるが、もちろん、巻末の
戎狄《いてき》強大にして、中国制する事能はず。故に漢の高祖は平城の圍に困じ、呂后は不遜の詞を忍べり。我が朝、上古に屢々大軍を発し、国用多く費すと雖も、戎大なる敗れなし。坂面傳母禮麻呂《さかのもてもれまろ》、降を請けて、普く六群の諸戎を服し、独り万代の嘉名を施す。即ち是れ北天の化現にして、希代の名将なり、其の後二百余歳、或は猛将一戦の功を立て、或は謀臣六奇の計を吐く。而も唯一部一落を服せしのみにて、未だ曾て兵威を耀かし遍く諸戎を誅せしことあらず。而るに頼義朝臣は自ら矢石に当り戎人の鋒を摧く。豈名世の殊功に非ずや、彼の郅支単于《しつしぜんう》を斬り、南越王の首を梟する。何を以てか之に加へんや。

という頼義賞賛の言葉を読めば、それは自明のことだし、『陸奥話記』が基本的には征夷の記であることなどは、早くから繰り返し指摘されてきた。にもかかわらず、ここでそれを確認したのは、〈征夷の物語〉によって書かれたことが、このテクストにとってやはり決定的なことであったと思うからである。

三　軍記の風貌

文学史的常識は『陸奥話記』を『将門記』と共に初期軍記として括り、軍記のジャンルの中に取り込む。戦闘を伴う国家的事件を素材とした独立した作品であること、そして何よりも、作品世界をより豊かなものにした「衆口之話」の導入を、鎌倉期の軍記の先駆的営為として評価し得るからであろう。それについて、基本的には異論はない。『陸奥話記』には確かに軍記の風貌が備わっており、我々が「軍記物語」と呼称するジャンルのテクストに期待するものを、まがりなりにも提供してくれるのである。

例えば、将軍源頼義に従う武将たちの黄海でのさまざまな戦い、それぞれの生と死にまつわる賞賛すべき、あるいは哀れむべき、あるいはさげすむべき言動の数々は、十分に後の軍記の合戦話を連想させる。柵の上から石を投げたり、熱湯を注いだりして敵を退けるという厨川の合戦の様に、『太平記』の楠正成の赤坂城の合戦を思い起こすことはたやすい。頼義が「神火」と称して柵に火を放った時、鳩が軍陣の上をかけ、頼義がそれを再拝するという記述に、壇ノ浦の合戦で虚空に現れた白旗を義経が再拝したという『平家物語』の話や、足利尊氏を篠村八幡から都へと導いたという『太平記』の白鳩の奇瑞を思い浮かべることもできる。捕えられた貞任の十三歳になる子供の千世童子が、その美しさを惜しんだ頼義に助命されかけるものの、清原武則の「将軍小義を思ひて巨害を忘るゝことなかれ」という進言により斬られてしまうという話は、承久の乱後、院方の武将佐々木広綱の子勢多加丸が、その美しさによって一度は北条泰時によって許されかけながらも、叔父佐々木信綱の申し出によって斬られてしまうという『承久記』の話や、『平家物語』の六代の話を喚起する。あるいは、その千世童児が鎧を着て柵の外に出て勇猛ぶりを発揮するという場面に、『承久記』の伊賀判官光季の子寿王丸の話を思い起こすこともできよう。さらには、安倍則任の北の方が三歳の子を抱いて水に飛び込む話に、『保元物語』の源為義北の方の入水話を始めとして、軍記物語に多く現れる水に飛び込む女性の話を連想することも許されよう。そのような連想を積極的に促すような契機は、国解の文と勅符によって、経緯と結果を記録に残すことに目的のある国史の征夷の記においては、ほとんど見出せない。我々の感情を活性化する力が、『陸奥話記』には確かにある。

征討される蝦夷が言葉を発しているというのも大きな相違である。例えば、阿久利河の事件で、子の貞任に嫌疑がかかり、ついに頼義と対決する決意を表明する安倍頼時（頼良）の

人倫の世に在るは、皆妻子の為なり。貞任愚なりと雖も、父子の愛棄て忘るゝ事能はず。一旦誅に伏せば、吾

何ぞ忍びんや。如かじ関を閉ぢて聴かずして、来攻を甘んぜんには。況や吾が衆も亦拒ぎ戦ふに足れり。未だ以て憂となさじ。縦ひ戦に利あらずとも、吾儕《わなみ》等しく死すること、可ならずや

といった発言が、国史に載ることはない。あの阿弖利為ですら、一言も発することをテクストから許されず、処刑されている。あるいはまた、貞任の「其の前日聞くが如きは、官軍食乏しく四方に糧を求めて兵士四散し、営中数千に過ぎずと云々。吾れ大衆を以て襲ひ撃たば、必ず之を敗らん」という発言のような、蝦夷のいわば軍僉議の場面が載ることもない。敗者の行動の背後にある感情や思考を知ることは、物語世界を堅固に構築するためには是非とも必要なことである。安倍氏は、頼時の言葉によって明瞭なように、「男女交り居りて、父子別無し」という野獣のような存在としては描かれていない。少なくとも彼らは人間的情愛を理解する「人倫」として描かれている。それは、我々に、敗者への同調を可能にする。佐伯真一は、征夷の伝統の中で見れば、異民族としてではなく同種の人間として安倍氏の側をここまで描き得たことに、大きな進展・変化を認めるべきだと擁護する。(2) 人間とはいっても、しかしそれは無条件に忌避すべき人間としてであるという留保条件を付ければ、そのとおりであると思う。

つまり、間違いなく『陸奥話記』には——それが「衆口之話」の手柄なのかあるいは作者と称されるある個人の志向によるのかは腑分けしがたいが——、テクストを受容することに楽しみを求める存在への配慮がある。それが、同じ〈征夷の物語〉でありながらも、国史のそれとの大きな違いであり、『陸奥話記』に軍記としての風貌を与えているのである。

四　〈王権への反逆者の物語〉

別の視点、構造的分析からしても、『陸奥話記』を軍記とすることは、決して誤りではない。私は、事件を〈王権への反逆者の物語〉によって翻訳したテクストとして軍記を規定している。

天皇王権の至高性を共通の規則とする共同体内部の秩序に、異者が混沌を一時的に現出させるが、天皇王権を護持する超越者の加護のもと、異者は忠臣により排除され、共同体は秩序を回復する。

というのが、軍記物語を束縛する〈王権への反逆者の物語〉＝〈王権の絶対性の物語〉であり、そして『陸奥話記』もこの〈物語〉によって構造化されていることを、以前に指摘したことがある。(3) 異者が安倍氏であり、忠臣が源頼義であり、超越者を代表するのが八幡大菩薩である。作品世界の枠組みというごく基本的な次元において、この〈王権への反逆者の物語〉に則っていることが、『陸奥話記』を軍記として処遇することの原則的正当性を保証している。〈征夷の物語〉の方が、この国の〈歴史〉への登場は早いのだが、その時間的序列を無視すれば、〈征夷の物語〉は〈王権への反逆者の物語〉のいわば亜種であり、その下位分類項目として位置づけられるものである。

坂上田村麻呂の征討は、残念ながらその具体的経緯を欠いている。しかし、阿弖利為と母礼という辺境の異者が共同体の秩序を脅かすものの、田村麻呂という忠臣によって排除されるという枠組みは存在する。いまだ、神明擁護の中世的神国思想が成立せず、それゆえ超越者の意志によって国家が守られたと明示されることは、国史においてはまれだが、『日本紀略』延暦二十一年（八〇二）正月七日の条によれば田村麻呂がその霊験を奏上して、陸奥国の三神に加階している。もちろん征夷の軍を起こす時や終戦の時に、伊勢神宮や山陵に勅使が発つという記録はしばしば認められる。宝亀十一年（七八〇）伊治呰麻呂の乱の時、陸奥鎮守副将軍百済俊哲は、賊に囲まれ窮地に陥ったが、桃生・白河郷の神十一社に祈ったところ、神力によって囲みを破ることができたので、その神々を幣社とすることを奏上している（『続日本紀』十二月二十七日条）。元慶の乱で言えば、異者は出羽の「蝦狄」、忠臣は藤原保則・小野春風である。この時も「境内群神」に祈願し、四天王像を前に調伏の法が行われ、さらには、朝廷の命によって、僧寵寿が七人の僧を率いて出羽の国に向かい、大元帥明王を祭る大元帥法を修している（『日本三代実録』元慶二年六月二十八日条）。

それならば、〈征夷の物語〉という亜種を設定しなくてもよさそうなものだが、しかし〈征夷の物語〉には、やはり〈王権への反逆者の物語〉とは異質な部分が間違いなくある。

五　危機と快楽の不在

第一の差異は、〈征夷の物語〉には、化外の民である蝦夷を、王威を示し、徳を以て教喩して王化に従わせ、化内の民とするという、共同体内部へ異者を取り込む〈物語〉構造があるが、〈王権への反逆者の物語〉にはそれがないという点である。もちろん化内の民、内部への取り込みといったところで、結局のところ俘囚・夷俘と命名して内部の異者として処遇し続けるわけで、実質的には「排除」と大差ないのだが、武力によって徹底的に排除するという〈王権への反逆者の物語〉のあり方とは相違する。元慶の乱においても、先に『日本三代実録』に見た通り「教喩」の言葉を見出せ、またこの乱について記した『藤原保則伝』でも、保則が蝦狄を「国家の威信」を示し「慰撫」して「内属」させたと記され、「教喩」の観念を見出せる。ところが、『陸奥話記』には、それを見出せない。武力による鎮圧、徹底的排除があるだけである。だから、「教喩」の観念の欠如という点においては、『陸奥話記』は〈征夷の物語〉から逸脱し、〈王権への反逆者の物語〉へとずれこんでいることを、確認しておく必要がある。

第二の、より重大な差異、それは、危機とそして快楽の不在である。〈王権への反逆者の物語〉を滑らかに効率的に機能させるのに不可欠な危機と快楽が、〈征夷の物語〉には存在しないのである。

『将門記』は、将門の新皇としての即位を知った都の本皇の恐怖の様を、次のように記す。

時ニ本《モト》ノ天皇、十日ノ命ヲ仏天ニ請ヒ、厥《ソ》ノ内ニ名僧ヲ七大寺ニ屈シテ、礼奠ヲ八大明神ニ祭ル。詔シテ曰ク。「忝クモ天位ヲ膺ケテ、幸ヒニ鴻基ヲ纂《ツ》ゲリ。而モ将門ガ濫悪ヲ力ト為シテ、国ノ位ヲ奪ハムト欲ス者《テヘリ》。昨《キノフ》此ノ奏ヲ聞ク、今《ケフ》ハ必ズ来ラムト欲スラム。早ク名神ニ饗《キコシメ》シテ、此ノ邪悪ヲ停メタマヘ。速ニ仏力ヲ仰ギテ、彼ノ賊難ヲ払ヒタマヘ」ト。乃チ本皇ハ位ヲ下リテ二ノ掌ヲ額ノ上ニ摂《ト》リ、百官ハ潔斎シ千タビノ祈リヲ仁祠ニ請フ。

ここには、十日の命を仏天に請い、王位を奪われることに恐怖し、玉座を下りて両手を額の上で合わせて祈る王の姿が描き出されている。王権は、大きな危機を迎えているのである。

軍記つまりは〈王権への反逆者の物語〉は、危機の〈物語〉である。より小さな、例えば将軍家や領国や村落や一族といった共同体の問題に矮小化される室町軍記や戦国軍記の多くを除いて(4)、その危機とは、言うまでもなく王土の共同体の危機であり、天皇王権の危機である。『将門記』に限らず『保元物語』も『平治物語』も『平家物語』も『承久記』も『太平記』も、すべて王権の危機と回復の〈物語〉であることは、作品ごとに既に論じてきた(5)。

共同体の〈歴史〉とは、常に共同体の正当性を語るものである。その正当性を語るために最も効果的なのは、たとえどのように重大な危機が訪れようとも、共同体がそれを乗り越えて来たという「事実」を、共同体の成員たちに明示することである。王土の共同体がひょっとしたら終わるかもしれないと危機意識を高揚させて、いやしかしそんなことはありえないのだと安心させてやることが、この共同体がどのような規則により成り立ち、そしてその規則がいかに正当なものであるかを教育するのに、最も効果的であるからだ。今自分たちが属し自分たちの生活をとりあえずは保証している共同体が終わるかもしれないという〈終わりへの危機〉から〈歴史〉は構想される(6)。軍記という〈歴史〉もまたしかりである。共同体の「終わり」とは、共同体を成立させている内部の共通の規則の解体、無効化である。この王土の共通の共同体の共通の規則とは、王権の至高性に他ならず、したがって軍記は、王権の危機を語る〈物語〉にならざるを得ない。

『陸奥話記』も、広義には〈王権への反逆者の物語〉（＝軍記）に包含されるものであるから、もちろん王権の至高性を頻りに訴える。清原武則は、「遥かに皇城を拝し」て「志節を立つるに在り、身を殺すことを顧みず」と誓い、源頼義は武則の助力によって「朝威の厳を露さん」と欲し、「王室の為に節を立」てるのである。その結果、さしもの安倍氏も「朝威の厳」の前に、滅びるのである。

しかし、『将門記』のように、王権の危機が言い募られることはない。陸奥守藤原登任は、鬼切部で安倍頼良と戦って大敗を喫し、将軍源頼義は、黄海の戦いで主従含めて七騎という危機に陥るが、それが、王権の危機として表現されることはない。そして、これは、『陸奥話記』に限らず、『日本書紀』から『藤原保則伝』に至るまでの〈征夷の物語〉に、等しく見られる現象である。

王権の危機がないので、作品世界は、秩序から無秩序へそして秩序へという展開を、より劇的なものとして成立させることができず、受容者を満足させることはできない。特に後の軍記を読み慣れた者ほど、その平板さを強く感じるはずだ。

さらに、〈終わりへの危機〉がないということは、〈権力と戦う快楽〉がないということを意味する。共同体とは、我々を保護すると同時に抑圧する。特に、禁止・抑圧・搾取という暴力的に目に見える形で存在に介入してくる政治的権力組織に対するストレスを、我々は不断に蓄積している。それは我々にとっても、共同体にとっても不健康なことである。しかし、だからといって、暴力的に権力組織を破壊することは、共同体自体を破壊することにつながりかねず、通常、我々の多くは、それだけの力を持たないし、またそれを望まない。しかし、蓄積されるストレスは発散されなければならない。祝祭や犠牲の儀礼や演劇などと同じく、軍記はそのための装置の一つである。軍記を受容することによって、我々は、仮想世界の中で、権力を崩壊の危機に追い込むことができる。それは、我々にとって快楽であるはずだ。

永積安明は、先に引用した『将門記』の恐怖する本皇の姿に対して、「玉座を降りて両の手を額の上に合わせた「本天皇」の像には、将門の叛逆に対して仏神に祈願するよりほかには、なすべきすべを知らない貴族政権の、みじめな姿が象徴的にとらえられている」と評したが[7]、この一文、特には「みじめな」という言葉の選択に、『将門記』の一人の読者として、この場面に永積が強い快楽を感じていることを推定するのは、決して的はずれではあるまい。

永積は、『陸奥話記』には、将門のように権力に反逆する強烈な英雄的人物はいないと断言する。一方、小松茂人は安倍氏の頑強な抗戦と悲運な没落の姿に、英雄像を認める[8]。『陸奥話記』についての評価の言説は、これ以降も、英雄が存在するか否かをめぐる議論であり続けた。研究者という名の読者は、執拗に英雄を捜し求めた。軍記物語において英雄は、超人的な力で権力を崩壊の危機にまで追い込みそして壮絶な死を遂げる存在である。我々は、彼に同化することによって――むろん同化するようにテクストは組織されている――〈権力と戦う快楽〉を得ることができるのである。英雄が〈王権への反逆者の物語〉において果たす三つの機能の詳細について、ここで繰り返す余裕はないのだが、これが英雄の《減圧》(=《ガス抜き》)の機能である。《ガス抜き》されること、ストレスが発散されることは、快楽であるに違いない。英雄とは〈権力と戦う快楽〉をもたらしてくれる存在である。だから、研究者たちは、快楽という「文学的価値」の有無を見極めるために、『陸奥話記』に英雄の姿を捜し求めたのである。むろんそれは、研究者の姿勢の問題などではなく、人間の一般的傾向である。

『陸奥話記』には反権力の英雄はいない。『藤原保則伝』に至る征夷の記録においても、むろんいない。王権の危機、

〈終わりへの危機〉がないのだから〈権力と戦う快楽〉は存在し得ず、従って英雄も存在するはずがない。

永積は、『陸奥話記』が『将門記』に見られた「文学的集中性」から後退していると評し、それは「衆口の話」が事件展開を中断し、『将門記』における将門の造形のような強烈な英雄的人物への集中を妨げており、源頼義を将門のように作品の中心に据えられなかったからであるとする。(9) 永積の称揚する「叛逆英雄」とはなり得ないはずの、勝者であり体制側の人間である頼義を、将門と同様に扱おうとすることも不審だが、『陸奥話記』の作品としての集中性を妨げているのが「衆口之話」であるというのは、理解できない。『陸奥話記』の説話的部分のあり方は、『平家物語』における あり方となんら変わりなく、事件展開を中断することもない。『陸奥話記』に「文学的集中性」がないとすれば、それは〈終わりへの危機〉と〈権力と戦う快楽〉がないからである。その欠如ゆえに、我々は散漫さを感じることになり、それが『陸奥話記』に対する低い評価の原因になっているに違いない。

この、危機と快楽の不在は、受容者にとってだけでなく〈王権への反逆者の物語〉にとっても致命的な欠陥である。繰り返すが、この〈物語〉は、王権の至高性つまりは王土の共同体の正当性を教育し、同時に内部に蓄積されているストレスを発散させることによって共同体を再活性化し、その健康を維持して行くためのイデオロギー装置なのであり、その目的を果たすためには〈終わりへの危機〉と〈権力と戦う快楽〉が不可欠なものなのである。それを欠く〈征夷の物語〉を〈王権への反逆者の物語〉と全く同じものとして扱うことはできない。〈征夷の物語〉は、やはり亜種として区別されなくてはならない。そして、たとえ「教喩」の観念が欠けていても、『陸奥話記』は、やはり〈征夷の物語〉として理解されなければならないし、それゆえ、たとえ軍記としての構造と風貌をそなえていようとも、軍記としては致命的な欠陥を抱え込んでいることも認識されなければならない。

では、何ゆえに『陸奥話記』は、そのような〈物語〉になってしまったのかが、当然問題になる。

六　時代後れの〈物語〉

先に触れたように、元慶の乱の時に、わざわざ出羽まで出向いて大元帥法が行われている。その問題性については、酒寄雅志や村井章介が言及している(10)。承和年間に僧常暁によって唐からもたらされたというこの法は、王土という限定された内部を隣国の敵から守りあるいはその内部から悪人・悪鬼・鬼神等を排除するという閉鎖的な法であり——その点においてはこの頃誕生した中世的神国思想と同じである——、天子の徳を外にむけて無限定に及ぼし続けるという華夷思想とは、本来相容れないものである。そしてそれは、九世紀において、この国が自閉的な国家へと変質したことの一つの証左とされる。新羅と連動する国内の不穏な情勢、保立道久によってその背後にあると指摘された承和の変・応天門の変といった王朝内部の動揺(11)、さらには九世紀後半になると顕著になるケガレ意識の肥大化による境外の空間への恐怖などの要因によって、この国は自閉した。自閉することによって共同体の自律性を確保しようとしたのである。それを象徴的に示すのが、王土の東西南北の境界を始めて明文化した、『貞観儀式』の「穢《きたな》く悪き疫鬼の所所村村に蔵《かく》り隠《かくら》ふるをば、千里之外、四方之境、東方陸奥、西方遠値嘉、南方土佐、北方佐渡よりをちの所を、なむたち疫鬼之住かと定賜ひ行賜て」という「追儺祭文」なのである。『日本三代実録』貞観十四（八七二）年正月二十日条によると、この正月に京都で「咳逆病」が流行り多くの人々が死んだが、それは来朝していた渤海使が「異土の毒気」を持ち込んだ故であるとして建礼門の前で大祓が行われている。王土の境の外は、毒気に満ちた世界なのである。同じく『日本三代実録』の元慶二年（八七八）六月十一日条によれば、この日、月次並神今食祭が行われたが、出羽の飛駅使が宮中に入ったからには、死穢に染まったというべきであるとして、天皇はこの儀礼をせず、内裏に入らなかった公卿を神祇官に遣わして執り行った。元慶の乱の影響であろうが、貴族たちに、奥羽をケガレた地と見なす意識があったことを伺わせる。王土の辺境の地、周縁の地もケガレに染まっていたのである

自閉した王土の共同体は、その自律性・正当性を確保するために、不断に内の聖性・特権性を確認する必要にかられ、その必要が軍記を発想させたのだということは、以前に言及した。[12] 元慶の乱を記した九世紀中葉の『日本三代実録』や十世紀初頭延喜七年（九〇七）に記された『藤原保則伝』は、かろうじて「教喩」の観念を確保し得たが、十一世紀中葉以降に記された『陸奥話記』には、それができなかったということであろう。蝦夷は既に「教喩」し徳化すべき対象ですらなく、ケガレた忌避すべき存在へと変貌していたのである。〈征夷の物語〉は、既に過去のものになっていたのである。

元慶の乱は、その鎮圧によって蝦夷が最終的に征服され、蝦夷社会が青森県以北を別として消滅したとされる反乱であった。この乱がそれまでと異なっていた点は、それが朝廷も認めざるを得ない出羽国司の圧政に対する抵抗から起こったものであり、乱の最中、蝦夷（蝦狄）側から「秋田川以北を己の地と為さん」（『日本三代実録』元慶二年六月七日条）と、要求してきたことである。彼らは境界の画定、独立という政治的要求を突きつけているのである。彼らは、もはや獣のごとく蒙昧な存在ではなく、日本という国家と交渉できるほどに成熟した存在であった。

前九年の役にまで至れば、奥六郡は実質的には一つの独立国家にまでなっていた。『本朝続文粋』に載る源頼義の奏状には、「数十年の間、六箇郡の内国務に従はず、皇威を忘れたるが如し」とある。安倍氏は、既に数十年の間、奥六郡を実質的に支配していたのであり、朝廷はそれを黙認していたのである。その支配領域を、衣川の関という南の堺を越えて広げようとした時になって、さすがに黙しがたく攻撃したというのが実情である。争乱には、藤原経清などの俘囚以外の豪族たちも加わっているのであり、もはや単純な蝦夷の反乱などではなかった。経清は、兵を率いて衣

川の関を出て、使者を諸郡に放って官物を徴発し、「白符を用ふべし。赤符を用ふべからず」と命じている。国印を押した正式な徴収令状を拒否するその姿勢に、日本という国家を拒絶する意志を読み取ることは決して不当ではない。

あえて言えば、坂東八か国を独立国家と宣言した百年ほど前の平将門の乱と、辺境における国家内国家の誕生とそれをめぐる対立という点において、事件としては類似している。しかし二つの事件は同じようには翻訳されなかった。安倍氏の反乱がもはや古代の蝦夷の反乱とは全く異質であり、もはや「教喩」し「徳化」すべき蝦夷など、観念上においても実際においても存在しなかったにもかかわらず、また、すでにほぼ百年も前に〈王権への反逆者の物語〉によって『将門記』が記されており、王権の危機と捏造して物語ることも不可能ではなかったはずであるにもかかわらず、安倍氏の反乱は、時代後れの〈征夷の物語〉によって、時代後れであるがゆえに「教喩」という視線を欠いて、不格好に翻訳されたのである。

それは言うまでもなく、将門が桓武天皇の五代の孫であり、八幡大菩薩から王位を譲るとの託宣を受け得る人物、「伏シテ昭穆ヲ案ズルニ、将門既ニ柏原帝王ノ五代ノ孫ナリ。縦ヒ永ク半国ヲ領スルモ、豈運ニ非ズト謂ハンヤ」と、摂政藤原忠平に向って堂々と主張し得る存在であったのに対し、「人倫」であったとしても、安倍氏があくまでも俘囚に過ぎないことによるのである。事件の実質がどうであろうと、俘囚との争いは、〈征夷の物語〉によって翻訳されねばならなかったのである。そこには、人間の本性から発した強固で強迫的なイデオロギーの力が作用している。

七　『陸奥話記』の意義

〈征夷の物語〉は、この国で独自に生み出されたものではない。指摘されているように、『日本書紀』で景行天皇が語った蝦夷の様子は、『史記』「商君伝」や『礼記』「礼運」の夷蛮の記述を採ったものに過ぎないし、国史や『陸奥話記』の将軍たちの造形が、漢の将軍たちのそれによっていることも指摘されている。そしてこの引用を促したものが、中国の中華思想、華夷思想を導入して「東夷の小帝国」たろうとしたこの国の政治的意思であることは自明であろう。

帝国は野蛮を必要とした。古代王朝のあった河南の地を、優れた文化に満たされた世界の中心である「中華」とし、そこを天の大命を受けた天子が「徳」を持って支配する。そして天子の「徳」の及ばない地を、「四夷」（南蛮・東夷・西戎・北狄）として峻別し、この「四夷」に「徳」を及ぼして教え導き、天下を拡大してゆく。「四夷」の首長は中華の天子に朝貢し、天子から冊封される。東夷の小国であった日本は、自らも帝国として自立すべくこの華夷思想を取り入れた。その結果、薩南・琉球諸島の人々は「南蛮」にあたるとされ、東方陸奥の人々は「蝦夷」、北方出羽の人々は「蝦狄」と命名され、王化に従い、朝貢することを強要された。『日本書紀』斉明天皇五年（六五九）七月の条によれば、唐にわざわざ男女の蝦夷を連れて行って、「歳毎に、本国《やまとのくに》の朝《みかど》に入《まゐ》り貢《たてまつ》る」と唐の天子に見せている。東夷が東夷を誇らしげに引き連れるというこの光景は、滑稽で悲惨だが、国家として認知されるためには、是非とも必要なことであった。高句麗も百済も新羅も渤海もヴェトナムも、それぞれに国家としてのアイデンティティを確立するために華夷思想を導入した。むろんそれは、政治・文化における中国との圧倒的な差に由来するのだが、何よりもこの華夷思想が、極めて分かりやすく、自然なものと感じられたからであるに違いない。

ユーリー・ロトマンは、文化モデルの最も一般的特徴の一つは、内部（組織されたもの）と外部（未組織のもの）との間に境界線を引くことであると看破した。(13)当然、自らの属す内部は常に正の価値を持ち、外部は常に負の価値を持つ。境界線を引き排除する。それが人間の本性である。華夷思想とは、この基本的で不可避的な、人間の世界了解のあり方を愚直に具現化したものなのである。だから、この徹底して差別的な思想は、何の違和感もなく受け入れられたのである。共同体とは、まさに境界線を引いて内と外とを分け、異質なものを排除する行為によって成立する、閉ざされた意識の集合体である。国家という共同体を造るにあたって、これ以上自然で強力な思想が他にあり得ようか。

この、華夷思想の導入が、人倫をわきまえぬ不気味で凶暴な蝦夷像を可能にし、〈征夷の物語〉を可能にしたのである。

蒙昧な化外の民である、つまりは「文化」というものを知らない蝦夷ごときには、至高なる王権を脅かすことなどできようはずがないのだ。王権を脅かすには資格が必要なのだ。将門・崇徳・為朝・信頼・義朝・清盛・後鳥羽院・高時・尊氏等々、反逆者には共同体の権力組織に関与し得る程度の社会的地位が必要なのだ。蝦夷など問題外である。だから、〈征夷の物語〉に〈終わりへの危機〉などあり得ようはずがない。

ただし、国史の征夷の記録に王権の危機がないことを、限定的に華夷思想ゆえと断定することはできまい。そもそも、王権の危機の意識が、軍記に比べれば、国史には希薄である。例えば、天平十二年（七四〇）の筑紫での藤原広嗣の乱では、聖武天皇が、乱の最中に関東、伊勢・伊賀へ行幸することを大将軍大野東人に告げて、突如都を離れる。これは、危険を感じて避難したと読み取るべきだろうが、そのことを明確にあるいは強調して記すことはない。天平宝子七年（七六四）の藤原仲麻呂の乱でも、仲麻呂が朝廷を傾け、氷上塩焼を即位させて王位を掠めようとしたとは記すが、それを王権の危機だと声高に叫ぶことはない。それは、国家の正史としての体面あるいは叙述姿勢にかかわるものであろう。けれども、広嗣や仲麻呂に、蝦夷に対するような無根拠な侮蔑の視線が注がれることはないということは、十分に確認すべきである。

『陸奥話記』が、史官の手で著され、その結果、国史の発想を免れなかったということも考えられる。しかし、問題の所在は、国史でもない『陸奥話記』が、あるいはその史官が、なぜそれを免れ得なかったかということにある。先にも述べたように、すでに国史の時代の蝦夷など現実には存在しなかったし、反乱の現実も性格を全く異にしていた。『将門記』という〈王権への反逆者の物語〉も誕生していた。だが、にもかかわらず、時代後れの〈征夷の物語〉によって事件は翻訳されたのである。それが、華夷思想からくる侮蔑意識に、ケガレ意識の肥大化によって生じた化外の民への忌避感が、さらに重なった結果であるとするなら、蝦夷の人々に対するいわれのない差別の視線は、国史の時代以上に強くなっていたと言わざるを得ない。国家という共同体が自閉すればするほど、排除の視線も強まるのである。

アリストテレスが、人間はポリスの生物であると言ったように、例外的な存在を除けば、人間は排除のシステムである共同体の内部でしか生きられない。『陸奥話記』を読むということは、共同体の生物である人間の宿業を読むことである。それは心地よい経験ではないが、繰り返しなすべき経験である。『陸奥話記』というテクストを持ち得たことは、断じて皮肉めいた言いまわしなどではなく、我々にとっての慶事である。

注

（1）〈物語〉とは「共同体の容認するイメージで翻訳された共同体内部に流通している事件の要約」という定義で使用する。
（2）佐伯真一「「朝敵」以前―軍記物語における〈征夷〉と〈謀叛〉―」（『国語と国文学』一九九七・一一）参照。
（3）大津雄一「『陸奥話記』あるいは〈悲劇の英雄〉について」（『古典遺産』一九九四・三）参照。
（4）大津雄一「『明徳記』と『応永記』との類似性―神聖王権の不在をめぐって―」（『古典遺産』二〇〇〇・六発行予定）参照。
（5）総論的には、大津雄一「軍記物語と王権の〈物語〉―イデオロギー批評のために―」（『平家物語　研究と批評』有精堂　一九九六）参照。
（6）大津雄一「『承久記』の成立と方法―〈終わり〉の危機と〈歴史〉の危機―」（軍記文学研究叢書『承久記・後期軍記の世界』

汲古書院　一九九九）参照。

（7）永積安明『軍記物語の世界』（朝日新聞社　一九七八）参照。

（8）小松茂人「陸奥話記の虚構」「軍記物の英雄像―為朝・義仲・義経―」（『中世軍記物の研究　続』桜楓社　一九七一）参照。

（9）永積安明「「軍記物」の構造とその展開」（『中世文学の成立』岩波書店　一九六三）参照。

（10）酒寄雅志「華夷思想の諸層」（『アジアのなかの日本史Ｖ』東京大学出版会　一九九三）、村井章介「王土王民思想と九世紀の転換」（「思想」一九九五・一）参照。

（11）保立道久「平安時代の国際意識」（『境界の日本史』山河出版社　一九九七）。なお、九世紀における日本の閉鎖的転換については注（10）論、あるいは石上英一「古代国家と対外関係」（『講座日本歴史2』東京大学出版会　一九八四）参照。

（12）大津雄一「怨霊は恐ろしき事なれば―怨霊の機能と軍記物語の始発―」（『軍記文学の系譜と展開』汲古書院　一九九八）参照。

（13）ユーリー・ロトマン『文学と文化記号論』（岩波書店　一九七九）参照。

※　引用は以下のとおり。ただし、訓読文が付されている場合はそれに従い、ない場合は私に読み下した。
日本書紀＝日本古典文学大系、続日本紀＝新日本古典文学大系、日本三代実録・日本紀略・貞観儀式・本朝続文粋＝国史大系、陸奥話記＝古典文庫（現代思潮社）。

純友追討記・奥州後三年記

『純友追討記』の考察

白﨑祥一

「承平天慶の乱」という事件を、文字通り一対の事象としてとらえようとする発想は、例えば歴史の教科書をひもとくまでもなく、あたかもほとんど自明のこととして我々の前に示されている。承平、天慶という連続する時代に、東西で起こった事件であるという点では、まさに当然の発想と思われる。ともに中央権力への反抗という結末を呈した点においては共通項を有するにもかかわらず、やはり質的には微妙な差異をうちに孕んでいるように思われる。承平、天慶の乱というくくり方自体には何一つ問題はないだろう。しかしその乱を素材とした軍記作品、或いは軍記的記述ということになると、『将門記』と『純友追討記』の間には、先述の如く質的な微妙な差異を反映した、ある歴然とした違いがあることもまた否定しようのない事実である。文学史という縦割りの中における軍記物語の系列の中には、常にその名を見出すことができるが、単純な質量という点だけでもやはり『純友追討記』は『将門記』を越えることはないのである。その上『追討記』は、当初から一つの軍記的「作品」として、或いは少なくともそのような意図を持った記述として着想・執筆されているかという、最も基本的な部分を度外視しなければ、二つの「作品」を同列に論ずることなどとうてい不可能といえるだろう。従来から諸氏が、この『純友追討記』を論ずるに際して、常に古代の軍記、或いは軍記の萌芽としての体裁を有する記述として位置付けざるを得ない理由もまさにそこにあるといえる。言い換えるならばこの『純友追討記』という記述は、『将門記』のように『純友記』ではなく『純友追討記』、即ち追討する側からの記録なのであるという当たり前の事実を再度確認しておかなければならない。

ところで『純友追討記』自体は、九百字に満たない記述であるが、その中に記されている「遥聞ニ将門謀反之由一、亦企ニ乱逆一」という一句が、例えば後世の『将門純友東西軍記』といった作品の

相馬将門藤原純友両人、比叡山ニノホリ、平安城ヲミヲロシ、互ニ逆臣ノ事ヲ相約ス、本意ヲトクルニヲイテハ、将門ハ王孫ナレハ帝王トナルヘシ、純友ハ藤原氏ナレハ関白トナラント約シ云々

に象徴されるように、承平、天慶の乱における将門と純友の共謀説のよりどころとなったことはまちがいあるまい。遠く東西を隔てていたとしても、それぞれの動向は中央を介して伝わる可能性は十分にあったと思われるし、その意味では『追討記』中の「遥聞ニ将門謀反之由一」という記述もあながち絵空事として切り捨てるわけには行かない。しかし、それにしても〝共謀説〟はあり得ないだろう。時を同じくして発生した地方の混乱状況は、中央政府の集権力の未熟さを露呈するものであって、ある意味では起こるべくして起こった歴史的必然とも言うべきものと思われるが、一方は結果的に小国家の樹立という目標を設定することになってしまった、文字通りの謀反であるのに対し、他方は海賊の首領の度を越した横暴行為の域を出ていないと考えられる。

藤原純友については、生没年は不詳（没年については『追討記』によるしかない）だが、『尊卑分脈』によれば、冬嗣流、長良の曽孫で良範の子である。父の良範は筑前守、大宰少弐で所謂受領階級に属している。受領の子として伊予掾になった純友がなぜ海賊の首領という立場に身を置くに至ったのか知る術はない。『本朝世紀』によれば、純友は承平六年（九三六）六月、海賊追捕の宣旨を蒙っている。つまり元々は海賊を追捕する側に居たわけで、それが何らかの事情

によって海賊の首領に祭り上げられてしまったことになる。即ち、受領階級の土着化ということになるのであるが、この辺の事情について北山茂夫氏は次のように述べている。

当初海賊をとりしまる立場にあった彼が海賊の内情に深く通じるようになり官を捨てたのではないか。そしてそれが、受領層の土着化の一つのパターンとしてとらえられる。(1)

受領階級とは言っても、それは父の代であり、言ってみれば受領くずれともいうべき掾の位置に甘んじる彼らがその処遇に不満を持ち、海賊にとっては首領として仰ぐのに好都合な立場と血統を持つ人間ということになれば、両者が結託して名よりも実をとるという可能性は充分あったと考えられる。『追討記』の中にもあるように、政府が当初純友に対して従五位を与えるなどという懐柔策をとっているのも、逆にその辺の事情を浮きぼりにしているのではなかろうか。北山氏はさらに、東国における「僦馬の党」と瀬戸内における海賊の動向について、両者ともに当時の運輸事情につけ込んで発生し、治安を乱し、関係国府はもとより、中央政府の頭痛の種としてほぼ同時代的な、東西における産物だと指摘している。これを裏付けるように、例えば『扶桑略記裏書』には次のような記述が続出する。

承平三年(九三三)十二月十七日

南海国々海賊未レ従二追捕一。遍満云々。就レ中阿波解状、今日定二遣国々警固使一。

同四年(九三四)四月二十三日

被レ立二諸社奉幣一、依二海賊事一也。

同四年五月九日

山陽南海両道十箇国十八所諸神、被レ奉二臨時幣帛使一、依二海賊御祈一也。

同四年六月二十九日

於二神泉馬出殿一、試二右衛門志貞直、内蔵史生宗良、左近衛常陰等之弩一、為レ遣二海賊所一也。

これらの記事をみても、瀬戸内での海賊の横行が激しく、それに手を焼いた中央政府は諸社に祈願したり、追討使を選んで派遣したりしている様子がわかる。しかも、結果的にほとんどそれらの策が効果をあらわさない状況が露呈している。特に海賊ということであれば、船での移動によって自由に出没し、追討の側が攻め切れないことが予想される。

同じく『扶桑略記』本編の、承平六年（九三六）、六月の条には

南海道賊船千余艘浮二於海上一。強二取官物一。殺二害人命一。仍上下往来人物不レ通。勅以二従四位下紀朝臣淑仁一補二賊地伊与国大介一。令レ兼行海賊追捕事一。賊徒聞二其寛仁泛愛之状一。二千五百余人悔レ過就レ刑。魁帥小野氏寛、紀秋茂、津時成等。合三十余人。手進二交名一。降請二帰伏一。時淑仁朝臣皆施二寛恕一。賜以二衣食一。班二給田疇一。下二行種子一。就レ耕教レ農、民烟漸静、郡国興復。

とあって、中央政府の苦肉の策ともいうべき賊徒懐柔策がうかがわれる。率先して交名を提出して刑に就き、農耕に従事すべく帰伏した三十余人を始めとする五百余人の海賊とは、本来の海賊層ではなく、恐らく土着の武士とそれに率いられた者達が、本来的な海賊の動きに同意したものの、基本的に一つの組織としてまとまるには大世帯となりすぎて、純友を首領としてかつぎ出すような、妙な言い方だがいわば職業的海賊集団からはあぶり出された結果の産物ではなかろうか。また、伊与大介として赴任した紀淑仁の寛大な措置によって、二千五百余名の賊徒が刑に服したということは、裏を返せばそれほどの数の賊徒がいたということである。

しかし、このような一時的な政策によって事態がおさまるはずもなく、海賊の横行は天慶年間も続いている。『日本紀略』によれば彼等の横暴は、伊与にとどまらず備後、讃岐、阿波、土佐、ひいては大宰府にまで及び国府の焼き討ちや官物の掠奪を繰り返している。ことここに及んで、中央政府は藤原忠文を征東に次いで、征西大将軍に任じている。そして、天慶四年（九四一）七月七日に、純友ならびに子息重太丸の首が都に送られた由が同じく『日本紀略』に見える。

ところで、『扶桑略記』に引用されるところの『純友追討記』は、その前の部分に、天慶三年（九四〇）十一月二十一日の条として、

有レ勅。遣二内供奉十禅師明達於摂津国住吉神宮寺一。為レ降二西海凶賊藤原純友一。二七箇日、令レ修二毘沙門天調伏法一。引二率二十口伴僧一。于レ時海賊純友等遂以捕得。

という記事を載せ、それを受ける形で「純友追討記云……」の文章が続いている。これより前、同じ明達は美濃中山の南神宮寺で将門調伏のための修法を行なっており、その結果として内供奉十禅師となったのである。さらに、右の純友捕縛の記事は、将門の首が洛都に到着した三月二十五日の条に続くものである。矢代和夫氏はこれについて、

これは〝調伏祈禱から霊験まで〟、兵乱鎮圧に対する神仏の加護という重要な事柄を簡潔に記すことになっているが、同時に最も単純化した形において、乱の顚末を表したことになっている。この前文を受けて謀叛から逮捕、獄中死までの乱の顚末を、「純友追討記云」の引用文を以て繰り返し記述するのである。

と述べている。[2]

「純友追討記云」以下の記述は、矢代氏の指摘の通り、純友が逮捕されたという結果的記事に従って、純友の叛乱の一部始終を記載していくわけであるから、その意味では繰り返しということができる。しかし、繰り返しというよりはむしろ乱の顚末の補足になっていると考えられる。首謀者が死亡した時点で改めて乱の経緯を追っていく形でまとめていくのである。それまでの海賊に関する記述は当然のことながら、刻々と都にもたらされる乱の経過報告であって、それが最終的に一つの事件としてまとめられていることになる。『日本紀略』では『扶桑略記』の承平六年（九三六）六月の条（先に引用）に相当する部分に、純友及び子息重太丸の名が既に記載されているにもかかわらず、『扶桑略記』には西国での海賊の動向は随時記されているのに肝心の純友の名が登場するのは、「裡書」を含めてここが最初である。これは純友に関する情報が、純友個人というよりは〝海賊〟として入ってくる割合いが強いことを示している。その点は将門の場合と対照的といえるだろう。『扶桑略記』の平将門の乱に関する記述は、例えば「合戦章云」、「官符

云」の形で東国の動きがとらえられ、最終的に将門の首が都に到着した段階で、「已上将門誅害日記」という注が付されている。少なくとも『将門記』以外に「合戦章」、「官符」、「誅害日記」といった三種類の記録及び記述が参考資料として使用されているわけである。同時に『将門記』という独立した作品自体も、直接、間接にこれらの資料を参考にしていることはまちがいない。純友に関しては少なくとも『純友追討記』なる資料が存在したことは事実なわけで、その名称からしても『将門誅害日記』といわれる記録とほぼ同質の、公の側からの視点に基いた記録であることもまちがいないだろう。これらの点を踏まえた上で、事実上存在し得ないであろう『純友記』について考えてみたい。『扶桑略記』に引用されている『純友追討記』について詳しく検討を加えてみる。

先ず、冒頭部分について

伊与掾藤原純友居二住彼国一。為二海賊首一。唯所レ受性狼戻為レ宗。不レ拘二礼法一。多率二人衆一。常行二南海山陽等国一。濫吹為レ事。暴悪之類聞二彼威猛一。追従稍多。押二取官物一。焼二亡官舎一。以レ之為二其朝暮之勤一。遥聞二将門謀反之由一。亦企二乱逆一。漸擬二上道一。

右の記述は、例えば同じ『扶桑略記』の天慶三年の、将門関係の記述の中に「官符二云」として記載される次の部分が参考になる。

太政官符二東海東山道諸国司一。応乙抜下有二殊功一輩上。加レ不次賞甲事。右平将門積悪弥長。宿暴暗成。猥招二烏合之群一。只宗二狼戻之事一。冤二国宰一而奪二印鎰一。領二県邑一云々

『追討記』の文面は、官符そのものの体裁をとっているわけではないが、その記述の仕方において、『扶桑略記』所載の官符と相通ずるものがみられる。言い換えれば『追討記』も、官符の如き記録類を参考にした可能性が強いということである。また、純友が将門の叛乱の報を何らかの形で耳にした可能性も充分に考えられることだが、しかし都に上るというのは、中央政府の対海賊政策の不備からくる風聞の域を出ないもので、そのような中央政府と地方の関係の混乱に乗じて、純友らが日常的な掠奪行為の範囲を次第に広げようとしていたことを示唆するものに他ならないだろう。だからといって、これらの行動の広汎化が、将門が関東においてとった小国家建設という行動の経緯と同質のものであったということは、少なくともこの『追討記』という記述からは読みとることはできない。あくまでも、増幅された暴虐行為の域を出ないのではなかろうか。

さて、右に続いて

此比、東西二京連夜放レ火。男送二夜於屋上一。女運二水於庭中一。純友士卒交二京洛一所レ致也。

という記述がある。当時の中央政府の集権力がまだまだ不安定であることは先にも述べたが、『扶桑略記』や『日本紀略』のこの当時の記録の中にも、群盗や火事、地震といった人災、天災の記事が頻出する。その上、東西における不穏な動きはいやでも中央における政情不安をかきたて、人心穏やかならぬ情勢であったことは想像に難くない。純友の士卒が都で策動したなどという風聞は、群盗や火事騒ぎと直接的にかつ容易に結び付いたに違いあるまい。しかし、何度も繰り返すように、純友の目的は中央進出ではあり得なかったと思われ、この辺の真偽もはかれようというものである。中央に見切りをつけた者が中央にもどることはあり得ないし、逆にもどることは海賊という反定住の活動と矛盾することになるだろう。

それはともかく、純友上道の報を聞いた備前介藤原子高は、妻子を伴なって上京する途次、純友の郎等文元らに囲まれ、摂津須岐駅で合戦となった。

天慶二年十二月二十六日壬戌、寅刻。純友郎等等放レ矢如レ雨。遂獲二子高一、即截レ耳割レ鼻。奪レ妻将去也。子息等為レ賊被レ殺畢。

これらの記述は、やや形式的ではあるものの、記録という制限を差し引いて考えるならば、充分に軍記的な表現の萌芽となり得てはいるだろう。『日本紀略』に於いても、子高は捕われ、長男が殺された由が見えるから、恐らく子高は生き残ったのかも知れない。しかし、いずれにせよ子高らは私刑的な仕打ちを受けたことがわかり、純友らの戦い方はまさに海賊そのものと言ってよいだろう。この純友らの暴虐に対して政府のとった行動は、前にも触れたように集権力の弱体化を示す象徴的なものといえる。

公家大驚。下二固関使於諸国一。且於二純友一。給二教喩官符一。兼預二栄爵一。叙二従五位下一。

賊徒追討が不成功に終わり、純友に教喩の官符と従五位の下を与えることで、その場しのぎの懐柔策に出るという措置をとっているが、それこそが政府の狼狽と無力を露呈することになった。このような消極的な政府の対応に対して純友らが従順に従うはずもなく、「而純友野心未レ改。猾賊弥倍」という仕末でここから彼の集団は、阿波、讃岐、大宰府、筑前とその鉾先をさらに展開していく。

しかし、ここから純友捕縛までの記述の中で、純友に関するものは阿波国府での「放レ火焼亡。取二公私財物一」と、大宰府での「于レ時賊奪二取大宰府累代財物一。放レ火焼レ府畢」。という二つだけであり、いずれも焼き討ちと掠奪という、海賊としての行為の繰り返しの事実が記されるばかりである。逆に記述の大半は追討する側の動きで占められている。追討使に任命された小野好古等の奮戦の模様は例えば次のように記される。

官使好古引二率武勇一。自二陸地一行向。慶幸春実等鼓レ棹。自二海上一赴。向二筑前国博多津一。賊即待戦。一挙欲レ決二死生一。春実戦酣。裸袒乱髪。取二短兵一。振呼入二賊中一。恒利遠方等亦相随。遂入截二得数多賊一。賊陣更乗レ船戦之時。官軍入二賊船一。着レ火焼レ船。凶党遂破。悉就二擒殺一。所二取得一賊船八百余艘。中レ箭死傷者数百人。恐二官軍威一入レ海男女不レ可二勝計一。賊徒主伴相共各離散。或亡或降。分散如レ雲。純友乗二扁舟一。逃二帰伊与国一。為二警固使橘遠保一被レ擒。次将等皆国々処々被レ捕。

漢文表記による制限はあるものの、追討側の春実の奮戦や賊徒敗北の模様が、多少なりとも〝軍記的〟な或いは〝合戦記的〟な言いまわしを駆使することで表現されている。全体の筆致が、勝利をおさめた追討軍からの情報による、ある意味で官軍の士気をたかめるような記述になることはやむを得まい。所謂〝軍記〟という範疇からすれば、未熟な表現ということになるだろうが、そのような意図のもとで記述されたものでない以上致仕方のないところである。同時に純友や彼に従う海賊ではなく、官軍の動きが詳細に記されることも、追討の記という立場からすればこれもまた当然のことである。純友は結局、彼の次将である藤原恒利なる者の寝返りによって急襲を受け、本拠地の伊与に逃げ帰りそこで捕まることになる。

ところで、『将門記』に対応するような形での、たとえそれが形式的なレベルにおいてのものであっても、『純友記』なる作品は存在し得るのだろうか。確証はないにせよ、これは多分あり得ないのではなかろうか。あり得ない作品について論じるのも不合理なことであるに違いないが、しかし、軍記という系列の中で、或いは承平天慶の乱という枠の中でこの『純友追討記』をとらえるとするならば、一度は考えてみなければならぬ問題であろう。では、なぜ『純友記』はあり得ないのだろう。第一に、純友に関する記録や情報の極端な少なさがあげられよう。今ここで扱っている『純友追討記』をはじめとする、他の記録や資料に散見する情報からは、純友の実像はほとんど見えてこないのである。純友という一個人にまつわる一つのまとまったエピソードのようなものがない。このことは例えば『今昔物語集』におさめられている説話においても、基本的には同じではないかと考えられる。『今昔物語集』巻二十五には、所謂武士説話といわれるものが十四話おさめられている。ここでも純友の話は将門の次に配置されていて、両者の結びつきについては確認することができる。しかし、この十四話に登場する実質的に十一人の武士達のうち、純友を除く十人については、それぞれが一つのエピソードを背負う形で、つまり生きた人間として記述されていると思われるのに対し、純友に関してはやや趣きを異にしていると言わざるを得ないのである。前半部のみ引用してみる。(引用は大系本による)

今昔、朱雀院ノ御時ニ伊予掾藤原純友ト云者有リケリ、筑前守良範ト云ケル人ノ子也。純友、伊与国ニ有テ、多ノ猛キ兵ヲ集メテ眷属トシテ、弓箭ヲ帯シテ舟ニ乗テ、常ニ海ニ出テ、西ノ国々ヨリ上ル船ノ物ヲ移シ取テ、人ヲ殺ス事ヲ業トシケリ。然レバ往反ノ者、輙ク、舟ノ道ヲ不行シテ、舟ニ乗コト无カリケリ。
此ニ依テ西ノ国々ヨリ国解ヲ奉テ申サク「伊与掾純友、悪行ヲ宗トシ盗犯ヲ好テ、舟ニ乗テ常ニ海ニ有テ、国々ノ往反ノ船ノ物ヲ奪ヒ取リ人ヲ殺ス。此レ公・私ノ為ニ煩ヒ无キニ非ズ」ト云。此ヲ聞食シ驚カセ給テ、散位橘遠保ト云者ニ仰ヲ給テ、「彼ノ純友ガ身ヲ速ニ可罰奉シ」ト。遠保、宣旨ヲ奉テ、伊与国ニ下テ、四国幷ニ山陽道ノ国々ノ力兵ヲ催シ集メテ、純友ガ栖ニ寄ル。純友力ヲ発シテ、待合戦フ。然ドモ公ニ勝チ不奉シテ、天ノ罰ヲ蒙ニケレバ、遂ニ被罰ニケリ。

右のように記される前半部は、まさに『純友追討記』に記載された内容そのものであると同時に、それを越えるものではない。逆にいえば『追討記』を補うような純友についての情報は得ることができないのである。さらに、右に続く後半部は、京に送られてきた純友と子息の重太丸の首を、有名な絵師が帝の命によってそっくりに描き写したという話であって、官軍と純友等との戦いのエピソードのような記述を見出すことができない。

このように、純友という人物に関しては、『追討記』の世界から外にはみ出す可能性が皆無に近いことがわかる。彼にまつわる記述が型通りのものであるということは、文字通りその情報量が少ないということに他ならない。このことは、例えば一つの作品が成立する上で、決定的なマイナス要因の一つであると言わざるを得ないだろう。その点、『将門記』が作品たり得ているのと対照的といえるだろう。その大きな原因の一つは、将門の叛乱の舞台が陸地であったのに対し、純友は海上中心であったということだろう。たとえ海賊の首領になったとしても、彼らは海上を船で自在に動き回るために、一度の戦いが終われば、次は全く違う場に出没することになる。それだからこそ、中央政府としてもそのたびに各所に追討使を派遣しなければならないことになる。同時に、戦いに関する情報といえるものは実際に戦いに参加した追討軍の中からの報告によるものしかなかったと考えられるのである。いわば、純友の実像などというものは、どこまでいっても不明に近いのだ。純友が首領であるという情報は伝わり得たとしても、実際の戦いの状況の中では純友という個ではなく、海賊という全体の動きとしてしかとらえられなかったであろう。しかも、その海賊とて、全体が一つの組織ということはあり得ず、例えば伊与を中心に組織された一つの集団の動きに、四国沿岸の個々の別の集団や或いは土豪達が連鎖反応的に参画している可能性が強いわけで、だからこそ追討軍に速やかに投降する一団が出たり、或いは寝返りも出てくるのだと思われる。そして何よりも追討使の側からみても、彼らの戦いの相手は確かに純友でもあるのだが、それ以上に〝海賊〟という全体なのである。従って記録の中にも、純友の名よりは海賊、賊徒という呼び方が頻繁に登場することになる。『将門記』が将門という個人に大きな関心を寄せたのとは対照的に、純友という個人への関心は低かった、或いは低くならざるを得なかったといわざるを得ないだろう。この関心の度合、そして純友という人物の不明さこそが、『純友記』不成立の大きな要因であったと考えられる。

当初、海賊討伐の側にあった純友にとって土着の海賊達の生活ぶりはどれほど魅力的であったのだろうか。それは知る由もないが、都にいたところでせいぜい従五位止まりであろう世界に比べて、自由と豊かさという点においては海賊の側に分があったかも知れない。『純友追討記』が一つの戦いを記録している以上、軍記の形成に一つの段階を示していることはまちがいあるまい。しかし、戦いという事実を記録しただけでは軍記になり得ないこともまた事実である。どのようなものにせよ、戦いに参加していた個人への思いがあってこそ、軍記の萌芽として我々の鑑賞に耐え得るのではなかろうか。

軍記文学の始発

注

（1）『平将門』朝日評伝選　昭50

（2）「古代末期の軍記もの——」解釈と鑑賞　53—13

『奥州後三年記』の成立

笠　栄　治

「後三年記」は「後三年の役」に取材記述された初期の軍記物語の一員と捉えられている。この両称に共有される「後三年」の謂は事件当時のものではない。文献的には遙かの後世、恐らく十四世紀に入ってからの称と想定される。そして、「後三年」の謂自体もその由来を明確にはなし得ない。「後三年」の認識・呼称が成立した後に「後三年の役」或いは「後三年記」の名称が生じたと考えざるを得ず、また、「後三年の役」・「後三年記」のいずれが先に現われたかについても明らかになし得ない。

「後三年記」の謂をもって国書総目録に見えるだけでも二十種類を超える名称が見出される。それらの書名の総括的総称に充てたのは歴史的事件として通称される「後三年の役」に対応させただけである。現存する所謂「後三年記」の伝承形態が「後三年の役」に取材した軍記物語（合戦記）という「絵詞」及び「絵」・「絵巻」のみのもの、「詞」・「詞書」（記）のみのものと三類別できるし、「絵詞」の一類は更に二種に認むべきとするに至っては、それぞれに付せられた書名の一般的呼称を「後三年記」に求め、代表させたに過ぎない。

例えば、日本古典文学大辞典（昭和五八年、岩波書店刊）第一巻には「奥州後三年記」を書名にあげ、その項に「後三年合戦絵・絵詞」を併せ解説する。従って、「後三年合戦絵」の項は第二巻に見えるが「奥州後三年記」を見よの指示があるだけである。国史大辞典2（昭和五五年　吉川弘文館刊）には「奥州後三年記」を解説し、同書5（昭和五九年刊）には「後三年合戦絵巻」を解説している。国史大辞典は「後三年の役」に取材した「奥州後三年記」及び「後三年合戦絵巻」の二つの作品で捉えたことになろう。

さて、「奥州後三年記」は「奥羽軍志」二部四冊（「陸奥話記」一部一冊、「奥州後三年記」一部三冊）として寛文二年に「洛陽今出川書堂　林和泉掾」が上梓（奥書による）した一部の書の謂である。寛文十年刊行「増補書籍目録作者付大意」（江戸時代書林出版目録集成一」斯道文庫編）には「奥羽軍記」四冊として見出すことはできるが、寛文無刊記年の書籍目録（同上書所収）には見出せない。従って、寛文二年刊行の刊記に多少の疑念なしとはしないが、寛文十年以前の刊行と考えてよいだろう。なお、群書類従巻第三六九所収のものは、後補の挿絵付きであった「奥州後三年記」の詞書のみの継承と看做し得、その書名共に継承したものと理解できる。

「後三年合戦絵巻」の類は古く「看聞御記」（「後三年合戦絵六巻」）永享三年三月二十三日条や「実隆公記」（「後三年合戦絵」六巻）永正三年十一月十二日条に見える共に六巻本である。書名は「後三年合戦絵」であるが「六巻」仕立ての絵巻であると想定できよう。三条西実隆が見て記録した所から、「後三年合戦絵」の第四、五、六巻が、現存する東京博物館（旧池田家蔵）蔵本に比定されている。現存東京博物館蔵（旧池田家蔵）本三巻にはそれぞれ「詞仲直朝臣」「詞左少将保脩」「詞従三位行忠卿　画工飛驒守惟久」と誌され、「実隆公記」の巻四、五、六のそれと一致し、絵巻六巻の結末部と想定できること及び南北朝の画風の特色を有するとされるからである。「実隆公記」は「詞源恵法印草也」と記し、天台僧として傑物であった玄慧・玄恵に比定される。六巻の絵は一筆とされ「惟久」とされるが、「惟久」の詳細な伝記は知り得ない。詞章は各人一巻を分担、当時を代表する六人の能筆家による分筆である。なお、絵と詞とが別々に製作され、後に一巻に切り継ぎ完成したかとも想定したが、用紙の継ぎ方から、この想定は成立しない。

三条西実隆が眼福を得た「後三年合戦絵」より七十年余り前、伏見宮貞成親王御覧（「看聞御記」）の「後三年合戦絵六巻」があった。書名から「後三年の役」に取材した、展開する絵巻であろうと推定はできるが、それが詞章を有する絵巻と判断するには是非の論も生じよう。即ち、「看聞御記」で叡覧に供された「後三年合戦絵六巻」と「実隆公記」に誌す「後三年合戦絵」（都合六巻）とは共に六巻に仕立てられた絵巻ではあっても同書に断ずることに躊躇せざるを得まい。「実隆公記」に誌す「後三年合戦絵」は「詞源恵法印草也」と明言し、その「詞」筆録者が尊圓親王以下六人、当時の能筆家が腕を振るったこと、「源恵」、尊圓親王以下の経歴等（詳細はなお考究の余地ありとしても）から、延文年間（北朝の年号、一三五六〜一三六一年）の製作が想定される絵詞である。従って、「看聞御記」の叡覧供用の永享三年（一四一三年）には既に著名な作品として存在したと考えられよう。「源恵」、尊圓親王の由来が記録されない所から、「勧修寺門跡」提供の「後三年合戦絵六巻」を「実隆公記」に誌す「後三年合戦絵」と同じに判断すること、「実隆公記」所載「後三年合戦絵」の祖本として「看聞御記」に誌す「後三年合戦絵六巻」を比定すること、及び「看聞御記」に誌す「後三年合戦絵六巻」が「実隆公記」所載の「源恵」、尊圓親王等の「後三年合戦絵」の祖本に想定することの何れもが成り立たない理解で論を進めたい。

三条西実隆が「後三年合戦絵」を見る半世紀余り前、中原康富が文安元年（一四四四年）その著「康富記」に「後三年絵」を見たことを誌す。仁和寺御室蔵の「後三年絵」は「此絵四巻在之」とあり、「其詞処々令転読了」とあることから、四巻仕立ての絵詞であると知られる。

更に「康富記」は「承安元年月日　依院宣静賢法印　其時は上座にて承仰　令絵師明実図也云々」と「後三年絵」が承安元年（一一七一年）静賢法印の許で絵師明実が画したものであるとする。

静賢・明実による「後三年絵」の伝承は、吉田経房がその日記「吉記」に既に見える所である。承安四年三月十七日（一一七四年）条に「件絵義家朝臣為陸奥守之時　与彼国住人武衡家衡等合戦絵」を看たと誌す。義家の陸奥守在任中、武衡家衡等と合戦に及んだとすれば「後三年の役」に比定できよう。而もその絵は「件事雖有伝言　委不記又不画」の状態であったものを「静賢法印先年奉院宣始令画進也」との伝承（奥書か）を有つものであった。戦乱終結を寛治元年（一〇八七年）とすれば、八十余年を経て、静賢が院宣を得てその絵（絵巻・絵詞？）を創ったと理解できよう。静賢の成作には、静賢の父信西（通憲）の大蔵書、資料拾集、「本朝世紀」編纂等に至る博識が、信西の死後もその一門に期待でき、高く評価されていたからであろう。何故この時期にと院宣の動機を想定することは難しいが、静賢が成作した絵には日記（詞章的な解説）的なものの附随が考定できよう。

中原康富が看た「後三年絵」は静賢の成作から二百七十年を経てからである。「康富記」の記述からは静賢が成作せしめた原絵、及びその原絵の転写本の二本を想定せざるを得まい。「後三年の役」の呼称が成立した「康富記」の時代にある故「後三年絵」の謂は納得し易い。しかし、義家が「与彼国住人武衡家衡等合戦」した戦乱は、事件当初にあっては「陸奥兵起事」「義家合戦事」（「後二条関白記」）であり、「奥州合戦事」「奥州合戦沙汰」（「為房卿記」）或いは「陸奥合戦」（「本朝世紀」）であった。「義家朝臣追討俘囚了」とする「中右記」の把握や「斬賊徒武衡等首」（「本朝世紀」）或いは「罸清原武衡等」（「今昔物語」）の流れも一方にあった。征討される俘囚から清原武衡へとの展開が半世紀余りの間にあったことになろう。清原武衡の地位の確立と京師における認知が急速に進展したからである。「吉記」の「件絵義家朝臣為陸奥守之時　与彼国住人武衡家衡等合戦絵也」は所謂後三年の役の承安の頃の把握と考うべきもので、それが「後三年の役」の根幹ではあっても全部ではないと考えざるを得ない。

所謂「後三年記」で、義家対武衡家衡連合軍の合戦は「実隆公記」に見た「後三年合戦絵」現存本、即ち、東京博物館本に対比すれば、巻四、五、六に相応する部分である。静賢成作の「絵」、「画進」から推測できるのは詞章的解説の水準には至らない日記的解説が附随する程度のものであったろう。「雖有伝言　委不記」は後の「古事談」や「十訓抄」「古今著聞集」等に見出されるような断片的合戦譚の類ではなかったかと推定する。義家対武衡家衡連合軍合戦と、藤原清衡（一一二八年没）、藤原秀衡（一一八七年没）等所謂奥州藤原氏の存立と摂関家接近等とを無視できまい。京師に聞こえた彼の家系の活動が、所謂「後三年の役」「後三年記」の「後三年」の謂に展開せしめた所であると考えられる。

中原康富閲覧の「後三年絵」は「此絵四巻在之」であり「其詞処々令転読了」とあり、詞章具備の四巻仕立てであったことがわかる。「承安元年月日」に院宣によって静賢が主宰し「令絵師明実図也云々」とする。転読せしめた「詞」の著者等についての明言はない。学識等から静賢の草文或いは染筆等が考えられなくもないが、その伝承があれば記録から漏れることはないだろう。「実隆公記」の「後三年合戦絵」は尊圓親王以下の能筆家で持った「絵詞」の観があるが、「康富記」のそれは「絵師明実」でもった「絵巻」だったのだろうか。

承安四年三月「吉記」が既に「先年奉院宣始画進也」とする。「康富記」は「承安元年月日」院宣によって静賢が絵師明実に画かしめたとする両条に矛盾はない。されば「康富記」に言う「後三年絵」は「吉記」の義家が「与彼国住人武衡家衡等合戦絵也」と同じ「絵(巻)」であったと言い切れるかに疑問を有つ。「吉記」の合戦絵は説話的世界に於ける義家を核とした合戦絵が想定でき、その後「後三年の役」の呼称が成立、争乱の認識が成立する等、義家対武衡家衡等合戦絵から「後三年絵」或いは「後三年の役」認識へと世界の展開があったと考うべきであろう。静賢主宰の、いわば承安本源義家奥州合戦「絵」の承伝は、中原康富が目の当りにした「後三年絵」の祖本についてのものと解すべきであろう。

中原康富が実見した「後三年絵」の現存を識ることはできないが、「康富記」に誌す所から四巻で首尾の完結した「絵詞」と解することができる。康富は実見の「絵詞」の承伝「明実画也云々」の後に「其絵濫觴者」として実見「後三年絵」の梗概を覚書として誌している。

康富覚書きの梗概は「後三年記」本文研究（或いは本文収集）の骨格をなすものである。東京博物館蔵（旧池田家蔵）本の現存する三巻の本文が、康富の覚書きによって「後三年記」の後半末尾に相当するのが知られる。「奥州後三年記」（「奥羽軍志」「群書類従」本共に）の本文構成についての根幹は康富の覚書きがあって判断できるからである。

今日知られる「後三年記」の発端から末尾までを康富の覚書きによって示すと次のようである。

①奥州六箇郡勇士真衡

②依無子以成衡為養子　而為此養子求婦之処

③故伊与守頼義之娘ヲ迎也

④依之当国隣国之親疎出珍膳金帛於真衡之時

⑤出羽国之秀武云者

⑥及七旬老屈　捧砂金跪庭上之時

⑦真衡与或僧彈囲棊不顧秀武　及数刻之間

⑧秀武者真衡之親類也　忽起忿瞋　放火我館　潜馳下出羽了

⑨然間真衡進発欲討止秀武之処

⑩秀武相語清衡家衡兄弟真衡親族之間

⑪清衡家衡押寄真衡館進発出羽之留守也放火　真衡途中聞之雖引返

⑫既不合敵之間　重欲発向出羽為討秀武剋
⑬八幡殿義家朝臣給奥州任　入国也　真衡為大守八幡殿致給仕
⑭厚礼義之後　又令進発出羽了
⑮爰清衡家衡又囲真衡館留守也妻女併成衡在之攻之間
⑯真衡妻女相語太守之被官人正経助包両人奥州郡使検田使也巡回之時分也
⑰太守之郡使合力成衡有合戦
⑱城中頗危
⑲寄手清衡家衡得利之間　太守義家朝臣　自率利兵有発向　被扶成衡
⑳先之遣使於清衡家衡仰云　可退欤　尚可戦欤也
㉑清衡家衡申可退之由
㉒欲避之處　清衡之親族重光申云　雖一天之君不可恐　況於一国之刺史哉　既対楯交刃之間可戦之由申之
㉓与太守官軍及合戦
㉔重光被誅了
㉕清衡家衡両人跨一馬没落了
㉖此間真衡於出羽発向之路中侵病頓死了
㉗此後清衡家衡　対太守不存野心　死亡之重光為逆臣之由陳之　請降之間　太守免許之
㉘六郡割分　各三郡充被補清衡家衡處
㉙家衡雖讒申兄清衡　太守不許也

㉚剰清衡有抽賞之間
㉛家衡令同居清衡館之時　密謀青侍〻欲害清衡
㉜〻〻先知之　隠居叢中處
㉝家衡放火焼拂清衡宿所　忽殺害清衡妻子眷属了
㉞清衡参太守　此歎訴申之間
㉟自率数千騎発向家衡城沼柵
㊱送数月　遇大雪
㊲官軍失闘利　及飢寒　軍兵多寒死飢死
㊳或切食馬肉　或太守懐人令得温令蘇生
㊴如此之後　重率大軍欲進発之
㊵太守義家之弟義光　於京都聞此大乱　雖申暇無勅許之間　辞官職逃下　属太守攻敵了
㊶此後家衡打越伯父武衡館相談此事
㊷武衡申云　太守者天下之名将也　已得勝軍之名　非高運乎
㊸可楯籠金沢城之由誘也　武衡同所籠入也
㊹大守又攻此城
㊺権五郎景正被射右眼〔以下二行の割注を一行に書す〕三浦抜此矢時　踏景正頬　景正抜劔欲害三浦云　未聞以足踏人面　怒之
仍跪抜矢云々
㊻家衡之勇兵〻〻　大守之勇兵〻〻（右に鬼武とあり）一人充出逢　決雌雄事等此時也

㊼此勝負時　大勢出城中有大合戦
㊽後焼破金沢城
㊾武衡引出城中　池底被切首
㊿武衡之郎従平千住又生虜ニシテ
(51)依悪口之咎　先抜舌　鉄鉗結付樹頭　不令踏地　踏付武衡頸了〔以下二行の割注を一行に書す〕其体唐人ノ人ヲ縛シテ中ニ上ル
ニ同也　後□
(52)此金沢城ヨリ軍敗サル以前ニ落行小児尼女　不謂老少　悉於城麓殺害了域早落計欤　此事秀武所申大守也
(53)金沢城焼落之後　家衡擔夫ノ如シテ相交賤者落行之所　於城外見付切殺了
(54)大守征伐功終　雖被申上勧賞之由　爲私合戦　非公方戦忠之由　有勅答　仍武衡家衡已下賊首被棄路次云々

「後三年絵」の梗概覚書きは凡そ千字余り、一読して首尾完結を知り得る。「吉記」に言う「承安絵」が「義家朝臣為陸奥守之時　与彼国住人武衡家衡等合戦絵也」であったとすれば「後三年絵」梗概覚書きに対照する時可成り観点の異った両絵を想定せざるを得まい。義家の参戦は⑲条以後であり、武衡の登場は㊶条より後である。戦乱の原由は真衡対秀武、秀武の策によって、真衡対清衡家衡連合軍が当初の構想。いわば陸奥地方の群雄争権の図の発端。

続いて義家成衡援助に参戦、遠征中の真衡帰館により清衡家衡は敗北し義家に帰服した。清衡と家衡はやがて反目対立し武力衝突する。清衡を援けて家衡を沼柵に攻める義家。冬将軍襲来により寒中に苦戦退却する。義家を撃退した家衡は伯父武衡と金沢城に楯籠る。官軍義家軍は金沢城に家衡武衡を攻め両人を討伐完了する。

応徳三年（一〇八六年）「陸奥兵起事」「義家合戦事」と初めて誌した「後二条関白記」。「中右記」は「義家朝臣追討俘囚了」と記した（寛治元年、一〇八七年）。その「俘囚」が「斬賊徒武衡等首」（「本朝世紀」）、「罰清原武衡等」（「今昔物語」）と「武衡」を中心に捉えられて来た。

「後三年絵」の把握は「後三年」の戦乱（武衡・家衡の対義家との交戦）はその末尾、沼柵に於ける家衡の義家軍撃退に起因する金沢城攻防である。厳密に「武衡」を追えば㊶条以後である。そして、前半のもう一人の敵役清衡は沼柵攻撃に参加したか不明なまゝ「後三年絵」梗概覚書きから姿を消してしまう。

「実隆公記」に言う「詞源恵法印草」なる尊圓親王以下能筆家の染筆に成る「後三年合戦絵」六巻のうち、第四、五、六に存する「詞仲直朝臣」、「詞左少将保脩」、「詞従三位行忠卿　画工飛驒守惟久」の奥書を有するのが東京博物館蔵（旧池田家蔵）本である。「詞源恵法印草」はその伝承としても南北朝的描写法の存すると高い評価を得ている「後三年合戦絵」の詞章と、「康富記」にいう「後三年絵」梗概覚書きとを対校する。なお、東京博物館蔵（旧池田家蔵）本は、「仲直」奥書本を上巻、「保脩」奥書本を中巻、「行忠」奥書本を下巻と称する。以下の対校にも東京博物館蔵（旧池田家蔵）本の称に従う。

上巻詞章第一段（「後三年絵」㊶㊷㊸㊹）

a．武衡陸奥国より出羽国へ出、家衡と連合。家衡の義家を退却せしむるを高名と称揚、合力を申出ず。

b．武衡金沢柵が沼柵に優るとし、金沢柵に移る。

上巻詞章第二段（「後三年絵」㊵㊺　g、h、該当なし）

a．義家の戦況不利を知り義光来援。暇を請うも許されず、兵衛尉の官職をなげうっての来援をいう。

b．義家、義光来援を故入道殿の再来と悦び、副将軍に処する。

c．金沢柵攻撃、義家軍苦戦難渋。

d. 権五郎景正十六才で参戦。右の目を射らるゝも答の矢に敵を射取り帰陣、矢を抜くを乞う。
e. 三浦為次、景正が顔を踏まえて抜かんとするに景正刀を抜いて為次を下より突かんとする。
f. 景正の高名。景正生きながら足で面を踏まるゝ恥辱の論に為次感嘆、膝をかがめて矢を抜く。
g. 金沢柵堅固。弓矢、石弓にて交戦。
h. 「きはなき兵」伴助兼、薄金の鎧を賜い着用合戦。石弓を避けるはずみに薄金の甲を失う。

上巻詞章第三段（「後三年絵」該当項目なし）

a. 義家、武衡の参戦を怒り、秋九月金沢城を攻む。
b. 光任、老年にて参陣不能を悲しみ、衆人を感動せしむ。

上巻詞章第四段（「後三年絵」該当なし）

a. 義家、金沢柵に至る。
b. 雲霞の中に斜雁の列乱るるに伏兵を知る高名。
c. 匡房義家の武功譚を聞き、義家は武将なれど合戦の道を知らぬと評す。
d. 義家、匡房の評に悟り、匡房に入門し学問をする。
e. 野に伏兵ある時の文あり。

上巻詞章第五段（「後三年絵」該当項目なし）

a. 金沢城を攻るに剛臆の座を設く。
b. 遂に臆の座に着かぬ季方。五人の臆者略頌。

中巻詞章第一段（「後三年絵」㊻㊼、aは該当項目なし）

a．秀武、金沢城堅固故、包囲して糧食尽きるを待たんの献策。
b．金沢城包囲布陣。
c．武衡、こはうち亀次あり、勝負あるべしの提案。
d．義家軍、次任舎人鬼武、対戦者に選出。
e．亀次鬼武対決半時。遂に鬼武勝つこと。

中巻詞章第二段（「後三年絵」㊼、b～dは該当なし）
a．亀次討たるゝに亀次の頸争奪に交戦、城兵多く討取らるること。
b．末割四郎臆座の略頌に入るを恥とし、飯酒の上参戦、首を射切らるること。
c．飯酒、末割が頸よりこぼれ、慙愧となす。
d．義家、末割の死をいたみ且つ、臆者の論を言う。

中巻詞章第三段（「後三年絵」㊿が該当か）
a．家衡がめのと千任、頼義、貞任等を討ち得ず、清原氏に名簿を捧げて家人となるを放言す。
b．清原氏に、恩に報いるに討伐を以てする義家の不忠不義を悪口す。
c．義家、怒りを押え、千任を生捕った者の為には命を捨つるも可なりと言う。

中巻詞章第四段（「後三年絵」該当項目なし）
a．武衡粮食尽き、義光に投降の中介を請う。義光義家に取次ぐも義家許さず。
b．武衡、義光を城中に招く。義家、義光が生虜になる恐れを説き教諭す。義光行かず。
c．武衡、義光が郎等を招くに、季方を推す。

d. 季方、林立する弓矢太刀の中、城中に入る。
e. 武衡、季方に対面、助命を乞い金を多く進呈せんとするに、季方、落城の後は我物なりと受取らず。
f. 武衡大矢を取出し、誰の矢かを尋ぬるに、季方、自れの矢なるを答う。
g. 季方、我を生虜にするなら城内で討てと言う。
h. 武衡、助命を乞う。季方城を退出高名のこと。

中巻詞章第五段（「後三年絵」㊾、aは該当項目なし）

a. 攻城軍兵、冬将軍到来を恐れ、鎧・馬を金に換え妻子等を京へ帰す。
b. 城中より女小童等城外へ出ず。最初は助くるも秀武早く粮食を尽きさす為、首を切る策を言う。
c. 女小童を切るに再び城外へ出づる者なし。

下巻詞章第一段（「後三年絵」該当該目なし）

a. 資道は義家の身したしき郎従。義家今夜武衡等が逃亡落城を予言。資道暖を得るため人家に放火す。
b. 義家の予言神に通ずる高名。

下巻詞章第二段（「後三年絵」㊽㊾はc、b.d.e.は該当なし）

a. 寛治五年十一月十四日武衡等落城逃亡。放火により地獄の如し。城兵等蜘蛛の子を散らすが如し。
b. 義家軍、城兵逃亡を城下城中に悉く殺す。
c. 武衡逃げて池中の叢にかくるゝも引出し生捕とす。
d. 家衡、六郡第一の良馬花柑子を惜しみ、自ら射殺し、下衆のまねをして逃亡。
e. 城中の美女争って分捕。男の首の後に妻が続く。

下巻詞章第三段（「後三年絵」⑤⓪⑤①）

a．義家、武衡に千任悪口の名簿を責む、頼義、清原一族に十分の報いをせしと説く。

b．武衡返答し得ず、助命（降人）を言うも光房に仰せて首を切らしめんとす。

c．武衡、義光に助命嘆願。義光、降人武衡を切る所以を問う。

d．義家、義光を非難。武衡の降人ならざる故を謂い首を切る。

e．義家千任に悪口のいわれを責む、千任答え得ず。

f．先に舌を切る処刑。

g．千任の舌を金はしで抜く。口を閉じて開かぬ故歯をつき破って抜く。

h．千任を木の枝に吊し、足の下に武衡の首を置く。千任力尽きて武衡の首を踏み斬らる。

i．義家二年の愁眉開くを言うも、家衡の首を見ざるを嘆息す。

j．城中、伏したる人馬麻の如し。

下巻詞章第四段（「後三年絵」⑤③）

a．当国に名を得たる次任、城外に逃亡城兵を捕う。

b．家衡、下衆のまねをして逃亡するも次任に討取らる。

c．次任、義家に家衡の首献上。紅布上馬の賞を賜う。

d．家衡の首を桙にさし、懸殿の手づくりと称す。

e．宗との者四十八人が首を懸く。

下巻詞章第五段（「後三年絵」⑤④）

a．義家、国解を奉り、武衡家衡追討の官符を請うも私の敵を討つ故官符発給なき答えあり。
b．武衡等が首、路次に捨てて上京す。

「康富記」梗概覚書が覚書き故の欠も考慮するとしても「康富記」梗概覚書きの箇条書き㊵条以後の各条は何れも「実隆公記」に見える「後三年合戦絵」の詞章（東京博物館蔵池田家旧蔵本の上、中、下巻計三巻十五段の譚話を「後三年合戦絵」第四、五、六に比定）を超えることはない。「後三年合戦絵」のみに見える（「後三年絵」梗概覚書きには全く読み取ることのできない）独立した譚話（説話的詞章）は計五段（上巻第三、四、五段、中巻第四段、下巻第一段）であり、全構成の三分の一に及んでいる。各段を構成する要項については、例えば「後三年合戦絵」上巻第二段の、g、h二要項で構成される「助兼、薄金の兜を失う」高名譚は、独立的譚話として著名であり、「後三年絵」梗概覚書き⑯項の「助包」であるが、「後三年絵」梗概覚書きには全く見えない。もともと「後三年絵」になかったか、考え難いことだけれど、絵を読み取れなかったかで、康富の梗概覚書きに記録されなかったと考えるべきだろう。

「後三年合戦絵」上巻第四段「斜雁列を乱すに伏兵を知る」譚話は、大江匡房に学んだ古事に由るとして、「古今著聞集」に見え、次段「剛臆の座」と共に義家像形成に必須の著名な譚話である。中巻第四段「季方、敵城に入る」ことも「十訓抄」に見える中世的武士像の譚話である。「十訓抄」「古今著聞集」形成の譚話享受者と、静賢成作承安本「絵」の系譜にある「後三年絵」享受者との世界の差異に両者の成立基盤を求むべきであろう。「後三年合戦絵」に比定した東京博物館蔵（旧池田家蔵）本の詞章と絵との相関も、詞章が絵と全く同じとは言い難い。上巻第五段が剛臆の座であると言えるのは詞章があって成り立つ場。中巻第二段、合戦図で末割四郎の首から飯酒がこぼれているのは詞章にあるが、首を取り全身の矢を折りかけた勇士が意気揚々と引上げる図、或いは金沢城内で何かあわただしく語り合う主従の図等、詞章からは理解できない、絵説きのできない部分があり、康富の梗概覚書きに漏れた部分があることは否定できない。末割四郎討死に付随する臆病者の論、義光の武衡助命論をめぐる降人論の如きは詞章によって成立つ譚話と考えられる。著名な「十訓抄」「古今著聞集」に由る、中世的義家像形成に不可欠の諸譚話が康富の梗概覚書きに漏れるとは考え難い。「後三年絵」梗概覚書き㊵条以後が伝える絵詞と、東京博物館蔵（旧池田家蔵）本に比定した「後三年合戦絵」とは所謂異本と考うべきであろう。東京博物館蔵（旧池田家蔵）本に見る「後三年合戦絵」は、異本乍ら、両者成立基盤を異にして独自の成立を見た絵詞と考える。

東京博物館蔵（旧池田家蔵）本の伝承については先学の諸研究に由るが、天下に普く名品たるによって前田松雲公の「桑華書誌」に見える読書ノートと写本作成とがある。今日管見の「後三年記」は総て池田家旧蔵本の転写本である。転写は凡そ次の三態をとる。

一、絵も詞章も写すもの。
　前田松雲公が原寸に書写せしめたもの。学習院大学蔵「八幡太郎絵詞」、東洋文庫蔵「八幡太郎草紙」等。
二、絵だけを写すもの。
　岩瀬文庫蔵本（上中下三巻をそれぞれ二分割して六巻に仕立てた）。白描本なども多い。
三、詞章のみを写すもの。
　松平文庫蔵「後三年記」、神宮文庫蔵「陸奥話後三年記」、彰考館蔵「武衡記一名奥州合戦記」等。

「詞章のみを写す」一群は漢字片仮混り文で写す。松平文庫蔵本は一部に改行しない所もあるが、原則として改行によって省略した絵所を偲ばせる。神宮文庫蔵本は各段毎に改行を励行、その頭に番号を付記する。ただし、該本の上巻は「後三年合戦絵」の、㈠第一段、㈡第三段、㈢第四段、㈣第二段、㈤第五段の構成順序である。彰考館蔵本は、上・中巻では必ずしも改行が守られないが、下巻は励行されている。

「詞章のみを写す」一群は当時池田家に所蔵されていた「後三年合戦絵」上、中、下三巻（今日の東京博物館蔵本）を「其本真字以真字写仮字以仮字写不更一字」の書写態度であること、「彼以仮字交ㄓ行字此以片仮字交真字」つまり、漢字片仮名混り文書写とも言う、「時寛永寅冬十月七日」に書写完了の奥書を有つ。現存本では松平文庫・神宮文庫両蔵本が最も古く、寛文頃の書写かと推定できる。寛永書写本の転写本であるから、東京博物館蔵（旧池田家蔵）本と対校すれば誤写と覚しきものが存することは否めない。

松平文庫蔵本は校合の結果最も信頼できる一本で、校合のあともはっきり示されているにも不拘、東京博物館蔵（池田家旧蔵）本詞章と校合すると、ゑ→ヱ、へ→エ、は→ワ、ふ→ウ、ひ→イ、お→ヲ、を→オ、ヰ→イ等の誤写（原本の仮名遣いが正しいか否かは別）と認められるものが合計七十余所、原本の仮名表記を漢字に改めたもの、その逆合わせて五十余所、「首とられ」（中巻第三段）が「首イラレ」となるような誤写、「景正ふしながら刀をぬきて」（上巻第二段）の「刀を」の脱落の如きが十所程認められる。

「詞章のみを写す」一群は書写の経緯、感想等を奥書に誌すことは先に述べた。池田家所蔵本を「予得偶見不勝欣賞」（松平文庫蔵本による。「奥州後三年記」は「不勝」を「尤」とする。）書写したが「詞書のみを写す」ことになり、一群の原本が成った。その奥書の書写年時「時寛永寅」以下を省き「不勝」改変、一字補入の奥書全文を「奥州軍志」所収「奥州後三年記」は下巻第十一丁〜第十二丁表に載せる。「奥州後三年記」上巻後半（東京博物館蔵池田家旧蔵本上巻首「武衡は」以下）から下巻尾までを東京博物館蔵（旧池田家蔵）本に校合する時、既に指摘されているように幾つもの誤写、欠脱部分を生じてい、当時池田家に所蔵の原本を直接参看したとは言えまい（「桑華書誌」の前田松雲公でさえ、随分と慎重に借受けている)。「詞章のみを写す」一群特有の奥書収載から、この一群の余り善本でないものを原に版を成したが故の誤写、欠脱文の発生を想定する。「奥州後三年記」成立に、当時池田家所蔵の原本看取がないと判断されるなら、「詞章のみを写す」一群が果した仲介を否むことはできまい。

「奥羽軍志」所収「奥州後三年記」上巻前半部分「永保のころ…」から「清ひら家ひらよせきたりすでにたゝかふ」までの五段構成挿絵五所部分について、その要項をまとめると

a. 真衡六郡の主として治をよくすること。
b. 真衡子なく成衡を養子とし、妻を求むること。
c. 多気宗基が女頼義の女を産めるを成衡の妻とすること。
d. 新しい嫁を「地火爐」にて饗すること。
e. 吉彦秀武、武則が婿・甥にして貞任等討伐の時押領使たること。
f. 秀武成衡が嫁の饗に黄金等を捧ること。
g. 真衡持僧の奈良法師と囲碁に興じ秀武を忘却すること。
h. 秀武、真衡の所行に怒り出羽国へ帰ること。
i. 真衡秀武討伐に兵を集ること。
j. 秀武自衛の為、陸奥国武貞が子清衡家衡をかたらい真衡の留守を攻めしむること。
k. 清衡家衡、白鳥村焼討するにより真衡清衡等討伐のため帰ること。
l. 清衡家衡逃げ帰るにより、真衡再度秀武討伐を用意すること。

m. 永保三年義家陸奥守に着任、真衡これを「三日厨」にて饗すること。

n. 真衡、饗を終え、秀武討伐に出立のこと。

o. 清衡家衡等再度真衡の留守を攻むること。

p. 真衡が妻、国司の郎等助兼・正経等があるをかたらい館を守らんとすること。

q. 助兼正経加勢して清衡家衡等と合戦始まること。

「奥州後三年記」上巻前半五段部分の要項a～qは、「康富記」所載「後三年絵」梗概覚書き要項①～⑰と陳述の順序・構成等がほゞ一致すると言えよう。「康富記」梗概覚書きが記さない「地火爐」「三日厨」などは、例えば「奥州後三年記」では

　。陸奥のならひ地火爐ついてとなんいふなり　もろ〳〵のくひ物をあつむるのみにあらず　金銀絹布馬鞍をもちはこぶ

　。三日厨といふ事あり　日ごとに上馬五十疋なん引ける　其ほか金羽あざらし絹布のたぐひ数しらずもてまいれり

と解説するが「康富記」の梗概覚書きは「出珍膳金帛」「致給仕厚礼義」と記す。康富が「地火爐」「三日厨」の大饗応を読み取ったことは推定できるが、具体的にその饗応を言う言葉を識り得なかった（「勇兵、、」の例から）と推定できよう。また、「後三年絵」梗概覚書き⑯「正経助兼」について「奥州後三年記」は

　国司の郎等に参河国住人兵藤大夫正経　伴次郎傔仗助兼といふ者あり　むこしうとにてあひぐしてこの郡の検問をして　さねひらがたちちかくありけるを

と記す。御家人的隷属の「郎等」が、康富の言葉「被官」で捉えたであろうことも「後三年絵」から「郎等」を読み取れない表現であったと考えるべきであろう。

「康富記」所載「後三年絵」梗概覚書き頭初部分と、「奥州後三年記」上巻前半五段部分とは、詳細は覚書き故に差異を認めるなら、ほゞ同じ構成の「絵」と「詞」とから成り立っていると判断でき、「康富記」に誌す仁和寺御室蔵「後三年絵」「四巻」の頭初一巻分に相当するものの伝承本が「奥州後三年記」上巻前半五段分に収載されたと考えることができよう。

「奥州後三年記」は、玄恵草なる「貞和三年」の序文を収載する。「実隆公記」の「詞源恵法印草也」と併せ「奥州後三年記」或いは「後三年合戦絵」が「貞和本」と称される根拠になっている。玄恵草なる序文についての検討結果は既に論じたし、今日その所論に修正を加えることは考えていない。玄恵草の序文が成り立たない、或いは後人の附会によるの説に批判はあろうが、今日はこの論によって立つ。もちろん、「実隆公記」所載「詞源恵法印草也」の否定ではない。玄恵草「貞和三年云々」の現存序文に疑問ありとするものである。

所謂「後三年記」の現存本は、「康富記」所載「後三年絵」梗概覚書きによって、承安年中静賢上座にて明実に画かせた伝承を有つ「四巻在之」本の全体像（構成）は知ることができる。そして、その頭初第一巻の名残りを留めるかと想定されるのが、現存「奥州後三年記」上巻前半五段であろうと推定できる。

「実隆公記」が伝える「詞源恵法印草也」の六巻仕立ての「後三年合戦絵」第四、五、六巻に比定される三巻は東京博物館蔵（旧池田家蔵）本三巻にその面影を見ることができる。その「詞章のみを写す」伝本が「奥州後三年記」上巻（後半五段）以下下巻末尾として収載された。「奥州後三年記」の本文は当時池田家に所蔵の原本を参看することなく「詞章のみを写す」伝本の善本ならざるに由ったためか、本文に少からぬ誤脱を生じた。

「後三年絵」梗概覚書きに対照すれば「奥州後三年記」上巻前半五段部分と後半五段部分の間は伴信反が書入れ本に「此間脱文アリゲニ聞ユ」と注記したのを初め先学に指摘されている欠落部分がある。「後三年絵」梗概覚書き紹介によってその欠落部分の梗概（三百四十余字分）が判明した。ただし、「後三年絵」四巻本と「後三年合戦絵」六巻本との対照であるから、もともと竹に木を継いだようなもの。散佚部分が梗概では成り立っても「後三年絵」特有、「後三年合戦絵」個有の詞章・絵が成り立つかは論外。

「奥州後三年記」本文は「後三年絵」頭初部分と「後三年合戦絵」後半三巻分の詞章から成り立つと考えられよう。ただし、「後三年合戦絵」後半を現存東京博物館蔵（旧池田家蔵）本に比定するなら、「後三年絵」梗概覚書きによって検すれば、両者は可成りの距離を有つ異本と認定せざるを得ない。

「奥州後三年記」所収、玄恵草「貞和三年」の序は、東京博物館蔵（旧中山家蔵）本に対校すれば誤脱の甚だしいものである。その他の伝本との対比からもそれが言えるから、該の序文の来由と内容については疑義多しと言わざるを得ない。ただし、該序文の草者は「後三年絵」梗概覚書き欠落部分の存在する伝承本を看ていたことは確かであろう。なお、玄恵草「貞和三年」の序文の誤脱はそのまゝ継承し、「奥州後三年記」上巻後半以下下巻末尾に至る誤脱文の部分を修正したのが群書類従本「奥州後三年記」である。ただ、その修正は当時の池田家所蔵本に由ったとは認められない部分があり、その本文修正の経緯は今後の精査に俟つ。

後記　この所論は旧稿「後三年記の研究上」（長崎大学教養部紀要、人文科学編第九巻、昭和四三年一二月刊）と『後三年合戦絵詞』とその伝承」（「語文研究」九州大学文学部国語国文学会）とに由っている。その後の進展がないことは汗顔の至りであるが、そのため、参考文献等は節略したことをお許し願いたい。

『奥州後三年記』の文学史上の位置

――歴史文学史の再構築を目指して――

野中哲照

一　はじめに

小稿は、軍記を含む歴史文学史をどのように再構築するか、『平家物語』など中世軍記の成立環境をどのように考え直すか、といった問題意識を正面に据えた上で、『奥州後三年記』[1]の位置づけを図るものである。

中世初期に成立した『保元』『平治』『平家』に続いて『承久記』『太平記』『義経記』『曾我物語』、室町軍記、戦国軍記が噴き出してくるところまで見渡すと、中世軍記の端緒として『保元』『平治』『平家』を位置づけることに異論をさしはさむ余地はない。ところが、黎明期の作品にしては『保元』『平治』『平家』が大部で複雑すぎる構造をもっているため、それらの出現が突然変異のような印象をもって受け止められてもいる。もちろん従来の軍記文学史[2]は、平安期の『将門記』『陸奥話記』『今昔物語集』巻二十五から、あるいは『大鏡』『今鏡』から、『保元』『平治』『平家』への流れを説明しようとしてきたのだが、しかし、文体的にも、表現構造の点からも、方法の点からも、前史とされる平安期の作品群と中世軍記『保元』『平治』『平家』との隔懸は覆いがたいものであった。その間隙を埋めようとする時、『奥州後三年記』の成立時期の問題が大きな壁として立ちはだかり、従来の軍記文学史は明瞭な像を結ぶには至っていなかった。ところが、『奥州後三年記』の成立時期が院政初期の一一二〇年代であり[3]、その成立意図が藤原清衡政権の正当化に奉仕させることであったと結論づけるところまで漕ぎつけた今、転換期の歴史文学史を再考すべき条件が整ったといえるだろう。すなわちこの機会を得て、院政初期に位置づけられた『奥州後三年記』の文学史上の意義を初めて論ずることになる。[4]

ただし、標題に示したように、文学史上の「意義」という語はあえて外した。その語を掲げることは、初めから自明のことのように「意義」を肯定的に評価する観点を持ってしまい、客観的分析からの離反を意味するものだと考えるからである。そこで、「位置」と題することにした。また、文学史を構築する際に注意しなければならないのは、先行作品は未熟で、後出作品は必ずそれより優越的であるはずだという単純な発展史観に陥りやすいことである。ことに、初期軍記『将門記』『陸奥話記』から中世軍記『保元』『平治』『平家』への架け橋に相当する『奥州後三年記』を、一定の達成と一定の限界があったと結論づけさえすれば整合的な文学史が構築できるとの安易な先入観が襲う。極力これを排して客観性を強めた文学史を構築するには、文体史・表現構造史・方法史に分化するなど、一元的な論に帰さないような問題の立て方がまずは必要だろう。しかし紙幅の都合上、文体史的観点については別稿に譲らなければならないので、小稿では、表現構造史、方法史的観点からの『奥州後三年記』の位置を考察することとする。[5]

二　表現構造史上における位置

表現構造とは、表現主体（作者）が表現を操るしくみを——断片的な諸要素の並列としてでなく——相互に機能上の連関（役割分担）をもった構造体として捉えようとする概念である。この考え方は、作品の性格——いわゆる文芸的特質——を明瞭に浮き立たせるには有効な概念だろう。

拙稿「『平家物語』の表現構造（用例掲出稿）[6]」で、『平家』にみられる表現機能・表現方法を分類し、次表上段の項目名のように整理した。それに加えてここでは、『平家』以前の軍記および『今昔』にそれらの表現機能・表現方法がみられるか否かを、○△×の記号によって示した（最下段『平家』は当然のことながらすべて○となる）。初期軍記から『保元』『平治』『平家』への史的展開を通覧しようとすると、この表のように、いかにも『平家』が最終的な到達段階であるかのような誤解を与えようが、単純に、『平家』が中世前期までの軍記の中ではもっとも長大な分量ともっとも複雑な構造を存しているために、多くの要素を抱え込んでいるにすぎないという見方をしていることを断っておく。

以下、『奥州後三年記』の欄の○△×それぞれの共通性について横断的に分析することによって、表現構造史におけるこの作品の位置を明らかにしたい。

1　『奥州後三年記』にもみられる表現方法

まず、この表の『奥州後三年記』の欄で○印を付けた三点（「1―②二者の対照」「2―①―A装束描写」「3―④周辺人物の動静の概括」）を分析することによって、表現構造の中のどのような要素が軍記の世界にまずは浸潤し始めたのかを考える。

「1人物像の明瞭化」の機能をもつ表現方法のうちの「②二者の対照」は、『奥州後三年記』では、義家像と義光像とを対照的に造型しようとする点にもっとも顕著に表われている。兄義家が敵方の殲滅をめざして降伏など認めず捕縛後敵将を酷刑に処した冷厳な人物として造型されているのに対して、弟義光は敵将と兄義家の仲介役として和平交渉をもとうとし捕縛後も彼らの助命を求めてやった寛容な人物として造型されている（＜24武衡の講和策＞＜25季方敵陣入り＞＜32武衡の命乞い＞。名将軍義家と未熟者義光の対照とみる考え方もある。いずれにしても対照が意図されていることは疑い

覚一本『平家』にみられる表現機能および方法

機能	1 人物像の明瞭化					2 場面の形象							3 場面展開の創出					
方法	①準照のための故事引用	②二者の対照	③一人物の今昔対照	④貴種性付与のための武士の詠歌	⑤人物評や発言のリフレイン	①視覚的イメージ増幅の表現		②余情の表現			③切実な心理を強調する長文		①ずらしのリフレイン	②情報伝達の表現	③軍勢推移の表現	④周辺人物の動静の概括	⑤周辺人物の反応の描写	⑥刻限到来の表現
						A装束描写	B季節表現	A叙景のための文飾	B叙情のための文飾	C叙情のための詠歌	A迫力・説得力の演出のための話術	B切実な心理の表明のための文書						
純友追討記	×	×	×	×	×	×	×	×	×	×	×	×	×	×	×	○	△	×
将門記	○	×	○	○	×	×	○	○	○	×	×	○	×	×	×	○	△	×
陸奥話記	○	×	×	×	×	△	×	×	×	×	×	×	×	×	×	○	△	×
今昔物語集	×	○	×	×	○	×	×	×	×	○	×	×	×	△	×	○	△	○
奥州後三年記	**×**	**○**	**△**	**×**	**×**	**○**	**×**	**×**	**×**	**×**	**×**	**×**	**×**	**×**	**×**	**○**	**△**	**×**
保元物語	○	○	○	×	○	○	×	○	○	○	△	○	×	○	×	○	○	○
平治物語	○	○	○	×	○	○	○	○	○	○	○	×	×	○	○	○	○	×
平家物語	○	○	○	○	○	○	○	○	○	○	○	○	○	○	○	○	○	○

4　物語展開の創出	①年期推移の明記	×	×	×	×	×	×	×	○
	②先見的表現	×	×	×	×	×	○	○	○
	③事件の今昔対照	×	×	×	×	×	×	○	○
	④予兆としての超常現象の折り込み	×	△	△	△	△	○	○	○
5　時勢の明瞭化	①情勢を概括する表現	×	×	×	×	×	△	×	○
	②前代未聞の表現	×	○	△	×	×	○	○	○

ない)。この対照構図が後半部で繰り返されるので、表現主体に義家像と義光像とを対照的に造型しようとする意図が存在したことは明白だろう。対照の方法によって、義家像・義光像の双方が、それぞれ単独で語られるのと比べるとより明瞭に享受者に伝えられるという機能を果たす（これが説話的方法の援用であることを次節で述べる）。

「2場面の形象」の機能をもつ表現方法のうち「①視覚的イメージ増幅の表現」の「A装束描写」は、『奥州後三年記』では、「あか色のかりあをに、むもんのはかまをきて、太刀ばかりをはきたり」〈25季方敵陣入り〉の例がある。この描写は、季方が金沢柵に入ろうとするその瞬間を捉えて主役をクローズアップする機能をもつので、『平家』とまったく同じものだといえる。これは、『将門記』『陸奥話記』にはないもので、軍記では『奥州後三年記』が初めて取り込んだ方法である。一方で、『今昔』巻二十五にはみられ、遡ればおそらく『源氏物語』[7]など作り物語から得た方法ではないかと考えられる。この方法をもつということは、単調な歴史叙述、平板な合戦記録ではなく、主人公に的を絞った描写密度の濃い場面（以下、集中場面と呼ぶ）とそうでない展開推進部分とのめりはり（時間の緩急・視界の広狭）のある物語を、この段階の軍記文学（『奥州後三年記』）が指向し始めたということだ。それは、作品成立以前に、ある程度豊かな場面性をもった伝承がすでにいくつか発生しており、そのかたちをなるべく活かしたまま作品の中に採り込もうとした結果だろう。すると、作品の枠組みや構成といった〝全体〟の中になるべく素材伝承という〝部分〟を生かしながら取り込もうとしたという意味で、『奥州後三年記』は、軍記のみならず多くの中世文芸の端緒として位置づけられるかもしれない。この点については、これまで重要視されていた『今昔』巻二十五では代わりえない大きな文学史的意味を、『奥州後三年記』がもっていることになる。

「3場面展開の創出」の機能をもつ表現方法のうちの「④周辺人物の動静の概括」も、『奥州後三年記』にみられる。

「城中、よばひふるひて、矢の下事、雨のごとし。将軍の兵、疵をかぶるもの甚し」〈17開戦、景正の負傷〉は、次に登場する鎌倉権五郎景正（「疵をかぶ」った者の代表）が中心人物であって、その周辺人物を「将軍の兵、疵をかぶるもの甚し」と前もって概括しているのである。また、「岸たかくして、壁のそばだてるがごとし。遠物をば矢をもちてこれを射、ちかき者をば石弓をはずしてこれをうつ。しぬるもの数しらず」〈18苦戦、助兼の危難〉も情勢の概括表現で、次に登場する伴次郎傔仗助兼（「石弓」に当たった者の代表）の登場を導いている。『平家』では、高倉宮以仁王の軍勢の討ち死を概括した直後に「その中に宮の御めのと子六条大夫宗信……」と宗信の遁走を語るところ（巻四「宮御最期」）や、権力を掌中に収めた清盛が「世のそしりをも憚らず、人の嘲をもかへりみず、不思議の事をのみし」たと前もって概括したうえで、「たとへば其比、都に聞えたる白拍子の上手、祇王・祇女とておとゝいあり」と祇王の話へと入ってゆく（巻一「祇王」）のも類似の方法である。おおよその情勢や周辺群衆の動静を先に概括的に描いておいて、そののち主人公に的を絞った集中場面へと移行しているのである。概括は、集中場面へのスムースな移行を意図した〝導入部分〟だといえる。

実は、『平家』では〈概括→集中場面〉の順序は減少していて、逆に、〈集中場面→概括〉の順序が多くなっている。たとえば巴が最後の奮戦を義仲に見せた直後、「手塚太郎打死す。手塚の別当落にけり」（巻九「木曽最後」）と表現したり、東国方畠山重忠と木曽方長瀬判官代重綱との対戦の直後に、「これをはじめて、木曽殿の方より、宇治橋かためたる勢ども、しばしさゝへてふせきけれども、東国の勢みなわたいて攻めければ」（巻九「宇治川先陣」）と概括したりする。それらは、いわゆる〝その他大勢〟の動きを一括して語ることによって、集中場面の視点没入や時間停滞から脱出し、歴史を語る俯瞰的視点と速度とを回復する機能を果たしている。『平家』で〈概括→集中場面〉が減少したのは、集中場面を導く際に「さる程に」や年月日表示が抵抗なく頻用されるようになったことと深い関係がある（この点、『保元』『平治』は『平家』ほどではない）。『奥州後三年記』が、集中場面への〝導入部分〟として周囲の概括を語るのは、素材伝承を取り込んだ際に生じる〝つぎはぎ感〟に配慮したためだろう。『平家』では、摂取した伝承量が多すぎてその意識が擦り切れてしまったと考えられ、後出作品に向けて一概に発展したとばかり言えない例のひとつだといえよう。物語と伝承との関係は、『奥州後三年記』から『平家』への一世紀余りの間に大きく変化したと考えられるのである。

2　『奥州後三年記』に過渡的要素が認められる表現方法

次に、『奥州後三年記』の欄で△印を付けた三点（**「1―③一人物の今昔対照」「3―⑤周辺人物の反応の描写」「4―④予兆としての超常現象の折り込み」**）について、×でも○でもなく△である理由を述べることによって、『奥州後三年記』が表現構造史上の中間的段階にあることが端的に知られよう。結論を先に言えば、いずれも表現方法そのものは『奥州後三年記』にみられるものの、その果たす表現機能が『平家』ほどには熟して（多機能に及んで）いないということである。

「1人物像の明瞭化」の機能をもつ表現方法のうちの「③一人物の今昔対照」とは、『奥州後三年記』では、吉彦秀武について「昔、頼義、貞任をせめし時……この秀武は三陣の頭にさだめたりし人なり。しかるを、真衡が威徳、父祖にすぐれて……秀武、おなじく家人のうちにもよほされて」〈3秀武登場〉と語るところにみられる。『平家』ではたとえば、成親が流刑地に向かう際に、〈昔〉「我世なりし時は、したがひつひたりし者ども一二千人もありつらん」↓〈今〉「我こそ大納言殿の方と云者一人もなし」（巻二「大納言流罪」）などと人物の零落ぶりや、その時点での人物を取り囲む状況を明瞭にするといった機能をもち、しかもそれは栄華↓凋落のパターンがほとんどで（不遇↓栄華は少ない）、哀感の醸成をも果たしている。ところが『奥州後三年記』の場合、秀武の不遇感が乱の勃発に直結しているために語られたもの、事実としての因果関係を示すために語られたものであって、秀武の凋落ぶりを明瞭にして哀感を漂わせる機能はもっていない。しかし、その機能をもつ以前に、一場面で一人物の数十年を想起するといったパースペクティヴの視界・表現が基本になるだろう。『平家』にみられるような意味での「③一人物の今昔対照」は、『大鏡』〈伊尹〉に「昔ハ契リキ、蓬莱宮ノ裏ノ月ニ。今ハ遊ブ、極楽界ノ中ノ風ニ」とあるような漢詩世界の対（つい）の発想を受けたものだと考えられる。もちろんその背景として、『和漢朗詠集』〈老人〉の「昔は京洛声華とはなやかなる客たり。今は江湖の潦倒とおちぶれたり」のような漢詩朗詠の盛行を忘れてはなるまい[8]。

「3場面展開の創出」の機能をもつ表現方法のうちの「⑤周辺人物の反応の描写」は、『奥州後三年記』では、従軍できない無念さを語る大宅光任の発言に「きく人みなあはれがり、なきにけり」〈13義家出陣、光任の愁嘆〉、鎌倉景正の剛胆な言動に「おほくの人、これを見聞。景正が高名いよいよならびなし」〈17開戦、景正の負傷〉、末四郎の最期のありさまに「見る者、慚愧せずといふことなし」〈22末四郎の最期〉、敵陣でも臆さなかった季方の言動に「季方が世おぼえ、これよりのち、いよいよののしりけり」〈25季方敵陣入り〉の例がある。これらは、〈25季方敵陣入り〉の例に典型的に窺えるように、本質的には人物の評価を誘導したり、共感を催促したりするものである。つまり、『今昔』などにもよく用いられているような、説話的方法――簡潔な表現、コンパクトな一話の中で手っ取り早く人物評を享受者に押し付ける――といえるものである。ところが『平家』の場合、成親の悲嘆するさまを見て「守護の武士共も、皆鎧の袖をぞぬらしける」（巻二「大納言流罪」）などと「周辺人物の反応の描写」の直前に集中場面があって、そこから視界を周囲に広げて広域化し、もとの展開推進部分に戻してゆこうとする機能もある。「⑥刻限到来の表現」、すなわち「さて(し)もあるべき(こと)ならねば」の例で知られるように、『平家』には、脱線的な逸話から物語の本筋に戻して先へ展開してゆこうとする姿勢が強くみられ、「周辺人物の反応の描写」にもそれと類似の機能が付与されているといえる。史的展開として整理すると、説話世界で発達したとみられる人物評誘導の機能をもつ「周辺人物の反応の描写」が『奥州後三年記』に採り込まれ、『平家』になると「場面展開の創出」の機能ももつようになり、那須与一が平家の舞人を射たことについて「『あ射たり』と言ふ人もあり。又、『なさけなし』と言ふものもあり」（巻十一「弓流」）と付言するように、人物評の誘導の機能を失って「場面展開の創出」にのみ機能する例がみられ始めるのである。

「4物語展開の創出」の機能をもつ表現方法のうちの「④予兆としての超常現象の折り込み」も、超常現象の記述自体はあるものの、それに予兆としての機能が付与されていない。具体的に言えば、例年ならば十一月十四日（陰暦）までこの地方で雪が降らないことなどないのに、この年に限っては、天が義家方に味方したのか（「天道、将軍の心ざしをたすけ給けるにや」〈28陥落の予知〉）、雪が降らなかったと表現する点である。超常現象というほどではないが、異常気象の原因解釈に「天道」が利用されている。ところがこれは、完了してしまった結果に対する解釈であって、しかも「〜にや」と断定を避け、私的解釈にすぎないことを明示している。この点、初期軍記はすべて同様の傾向で、『将門記』の将門最期の場面で風向きが変化し「天罰」「暗ニ神鏑ニ中リテ」と表現するところ、『陸奥話記』の厨川決戦の場面で「鳩あり、軍陣の上に翔る」との逸話を語るところにみられるように、結果を解釈する際に天罰や神の加護が利用されているにすぎず、予兆として先の展開を暗示するほどの機能は付与されていない（『陸奥話記』はややそれに踏み出しそうだが）。『平家』では、たとえば、巻一「鱸」、巻三「大塔建立」「辻風」、巻四「鼬之沙汰」、巻五「物怪之沙汰」、巻六「嗄声」、巻十一「鶏合」など、夢告や異常気象を含めてさまざまな超常現象が語られるが、それらは必ずといっていいほど先の展開を暗示する機能を果たしている。『保元』「将軍塚鳴動幷ビニ彗星出ヅル事」や『平治』「信西の首実検の事」の「木星」の異変も同様である。この、初期軍記と『保元』『平治』『平家』との差は、神仏など絶対者の力を物語展開に機能させうるほどの強い虚構化（歴史像の明瞭化）に踏み出しているか否かの差である。『保元』『平治』『平家』が、表現主体独自の歴史解釈によって事実を再編成し物語上の〈歴史〉を創造しえているのに比べると、『奥州後三年記』の段階は、事実の記録としての歴史から本質的には抜け出ておらず、控え目に（「～にや」）独自の解釈を付与する程度に終っているのだ。

3　『奥州後三年記』にみられない表現方法

次に、前掲表の『奥州後三年記』の欄で×印を付けた点について、その共通性を探ることによって、院政初期の歴史文学をとりまく成立環境を考えておきたい。

まず、『平家』などにあって『奥州後三年記』にみられない表現方法のうち、**作品規模の大小（前提的な素材条件の差）に起因するもの**をふるい分けしておこう。

「1人物像の明瞭化」の機能をもつ方法のうちの「⑤人物評や発言のリフレイン」とは、『平家』では、「すでに朝家の御大事に及ぶよし、西光法師父子が讒奏によッて、法皇大に逆鱗ありけり」→「人々様々に申あはれけれ共、西光法師父子が讒奏によって、かやうにおこなはれけり」（巻二「座主流」）とあるようなものである。『平家』は登場人物が多く場面の数も多いので、人物像を明瞭にするために発言内容のリフレインが必要になるが、『奥州後三年記』の作品規模では、このような方法を発達させる必要がなかったのだろう。

「3場面展開の創出」の機能をもつ方法のいくつかも、『奥州後三年記』にみられない。これも、場面展開を創出しなければ本筋が見えにくくなるほどの作品規模ではないからである。『平家』の場合、**「①ずらしのリフレイン」「②情報伝達の表現」「③軍勢推移の表現」**によって、集中場面から展開推進部分へのスムースな移行が必要だったからである。『奥州後三年記』の頃と違って『平家』の背後には広大な素材伝承の海が広がっていたのであり、構成を重視する指向を意識化しなければ、作品が伝承の集成と化して展開も骨格もみえにくくなってしまう状況であったのだ（その危惧の現実化した作品が『源平盛衰記』）。

「4物語展開の創出」の機能をもつ方法のうちの「①年期推移の明記」「②先見的表現」「③事件の今昔対照」、さらに**「5時勢の明瞭化」の機能をもつ方法のうちの「①情勢を概括する表現」「②前代未聞の表現」**も、『奥州後三年記』にまったくみられない。これもひとえに、作品の規模の差、乱の規模の違いによるものである。『平家』は、ことに「悪因悪果」の因果観で物語の各場面を位置づけなければならないほど大部な（対象の時期が約七十年の長期間にわたることによる）作品である。また、『平家』は躍起になって「時勢の明瞭化」を心掛けなければそれが不鮮明になりがちなほど拡散的な（多量の伝承の摂取による）作品である。このような事情そのものが、『奥州後三年記』にはない。

これらの表現機能は、『保元』『平治』からみられ始め、『平家』において飛躍的に（おそらく『治承物語』からの形成過程において）発達した表現機能・表現方法だといえそうだ。動乱の拡大が伝承や記録など素材の増大を生み、それゆえの方法が、素材統合の使命を担った『保元』『平治』『平家』において発達したということだ。前稿で[9]、「『平家物語』の表現技法は、つまるところ、形成基盤である伝承（情報源）の多様性・拡散性をなるべく活かしつつ、そこに物語としての秩序・集中性を現出させるための方法に尽きる」と述べたとおりである。

また、これらとは異質だが、**「1人物像の明瞭化」の機能をもつ「④貴種性付与のための武士の詠歌」**は、『平家』では、忠盛の詠歌に鳥羽院が感嘆する話（巻一「鱸」）や、薩摩守忠度が富士川合戦の直前に女房と和歌を贈答する話（巻五「富士川」）のことだが、『奥州後三年記』には武士を貴種化しようとする指向そのものがない。『平家』との武士観の違い、ひいては時代性の差だろう。

＊　　＊

次に、『奥州後三年記』になく『保元』『平治』『平家』にある表現方法のうち、**背後の伝承世界の質的相違（＝語り物の力の強弱）の相違に起因するもの**をみよう。**「1人物像の明瞭化」の機能を果たす「①準照のための故事引用」**とは、たとえば『平家』では、平判官康頼が鬼界島から流した卒塔婆が都に届けられた状況を蘇武の故事に（巻二「蘇武」）、齋藤別当実守が故郷で錦の直垂を着て戦に向かったことを朱買臣の故事に、それぞれ準えるものを指す。これが『奥州後三年記』にみられないのは、語り物としての作品形成を経なかったためだろう。また、**「2場面の形象」の機能をもつ表現方法のうち、「③切実な心理を強調する長文」の「A迫力・説得力の演出のための話術」「B切実な心理の表明のための文書」**が頻出するにも、本格的な語り物時代の到来を待つ必要があった。

さらに、作品の背後の文学的環境の相違に起因すると思われるものについてみてみよう。**「2場面の形象」の機能を**

もつ表現方法のうち、「②余情の表現」の「A叙景のための文飾」「B叙情のための文飾」「C叙情のための詠歌」が『奥州後三年記』にはみられない。これをもつには、軍記が和歌や漢詩の世界と出会うまで待たなければならない。先に、『和漢朗詠集』的世界から対（つい）の発想（＝今と昔との対照法）を得たのではないかと述べたが、『奥州後三年記』から『保元』『平治』『平家』へ向かう展開のプロセスに、そのような朗詠・歌謡的文章形成力の参入を重要視しなければならないようだ。

以上のように、表現構造史上における『奥州後三年記』の位置は、作品規模の小ささゆえに――それは歴史上の事実としての合戦規模の小ささゆえなのだが――作品全体の枠組みに関わる表現機能（「3場面展開の創出」「4物語展開の創出」「5時勢の明瞭化」）については総じて未発達である。そして、動乱が一部地域に限られていて、源平争乱に比べると短期間で終結しているために、伝承世界がさほど活性化していない。つまり、作品成立以前の素材伝承が多くはない。そして、その語りが刺激したと思われる、朗詠・歌謡的世界との融合もまだ始まっていない。このようにみると、乱の規模の大小が、語りや伝承の問題にも、文体の質的な問題にも連鎖的に波及してゆくとみてよさそうだ。

しかし、個々の場面の内部（「1人物像の明瞭化」「2場面の形象」）の表現機能・方法については――まだ説明的叙述の域をあまり出ていないものの――『将門記』『陸奥話記』にはなく後の『保元』『平治』『平家』に繋がるような萌芽がみられる。しかもそれが、素材伝承の力（説話的方法の参入）によって一部の話の内側から生じ始めたという点に注目しておく必要がある。そして、表現連鎖[10]に象徴されるように、素材伝承をなるべく損ねることなく物語の内部に配置しようとする姿勢――説話・伝承において発達した表現機能・表現方法を物語内時間をもった作品の中で生かそうとした意識――そのものが、その後の中世文芸の端緒としてきわめて注目すべきことだといえよう。

三　方法史上における位置（1）――人物構図の明瞭化のための対照法――

ここで述べる方法とは、虚構的作品世界を現出するための恣意性・捏造性の強い方法のことである。具体的には、敵将に対する冷厳な義家像を浮き彫りにしようとする指向性によって、そのような義家像と対照的な義光像が造型されたこと（「1人物像の明瞭化」の「②二者の対照」）を、ここでは問題にする。この点について『奥州後三年記』は、『将門記』『陸奥話記』にみられない画期的で新しい領域に踏み出した作品であるといえる。たとえば『保元』には頼長・為朝の軍評定と信西・義朝の軍評定が、『平治』にも佞臣信頼と賢臣信西との顕著な対照がみられる。『平家』では、左大将着任を逃した徳大寺実定と新大納言成親の反応（巻二「鹿谷」）や、最期を迎えるにあたっての右衛門督清宗と父宗盛の様子（巻十一「大臣殿被斬」）が、やはり対照的に描かれている。そのような対照法の原型が、軍記の系譜の中で『奥州後三年記』において初めてみられるわけだが、この場合、『奥州後三年記』が『保元』『平治』『平家』の成立に直接影響を与えたのか否か、などという実体論に逸れてはならない。軍記文学史上の院政期において対照法が発生した理由は何なのか、といった問題設定が必要だ。

この方法の淵源は、おそらく説話世界（歌物語を含む）に求められるだろう。『伊勢物語』第23段「筒井筒」に、「男」をめぐる二人の女（大和の女と河内の女）の愛のかたちが対照的に描かれている。一方、意外なことに『源氏』には人物の単純な対照はみられない[11]（『源氏』の場合、人物は一対一の対照構図の中でなく、複雑な関係構図の中に位置づけられている）ことから、人物対照の方法が、長大な物語世界において発想されたのでなく、内容をコンパクトに分かり易く伝達する必要のある説話世界（歌物語を含む）から発生したものだということがわかる。対照ということ、すなわち多数の生活する現実社会から二者のみを取り出してその優劣・善悪などを語るという単純化の発想自体、長大な平安物語の目指すリアリズム（仮想現実世界の構築）とは大きくかけ離れている。

歴史記録・歴史文学の中に、説話世界で先行的に醸成されていた対照法が浸潤してきた背景として、――物語規模での語り物の盛行は鎌倉期以降だろうだが――『今昔』『打聞集』などの成立に象徴的にみられるように寺院の説経程度の小規模の語り物が平安中期頃から盛行し、物語文学と説話文学と記録との三すくみの融合が始まったことが推測される（国語資料からも裏づけられる）。説話（伝承）の盛行する日常に身を置くようになった平安後期の人々は、眼前の現実を見る際にも二者対照のフィルターを通してみたり、作品化する際に二者対照の枠に当てはめつつ現実を写し取ったりするような視点が涵養されていたのではないだろうか。

歴史物語では、『栄花』にはまだ明瞭な対照法は見られず、『大鏡』で、競射をめぐっての道長と伊周の明暗など、道長像を際立たせるための対照法がみられるようになる。つまり、説話世界で発達したとみられる人物対照の方法が、一一〇〇年前後の『大鏡』『奥州後三年記』の頃から説話のような短編物語の中だけでなく、一定の分量を持った、また二人の人物の関わりのみを主題にしたのではない統合的作品の中でも用いられるようになり、『保元』『平治』『平家』に受け継がれていったのである。人物像の明瞭化ということ自体が、恣意的な虚構世界の現出に一歩踏み出したことであるのだが、その要素を『奥州後三年記』がもっていることは、歴史文学史においては画期的なことだと言えよう。

四　方法史上における位置（2）――歴史像の明示のための虚構――

この節で問題にする虚構とは、語り継がれる間に伝承が自然に〝歴史ばなれ〟を起こすに至ったという類のものではなく、作品の表現主体が自己の歴史像（観）やメッセージを享受者に伝えるために、恣意的に事実を歪曲するという意味での捏造性の強い虚構を指す。

別稿[12]で述べたように、『奥州後三年記』表現主体は、後三年合戦が私戦化していった過程を語ろうとする指向性から、本来の当事者家衡像を希薄化し相対的に武衡像を巨大化し、武衡と義家との対戦構図をうちだした。また、後三年合戦への清衡の積極的関与を否定する（隠蔽する）指向性[13]から、テクスト内で清衡像を希薄化し、相対的に吉彦秀武像を巨大化して義家方の参謀であるかのような印象づけを図った。もちろん、この構図が事実に背反するというのではなく、事実をより真実らしく、あるいは事実が本来もっていた特徴をより明瞭にするために、作品世界でデフォルメしたものと考えられるのである。

周知のように、『平家』巻一「殿下乗合」では父清盛の暴挙を諫める冷静な重盛像が造型されているが、それは『玉葉』などから窺い知られる彼のイメージとは大きく隔たっていて、『平家』表現主体の強い作為が看取される。その意図は、理想的な人間としての重盛像を物語内において形成し、「奢れる心」「たけき事」の「まぢか」き例である清盛像と対置するところにあった。このような、恣意的な〝歴史ばなれ〟の方法は、『平家』が初めてではない。たとえば、『栄花』巻五「浦々の別」の伊周配流事件の叙述は、『源氏』の光源氏須磨流謫事件に準えて形象されたものであることが指摘されている[14]。この方法の淵源を辿ると、『源氏』蛍巻の有名な物語論（「日本紀などはただかたそばぞかし。これら（物語）にこそ道々しく詳しきことはあらめ」）に行きつく。事実記録的な歴史に対する、真実明示の〈歴史〉（＝物語）の登場である。『源氏』や『栄花』は、いずれも女性によって書かれた作品である点、その結果、平仮名主体の和文（非公式文）で書かれた点、などの点で共通しており、公式で正統の漢文訓読文・記録文的世界とは対極の立場から、破格の〈歴史〉観が生まれたという見方ができるだろう。『源氏』に端を発し『栄花』『大鏡』と受け継がれてきた〈若干の虚構によってこそ真実を真実らしく伝えられる〉という叙述意識が、事実記録の表現意識に支えられた正統的で男性的な漢文訓読文系・記録文系の作品『奥州後三年記』の中で初めて、作品形成の方法として実現したと言えるのである。そして、『奥州後三年記』の段階を経て、後の『保元』『平治』『平家』に見られるような大胆な〝歴史ばなれ〟の実現が可能となったのである。

ところで、『奥州後三年記』表現主体がより大胆な虚構意識をもっていれば、後半戦の清衡の姿を一切消去することもできたはずだが、一か所だけ布陣のところで「一方は、清衡・重宗これをまく」と「清衡」の名を消し去ることができなかった（清衡像の希薄化に留まった）という問題点がある。この点で、『奥州後三年記』の虚構の質は、『栄花』に比べて振幅の小さなものに留まったものといえる。その要因には、文体とそれを操る記録意識・表現意識の問題が潜んでいると考えられる。すなわち、『奥州後三年記』のような男性的な文体（漢文訓読文系・記録文系）で書かれた作品、事実記録の意識の強い作品が、『栄花』ほどに心底から嘘をつききれないのは、この種の文体をもつ作品の、この時代における限界――それは否定的な意味でなく――であるといえよう。『奥州後三年記』表現主体にとっては、物語内の清衡像を現実のそれよりも希薄化する程度の歪曲で精一杯だったのだ。しかし、史的展開の上で『奥州後三年記』を位置づけるには、作品内で実現した虚構の濃淡をはかることよりも、〈初めて実像からの乖離を実現した／その程度のデフォルメに留まった〉微妙な意識こそを系譜上に乗せて考えてみる必要がある。

冷泉帝の頃（九六七～九）まで継続していたとされる七番目の国史[15]（『新国史』とも『続三代実録』とも）の官撰が、その後、途絶してしまった原因を、国力の衰退や編纂者の力量の低下などに求めるばかりでは十分でない[16]。国史編纂の停滞した延喜・天暦期に、一方では漢詩文の世界は隆盛を極めていたのだ。『三代実録』や『文徳実録』に無意味な行事記録が多くなっているように、日常的事実を記録して「国史」を名乗らせることに意義を見出しえなくなったことが、国史断絶の根本的な要因だろう。つまり、歴史観・国家観という枠組みも無しにたんに事実のみを記録しても、それを〈歴史〉とは呼べぬことに気づき始めたのである。その意識が、反動としての『源氏』の誕生にも、〝記録〟に奉仕していた漢文訓読文・記録文の瓦解（国語史の問題だが）にも通じていると見なければならないのではないだろうか。軍記が大胆な虚構化に踏み切れるようになるのは、漢文訓読文系・記録文系など男性的な文体と、女性的な和文系文体との混淆が加速する鎌倉期に入ってからのことと推測され、表現意識の変容や表現方法の獲得の問題を、文体史の転換期と符合させて、総合的に了解することができるのである。

五　おわりに――中世軍記の原像としての『奥州後三年記』――

以上のように、『奥州後三年記』は院政期成立という時代的な意味のみならず、その内実においても『保元』『平家』など中世軍記の原像を垣間見させる作品だということができる。初めての仮名書き軍記である『奥州後三年記』（おそらく原態は漢字片仮名交り文）において、漢文体軍記『将門記』『陸奥話記』が持っていた漢文的文飾や中国故事は影を潜めた。その要素は『奥州後三年記』を飛び越えて、『将門記』『陸奥話記』から『保元』『平治』『平家』へと受け継がれたかのようにみえる。もちろん、そうではない。四六駢儷体や中国故事の引用意識には、一見、虚構的フィルターをとおして事実をみつめる視点がすでに獲得されているようだが、反面でそれらの文章は窮屈な約束事や画一性に縛られていて、生産性が低いという難点があった。[17] 大学寮など閉鎖的社会で養成される正統で美麗な漢文（変体漢文）の文飾意識といったん訣別してでも、軍記は、生産力が強く事実記録に柔軟に即応できる記録文体[18]を選択する必要があった。そして、迂遠なようでも、その無味乾燥な記録文体の側からあらためて虚構方法（歴史解釈の実現）を得てゆくというプロセスが必要なのであった。その道程の中で『奥州後三年記』は、記録文的な平板な歴史叙述が説話的な虚構方法を摂取し始めたことを初めて表明する作品であるのだ。その点は、この後、『平家』『義経記』『曾我』、能・狂言、室町物語、幸若舞曲、説経節まで六百年ほど語り物（伝承文芸）の時代が到来することを考えると決定的なほどに重要な意味をもつ事件であったといえよう。その幕を開いたという意味において、『奥州後三年記』こそは、まさに中世の黎明を告げる作品として位置づけられなければならないのだ。

注

（1）小稿で用いる『奥州後三年記』のテクストは、野中「『奥州後三年記』の本文研究（本文篇）」（「古典遺産」41号、平3・2）。ただし、＜18堅固な金沢柵＞＜19助兼と薄金の兜＞の二章段を合わせて一章段とし、章段番号・章段名を＜18苦戦、助兼の危難＞と変更した。そのため、これ以降の章段番号はひとつづつずれる。このほかの使用テクストは次のとおり。『純友追討記』は群書類従、『将門記』は平凡社・東洋文庫、『陸奥話記』『承久記』は現代思潮社・古典文庫、『源氏』『大鏡』『義経記』は小学館・日本古典文学全集、『和漢朗詠集』『栄花』『今昔』『曾我』は岩波・日本古典文学大系、『保元』『平治』『平家』は岩波・新日本古典文学大系。

（2）津田左右吉『文学に現はれたる　我が国民思想の研究』第一巻（大5刊）、五十嵐力『軍記物語研究』（昭6刊）、佐々木八郎『中世戦記文学研究』（昭18刊）、永積安明「平家物語前史」（『中世文学の展望』、昭31刊）、永積安明「〝軍記もの〟の構造とその展開」（「国語と国文学」昭35・4）、加美宏「軍記物語前史」（「国文学　解釈と鑑賞」昭38・3）、篠原昭二「初期軍記・王朝説話文学と中世軍記」（『講座日本文学　平家物語　上』昭53・3）、北川忠彦「軍記物の系譜」（『軍記物の系譜』、昭60刊）

など。

（3）野中「『奥州後三年記』の成立年代」（「鹿児島短大研究紀要」56号、平7・11）。

（4）野中「『奥州後三年記』の成立意図（仮題）」（近々発表するが掲載誌未定）。

（5）私は、文体史的観点からの考察を根底に据えるべきものとして最重要視している。これについても、数年以内に拙稿を発表する予定。『奥州後三年記』の文体的特性については、野中「『奥州後三年記』の文体と表現意識」（「早稲田大学教育学部　学術研究」38号、平1・12）で述べた。

（6）野中「『平家物語』の表現構造（用例掲出稿）」（「鹿児島短大研究紀要」64号、平11・6）。これは覚一本を底本とした論究だが、理想的には延慶本の表現構造論も合わせみるべき。このダイジェスト版に「『平家物語』の表現構造（総論）」（軍記文学研究叢書6『平家物語　主題・構想・表現』、汲古書院、平10・10）がある。

（7）住吉参詣の際の源氏一行の装束（澪標巻）、冷泉帝の大原野行幸の際の公卿・殿上人の装束（御幸巻）など。

（8）『和漢朗詠集』には、時間的な対照（つい）で詩句を構成したものが散見する。岩波旧大系の番号で示すと、127・424・470・592・633・643・651・696・711・736・781、それとここに引用した723番。

（9）註（6）の拙稿。

（10）野中「『奥州後三年記』の表現連鎖――承安本との関係調査のための前提として――」（「古典遺産」42号、平4・3）において、『奥州後三年記』の全般にわたって表現の連鎖が緊密に張り巡らされていることを指摘した。

（11）『源氏』では、たとえば源氏と頭中将の舞姿を描くにしても、一方はこうこうでもう一方はこうこうと並列的で、互いの対照性を意図していない。

（12）野中「『奥州後三年記』のメッセージ――後三年合戦私戦化の表現を追って――」（「鹿児島短大研究紀要」62号、平10・6）。

（13）註（4）の拙稿。

（14）河北騰『栄花物語研究』（昭43刊）、山中裕『平安朝文学の史的研究』（昭49刊）、福長進「『源氏物語』はなぜ歴史物語を生んだか」（「国文学　解釈と教材の研究」、平9・2）など。

（15）竹内美智子『平安時代和文の研究』（明治書院、昭61刊）に詳しい。

（16）坂本太郎『六国史』（吉川弘文館、昭45刊）は、①「有能な人がいなかった」②「紀伝の学問が十世紀にはいって急速に衰微したという学界の趨勢」③「政治の衰頽」の三点の理由を挙げ、③を最重要視している。私の考えは②に近い。

（17）文章の「生産性」という観点については、山田俊雄「和漢混淆文」（『岩波講座日本語10　文体』、岩波書店、昭52・9）が初めて提唱し、小川栄一「延慶本平家物語の文体構造」（「軍記と語り物」31号、平7・3）が漢文訓読文より記録文にそれが強いことを明らかにし、延慶本『平家』への記録文の影響を指摘した。

（18）佐藤喜代治『日本文章史の研究』（明治書院、昭41刊）に「『平家物語』がもともと記録体の文章に脈を引いてゐることは疑ひがない」との発言があるように、変体漢文（『将門記』『陸奥話記』）でも和文（『栄花』『大鏡』）でもなく記録文体を軍記文学史の中軸に据えなければならない。註（17）の小川論は、和文を主体に考えている。

初期軍記研究史年表

久保勇

〔凡例〕本稿は、初期軍記の研究にあたって、研究史の把握に資するよう二部の構成を採ることとした。

・〈第一部〉は、研究展望（本文の「解説」を含む）を一覧にすることにより、研究史の推移、研究論文の評価等が概観できるよう構成した。

・〈第二部〉は、従来の研究文献目録に未採録の部分となる、一九八五年以降一九九八年に至る間の研究論文が一覧できるよう構成してある。なお、従来の研究文献目録とは『軍記物研究文献総目録』「二　初期軍記」「〈付録一〉軍記物語研究文献目録稿」（軍記物談話会編・八七・一〇）を指す。該書によって明治期から一九八五年に至る研究文献を網羅することができる。本稿では重複を避け、八五年以降に発表された論文を一覧とすることにした。

・各項目は［論文表題］［著者名］［掲載雑誌・単行本書名］［雑誌掲載機関名・出版社］［巻号数］［発表年月］の順に並べてある。

・発表年次順に配列し、発表年月は西暦の下二桁と月を漢数字で記した。

〈第一部〉初期軍記研究史展望年表（一九六〇年以降）

「将門記研究史」梶原正昭　『将門記　研究と資料』新読書社　六三・一一

「陸奥話記論考―研究の展望―」加美宏　古典遺産一三　六四・五

「戦後軍記物語研究史覚書（戦後二十年の研究史）―その序説―」栃木孝惟　国語と国文学四二―四　六五・四

「軍記研究の出発―明治期の軍記文学研究をめぐって―」梶原正昭　国文学研究四三　七一・一

「前期　軍記物語」永積安明　『新版　日本文学史3中世』至文堂　七一・九
「前期　軍記物語（増訂）」山下宏明　『新版　日本文学史3中世』至文堂　七一・九
「解説」梶原正昭　『東洋文庫291　将門記2』平凡社　七六・七
『研究史　将門の乱』佐伯有清・坂口勉・関口明・追塩千尋　吉川弘文館　七六・九
「将門記・陸奥話記」篠原昭二　（別冊国文学・特大号）日本古典文学研究必携　學燈社　七九・一一
「語り物―将門記・陸奥話記を中心にして」大曾根章介　解釈と鑑賞四六―五　八一・五
「将門記　解説」「将門記関係文献目録」林陸郎　『古典文庫67　将門記』現代思潮社　八二・六
「陸奥話記　解説」梶原正昭　『古典文庫70　陸奥話記』現代思潮社　八二・一二
「研究展望Ⅰ―軍記一般、初期軍記、保元・平治物語、承久記、太平記、義経記、曾我物語、後期軍記―」大津雄一　軍記と語り物一九　八三・三
「将門記」栃木孝惟　『研究資料日本古典文学②　歴史・軍記・歴史物語』明治書院　八三・六
「陸奥話記」栃木孝惟　『研究資料日本古典文学②　歴史・軍記・歴史物語』明治書院　八三・六
「研究展望Ⅱ―『平家物語』以外の軍記」長坂成行　軍記と語り物二一　八五・三
「軍記（中世前期）研究の軌跡と展望」松尾葦江　『中世文学研究の三十年』中世文学会　八五・一〇
「前期軍記物語研究の軌跡と課題」長坂成行　解釈と鑑賞五三―一三　八八・一二
「将門記・陸奥話記」梶原正昭　（別冊国文学№40）新・日本古典文学研究必携　學燈社　九〇・一一

〈第二部〉初期軍記研究史年表（一九八五年以降）

「小代宗妙〈伊重〉置文と静賢本後三年合戦絵巻の伝来」近藤好和　国学院雑誌八六―九　八五・九
「軍記物の胎動」兵藤裕己　『日本文芸史2・古代Ⅱ』河出書房新社　八五・一〇
「軍記物語の成立―『平家物語』とそれ以前」栃木孝惟　（解釈と鑑賞・別冊）『日本文学新史　中世』至文堂　八五・一二

「松平文庫本『将門記』について」浦辺重雄　愛知淑徳大学国語国文一〇　八六・一
「Masakadoki　第六回」ジュリアナ・ストラミジョーリ　古典遺産三七　八六・一〇
『新編将門地誌』赤城宗徳　筑波書林　八七・二
「朝敵と名告り」柳田洋一郎　『神謡・神話・物語—伝承と儀礼—』桜楓社　八七・三
「真福寺本『将門記』訓点分類索引」浦辺重雄　『続国語学論考及び資料』和泉書院　八七・五
「将門記の構造—発端部の問題をめぐって（1）—」梶原正昭　学術研究三六　八七・一二
「『将門記』の構造—将門書状をめぐって（1）—」梶原正昭　古典遺産三八　八七・一二
「Masakadoki　第七回（最終回）」ジュリアナ・ストラミジョーリ　古典遺産三八　八七・一二
「『軍語り』の魅力—語られる風景について—」栃木孝惟　解釈と鑑賞五三—一三　八八・一二
「古代文学に見る「軍語り」—捕鳥部方の奮戦譚をめぐって—」多田一臣　解釈と鑑賞五三—一三　八八・一二
「『将門記』—軍記物の原質を探る—」梶原正昭　解釈と鑑賞五三—一三　八八・一二
「『陸奥話記』—鎮定者の理論—」鈴木則郎　解釈と鑑賞五三—一三　八八・一二
「『今昔物語集』の合戦譚」宮田尚　解釈と鑑賞五三—一三　八八・一二
「古代末期の軍記もの—『純友追討記』と『奥州後三年記』—」矢代和夫　解釈と鑑賞五三—一三　八八・一二
「漢籍と「軍語り」—軍記もの形成のプロセス—」矢作武　解釈と鑑賞五三—一三　八八・一二
「『将門記』の構造—発端部の問題をめぐって（二）—」梶原正昭　学術研究〈国語・国文学編〉三七　八八・一二
「『将門記』の表現—特に初学書・流行の漢籍初出典故をめぐって—」柳瀬喜代志　学術研究三七　八八・一二
「文字と伝承—『陸奥話記』の王国幻想」兵藤裕己　国文学三四—一　八九・一
「語りの文学」兵藤裕己　『時代別日本文学史事典　中世編』有精堂　八九・八
「『奥州後三年記』の文体と語り手の表現意識」野中哲照　学術研究三八　八九・一二
「『将門記』の構想—少過を糺さずして大害に及ぶ—」宮森和俊　日本文学誌要四三　九〇・一一

「『奥州後三年記』の本文研究（研究篇）」野中哲照　学術研究三九　九〇・一二
「『奥州後三年記』の本文研究（本文篇）」野中哲照　古典遺産四一　九一・二
「説話構造から見た将門新皇僭称」尾崎忠司　湊川女子短大紀要二四　九一・三
「『将門記』について」森田悌　『摂関時代と古記録』吉川弘文館　九一・六
『蝦夷の末裔』高橋崇（中公新書）中央公論社　九一・九
「秋田県の八幡太郎義家伝説について（その一）」安部元雄　宮城学院女子大学研究論文集七四　九一・一二
「『奥州後三年記』から『後三年合戦絵詞』へ」野中哲照　『室町藝文論攷』三弥井書店　九一・一二
『前九年合戦絵詞　平治物語絵巻　結城合戦絵詞』小松茂美編集・解説（続日本の絵巻一七）中央公論社　九二・二
「『奥州後三年記』の表現連鎖—承安本との関係調査のための前提として—」野中哲照　古典遺産四二　九二・三
「秋田県の八幡太郎義家伝説について（その二）」安部元雄　宮城学院女子大学研究論文集七五　九二・六
「初期軍記物の庶民像—丈部小春丸・押松丸・新三郎清経—」福田豊彦（『新大系』付録）月報三七　岩波書店　九二・七
「貞和本『奥州後三年記』の後次性—作品成立の時代をさぐる（1）—」野中哲照　鹿児島短大研究紀要五〇　九二・一〇
「平良文と将門の乱—『大法師浄蔵伝』所引『外記日記』逸文の検討—」川尻秋生　千葉県史研究1　九三・二
「『奥州後三年記』貞和本と承安本との関係—作品成立の時代をさぐる（2）—」野中哲照　鹿児島短期大学研究紀要五一　九三・

三

「『将門記』の文章」村上春樹　『軍記と漢文学』（和漢比較文学叢書一五）汲古書院　九三・三
「『陸奥話記』と藤原明衡—軍記物語と願文・奏状の代作者—」上野武　古代学研究一二九　九三・三
「『将門記』の〈先駆性〉」大津雄一　日本文学四二—五　九三・五
「〈翻刻〉前九年の役の未紹介史料—狩野本『前九年合戦之事』の紹介と翻刻—」奥野中彦　国士舘史学I　九三・五
『図説奥州藤原氏と平泉』高橋富雄・三浦謙一・入間田宣夫編　河出書房新社　九三・七
「絵巻物から屏風絵へ—後三年合戦絵巻にみる合戦絵の変貌—」鷹尾純　びぞん八七　九三・九

『奥州後三年記』本文の時代相―敬語の用法をめぐって、作品成立の時代をさぐる（3）―」野中哲照　鹿児島短期大学研究紀要五二　九三・一〇
「「軍記物」における公賊の観念と私の立場―初期軍記を例として―」鈴木則郎　西田茂雄教授退官記念『日本文芸の潮流』（東北大学研究室編）おうふう　九四・一
『奥州後三年記』の古相―作品成立の時代をさぐる（4）―」野中哲照　鹿児島短期大学研究紀要五三　九四・三
「新出の前九年合戦絵巻（模本）」佐佐木慧　人文社会科学論叢三　九四・三
『陸奥話記』あるいは〈悲劇の英雄〉について」大津雄一　古典遺産四四　九四・三
『奥州後三年記』注釈（一）」野中哲照　古典遺産四五　九四・一〇
『奥州後三年記』の文学史的位相―作品成立の時代をさぐる（5）―」野中哲照　鹿児島短期大学研究紀要五四　九四・一二
「九世紀末〜十世紀の新軍事力構成と初期武家の組織―平将門の乱を中心として―」奥野中彦　国士舘史学三　九五・三
『奥州後三年記』の成立圏―奥州成立の可能性をさぐる―」野中哲照　鹿児島短期大学研究紀要五五　九五・三
「将門伝承と相馬氏」岡田精一　千葉県立中央博物館研究報告・人文科学四―一　九五・三
『奥州後三年記』注釈（二）」野中哲照　古典遺産四六　九五・一〇
『奥州後三年記』の成立時代」野中哲照　鹿児島短期大学研究紀要五六　九五・一一
『奥州後三年記』欠失部の分量」野中哲照　鹿児島短期大学研究紀要五七　九六・三
「平氏一族の抗争から国家謀叛へ―将門記―」青木三郎　解釈四二―六　九六・六
『奥州後三年記』欠失部の内容」野中哲照　鹿児島短期大学研究紀要五八　九六・八
「東国、東北の文学」赤坂憲雄　『岩波講座日本文学史3　11・12世紀の文学』岩波書店　九六・九
「熱田神宮の平将門調伏伝承」辻村全弘　国学院雑誌九七―一〇　九六・一〇
『奥州後三年記』注釈（三）」野中哲照　古典遺産四七　九六・一一
『奥州後三年記』欠失部の表現」野中哲照　鹿児島短期大学研究紀要五九　九六・一一

「初期軍記に見る「落つ」の用法の検討―『奥州後三年合戦絵詞』を中心として―」中嶋みゆき　藤女子大学国文学雑誌五七　九六・一一
「〈平成七年十二月退職最終講義摘録〉平泉藤原三代の古代の心」水原一　駒澤国文三四　九七・二
「貞盛の下京の年時―将門記―」青木三郎　解釈四三―三　九七・三
「熱田神宮の平将門御霊伝承」辻村全弘　国学院雑誌九八―六　九七・六
「『奥州後三年記』欠失部の復元」野中哲照　鹿児島短期大学研究紀要六〇　九七・六
「伝義家歌『千載集』への採録意図―義家伝承の生成と享受史を中心として―」千葉学　いわき明星大学文学・語学六　九七・一〇
「「朝敵」以前―軍記物語における〈征夷〉と〈謀反〉―」佐伯真一　国語と国文学七四―一一　九七・一一
「『奥州後三年記』における〈前九年アナロジー〉」野中哲照　鹿児島短大研究紀要六一　九七・一一
「将門伝承の成立と展開」岡田精一　六軒丁中世史研究五　九七・一一
「『陸奥話記』を素材とする歴史小説について」阿部香名子　日本文学ノート三三　九八・一
「怨霊は恐ろしき事なれば―怨霊の機能と軍記物語の始発―」大津雄一　『軍記物語の系譜と展開』汲古書院　九八・三
「平将門―首の怪異譚をめぐって―」矢代和夫　『軍記物語の系譜と展開』汲古書院　九八・三
「平将門伝説の展開」村上春樹　『軍記物語の系譜と展開』汲古書院　九八・三
「『将門記』の風・小考」武田昌憲　茨女国文一〇　九八・三
「中尊寺落慶供養願文をめぐって」水原一　『仏教文学とその周辺』和泉書院　九八・五
「平将門伝説資料『築土明神畧縁起』覚書」矢代和夫　古典遺産四八　九八・六
「『奥州後三年記』注釈（四）」野中哲照　古典遺産四八　九八・六
「『奥州後三年記』のメッセージ―後三年合戦私戦化の表現を追って―」野中哲照　鹿児島短期大学研究紀要六二　九八・六
「伊予掾藤原純友征伐の顚末と参考文献について（2）」矢野文雄　新居浜史談（新居浜郷土史談会）二七五　九八・七
「肥後の「安部宗任」伝説を訪ねて」松野国策　熊本地名研究会　五四　九八・九

執筆者一覧（目次順）

加《か》美《み》　宏《ひろし》　同志社大学教授
佐《さ》倉《くら》由《よし》泰《やす》　信州大学助教授
鈴《すず》木《き》則《のり》郎《お》　聖和学園短期大学教授
福《ふく》田《だ》豊《とよ》彦《ひこ》　東京工業大学名誉教授
栃《とち》木《ぎ》孝《よし》惟《ただ》　清泉女子大学教授
猿《さる》田《た》知《とも》之《ゆき》　茨城キリスト教大学教授
村《むら》上《かみ》春《はる》樹《き》　横浜市栄図書館嘱託
松《まつ》林《ばやし》靖《やす》明《あき》　甲南女子大学教授

高《たか》山《やま》利《とし》弘《ひろ》　群馬大学助教授
安《あん》部《べ》元《もと》雄《お》　宮城学院女子大学教授
大《おお》津《つ》雄《ゆう》一《いち》　早稲田大学助教授
白《しら》﨑《さき》祥《しょう》一《いち》　早稲田高等学校教諭
笠《りゅう》　栄《えい》治《じ》　久留米大学教授
野《の》中《なか》哲《てっ》照《しょう》　鹿児島国際大学教授
久《く》保《ぼ》　勇《いさむ》

軍記文学研究叢書2

軍記文学の始発——初期軍記

平成十二年五月三十一日発行

編　者　栃木孝惟
発行者　石坂叡志
整　版　中台整版
印　刷　モリモト印刷
発　行　汲古書院

東京都千代田区飯田橋二—五—四
電　話〇三(三二六五)九七六四
FAX〇三(三二二二)一八四五

第十回配本

ISBN4－7629－3381－3　C3393